U0926282

我的100位日本朋友

My 100 Japanese Friends

朱成山 著

● 长篇纪实文学
● 谨以此书纪念『中日和平友好条约』缔结40周年
● 2018年度江苏省重大题材文学作品创作工程图书

江苏人民出版社

图书在版编目(CIP)数据

我的100位日本朋友/朱成山著. --南京:江苏人民出版社,2018.12
ISBN 978-7-214-22710-2

Ⅰ.①我… Ⅱ.①朱… Ⅲ.①纪实文学-作品集-中国-当代 Ⅳ.①I25

中国版本图书馆CIP数据核字(2018)第236479号

书　　名	我的100位日本朋友
著　　者	朱成山
责任编辑	汪意云
装帧设计	徐立权
责任监制	王列丹
出版发行	江苏人民出版社
出版社地址	南京市湖南路1号A楼,邮编:210009
出版社网址	http://www.jspph.com
照　　排	江苏凤凰制版有限公司
印　　刷	江苏凤凰新华印务有限公司
开　　本	718毫米×1000毫米　1/16
印　　张	23
字　　数	320千字
版　　次	2018年12月第1版　2018年12月第1次印刷
标准书号	ISBN 978-7-214-22710-2
定　　价	68.00元

目　录

序章　期待"春天"的早日到来

我为什么要写这本书?

我为什么要写这100多位日本人?

坦率地说,主要是基于对当前中日关系的忧虑。

今年是《中日和平友好条约》缔结40周年。这个共有761个字的条约,明确厘定"发展两国间持久的和平友好关系"和"为促进两国人民的往来而努力"等条款。

对中日关系来说,今年面临进一步改善发展的重要机遇。

中日关系继2017年中日邦交正常化45周年之后,又于2018年5月迎来了久违的春意。但中日友好交流合作仍存在不和谐音。

这不能不引起中日两国有识之士的共同关注。

个中原因究竟是什么?

值得人们去深究!

中国人说,那是你们日本人顽固坚持"皇国史观"和对侵略史"暧昧"的后果。

日本人说,这是中国人多年来搞爱国主义教育的结果。

这种说法对不对?究竟是谁的错?

作为曾经担任侵华日军南京大屠杀遇难同胞纪念馆馆长23年的公职人员,作为一名对日军侵略暴行历史和日本当今现状有着20多年专门研究的学者,作为一个几十次去过日本又在中国接待过几十万日本人的亲历者,我觉得此时“理性”和“冷静”这几个字尤为重要。

我认为,其实很多中国人并不了解日本人,至少是对日本人了解不够全面。

譬如,有这么一种说法,“日本人不好!”这就过于笼统和绝对化。俗话说:“不要一棍子打死天下所有的人!”这话语中就有哲理。对日本人的看法,也应该有此理性,即:不要一概排斥所有的日本人。

当然,中国人之所以对日本人产生偏激看法,责任主要在日方。这是因为,战后日本不仅不深刻反省自己曾经加害他国的历史,而且日本政要执意参拜供奉有战犯灵位的靖国神社,日本政府再三篡改历史教科书,日本右翼人士不断否定历史的反华活动愈演愈烈,日本还有人图谋染指我国台湾、钓鱼岛等领土,等等。我们要旗帜鲜明地反对这些日本人的言行,永远和他们做斗争,绝不退让半步。

与此同时,我还要特别指出的是,对上述问题,有许多日本人的立场和态度与我们中国人完全一样,甚至立场比我们更坚定,态度比我们更鲜明,他们在日本国内一直与各种形式的反华势力做斗争,付出了许许多多的代价,为东亚和平和中日友好事业做出了不可磨灭的贡献。在他们中间,有教师、律师、记者、僧人、艺术家、企业家,也有战争时代的老兵;有普普通通的工人,甚至也有国会议员和职业政治家。

我要介绍给各位读者的,正是这样的一些具有正义感和热衷于推进中日友好的日本友人,以及他们周围的一批日本人。

他们是当今日本社会中真实存在的对华友好的日本人。

随着年龄的增长,我已经到了退休的年龄,并且已经辞去了侵华日军南京大屠杀遇难同胞纪念馆馆长的职务,成为一个老者,一个社会闲人。但作为中国作家协会会员和曾经编辑出版过 180 多本书籍的作者,退休后最想写的书只有两部,一是《我当馆长 20 年》,一是《我的 100 位日本朋友》,目的是想用以文会友这种更积极的方式,保存我曾经有过的记忆。

我想,每一段记忆,好像都有一个密码。只要时间、地点、人物组合正确,无论尘封多久,那些人那些景那些事都将在遗忘中被重新拾起。

您也许会说:“不是都已经过去了吗?”

其实,过去的只是时间,有些经过就像大树的一圈圈年轮,是清晰存在且难以割舍的。譬如,我与一些日本朋友的经历每每值得回味,值得时常想起,值得写下来与他人分享。

寒冬,是一年四季中最寒冷的季节。

寒流,在广袤无垠的大地和城市水泥森林中穿越,使得路人们不由得加快了前行的脚步。

英国浪漫主义诗人雪莱说过:“冬天来了,春天还会远吗?”

没错,寒冬之后应该就是春天。这话用来比喻当下的中日关系,比较贴切。

2017 年 12 月 16 日。北京。万豪酒店。

第十三届北京—东京论坛在这里隆重开幕。中日两国政府“重量级”的官员,与 500 多位来自中日两国各行各业的专家学者们济济一堂,纷纷登台亮相,为当下和长远的中日关系把脉、研讨和献计献策。

中共中央宣传部副部长、国务院新闻办主任蒋建国在致辞中高度评价该论坛:“‘北京—东京论坛’已走过 13 个年头,在双方共同努力下,成为中日间高层级、具有广泛性代表性的对话交流平台。”

日本前首相福田康夫先生,我在参加第十一届北京—东京论坛时就见过他,和他有过一些直接交流。他在论坛中言辞恳切:“45 年前,日中两国老一辈政治家焐暖了日中关系,他们的愿望就是实现两国友好。从伟人和前辈的身上,我们深刻地认识到自己的使命就是让日中关系走向更加稳定与和平。不久前产生的中共十九大精神对日中两国推进和平友好关系具有重大意义。因此,我们要抱着更加坦诚、理性和认真的态度参加本届论坛,为日中友好贡献智慧。”

北京—东京论坛最早提议、策划和创办者,中方连续十三届参加该论坛者,中国人民大学新闻学院院长,第十一届全国政协外事委原主任委员、国务院新闻办原主任赵启正先生说得更精彩:“作为中日间高层次民间交流和智库交流的重要平台,‘北京—东京论坛’已举办十二届,为中日关系发展注入了正能量。2017 年是中日邦交正常化 45 周年。45 年来，虽然中日关系历经风雨，但我们相信国之交在于民相亲，民相亲在于心相通。文化、媒体、青少年等领域的交流，是两国关系发展的民意纽带。中日两国民间交往的纽带丰富而坚韧，'以民促官'是两国关系发展的重要特点。多倾听对方的心声，有利于增信释疑。"

日本公益财团法人国际文化会馆理事长、联合国原副秘书长、日方连续十三届东京—北京论坛参加者明石康先生，我也曾经在北京的论坛上与他有过交流，还一起吃过饭。他此次有关中日关系的发言诙谐形象。他说："通过这样的民间对话与意见交换，能够为政府层面两国关系出现大起大落设置缓冲。它的好处在于，当遇到问题时，可以从两国长期交流的大语境下思考应对办法。俗话说'情人眼里出西施'，但在邻国关系中，却时而出现'把西施看作东施'的现象。特别在大国之间，这种现象很难避免。"

中国外交部部长助理、中国政府朝鲜半岛事务特别代表孔铉佑说："无论国际形势和周边环境如何变化，中日关系的主流都应该是和平、友好和合作。近些年，中日关系磕磕绊绊，发展历程并不平坦，其中的教训值得我们认真汲取。在双方的共同努力下，近期中日关系积极互动明显增多，改善势头有所增强，两国领导人就改善发展中日关系达成重要共识，各领域务实合作稳步推进。与此同时，中日关系的敏感因素仍然存在，我们重视日方最近在对华关系上做出的积极表态，希望日方沿着正确方向继续前进，同中方共同落实好两国领导人的重要共识，不断巩固和扩大积极面，推动两国关系早日重回正常发展轨道。"

日本驻华大使横井裕，这位日本的大个子外交官，曾经担任过日本驻上海总领事馆总领事，几次去过侵华日军南京大屠杀遇难同胞纪念馆，每次都是我出面接待和讲解，并在一起座谈交流过，彼此比较熟悉。他在这次论坛上发言说："回顾今年，日中关系虽然缓慢但切实地走在迈向改善的上坡路上。伴随中国的快速发展，日中关系也需要升级至'新时代'。期待双方有识之士在本届论坛上，围绕日中两国该如何创造性地参与亚洲和平与发展进行讨论，凝聚智慧，共同追寻答案。"

中国国际经济交流中心首席研究员张燕生在演讲中指出："中国经济进

入到一个高质量发展和全面开放的阶段，出现了在创新方面投入了前所未有的力度，从追求经济高速增长转到强调高质量发展，以及新产业、新业态、新模式在经济中的比重明显上升这三个重要变化。这些给中国和日本开展经济合作创造了巨大的空间。中日合作的黄金时代到来了。经贸关系是中日关系的压舱石，但它受到了两国间政治、安全和社会等问题的太多干扰。今后，中日如何在‘一带一路’框架下，在构建命运共同体、利益共同体和责任共同体的过程中携手推动全球化与自由贸易，是两国政治家、工商界精英的时代责任。”

日本JFE控股株式会社特别顾问数土文夫分析中国经济取得显著发展的原因，从中国的经济环境充分尊重多样性开始谈起，提到了孔子说过的“君子和而不同”与“以和为贵”。他认为：“日中两国对于维护世界和平与建立全球化经济秩序的目标是一致的，但是具体的做法可能不一样，可谓殊途同归。因此，日中双方应该包容不同意见的存在，并且让这些观点去辩论，最终找到实现大同的途径。”

这次论坛的主题是“中日共建更加开放的世界经济秩序与维护亚洲和平”，并设置有“双边政治与外交分论坛：世界政治经济秩序变化中的中日战略互信与合作”“媒体分论坛：改善中日两国舆论环境的必要举措——对舆论结构与媒体变化的思考”“经贸分论坛：自由贸易与全球化的未来以及中日合作方式”“安全分论坛：东北亚和平秩序与中日两国应发挥的作用”“特别分论坛：中日邦交正常化在今天的意义与中日关系的未来”。

我被安排在特别分论坛上发言，事先做了思考和认真准备，还做了PPT，试图从微观的视角谈中日民间交流的重要意义、价值与发展路径，题目是“民间交流是破解中日对立的良药——来自侵华日军南京大屠杀遇难同胞纪念馆的启示”，列举了中日两国民间团体围绕南京大屠杀历史交流与互动的5个典型案例，剖析了中日两国民间交流互动的效果，谈到了未来加强中日两国民间交流的路径及其打算。

在会场上，有日本学者提出，2018年是“中日和平友好条约”缔结40周年，我们不能坐而论道，参会的中日两国学者，人人都应该思考和回答应该做些什么。我的回答是出一本书，题目是《我的100位日本朋友》。

我的话一出口，立即得到与会的中日两国多位专家学者的支持与好评。在一片赞同声中，我担任侵华日军南京大屠杀遇难同胞纪念馆馆长 23 年期间的一个个日本友人的友好形象，一场场中日民间交流的热烈情景，一幕幕中日民间友好的感人画面，如同过山车似的浮现在我的眼前……

激励与鼓劲，记忆与想象，有时也会成为一种动力。它们促使我迅速拿起了笔，开始了这本书的写作。

第一章　白西绅一郎及坚持绿色赎罪的日本人

2017 年 10 月 8 日，一个不幸的消息从东瀛传来，旅日老华侨林伯耀先生在电话里用近乎哭诉的语调告知我，我们尊敬的白西绅一郎先生，昨天在参加大阪华侨团体组织的“中秋明月节”活动后，不幸在下榻的大阪酒店里去世。

听到这一噩耗，我几乎不敢相信自己的耳朵，是否听错了呢？白西先生怎么会说走就走了呢？太突然了！还有许多未竟的事业在等着他继续去做呢！

白西先生的离去，仿佛不是真的。

我立即打电话给南京市对外友好协会原副会长孙文学先生。孙会长告诉我，白西先生真的走了。为此，孙会长刚刚还痛哭了一场。

真可谓男儿有泪不轻弹，只因未到伤心处。能使中国的男人为一位日本人的逝去而伤心痛哭，这位日本人真的很了不起！

孙文学先生曾经代表南京市人民政府常驻过东京办事处，也多次在东京和南京接待过白西先生。我俩是白西先生铁杆的老朋友。

更为重要的是，孙文学副会长有过与我一起专程去京都参与日本老兵东史郎葬礼的经历。有鉴于此，我开门见山地问孙会长：“我俩还能一起去东京，参加白西绅一郎先生的葬礼吗？”

孙会长是个老“外办”人，在南京有“外长”之称。他直截了当地回答我：

“现在我俩都退休了，要办因私赴日本的手续。在时间上，肯定是来不及了。”

我立即打电话给北京的中国人民抗日战争纪念馆馆长李宗远先生，问他：能否让我以中国抗日战争史学会副会长的身份，办理赴日本手续，参加白西绅一郎先生的葬礼，与白西先生见最后一面，送别白西先生？

李馆长也十分遗憾地告诉我，按照现在的有关规定，根本不可能。中国人民抗日战争纪念馆因此也无法派人去东京为白西先生送行。

看来，自费赴日本参加白西先生追悼会的愿望不可能实现了。我便立即写了一份唁电，通过林伯耀先生代为转达给其亲属。

10 月 22 日，是白西绅一郎先生在东京的下葬日。与此同时，在南京，我们也一起聚集在侵华日军南京大屠杀遇难同胞纪念馆内，举行了一场小型的“日本友人白西绅一郎先生追思会”。江苏省对外友好协会段海红处长，南京市对外友好协会张斌副会长、孙文学原副会长和孙曼处长，张建军馆长、陈俊峰副馆长、芦鹏翻译等人参加。

追思会由陈俊峰副馆长主持。会上，孙文学先生流着泪读完了他写的一篇回忆白西先生的追悼文，段海红、张斌、孙曼、芦鹏、张建军等相继发言。我也在追思会上回顾了我到侵华日军南京大屠杀遇难同胞纪念馆工作后的 23 年间，与白西先生先后在东京、广岛、北京、南京等地，大约有 50 次左右见面交往的一幕幕，心情是极为沉重的。

2018 年 2 月 26 日，由日中协会主办、纪念日中协会前理事长的“白西绅一郎追思会”在东京 Palace Hotel Tokyo 隆重举行。中国驻日本大使程永华和夫人汪婉参赞、中国驻日本大使馆政治部薛剑公参、日中友好会馆中方代表理事郑祥林、中国驻福冈总领事何振良、中国驻新潟总领事孙大刚等与会。日中协会会长野田毅、副会长大平裕、依田巽等日本政界、民间团体人士，白西家族成员、日中协会会员和旅日华侨华人、中国留学生代表等 300 余人出席追思会并献花，向为日中友好事业奔忙半个多世纪、奉献了一生的白西理事长表达了哀思。

日中协会会长、众议院议员野田毅代表主办方做追思发言，中国驻日本大使程永华致辞，中日友好协会会长唐家璇的悼念词由该会副秘书长朱丹代读。对一位故人的追思会，能够吸引中日两国这么多高级别人士参加，足见其生前对中日友好事业贡献之多，其影响力之大。

2018年2月26日，在东京举办的“白西绅一郎追思会”现场

我透过各种渠道，得知中日两国媒体有许多评价白西绅一郎的文章，尤其在网络上、微信上特别多，悲痛的、惋惜的、肯定的、赞美的……可谓铺天盖地。日本侨界有一篇追悼文的开头这样写道：

一个日本人走了，所有中日友好人士都舍不得他！把中日友好作为终身事业的白西绅一郎先生逝世，在日华侨华人都沉痛悼念他。

还有一篇文章用一组数字、举一个事例、从一个侧面，来称赞白西先生是中国人民的老朋友：

50年间，白西先生已访华600多次，平生只访问一个国家——中国。日本与很多国家互免签证，但他坚持自己的信念，一辈子只访问中国一个国家。

香港回归，立即去香港，澳门回归，立即去澳门，他期待两岸早日统一,表示只要统一,哪怕是坐轮椅也要去台湾。

他愁中国所愁,喜中国所喜。

南京地铁一开通就赴南京,青藏铁路一开通就赴西藏,津京高铁开通就亲身体会高铁,他就是这样体会着新中国的成就,与中国结下不解之缘。并且越是中日关系紧张,他去中国便更勤,中日关系异常冷却的2006 年,他访问中国达 14 次。

在所有悼念白西先生的文章中,我认为旅居在日本神户的黄国贞先生那篇题为“白西绅一郎:影响时代的架桥人”的文章,写得最棒、最精彩,饱含着深情。该篇文章开头就写得十分鲜活、形象和贴切:

一个人,终其一生只做一件事容易,能把这件事融入到骨子里做到极致,且最大限度地发挥出生命能量,摆脱或排除各种障碍,在风尘与迷雾间,去影响一个时代并非易事,也是一般人所做不到的。

有人做到了,他就是日中协会理事长白西绅一郎。他很不一般。

这个人,五十年如一日地对中国奇特地好,好得死心塌地,是典型的中日友好使者和架桥的人。能主事儿,并以他支配时代的能力去做事儿。

从 1967 到 2017 年,他频繁地来中国 600 多次。这个震撼的数字,足以表达他似走亲戚一样对待中国,为建立一座达至中日两国人民心中的桥,呕心沥血,鞠躬尽瘁地用真心去暖人。可以感知,在他身后是一个民族正义的力量在支撑,为了实现“日中永远好下去”的宏愿,他决绝地,任性地,甚至有些不可思议地终其一生只去一个地方,那就是——中国。

如果按照他的意愿,两国之间的关系会在“历史清算”后的阳光下,更加持续地改善,加速友好进程。最起码,这一点我相信。

可是,白西绅一郎先生走了。

在这篇文章的最后,还写出了作者和众人对白西先生匆匆离去的不舍:

没想到,在中秋欢乐之际,他谁都没告诉就一个人悄悄地走了。

选择这样的日子离去，大概是他与上苍的一个约定。

即便无奈，即便还有那么多的事没做完。77 年的旅程，已无悔。写到这里，才感觉，白西绅一郎是在用一种不寻常的方式在向这个世界道别。月圆之夜，似乎意味着什么。

不知不觉，走近这位绅士。替他传递心声，他的生命属于中日两国。他是一座桥。

影响时代的桥，是不朽的。

我十分认同黄国贞先生把白西先生毕生所做的努力，都归纳成为中日两国之间架设一座友好的桥，并且这是一座不朽的桥。

白西先生是我最为敬重的日本朋友之一。在我数次去日本交流时，几乎每次都受到他的欢迎和热情接待。

日本一般社团法人日中协会理事长白西绅一郎

脑海里清楚地记得，那还是在 1994 年 8 月我第一次去日本时的情景。当时不仅我是以侵华日军南京大屠杀遇难同胞纪念馆馆长的身份首次访日，而且同行的南京大屠杀幸存者夏淑琴也是继远东国际军事法庭审判后，以战后第一位南京大屠杀幸存者身份访问日本。面对当时日本右翼势力出面反对，白西先生却在东京后乐宾馆，也称日中友好会馆，召开了小型的欢迎会，欢迎我们到日本来为南京大屠杀的历史作证。

印象最为深刻的是 2009 年 2 月 19 日，我作为中国共产党代表团成员访问日本，中共中央对外联络部部长王家瑞担任团长。我随团从北京飞往东京，参加“中日执政党交流机制第四次会议”。

我清楚地记得，那天晚上代表团全体成员，应中国驻日本特命全权大使崔天凯的邀请，在中国驻日本大使馆参加欢迎会。

回到代表团下榻的新大谷饭店时，已经是 21 点多钟了。料想不到的是，白西先生从日方的资料中得知我参加代表团后，请老华侨林伯耀先生在新大谷饭店等着我，并执意邀请我再到附近的一家小茶社坐坐，叙叙旧。他乡遇知己，真的使我感动不已。

2009 年 2 月 20 日，作者作为中国共产党代表团成员之一访问日本，在帝国饭店参加中日两国执政党交流机制第四次会议

那是一座环境十分幽雅的茶社，内部装饰十分特别，墙壁、地面甚至桌面的端头，均带有采石时钢钎的原始印痕，许多茶屋则是用锈迹斑斑的废铁皮围合的，有流水和小溪，将自然景观巧妙地移置于屋内，给人一种轻松和释然的感觉。

我们要了一些日式茶点。几杯啤酒下肚后，开始攀谈起来。

白西先生对中日关系总是有一种前瞻性、独特性的深刻见解，每次与他交谈，我总是获益匪浅。

那次，白西先生谈及日本政界的近况以及对我们中国共产党代表团来访日本的需求等，我边听边记录，竟然记下了 10 多页纸。

2009 年 2 月 23 日，作者（后排右四）与王家瑞（前排左四）团长率领的中国共产党代表团全体成员访问日本自民党总部，与日本首相麻生太郎（前排右四）等人合影

期间，我们谈到了当天晚上崔天凯大使介绍的石川好先生及漫画展。白西先生说石川好在日本政界和社会均有一定的影响力，希望我能够支持他在南京办好首展。

老朋友白西先生的一番话，更增添了我办好这个有意义画展的决心和信心。

后来，白西先生真的应石川好的邀请，专程来到南京，参加了该展览的开幕式。

时间过得飞快，不知不觉地到了 23 时 30 分钟，白西先生一看手表，说了声“对不起”，他要赶今晚最后一班地铁，否则就回不了在千叶市的家了，说完急匆匆地走了。我看着他的背影，从心底升腾起一种深深的敬意和歉意。

第二天晚上，我随中国共产党代表团全体成员一起到东京饭仓公馆，出席日本外务大臣中曾根弘文（日本前首相中曾根康弘的儿子）的招待酒会。

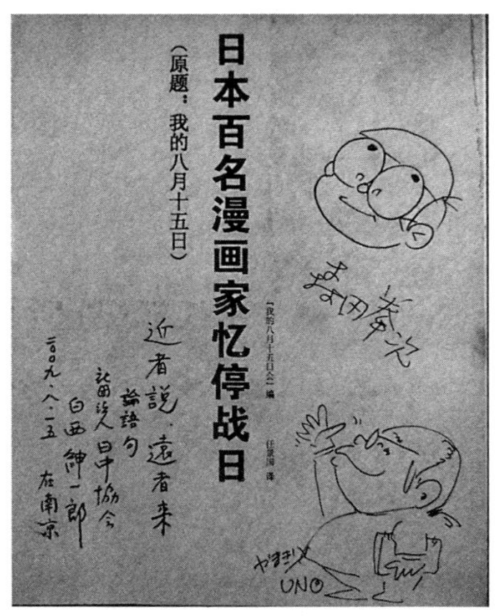

2009 年 8 月 15 日，白西绅一郎先生在南京为“我的八月十五日——日本百名漫画家忆停战日”画展题词：“近者说，远者来——论语句。”

在这里，我再次遇到白西绅一郎、野田毅等老朋友。白西先生把我一一介绍给日本国会议员、财务副大臣、前首相竹下登的儿子竹下亘，日本原防务大臣、日本阁僚中的女强人小池百合子等人，并且热情地邀请他们和我合影留念。

2007 年，我俩在白西先生的出生地广岛见面时，他亲口告诉过我，他于昭和十五年(1940)6 月 26 日出生在广岛，也是广岛原爆受害者，还给我看了广岛原爆受害者证书。他说，广岛原爆受害者到现在为止，也只有 1.7 万个(至 2017 年初增加至 21486 个)牺牲者名字。广岛和平公园内的集体坟墓中，供养了 7 万多原爆受害者，只有 2000 多人有名有姓，目前仍然有 800 多份遗骨无人认领。日本已经宣布有 29 万多原爆受害者死亡，而直接死亡人数为 14 万多人(上下误差 1 万人)。

白西先生还笑着告诉我，他死后，凭着原爆受害者证书，也会被日本政府宣布为原爆受害者死亡人员之一，其名字也会被列入 29 万多人之中。他的这一说法，是我经常回答那些攻击南京大屠杀遇难同胞名单墙上名单只有 10000 多人言论的有力工具。我承认，我对日本的了解，其中不少来自白西先生那里，他对我的学术研究帮助很大，堪称良师益友。

2012 年 2 月，日本名古屋市长河村隆之公然发表否定南京大屠杀存在的言论，作为日中协会理事长的白西绅一郎，立即发表了抗议书，旗帜鲜明地表明了态度。其题目是“抗议‘河村言论’——历史事实不容否定”：

> 名古屋市长河村隆之在 2 月 20 日接待来访的南京市代表团时，公然宣称“南京大屠杀事件应该是不存在的”，对此我表示强烈的愤慨！

日本政府在1998年2月25日通过外务省发言人阐述了政府官方见解，即“无法否认旧日本军队在1937年进入南京城后对非战斗人员进行杀害、掠夺等行为的存在”（摘2012年2月29日《日本每周通讯》）。这一见解承认了南京大屠杀，日本国民也应当将其作为正确的历史认知观予以接纳。我与同行的有志之士自1986年开始连续26年前往侵华日军南京大屠杀遇难同胞纪念馆植树谢罪，今年3月下旬也已制定了21人前往南京的计划。曾经侵略过南京的许多日军老兵都已承认南京大屠杀事件的历史事实，并且进行了深刻的反省。如果河村市长继续一味地否认南京大屠杀的话，那就应该去向美国等国家的政府要求修改1952年4月份生效的《旧金山和约》，试问河村市长是否有此勇气？

河村市长应当好好地学习历史知识，撤销其发言，向中国人民谢罪！在这中日邦交正常化40周年纪念之年中冒出了河村市长这一无视历史事实的言论，我对此表示极大震惊，并强烈抗议！

日中协会理事长

白西绅一郎

2012年2月21日

最后一次在东瀛见到白西先生，是2016年12月我应邀访问日本，先后在长崎、熊本、福冈、广岛、冈山、京都、大阪、神户、名古屋、金泽、东京等11城市做巡回报告。其间，在东京，白西先生和田中宏教授、俵义文教授、井上久士教授、日本女性战争与和平资料馆馆长池田惠理子女士等一批日本从事近代史研究的著名专家，专门为我开了一个座谈会。

在会上，特意让我发表一个小时的演讲报告。我先介绍了这些年对南京大屠杀国家公祭、申报世界记忆遗产工程、南京大屠杀学术研究以及今后的南京大屠杀微观史研究等情况，白西绅一郎先生、田中宏教授、俵义文教授、井上久士教授、池田惠理子馆长等一一做了回应与发言，彼此进行了坦诚且友好的学术交流。

看到他躬着身、弯着腰为我忙碌，我心中多少有些不忍。他真的是为中日友好事业累弯了腰啊！

那一次我访问日本，还有一项特殊的收获，其中也与白西绅一郎先生的极力促成有关联。

12 月 4 日，我应邀在熊本县教育会馆为 100 多位日本人做讲演报告。在报告开始之前，林伯耀先生受日中协会理事长白西绅一郎的委托，专程从神户赶到福冈来，并邀请了佐贺县立小城市高等学校退休校长、现小城市乡土史研究会会长岩松要辅先生来与我见面。

岩松先生现年 76 岁，昭和十五年(1940)在台湾的台中出生。

岩松先生 1997 年去过南京，作为日本全国教育委员会访华团一员访问过纪念馆，我出面接待过他。当时，他还是一名高中老师，回到日本后告诉他的学生们南京大屠杀的历史，并誓言为日中友好而努力。

几年前，他在佐贺县唐津市的一个书店里，发现了南京卫戍司令长官唐生智作战命令等文献资料，觉得对于南京大屠杀和南京保卫战历史研究很有价值和意义，就买了下来，并且一直保存着。

岩松先生觉得现在该还给中国了，于是通过日中协会理事长白西绅一郎先生，希望捐赠给侵华日军南京大屠杀遇难同胞纪念馆。

白西先生就是这样一位为日中友好事业乐此不疲的人，并且鞠躬尽瘁、兢兢业业，在中日两国间留下了许多佳话。

看看百度词条是怎样来介绍白西绅一郎先生的：

> 白西绅一郎(SHINYICHIROU SHIRANISHI，1940—2017)，1940 年 6 月 26 日生于日本广岛市，日本唯一一位把中日友好作为终生职业的人士，是 1945 年广岛核爆的亲历者。1960 年考入京都大学，毕业之后进入日本国际贸易促进协会工作。1975 年，日中友好七团体之一的日中协会正式成立，白西绅一郎出任日中协会干事。此后，先后任日中协会事务局长、理事、常务理事等职务，2000 年起任日中协会理事长，为中日友好交流事业做了大量工作。
>
> 2017 年 10 月 8 日，白西绅一郎在大阪市去世，享年 77 岁。

我觉得百度词条对白西先生的介绍，有点儿太原则、太概念化、太一般化了，缺项的内容太多，至少对白西先生用毕生精力从事的中日民间交流只字未提，不能不说有点遗憾。

在我的记忆中，白西先生一直是中日民间友好交流的拥趸、支持者、实践者和特别使者。他深知国之交在于民相亲，民相亲在于心与心的交流。他是这么想的，也是自始至终这么去做的。有一件事足以为其佐证，那就是他30多年如一日地坚持组织日本国民来南京进行“绿色赎罪”活动。

2015年春，白西绅一郎（右二）在南京参加“绿色赎罪”植树活动

绿色象征生命，绿色是和平的象征。几乎与侵华日军南京大屠杀遇难同胞纪念馆建成开放同一年，日本日中协会于1985年创设了“南京大屠杀被害者追悼献植实行委员会”，并成立了“追悼南京大屠杀死难者献植基金”，其宗旨是“我们对日本国在过去的战争中，对中国人民造成的重大损失痛感责任，表示深刻反省，追悼南京大屠杀及其中国人民的死难者。日中两国人民不再战，发展面向21世纪和永远的友好而开展绿化献植活动”。

日本日中协会是隶属于日本外务省的一个协会，会址设立在东京的日中友好会馆里，有点类似于隶属于外交部的中国外交协会。我多次去过那里拜会白西绅一郎先生。那是一个只有两间房子的小会所，里面堆满了书籍和杂志，没有富余的地方。白西先生成天就挤在那里办公，一待就是 30 多年，头上的青丝变成了白发，高大挺拔的身躯变成了弯腰驼背。他是该会唯一的老工作者——从干事、事务局长、理事、常务理事，一直当到理事长，也是 32 年间连续参加植树悼念活动的唯一主持人、参与者和见证者。

自 1986 年春天开始，每逢南京的春暖花开时节，日本日中协会都要号召日本国民，组成南京大屠杀受害者献植访中团，下简称“植树访华团”，以此悼念南京大屠杀受害者的亡灵，表达忏悔和谢罪。他们称这种活动叫“绿色赎罪”，翻译成汉语，即是“绿的赎罪”或者“绿色赎罪”的意思。

令人敬重和不解的是，从 1986 年开始，直到 2017 年的 32 年中，他们像候鸟一样，年年来中国，岁岁来南京，从未间断过。即使在那年中国发生 SARS 疫情的时候，很多日本人都不敢来中国了，他们仍然坚持不断。

这种活动形式深受南京市民的欢迎，也感动过许许多多的南京市民。可以说，日本友人不辞辛劳和坚持数十年为了赎罪而植树，其实也是种植在南京人民心中的绿色之树、友好之树、希望之树。

他们于 1986 年 5 月 16 日在侵华日军南京大屠杀遇难同胞纪念馆内亲手栽植的小松树苗，已经长成粗壮的大树。他们在南京珍珠泉公园内种植的 7 万多株梅、榉、桃、山茶、女贞等树木，已经枝繁叶茂，成为中日友好的象征。由冈崎嘉平太题写的《绿色赎罪——南京 · 追悼献植访中团的记录》，已经在日本正式出版了 32 册。

每年一册《绿色赎罪——南京 · 追悼献植访中团的记录》，记录着南京大屠杀受害者献植访中团的足迹

让我们来看看百度词条是怎样介绍植树访华团的：

> 绿色赎罪，是日本日中协会组织日本国民来南京植树的活动，以此悼念在南京大屠杀中遇难的中国人。日本日中协会称这项活动为“绿色赎罪”。
>
> 举办时间：
>
> 这项活动自1986年起每年举办一次，时间在清明节前后。
>
> 举办结果：
>
> 截至2009年，已有千名友好人士在南京市珍珠泉种下了6万多棵象征和平的友谊之树。
>
> 绿色赎罪简介：
>
> 自1986年以来，每逢春暖花开时节，日本日中协会都要号召日本国民，组成悼念南京大屠杀受害者“绿色赎罪”植树访华团，植树活动的倡导人是日中友好人士冈崎嘉平太、菊池善隆先生。已有近千名日本各界人士参加了这一活动。他们在侵华日军南京大屠杀遇难同胞纪念馆内种植的3棵松树已亭亭玉立，在南京珍珠泉公园内种植的6万余株梅、榉、桃、山茶、女贞等树木，已枝繁叶茂，成为中日友好的象征。
>
> 侵华日军南京大屠杀遇难同胞纪念馆馆长朱成山介绍，因为纪念馆的空间有限，绝大部分树栽在浦口的珍珠泉公园内。“树种很多，有梅花、雪松、柏树……种的梅花树就有几万株。”朱成山说，“最初几年每次都植数千棵树，树种都是他们从日本运过来，当时在上海进关，需要检疫消毒，交通也不便利。租个卡车一颠就要七八个小时，后来他们就在中国找树源了。”

最早发起植树访华团这项活动的是时任日中经济协会常任顾问冈崎嘉平太，日本东方科学技术协会副会长菊池善隆，他们当时都是80岁以上高龄的老人。

作为名誉团长的冈崎嘉平太，则是日本企业界享有盛名的人物，曾担任过日本经济团体联合会会长，为中日邦交正常化做出过重要的贡献，也是植树悼念活动的发起人之一。

2016 年 12 月 7 日，我在冈山日中友好协会会长景山贡明会长的陪同下，有幸参观了冈崎嘉平太纪念馆。虽然这座纪念馆面积不大，但在日本，能够为一个人单独建立一座纪念馆，足见这个人物生前的影响力有多大。我在该馆里细致观察，摘抄下一些介绍冈崎嘉平太生前事迹，更增添了对这位日本友人的敬重。

冈崎嘉平太(1897—1989)出生于日本冈山县。1922 年东京帝国大学法学部毕业后担任银行职员。1939 年出任日伪上海“华兴商业银行”理事。1942 年 11 月回国出任大东亚省参事官。翌年 5 月，转任日本驻汪伪政权大使馆参赞。1945 年日本战败投降后，留在上海负责处理战败事务，与当地负责接受日军投降的汤恩伯将军斡旋，帮助在华日本人遣返。1946 年 5 月，冈崎回国后辞去外交官职务，投身实业界。1949 年出任池贝铁工总经理。1951 年就任丸善石油公司总经理。1954 年担任日本国际贸易促进会常务委员。1961 年担任全日空总经理。1964 年担任日中综合贸易联络协议会会长。1972 年日中邦交正常化后，出任日中经济协会顾问。

冈崎在中学时代就开始与中国留学生接触，学习中国的历史与文化，加上战时在华活动的经历，加深了对中国的了解和亲近感。他亲眼看到了战争期间日本侵略中国的罪行，见证了战争结束后中国政府以德报怨、善待日本军民并顺利遣返日本人回国的过程，从而产生了深刻的自责心理和反省意识。战后，他弃政从商，积极主张发展日中贸易，以改善日中关系。他提出了“LT 贸易”的原型，即“冈崎构想”，其主要内容就是从农业部门的日中经济合作开始，逐渐扩展到一般性的经济合作关系，逐渐打破日中关系的僵局。

1962 年 10 月 26 日，冈崎嘉平太以日方代表团副团长的身份随高崎达之助访华，这是他战后首次访问中国。周恩来总理在与日方代表团会谈中指出：“自甲午战争以来，日本侵略了我国。特别是东北事变(九一八事变)以后，长期侵占了我国大片土地，给我国人民生命财产造成了重大损失。我们认为是这是深仇大恨。但是，这充满仇恨的 80 年与中日友好的两千年的历史相比，还是短暂的。我们正在努力忘掉这种积怨。今后要加强同日本的友好，要共同努力来提高亚洲的文化、经济水平。”周总理的这一发言令冈崎十分感动，因为他在青年时代就是一位“亚洲主义者”，希望亚洲各国紧密团结，不进行争斗和战争，共创现代文明。

冈崎通过与中国的接触，更加坚定了恢复日中邦交和加强日中友好的决心。60年代末70年代初，随着国际形势的变化，冈崎明确要求当时的日本佐藤政府改变对华政策，推进两国关系正常化。对于横亘在日中两国之间的台湾问题，他认为台湾问题是“中国国内的问题”，批评佐藤政府的台湾政策。

在对中国及日中关系发展前途的认识上，冈崎先生也颇具远见。他曾经大胆地预测：“50年后，中国也许会超过美国，成为世界第一。”因为“中国有很大的潜力”，“从历史上看，中国人曾独自创造了高度的文化……而日本虽拥有消化文化的能力，但没有创造文化的经验。”“在21世纪的前半期，日本与中国应该携手，为整个亚洲的文化与民主的发展做出贡献。”

多么了不起的前辈！多么有远见卓识的政治家和经济家！多么了不起的日本友好人士！冈崎嘉平太亲自发起和倡导的“南京大屠杀被害者追悼献植实行委员会”，其目的就是为了促进对历史的反省和发展日中友好事业。

1986年晚秋，当冈崎嘉平太从菊池先生处得知访华植树团成员们的报告文集第1集已出版时，他很高兴地说：“大家代表日本全体国民作忏悔的真心，必定会与此次代表日本国民栽植的，将在今后几十年、数百年持续繁茂的树木一起，得到几百亿，乃至几千亿中国人民子孙后代的谅解。我开始静静地期待：每次听到有关‘南京大屠杀’的话题，或每次不由地想起时都会深感痛苦的我，也会在将来的某一天得到中国人民的原谅吧。”

另一位发起者、植树访华团首位团长菊池善隆，曾于1986年5月16日，率领日本植树访华团到侵华日军南京大屠杀遇难同胞纪念馆举行第一次“绿色赎罪”活动，并种下3株千头松。他说：“绿色是生命之源，和平之力。

一定要把一年一度来南京植树谢罪活动坚持下去，用这种特殊的方式悼念南京大屠杀死难者，即使他们不在世了，也要让后人永远坚持下去。”此后至 1990 年连续 5 年，他都来南京举行“绿色赎罪”活动。

1986 年 5 月 16 日，日本首位植树访华团团长菊池善隆（右一）、副团长林佑一（左二）、著名影星中野良子（左一）等向南京大屠杀遇难者敬献花圈

的确，当 92 岁高龄的冈崎嘉平太于 1989 年 9 月 22 日去世，85 岁的菊池善隆也在 1990 年 3 月 30 日至 4 月 7 日率领第 5 次植树访华团来南京、淮安、北京访问回国后不久，于 5 月 30 日病故。1992 年春、1993 年春、1994 年春……他们的夫人、子女手捧着老人的遗像来南京参加植树活动，作为侵华日军南京大屠杀遇难同胞纪念馆工作人员的我，当时非常感动于他们的执着和深情，同时从内心油然升腾起一种敬意。

在我担任馆长期间，接待过几任植树访华团的团长。从菊池善隆手里接过植树访华团团长接力棒的，是日本原驻华公使林佑一先生。他原来是植树访华团的副团长，该团第一次来南京的名单上就有他的名字。1990 年菊池团长逝世后，从 1991 年春天开始，他继任团长，率领第 6 次植树访华团，至 1995 年率领第 10 次植树访华团，曾经连续 5 次来南京举行“绿色赎罪”活动。

这位 1916 年出生的日本人，时任日本日中协会常务理事，也是中日邦交正常化后日本国首任驻华公使。

在我的记忆中，林佑一团长率领的植树访华团，每年来侵华日军南京大屠杀遇难同胞纪念馆举办活动时，都是我出面接待的。

例如，第 8 次植树访华团的 28 名日本团员，于 1993 年 3 月 28 日来访，我在侵华日军南京大屠杀遇难同胞纪念馆内接待了他们，陪同他们向南京大屠杀死难者敬献花圈和致哀，在馆内为 1986 年栽种的松树修枝、松土和浇水，并进行了座谈。1993 年 3 月 29 日的《南京日报》刊登了该报记者孙云龙发的一则消息：

日本朋友来宁举行植树悼念活动

本报讯　春风又绿江南岸。前天下午，由日本日中协会常务理事林佑一先生率领的日本第 8 次悼念南京大屠杀受害者植树访华团一行 28 人，冒着濛濛细雨在浦口珍珠泉公园又栽下了来自日本的 1000 多株梅树和桃树。

日本国首任驻华公使、日中协会常务理事林佑一率领日本第 8 次悼念南京大屠杀受害者植树访华团，在南京浦口珍珠泉公园植树，作者与其在植树纪念碑前握手致意

每逢春暖花开时节，日本朋友来南京举行植树悼念活动，今年已进入了第 8 个年头。8 年来，先后有 300 多位日本各界人士参加，向我市赠送并栽种了 2 万多株各种果树苗，如今都已经在珍珠泉公园里亭亭玉立、枝繁叶茂。前天上午，当日本朋友拜会市政府时，市政府领导代表我市人民向他们表示热烈欢迎，应日本朋友之邀题了词："友谊之树常青"。昨天上午，林佑一团长一行日本朋友还到侵华日军南京大屠杀遇难同胞纪念馆举行了悼念活动。

记得，当时林佑一团长曾给我看过一张珍贵的照片，那是 1973 年 3 月 12 日在北京人民大会堂的宴会席上，他站在周恩来总理身边的合影。他一直携带在身边，并引以为自豪。

操着一口流利汉语的资深外交官林佑一先生亲口告诉我，1972 年 9 月 29 日，日中两国签署了恢复两国邦交正常化的联合声明后，在北京设立的日本大使馆于次年的 1973 年 1 月 11 日开馆。

第二天晚上，中国国务院总理周恩来专门在人民大会堂设宴宴请作为日本国特命全权大使的林佑一，留给他在人生经历中最辉煌和最难以忘记的印象。

他说，总理是世界的伟人，中国德高望重的大政治家，也是他最敬重的长辈。当时他站在总理的身边，一度感到紧张，而总理的微笑和一句日本语"空巴哇"(晚上好)，一下子使他消除了紧张感。

此后，他在履行大使职责期间，与中国各界打交道中，尽可能都用汉语交流，消除了与中国人之间的语言隔阂。

1994 年 3 月，林佑一先生率领的第 9 次植树访华团，再一次来到南京时，应林佑一团长的邀请，我以侵华日军南京大屠杀遇难同胞纪念馆馆长身份，于 3 月 31 日写了 4 句话："前事不忘，后事之师；中日两国，永远友好"，被印在此后每年在日本出版的《绿色赎罪》一书中。

从 1996 年起，植树访华团团长由冈崎彬接任。他是发起成立"南京大屠杀被害者追悼献植实行委员会"的冈崎嘉平太的长子，也是该团的第三任团长。

1996 年 3 月 24 日，冈崎彬率领第 11 次追悼南京大屠杀被害者献植访中团，在侵华日军南京大屠杀遇难同胞纪念馆内举办悼念仪式

冈崎彬接任团长数年间，每年必到侵华日军南京大屠杀遇难同胞纪念馆来举行悼念活动，每次都是由我出面接待的，彼此间比较熟悉。

冈崎彬团长曾经对我说："每次来南京参加植树悼念活动，心情都非常沉重。当年侵华日军在南京有十几个大屠杀场，杀了几十万人，我们每次来都怀着谢罪的心情，向南京人民表示忏悔和歉意。"

1999 年 3 月 28 日，日本追悼南京大屠杀被害者第 14 次献植访中团在侵华日军南京大屠杀遇难同胞纪念馆内举办悼念仪式

第 17 次植树访华团到访侵华日军南京大屠杀遇难同胞纪念馆时，冈崎彬团长还邀请我于 2002 年 4 月 1 日为该团写下了“致力‘绿的赎罪’，播撒友好种子，塑造绿色长城，共创世界和平”4 句话，并取代我于 1994 年 3 月 31 日写的 4 句话，出现在此后每年在日本出版的《绿色赎罪》一书中。

白西绅一郎先生接手植树访华团团长是顺理成章的事。他接任第 4 任团长，也是担任团长时间最长、来南京参加植树悼念活动次数最多的植树访华团领导。

2001 年 4 月 6 日，《人民日报》第 7 版发表了一篇由我撰写并署名的文章，题目是《绿色赎罪》，在这篇文章的最后一段，我这样写道：

> 日中协会理事长、植树团团长白西绅一郎先生在谈及日本文部省批准使用“新历史教科书编撰会”编写的日本历史教科书时说：“对南京大屠杀史实进行否定是不能容忍的。目前在日本国内，围绕教科书问题已形成了激烈论战，有的人自发地到学校宣传，要求不要使用这样的教科书。”
>
> 在展望日中友好关系的未来时，白西先生深情地说：“‘绿色赎罪’活动已经坚持了 16 年，人员也换了一茬又一茬，我们希望这种活动继续坚持下去。植树访华团成员都是民间人士，他们凭着真诚和良心，希望达到‘以民促官’的目的。相信总有一天，日本的首相会来到南京，真诚地向中国人民谢罪。同时，更希望广大日本青少年来南京了解历史，树立正确的历史观，为建立真正的日中友好夯实坚实的基础。”

作为南京地方主流媒体的《南京日报》，对白西绅一郎为团长的日本植树访华团来南京举办的活动，几乎每年都有报道。这里摘取几篇报道：

2001 年 4 月 5 日的《南京日报》上刊登了一条短讯，题目是“日友人植树悼念南京大屠杀受害者”，全文如下：

> 本报讯（记者　许震宁）2 日和 3 日，日本第 16 次悼念南京大屠杀受害者植树访华团，前往江东门侵华日军南京大屠杀遇难同胞纪念馆和珍珠泉公园，举行悼念活动并植树。
>
> 以日本日中协会理事长白西绅一郎为团长的代表团由 11 人组成。

在侵华日军南京大屠杀遇难同胞纪念馆，代表团全体成员在遇难同胞纪念碑前默哀并敬献了花圈。代表团成员野田契子还向纪念馆捐赠了其父——当年的侵华日军成员作战用过的一件马甲。

在珍珠泉公园，代表团成员植下了260棵“金刚栎”。16年来，在珍珠泉公园植下的象征中日友好的树木已有3万余株。

2005年3月31日，《南京日报》刊登了一条由该报社记者肖珊发出的消息，有这样一段话：

植树团团长白西绅一郎已是第20次来到南京植树。他希望用植树这种方式表达他们的忏悔和歉意。他说：“我希望日本不要忘记他们曾给南京人民带来的伤害。历史文化名城，绿色南京和经济快速发展的南京，是我经常听到的几个形容南京的词语，我希望南京也能成为和平之城。”

白西绅一郎关于南京建立国际和平城市的建议，在12年后的2017年得到积极回应和落实。2017年9月4日，经国际和平城市协会批准并发布公告，南京成为全球第169座“国际和平城市”。

2012年4月1日的《南京日报》上，继续刊载了一条反映白西绅一郎率领的日本植树访华团的消息：

日本友人来宁植树　悼念南京大屠杀遇难者

本报讯（记者　吕宁丰）3月30日，由日本日中协会理事长白西绅一郎率领的日本第27次悼念南京大屠杀受害者植树访华团一行来到江东门纪念馆植树，并在祭奠广场举行悼念仪式，敬献了花圈，悼念侵华日军南京大屠杀遇难者。

据了解，自1986年以来，日中协会每年组织各界人士来南京植树，今年已是第27次。植树访华团成员来自日本各界，既有80多岁的参加侵华战争的日本老兵，也有20多岁的青年学生以及老师、公务员等。团长白西绅一郎今年73岁，从46岁开始组织该项活动，27年从未间断过。他说：“我们希望通过植树活动，向南京人民表达日本人民对侵华战争的深刻反省与忏悔，目前已有 1000 多名友好人士，在珍珠泉公园种下了 5 万多棵象征着和平的友谊树。”团员铃木隆子是一名退休中学教师，她说自己第一次来南京，这座城市很美丽，人民很友好，回去后会把访问情况告诉更多的亲朋好友。

昨天，植树代表团还到珍珠泉公园进行植树活动。

如果说，白西绅一郎先生除了每年来南京植树之外，还有什么爱好的话，就是喜欢唱歌和泡澡。为此，我和江苏省对外交流协会副会长徐龙、南京市对外交流协会副会长孙文学，在每年他来南京的时候，尽可能地在晚上安排他去唱歌或者去泡澡。

记得在南京双门楼中日友好会馆、古南都饭店、新街口建华大厦等处都唱过卡拉 OK，白西先生保留的歌曲，是他最喜爱的歌曲，也是他每年必唱的歌曲，就是用中文唱《我爱北京天安门》和《金瓶似的小山》，每次都唱得如痴如醉，引得我们一起跟着唱、跟着醉。

至于泡澡，可能大部分日本人都有这个习惯，白西先生叫做“赤诚相见”。泡完澡后再泡上一壶茶，然后畅谈中日关系的过去、现在和未来，每次都会谈到凌晨，大家都还兴致勃勃。我从中获得来自日本高层的第一手信息，对于中日关系史的研究和把握好历史研究的大格局大有裨益，现在想想还是非常感激。

在这里有必要交代一下南京市对外友协的“二孙”，他们都有娴熟流利的日语翻译水平，并且深得日本友人的信任与喜爱。老孙是孙文学，如果说日方植树访华团中唯一坚持 32 年活动每次参加者是白西绅一郎的话，那么中方唯一自始至终都参加接待的就是孙文学。即使在他退休后，每次植树访华团来南京时，都会情不自禁地邀请他参加会面交流。小孙是孙曼处长，少年时是南京小红花艺术团的演员。她自从到南京市外办工作后，几乎是每次接待植树访华团，都会全程热情地参与，承担了与日方联系和具体安排等大量工作，赢得了日本友人的好感。

接替白西绅一郎担任第 5 任植树访华团团长的是菊池健介先生。他是首任植树访华团团长菊池善隆的小儿子。子承父业，继承父亲的遗志，率领植树访华团继续来南京举行植树悼念活动。他说："我继承父亲菊池善隆面向未来的植树赎罪活动的事业，担任第5任植树访华团团长，誓言为了日中两国永久的和平与友好事业而终身努力。我们来南京献植访问的目的，就是痛感对过去日本军国主义军队的侵略战争给中国人民造成的伤害负有责任，表示深深的反省与谢罪。通过献植绿化这项活动，加深两国人民的友好是我们访问的主旨。"

对于菊池健介先生我还是比较熟悉的，因为在他没有担任团长之前，曾经多次参加植树访华团来南京，加上是菊池善隆先生的儿子，白西绅一郎先生每次都忘不了给我作介绍。

2014年4月2日的《南京日报》上，发表了由该报记者肖珊撰写的一条消息，题目很长，却是引用了菊池团长的一句话：《日本友人来宁"绿色赎罪"——"以自己的行动告知大家，不能忘却这段历史"》，这里摘抄其中的一段：

> 在侵华日军南京大屠杀遇难同胞纪念馆和平公园内，植树访华团29年前种栽下的3棵千头松，如今已经枝繁叶茂，团员们对树枝进行了修剪。"这几棵千头松是我们从日本带来的，当年还是小树苗，现在都长高了。"植树访华团团长菊池健介告诉记者，他的父亲菊池善隆是这项活动的倡议发起人之一。"……今后我们要吸引更多的年轻人加入植树访华团，将这项活动世世代代持续下去，为当年侵华日军犯下的滔天罪行进行赎罪。以自己的行动告知大家，不能忘却这段历史。"

是呀，来自日本的植树访华团团长换了5任，团员换了一批又一批，但这项活动始终没有停歇，没有中止，没有彷徨。他们像一群从东瀛飞来的大雁，年年往返，年年露面，年年准时而来。这是一种什么样的精神力量在支撑着呢？他们一共有多少人参与其中呢？除每年必到南京外，他们还去过中国什么地方呢？我依据他们编写的每年一册的《绿色赎罪——南京·追悼献植访中团的记录》一书资料，作统计表如下：

日本南京大屠杀受害者追悼献植访中团情况一览表

次数	时　间	人数	团长名	访问中国城市
第 1 次	1986 年 5 月 13—21 日	60	菊池善隆	南京·上海(鉴真号船)·苏州
第 2 次	1987 年 4 月 14—23 日	77	菊池善隆	南京·上海(鉴真号船)·苏州
第 3 次	1988 年 3 月 22—4 月 1 日	72	菊池善隆	南京·上海·北京
第 4 次	1989 年 3 月 31—4 月 8 日	42	菊池善隆	南京·桂林·北京
第 5 次	1990 年 3 月 30—4 月 7 日	43	菊池善隆	南京·淮安·北京
第 6 次	1991 年 3 月 30—4 月 7 日	36	林佑一	南京·上海·曲阜(泰山)北京
第 7 次	1992 年 3 月 25—4 月 5 日	28	林佑一	南京·西安·北京
第 8 次	1993 年 3 月 25—4 月 5 日	28	林佑一	南京·上海·重庆·武汉·北京
第 9 次	1994 年 3 月 29—4 月 7 日	23	林佑一	南京·上海·蚌埠·大连·北京
第 10 次	1995 年 3 月 28—4 月 6 日	29	林佑一	南京·上海·大连·北京
第 11 次	1996 年 3 月 24—30 日	18	冈崎彬	南京·上海·北京
第 12 次	1997 年 3 月 29—4 月 4 日	28	冈崎彬	南京·上海·苏州·张家港
第 13 次	1998 年 3 月 27—4 月 5 日	31	冈崎彬	南京·上海·郑州开封洛阳北京
第 14 次	1999 年 3 月 28—4 月 4 日	23	冈崎彬	南京·上海·杭州·绍兴·北京
第 15 次	2000 年 3 月 29—4 月 5 日	32	冈崎彬	南京·上海·昆明·北京
第 16 次	2001 年 3 月 31—4 月 6 日	13	白西绅一郎	南京·上海·扬州·北京
第 17 次	2002 年 3 月 30—4 月 6 日	22	白西绅一郎	南京·上海·青岛·北京
第 18 次	2003 年 3 月 29—4 月 4 日	20	白西绅一郎	南京·上海·张家界
第 19 次	2004 年 3 月 30—4 月 3 日	15	白西绅一郎	南京·上海
第 20 次	2005 年 3 月 28—4 月 3 日	25	白西绅一郎	上海·南京·北京
第 21 次	2006 年 3 月 31—4 月 6 日	28	白西绅一郎	南京·丽江·成都·上海
第 22 次	2007 年 3 月 27—4 月 1 日	23	白西绅一郎	上海·绍兴·杭州·南京·北京
第 23 次	2008 年 3 月 30—4 月 3 日	26	白西绅一郎	南京·宜兴·上海
第 24 次	2009 年 3 月 30—4 月 3 日	25	白西绅一郎	上海·南京·北京·天津

续表

次数	时　间	人数	团长名	访问中国城市
第 25 次	2010 年 3 月 26—4 月 1 日	15	白西绅一郎	上海・黄山・南京
第 26 次	2011 年 3 月 31—4 月 4 日	18	白西绅一郎	南京・扬州・上海市・上海崇明
第 27 次	2012 年 3 月 29—4 月 3 日	23	白西绅一郎	南京・北京
第 28 次	2013 年 3 月 31—4 月 4 日	21	白西绅一郎	南京・苏州・上海
第 29 次	2014 年 3 月 30—4 月 4 日	19	菊池健介	杭州・南京・上海
第 30 次	2015 年 4 月 2—4 月 6 日	30	菊池健介	南京・北京
第 31 次	2016 年 3 月 31—4 月 5 日	22	菊池健介	南京・西安
第 32 次	2017 年 3 月 30—4 月 3 日	23	菊池健介	南京・北京

从上述的统计数字来分析，日本植树访华团除了第 1 次是在 5 月外，其他的都是选择在 3 月底 4 月初来南京植树与赎罪。他们前两次是坐“鉴真号”轮船从海上而来，主要是方便从日本携带树苗。后来每年都是从中国购买树苗，就改为乘坐飞机访华。访华团最多的一次人数为 77 人，最少的年份仅 13 人，但可贵之处在于从未间断过。他们访问的中国城市大大小小共有 24 座，其中除了南京之外，最多的城市就是上海，共有 25 次，此外 20 次去了北京，4 次去了苏州。去上海多的原因主要是距离南京较近，来回日本较方便。此外，途经上海时，还多次去了上海淞沪战役纪念馆参观学习。同样，他们每次去北京，也必去位于卢沟桥畔宛平城内的中国人民抗日战争纪念馆参观，凭吊为中国抗战牺牲的烈士。

在接待日本植树访华团过程中，与我见面次数在 20 次以上的不少于 20 人，10 次以上有 30 多人。其中，我认识了一些当年曾经参加侵华战争甚至南京大屠杀的日本老兵。“绿色赎罪”对于他们来说，其实是非常恰当和直截了当的，也确实代表了他们的一种反省历史的态度。

西村昭次曾多次担任过植树访华团的副团长，因此我对他也特别熟悉，知道他曾经是一个侵华日军的老兵，也是一位有着黑脸庞的日本老人。他主张学习和了解历史，就是为了不让历史的悲剧重演。他曾经对我说过：

1927 年我出生时，正值世界性的经济危机，日本人民的生活相当贫困。于是政府便把人民对他们的不满情绪转变为对中国、对朝鲜等国的仇恨，最终导致了侵略别国的战争。

现在的日本社会和当时的情景很相似，特别强调“国威”“民族情绪”，照这样发展下去，日本是否会发生类似当年侵略别国的错误，我们非常担心。

2007 年是我连续 16 次来南京植树活动。我感觉在这 16 年间，中国的变化太大了。但我们身边还有不少日本人对中国的看法还停留在过去。我真想把他们拉到中国来，让他们好好看一看中国的新变化，因为百闻不如一见。今后，只要我的身体好，能够走得动，我一定还要来中国、来南京。

在植树访华团里，同西村昭次一样曾经参加过侵华战争的，还有长谷川太郎。他于 1943 年参加侵华日军独立第九混成旅，深为这场罪恶的侵略战争给中国人民带来的不幸而忏悔，并长期以来为日中友好事业而出力。

长谷川自 1989 年参加第 4 次植树访华团开始，连续 7 次参加绿色赎罪活动，并多次写文章谴责日本右翼势力否定南京大屠杀历史的行径。他于 1996 年病故，临终前留下遗言，要把他的部分骨灰带到南京，培植日中友好之树。

1997 年 3 月 31 日，第 12 次植树访华团团员大泽爱子，是长谷川的女儿。她在南京浦口珍珠泉公园内，手捧父亲的骨灰，缓缓地撒进一棵树下的树坑里，并和其丈夫大泽明文共植了一棵品名为“南京红”的梅花树苗。

在植树现场，大泽爱子女士深情地说：“今天我在南京完成了父亲老人家的遗嘱，他可以安息了。”大泽明文也接过她的话说：“让我们铭记前辈的遗愿，正视过去那段历史，共同推进日中友好事业迈向 21 世纪。”

当年曾参与南京大屠杀的原侵华日军某炮兵小队长丸山政十，曾经多次参加植树访华团活动。这位身体瘦得有点干瘪的日本老人，也担任过该植树访华团副团长。他于 2000 年 3 月随第 15 次植树访华团来侵华日军南京大屠杀遇难同胞纪念馆举行“绿色赎罪”时，我对他进行过单独采访。

丸山政十对我说：

我于大正五年(1916)5月26日出生在日本静冈县志太郡石津(现烧津市)。昭和十二年(1937)1月10日应征入伍至第3师团29旅团静冈步兵34联队炮兵中队任步兵二等兵，师团长为藤田进中将，联队长为田上八郎大佐。8月15日上午10时40分接到动员令，昭和八、九、十年兵统统要召集上战场。10天后的8月下旬，乘坐军用列车离开家乡静冈，8月16日从日本宇品港乘坐输送船踏上去中国的征途。

渡过东海和扬子江，9月5日早晨从黄浦江河口靠近吴淞镇的地方，用上陆的舟艇登陆靠岸。第3师团最激烈的战斗发生在吴淞镇、杨家巷、刘家行、蕴藻浜、大场镇、苏州河，从9月13日至10月1日，期间多次被中国军队突击，第3师团合计战死1140名官兵。

上海战后，日本军开始了对南京的进击。丸山政十所在的静冈步兵34联队作为战斗系列第二线的预备兵杀向南京。沿途经过苏州的太仓、无锡、镇江的句容等地。

对南京城总攻击12月8日开始，于13日突入城内。静冈步兵34联队在距南京城南6公里的成村待命，目击南京城攻掠战。他们于城陷后的14日和15日进入南京城内“扫荡”。丸山政十在南京城北下关附近亲眼看到大量被屠杀的中国人的尸体。这场屠杀战后被称为的南京大屠杀。

12月17日，丸山政十在南京城内的中山门列队，参加日本华中方面军司令官松井石根举行的“南京入城式”。

12月20日至1938年5月，第3师团担任从南京以东的镇江、丹阳、金坛、常州、无锡等地京沪线(南京—上海铁路线)的守备任务，静冈步兵34联队被分配在无锡一带守卫。

1938年5月，到徐州参加作战。后来丸山政十参加日本宪兵并且担任曹长，在芜湖、宁国、上海南市等地，拷打和镇压过一些中国的抗日分子，战后因此被关押在上海战犯刑务所受审，后被免除刑事处分。

听完丸山政十的反省证词，他虽然没有参加南京攻城战斗，但参加了南京大屠杀，所谓的“扫荡”，其实就是大屠杀。后来他还参加了侵占徐州的战役，当过日本的宪兵，经历了全面侵华战争 8 年的全过程，对中国人民犯下过一定的罪行。他在晚年参加植树访华团，进行反省与谢罪，其实也是对他内心的一种救赎和补过。

参加南京大屠杀暴行的原日军官兵，晚年在其内心深处的确是有愧和有障碍的。有道是，人之将死，其言也善。在他们临终前才说出真相，或者通过其子女来表达愧意的不在少数，日本老兵大泽雄吉和野田达雄就是其中的两个代表。

日本琦玉县草加市有个名叫仓桥凌子（日本女人婚后有随丈夫姓的习惯）的妇女，1999 年春天参加了第 14 次植树访华团。3 月 30 日那一天，她在侵华日军南京大屠杀遇难同胞纪念馆时，曾当面向我转交她的父亲大泽雄吉的 3 张照片，其中有大泽担任侵华日军某部宪兵准尉的照片和他的墓碑照片。

据仓桥凌子介绍，1986 年 4 月 5 日，她 71 岁的父亲大泽雄吉去世前，手里攥着一张纸，上面写着自己立下的墓碑铭文。大意是："我曾在旧日本军队服役 12 年零 8 个月，其中有 10 年时间是在中国的天津、北京、山西临汾和运城、伪满洲东宁等地担任宪兵队宪兵。我对参与了侵略中国的战争，并对中国人民进行了惨无人道的施暴，感到无限后悔，只有在此向中国人民表示万分的抱歉。"

大泽的亲属遵其遗嘱，将此碑文刻在黑色大理石的墓碑上，以此永远向中国人民谢罪。

2001 年 4 月，是日本植树访华团第 16 次访问南京。在团员中有位名叫野田契子的女士，提出要将其父亲在战时穿过的一件真丝马甲，捐赠给侵华日军南京大屠杀遇难同胞纪念馆。

作为馆长，当我从野田女士手中接过这件汗迹斑斑的旧马甲时，看到了前后两面分别写着"天皇万岁""武运长久"等大字，并在前胸左右两边，各缀上一枚 5 日元和 10 日元的硬币，马甲上还签满了许多日本人的名字。

野田女士解释捐赠意图时这样说道：她的父亲名叫野田达雄，来自日本岐阜县的原侵华日军上海派遣军第 3 师团 5 旅团步兵 68 联队，在联队长鹰森孝大佐的指挥下，参加过南京大屠杀。马甲上面的日本人名字，是父亲出征前由乡亲们签的名字，5 日元和 10 日元硬币，是为了求得好运，祈求能够在战场上挡住子弹的意思。

野田女士说："我的父亲野田达雄已经于 3 年前的 1998 年去世。父亲病重期间和临死之前，曾经多次提到南京，充满了忏悔和谢罪的复杂心情。作为他的女儿，我代表父亲，向南京人民反省谢罪。我愿为日中友好做出自己的贡献。"

日本老兵为当年在南京作的恶，临死前还惴惴不安，想到忏悔和谢罪。好在他们的子女能深明大义，知道为其长辈去反省和谢罪，并誓言为日中友好出力，也是值得肯定的。

担任植树访华团秘书长的秋本芳昭先生，是一位"老南京"。他和其家庭长辈都不是军人，但在侵华战争期间，他们全家曾经来到过南京，在南京生活过几年时间，并对南京这座城市一往情深。

秋本先生曾经和我见过 26 次面，其中多次谈及当时他在南京有个家，并于 1944 年至 1946 年期间，住在太平南路靠近白下路附近，那里有一座基督教堂。说来也巧，我现在住的家，也在白下路与长白街交叉路口附近，穿过一条叫做马府街的小街巷，就到了太平南路，那座基督教堂距离我家大约 2000 米。这么一说，我与秋本先生还算得上是邻居，不过他在南京白下路的家居住的时间，比我住在白下路的家早了 60 多年。

有一次，我和南京市对外友协副会长孙文学、秋本先生一起聊天，孙会长做翻译，我们三人拉起了家常。这期间，秋本曾经详细地介绍了他在南京的身世情况：

秋本芳昭昭和十三年(1938)4 月 1 日出生于日本神户。昭和十八年(1943)的秋天，他还在幼儿园上学，一家 4 口人从神户坐船，经过长崎到达上海。数年前，其父亲曾经单身到过中国的北平工作过一段时间，这也许就是他的父亲要举家搬迁来中国的原因。

第二年，秋本在上海日本人居留地吴淞路消防署东侧的"上海第四国民学校"上学。同年(1944)秋天，全家人从上海移至南京生活。父母在南京经商，直至日本战败投降后，被遣送回国。

秋本先生对 1945 年 8 月日本战败投降时的情况记忆犹新。他说，当时他们全家被驱至南京兴中门日侨管理所居住，等待船只回国。由于中国政府对日本人实行以德报怨的政策，那里有中国宪兵保护。由于他们在太平南路家里的大门上被贴上了国民政府的封条，被保护得很好，什么东西也没有丢失。1946 年初，他们全家从长江乘坐船只回到了日本。

正是由于秋本芳昭对南京有着一份特殊的感情，2008 年他 70 岁生日时，带着自己的孙子和外孙子，专程来到南京访问。他说："虽然孩子们年龄还小，但希望他们通过参观能够了解真实的历史，今后能够为日中两国人民的世代友好而努力。"

2012 年 10 月末，为纪念南京市第三中学建校 100 周年，该校邀请秋本芳昭再次来南京，参加建校百年庆典仪式。他是被邀请的唯一一位日本人。他说，位于白下路的南京市第三中学，曾经是南京第三国民学校、日本侨民子弟学校。他在这里上过学，这所学校应该是他的母校。

这次是他独自一人访问南京，在南京 5 天 4 夜，对南京深度游览，拍摄了栖霞寺、南唐二陵、江宁织造府陈列馆等许多景点的照片。

通过此次对南京的访问，他更喜爱古都南京了。他表示，只要身体条件允许，他的"绿色赎罪"之路起码还要坚持 5 年。他说，白西绅一郎先生访问中国达 600 多次，并每次都参加植树追悼活动，达 32 次，是个"华迷"。我比他少了 7 次，已经连续参加植树访华团活动 25 次了，是个"宁迷"。

是的，像秋本芳昭这样铁杆的植树访华团成员，至少有 10 位。我和他们在南京至少在 20 年期间里年年相约，见面次数达到 20 次以上。

是的，生活永远都是这个样子，你对某个地方或者某件事感不感兴趣，完全取决于参与者的态度。

秋本先生"绿色赎罪"活动的态度是这样积极，相信其他植树访华团的成员也是这样的。正是有许许多多像冈崎嘉平太、菊池善隆、林佑一、白西绅一郎、秋本芳昭、孙文学、孙曼等这样的中日双方友好人士 30 多年坚持不懈的努力，才使得"绿色赎罪"活动成为象征中日友好的一道亮丽的风景线。

第二章　松冈环及有良知的日本市民团体

八月流火。

南京夏天的热是出了名的，在中国有“四大火炉”之称。

有一群人却不怕热。每年夏天，他们都会从日本跑到南京，从事各种各样的活动。年年如此，从不落空。

每年 8 月，人们都会在南京的大街小巷里看到他们的身影。

他们冒着酷暑寻访历史，学习历史，研究历史。

他们中间的领头人名叫松冈环。

日本铭心会南京访中团团长松冈环

2004 年 8 月 15 日，在南京，我代表侵华日军南京大屠杀遇难同胞纪念馆，将首本“南京大屠杀史研究特别贡献奖”证书颁发给松冈环女士。记得在当时的颁奖仪式上，许多媒体的记者纷纷对松冈环女士做了采访和报道，这条消息还上了当天的中央电视台新闻联播。

松冈环女士何许人也?

她是日本大阪府松原市松原小学一名普普通通的教师,一个有着 2 个孩子的日本家庭主妇,日本铭心会南京访中团团长。

她既不是学者,又不是专门研究人员,只是一个普普通通的日本小学教师,为什么要将第一个"南京大屠杀史研究特别贡献奖"的荣誉给她?

我得慢慢从 20 多年前讲起……

我与松冈环女士是 20 多年的老朋友。

20 多年来,我俩究竟在中国和日本见了多少次面?真的记不清了,大概不少于 60 次吧。

记得那还是在 1992 年 8 月 15 日,我到侵华日军南京大屠杀遇难同胞纪念馆工作才 3 个月。

松冈环女士来了,带着日本铭心会南京访中团来了。

这是我第一次见到她。当时,她很年轻。

松冈女士个头不高,大约一米六,皮肤白白的,戴着一副银白色的金丝眼镜,脸上挂着微笑。

松冈个性很强,办事泼辣,十分有主见,有一定的组织和号召能力,是个典型的女强人。这是她留给我的第一印象。

这次,松冈带了 40 多个日本人来南京,先参观侵华日军南京大屠杀遇难同胞纪念馆,听取了南京大屠杀幸存者李秀英、夏淑琴的证言。然后,全体团员集中在祭奠广场上,等到中午 12 时,面对刻有侵华日军南京大屠杀遇难同胞纪念馆馆名的巨大花岗岩石壁,举行反战和平集会,悼念南京大屠杀遇难者。

其实,这不是他们第一次来到中国,来到南京,来到侵华日军南京大屠杀遇难同胞纪念馆,举行和平集会。

这项活动要追溯到 1986 年 8 月 15 日。从那时开始,他们年年如此,坚持不辍,像一群候鸟,像每年南飞的大雁那么准时,那么守约,那么不辞辛劳。

每年的 8 月 15 日，日本“铭心会”都要来到侵华日军南京大屠杀遇难同胞纪念馆举行国际和平集会，悼念南京大屠杀死难者

迄今已经有 32 年，32 次。

32 年，即使呱呱坠地的婴儿，也已经长大成壮年；即使小树苗，也长成了参天大树。

这需要一股韧劲，一股勇气，也需要一种毅力，一种精神。

在这期间，我结识了不少日本朋友。他们都是好样的，与我在日本和南京见面有 10 次以上者有 30 多位，此外，至少有 10 多位与我年年 8 月 15 日在南京见面，20 多次在一起冒着高温酷暑搞和平集会活动。

作为领头人的松冈就是有这股韧劲，这股勇气，这种毅力，这种精神。

我在与松冈女士交往 20 多年的时间里，深深地体会到她具有的这些特质，留下了许多值得回忆的往事。

松冈始终保持着一种坚韧不拔的毅力。从 1997 年 2000 年，他们花了 4 年多的时间，走访了当年参与南京大屠杀的 250 多名日本老兵，留下 150 多份有关南京大屠杀的证言、录像带、照片和录音磁带，还获得了一些老兵赠送的历史照片、阵中日记、军旗、奖章等物品。

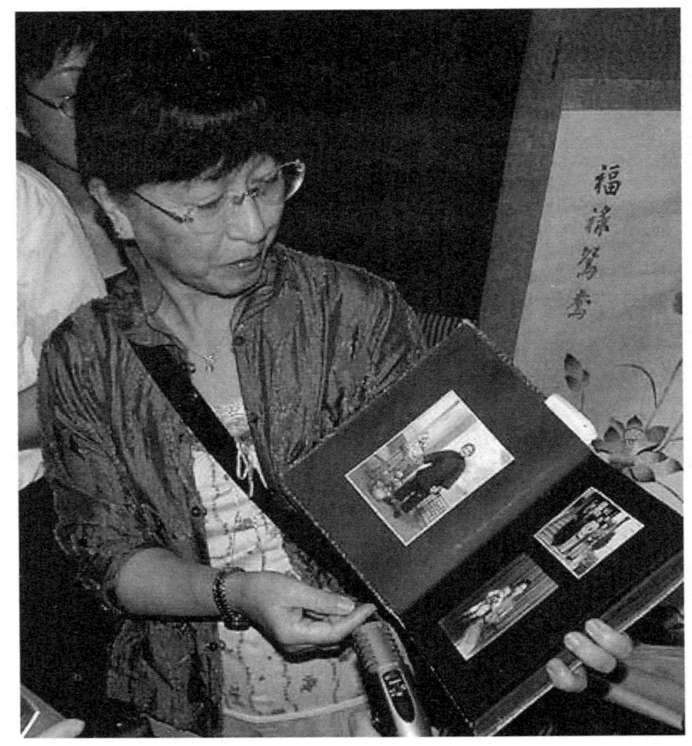

松冈环向侵华日军南京大屠杀遇难同胞纪念馆捐赠在日本发现的南京大屠杀期间日军在南京掳掠的旧照片

松冈身为日本的教师，平常要上班工作，只能利用每周的双休日从事这份调查工作，而且有的老兵及其子女不予配合，有时取得一份证言需要寻访四五次之多，耗去了大量时间和精力。然而，她凭着一股常人难以保持的毅力，战胜了“大山似的困难”，终于取得了成功，获得珍贵的证人证词。

让我们摘取几段松冈采写记录的日本老兵证言，瞧瞧这些老兵都说了些什么。

日本老兵町田义成的证言中，有一段详细回忆日军在南京下关长江边上进行大屠杀的内容：

> 我们中队到下关火车站广场的时候，日本友军的炮弹连续不断地落下来。我们这里还在与“敌人”进行大的战斗，“敌人”这时已经准备逃跑。

他们已经失去了战斗力，枪也不拿，捡了小木船、木筏、木材，乘这些东西沿扬子江顺流而下。

有5—8人乘的小船，也有30人左右乘的船，船里还有女人与孩子，没有能力抵抗日本兵。

前方20—30米处有逃跑的败兵，这边的日本兵都举起机枪、步枪瞄准他们“哒哒哒”地射击。

小船、木筏上是穿着普通百姓衣服的中国人，畏缩着身子尽量多乘一些人顺江漂去。

船被击翻了，那边的水域马上就被血染红了。

也有的船上中国人被击中后跳入江中，可以听到混杂在枪声中的“啊、啊”的临终惨叫声。

水中流过一沉一浮的人们。

我们机枪分队与33联队的其他中队一起连续猛射，谁也没有发出号令，只是说：“喂，那个那个，射那个。”

数量相当多的日本兵用机枪和步枪的子弹拼命射击。

但对方并没有全部都死，也有顺流而去的中国败兵。

我身边的士兵们对我说：“不用担心。在下游有部队在等着他们，一个不留，全部射死。让他们下去吧。”

就这样，射击了不到两个小时。

松冈还调查访问了日军第16师团步兵33联队第2大队的德田一太郎，德田披露了日军在南京太平门外集体屠杀的历史图景。他说：

太平门附近有大量的俘虏，一个个都是惊惶不安的样子。

接着不管男女老少，三四千人一下都抓了起来。

在太平门外，门右的一角工兵打了桩，然后围起铁丝网，把那些支那人围在里面，底下埋着地雷。

在白纸上写着“地雷”以提醒日本兵不要去踩。

我们把抓来的人集中到那里，一拉导火线，“轰”地一声，地雷被引爆了。

尸体堆成了山一样。

据说是因为用步枪打来不及，所以敷设了地雷。

接着，我们登上城墙，往下浇了汽油后，点上火给烧了。

堆成山的尸体交错重叠在一起，非常不容易燃烧。

上面的人大多死了，但下面还有大量活着的人。

第二天早上，分队长命令新兵"刺致命的一刀"，检查尸体，把还活着的人刺死。

我也踩在软绵绵的尸体上查找还活着的人，发现了只说一句"这人还活着"，接着就有其他的士兵上来将他刺死。

刺刀往喉咙口猛刺下去，血就像喷水一样喷射出来，人的脸色"刷"地一下就白了。

经常听到"啊呀"的惨叫声。

支那人非常不容易死。

其他中队的人也在，中队长也在，我们中队主要刺致命的一刀。

是以中队规模干的。

那些尸体的处理由其他部队干，暂时先放在那里。

据说是把尸体用电线拴在一起，让马和卡车拉到下关去处理。

堆成山的尸体占地面积用农田的尺寸来说的话，大约有 100 坪(日本土地面积单位。一坪约合 3.3 平方米。——译者注)。

与德田同在一个大队的日军老兵池端正巳，也对松冈女士说：

我们部队到太平门扫荡时，从镇江败退下来的"敌人"不断地过来，他们已经没有斗志了，接二连三地过来投降。

"敌人"大概以为南京还没问题，所以回来的。

他们来到太平门，一个个被解除武装。

俘虏很多，战利品也很多，所以如何处置这些中国败兵、俘虏成了问题。

我们部队人数很少，不满一百。

那么多俘虏，有一千几百个人，供吃饭也不可能。

我们把这些俘虏抓起来，绑起手，其中有些人脚也被绑起来，放在城内城墙的一角，但不给吃饭不行。

我们部队自己吃饭也有问题，就去问师团，这些俘虏怎样处置。

师团的上司命令是“都处置掉”，我们部队就在城墙附近处置了。

听说是把中国人围在栅栏里面，工兵也来了，用地雷炸死的。

听说他们老是不死，就用机枪连续地射击。

情况很悲惨。

类似德田、池端这样为太平门集体屠杀和尸体处理作证的加害者，松冈还列举了吉川定国、田中次郎、大东真一、下村宇一郎等日本老兵。从他们恐怖的回忆录中人们不难看出，当时太平门外的城墙边，的确是又一处集体屠杀遗址。为此，松冈环和我们一道呼吁在太平门建立一块侵华日军南京大屠杀太平门遇难同胞纪念碑。经过南京市有关部门的批准同意，这块纪念碑终于在太平门附近的玄武湖边上建成。

松冈源于一种对历史负责的精神，在日本各地调查当年参与南京大屠杀的老兵的证言。正如她在《从“南京大屠杀热线”到对老兵的调查》一文中所叙：“1937 年时 20 岁的年轻人，如今都已经 80 岁了，不断有人离开人世，剩下的时间实在已经刻不容缓。我们希望汇集各地的证言加以检证，以为解明南京大屠杀的事实真相添砖加瓦。”

为什么必须从事这样的工作？松冈说，“因为我们痛感美化侵略战争、否定南京大屠杀的自由主义史观在日本国内抬头，有必要从加害者方面澄清南京大屠杀的真相。”

为了对这段历史负责，松冈及其助手们忠于老兵证人的口述史，尽管一些老兵至今仍带有旧日本军人的顽固色彩，有的极力回避南京大屠杀的暴行，甚至有的至今仍矢口否认南京大屠杀，但松冈据实记叙，力争留给人们“可信度”很高的资料。

正因为如此，国际上一般都把历史证人的口述史作为第一手资料看待，有着较高的历史价值。

当然，松冈坚信，读者们会带着分析、比较甚至批判的目光，来看待这些日本老兵的“南京健忘症”和“否定论”的。

“我们需要一股不屈服的勇气。”松冈说。近年来，随着日本经济多年处于低迷状况，日本国内民族主义日渐抬头，与否定历史的右翼势力沆瀣一气，极力排斥、孤立和打击和平友好人士。

2000 年 1 月 23 日，日本右翼学者东中野修道曾经在大阪国际和平中心演讲，题目是“20 世纪最大的谎言——南京大屠杀彻底检证集会”，闹出了一幕丑剧。

为此，松冈等日本友人组织日本各界人士 400 多人进行了抗议集会，而且针锋相对地在该中心进行反制演讲活动，并邀请了日本一桥大学著名学者吉田裕、长崎市原市长本岛忍(曾因说日本天皇负有战争责任而被右翼势力在其肩部打了一枪)和我 3 个人，于同年 4 月 8 日，也在大阪国际和平中心作了一场有关南京大屠杀内容的演讲活动。此次活动的会标写着：“质问：日本对南京大虐杀的态度——纠正大阪国际和平中心的姿态”。

这次集会上通过的决议中有这样一段话：“南京大屠杀的历史不容否认，绝对不允许大阪国际和平中心再发生破坏和平友好的事情。”

记得就在那次演讲活动结束后不久，与会人员在大阪的街道上举行了游行活动。我参加了那次在大阪的游行，亲眼目睹了松冈等人的勇敢行为。而右翼势力也开着 9 辆宣传车，大喇叭里高声叫嚷着要“砍下松冈环的头”，像一个个幽灵似的游荡。

松冈毫不畏惧地走在游行队伍的最前面，举着手提喇叭不断地高声朗读《告大阪市民书》：“大阪市民们，62 年前，日本侵略军在南京屠杀了 30 多万南京市民，这是历史事实，不应该歪曲和否认……”

许多大阪市民纷纷驻足观看与聆听，一些人还自发地加入了游行队伍的行列。

日本右翼势力为此多次给松冈寄恐吓信。

这些都没有能压垮松冈女士执着的信念。

2000 年 8 月，松冈将调查的日本参与南京大屠杀老兵的证言结集成册，在日本公开出版了《南京战・寻找被封闭的记忆——原士兵 102 人的证言》(日文版)。这是继日本某化工厂工人小野贤二对侵华日军第 13 师团山田支

图为2000年4月8日，作者（前排左二）与日本友人一道在大阪街头游行，追悼南京大屠杀受难者

队65联队在南京幕府山屠杀的加害者作证言调查之后，又一本由民间人士对当年曾参与南京大屠杀的日本官兵本人的调查实录。

日本右翼势力的代表人物藤冈信胜、东中野修道等气急败坏，赤膊上阵，攻击松冈环和书中作证的日本老兵，骂他们是日本的“卖国贼”。就连播出松冈环提供的采访录像带的朝日电视台，也受到了攻击。

日本右翼势力的所作所为，并没有削弱该书的影响力，相反，由于其真实可信性，很快在日本销售一空。

朝日电视台为松冈的书制作的专题节目，也赢得了高达2000万的日本电视观众。

所有这些，使得否定南京大屠杀史的日本右翼势力忧心忡忡，如热锅上蚂蚁一般。

后来，我应松冈女士的请求，为其联系翻译并在中国出版中文版，帮助其找到上海辞书出版社。双方一拍即合，目的是方便中国读者了解日本老兵对南京大屠杀历史的回忆。

为了促进该书能够在中国出版，侵华日军南京大屠杀遇难同胞纪念馆用提供中文版授权并购买部分图书的方式，促使上海辞书出版社于 2002 年 12 月翻译并付梓，将这部图书奉献给中国读者（《南京战·寻找被封闭的记忆——侵华日军原士兵 102 人的证言》中文版，日本松冈环著，上海辞书出版社 2002 年 12 月版）。

2000 年 8 月日本社会评论社出版发行的松冈环著《南京战·寻找被封闭的记忆——原士兵 102 人的证言》日文版书籍封面

2002 年 12 月上海辞书出版社出版发行的松冈环著《南京战·寻找被封闭的记忆——侵华日军原士兵 102 人的证言》中文版书籍封面

为什么我要积极帮助松冈在中国出版此书？因为我认为，这不是一本普通的书，而是一个普通的日本人，用自己探求历史的真实与对和平事业执着追求的爱心，奉献给中日两国人民的特殊且厚重的礼物。

上海辞书出版社领导邀请我为该书的中译本作历史审校和序，有幸先睹该书的译稿。当我逐行逐字地翻看完全书 30 多万字时，掩卷长思，深深感到，该书既加深了我对侵华日军南京大屠杀暴行的切齿痛恨，又增添了我对松冈环女士及枞杉幸子等参与调查工作的正直善良日本人的敬意。与此同时，我也掂出了这本书珍贵的历史价值与沉重的分量。主要表现在：

其一，与中方受害者和第三国外籍人士的证言相互印证，进一步揭露了南京大屠杀历史的真相。近年来，随着对南京大屠杀史研究的深入，陆续调查发现和出版了一批新的史料。

仅从证人资料的角度，有《侵华日军南京大屠杀史料》（江苏古籍出版社，1987 年版）、《侵华日军南京大屠杀幸存者证言集》（南京大学出版社，1994 年 12 月版，有 642 位亲身受害的幸存者为南京大屠杀历史作证）；也有《拉贝日记》（江苏人民出版社、江苏教育出版社，1997 年版）、《天理难容》（南京大学出版社，1999 年 9 月版）、《魏特琳日记》（江苏人民出版社，2000 年 10 月版）、《侵华日军南京大屠杀外籍人士证言集》（江苏人民出版社，1998 年 3 月版）等众多外籍人士证言集。

在加害者证人资料方面，由于众所周知的战后日本人对历史认知问题，以及我们中方缺乏条件等种种原因，目前仅公开出版了《东史郎日记》（江苏教育出版社，1999 年 3 月版），以及上羽武一郎、增田六助、曾根一夫、小俣行男，以及本多胜一和小野贤二等人调查的为数较少的加害者证言。松冈女士的书弥补了这一历史的缺憾，使加害者证言增加了 100 多个，进而从加害者、受害者和第三国外籍证人三个层面，为南京大屠杀历史增添了证据。

其二，弥补了南京大屠杀史料的不足，为深入研究这段历史增添了新的资料。该书涉及的资料中的确有我们从前不曾占有的新资料。譬如，关于日军在太平门的集体屠杀和毁尸灭迹，根据我们现在掌握的南京大屠杀的资料看，完全属于新发现的资料。此外，还有中山门、通济门、武定门等处的集体屠杀，这些都是过去资料中鲜有记载的。看来，南京目前虽然已在 17 处集体屠杀和丛葬地遗址立碑，还应在进一步考证的基础上，增设新的立碑处。再有，该书还有多处关于在南京大屠杀期间，日军在南京城乡各处设立慰安所的详细记载，这对于我们从事南京慰安妇问题的研究，提供了新的证据。

其三，从战争亲历者的角度叙述了日军当年在南京屠杀、强奸、抢劫的犯罪事实，直接驳斥了日本右翼势力否定南京大屠杀的谎言。如原日军第 16 师团辎重兵第 16 联队的山川裕美说：

举行入城式前的一两天，抓了 7 个男人。班长说："要怎么干就怎么干。"我们分队的人就将刺刀对准支那人的胸前刺过去。有命令不要过分使用子弹，用枪射击麻烦，所以叫我们刺死，让他们背过身去。不过，有个人说："用一发子弹打死几个人吧。"于是就让 7 个人面向同一个方向，将枪对准腹部射去。7 个人全部被洞穿，都倒下去了。步枪的威力非常惊人。

山川裕美还描述了日本官兵强奸的行为：

看到日本兵把躲起来的姑娘拉出来，随心所欲地干，有时也想把手榴弹扔过去。军官到了休息时间首先就去找姑娘。在支那有墓地，那里放着卧棺，士兵常在卧棺上强奸女人。因为没有床铺，就在棺材那儿干。我见过这样的事。

日军第 16 师团第 33 联队第 2 大队的东良平曾说到日军到处掠劫的事：

占领了南京之后，我们什么都偷。这就是征发。

日军第 3 师团第 68 联队第 2 大队士兵出水荣二也说：

所谓征发就是去偷。自己没有吃的，就去偷中国人的东西。那时觉得是理所当然的。谁反抗就杀。想要的东西都去偷。强奸女人的家伙也有。

类似山川裕美、东良平、出水荣二这样的回忆，在该书中还有多处记载，本文不一一赘述。

其四，从反证的角度披露了日军侵占南京时的实况，再现中国军人奋勇杀敌和保家卫国的英勇气概。该书记载了日本兵大泽一男对他在侵占紫金山时亲眼见到中国守军顽强拼搏的战斗情景的描述：

在紫金山，大概攻击了 3 天。我们中队是在前线打仗，损失很大。我们和第 5 中队抢头阵，从正面登紫金山，上面"嗵通嗵"地往下扔手榴弹，手榴弹碰到大的石头就反弹起来。中队长给自己的小队下命令"突击"，于是，代理小队长也叫着"突击，突击"前进，上面"咕噜咕噜"地滚下石头，人也从上面滚下来，小队长的声音听不到了。过了一会儿，听到了"上来"的怒吼声。我飞速上山，发现山顶挖了壕沟，沟里有士兵，就跳进去，用刺刀刺中一个“敌人”(中国兵)。在紫金山时没有使用掷弹筒。在碉堡里，有不想逃跑而将脚锁起来的，有战斗到死的，看见后吓了一跳。

日本士兵山川裕美还回忆说：

在紫金山时，大量的日本兵死了。我杀了多少中国人，自己也不知道，对别人也说不出口。有一件事一直放在心上。抓到一个支那男人的时候，他反过来先抓住枪头，把枪口对准自己，摆出“赶快把自己杀了”的架势。这时我想，为什么现在不逃呢？我抽回枪，用枪柄用力砸向那男人，打死了。觉得挺可怜的，对方做好了死的准备。

其五，以加害者亲身感受揭示了当年日军施暴的心理特征，为多视角地研究日军南京大屠杀的犯罪原因提供了佐证。

多年来，日本人为什么要残忍地在南京制造大屠杀惨案、日本军人杀人时的犯罪心理如何，一直是史学界热衷于研究的学术课题之一。该书对此也做了回答：

一是有组织有预谋有计划的集体犯罪行动。日本士兵德田一太郎说：“命令大概是松井司令官发给师团长，经师团长传给中队长，然后再传达下来。”前述的池端正巳也在太平门屠杀证言中谈到：“这些俘虏怎样处置，师团的上司命令是‘都处置掉’，我们部队就在城墙附近处置了。”福田治夫也回忆说：“联队长发出命令：‘不管老人小孩全部杀掉。’”

二是为了天皇圣战而蔑视中国人。日本士兵笹原巧说：“当时，根本就没有对圣战怀有疑问，而且毫无疑问地确信绝对胜利。”另一个日本士兵德田说：“但当时是没有办法，在天皇的命令下，为了国家去干，以为是当然的事。”町田也说：“现在想起来，‘支那事变’虽然打胜了(指南京战)，但实在是很残酷的。那时没有想到中国人也是人。”

三是以“战胜者”的心态为所欲为。日军第16师团33联队第3大队境昌平说：“我们满不在乎地干下了那样残忍的事情。我们处于极限状态……”

日军第16师团38联队第1大队冈崎茂也说：“在南京，我砍了5个人的头。那感觉就跟杀苍蝇一样。”

四是占领南京的 20 万日军部队，在解除军纪后集体制造恐怖。由于受到国际上的谴责，日军不得不增派宪兵来加以约束。日本士兵佐藤睦郎对此评价说：“宪兵来了，强奸、暴行等都减少了一些。如果宪兵来得更早的话，大概中国人的牺牲就会更少吧。如果有规定，如果早发命令，那样悲惨的事就可避免，孩子也可免于被杀。真的，做了如此残忍的事，每个部队都做了令人无法容忍的事。”

五是部分日军士兵的复仇心理的驱使。日军第 16 师团 38 联队第 3 机关枪中队的中冈重三郎说道：“日本兵处于亢奋状态，只要是中国人就杀，因为战友也被杀了。”

其六，部分具有反省、忏悔历史意识的日本士兵证言，肯定了南京大屠杀历史的真实性。日本士兵德田说：“到现在，东京都石原慎太郎知事还在说没有过南京大屠杀。我认为，石原慎太郎是在‘胡说八道’。南京大屠杀是根据日军和政治家的命令发生的，我们直接参加了，所以不是谎言。我不相信政治家，他们害怕把南京大屠杀的事实公开出来，说给学校、历史研究者和老师们听。”

当年曾参与南京大屠杀的日本士兵古川提起那段历史还心有余悸：“提起这样的话，那情形就会在梦中重现。直到数年前，晚上还无数次做到被中国兵追赶的战争梦。梦境极其可怕，我被噩梦魇吓出了冷汗。甚至半夜常被妻子摇醒，问我‘怎么了’，现在想起来还要被噩梦魇住的。”

上述我不惜笔墨摘录该书中大量的证言，进行多角度例举的目的，不仅仅是帮助读者解读和把握这本书的内涵，更为重要的是试图向人们说明松冈环们与历史证人对话工作的伟大所在。如果从中日友好的大局观上看，此举可以称得上是一项中日友好事业的基础性工作，因为尊重历史史实始终是中日两国关系的政治基础，始终是一把开启两个民族和解与建立真正友好的钥匙。

中央电视台有个著名栏目，名叫“时空连线”，我认为松冈他们实际上也是在做架设历史与现实“时空连线”的工程，做一项许多中国人想做而无法做到、日本人不愿做且不敢做的实事。为什么松冈环们能够去做并已经做到了呢？

此外，我还接受松冈环女士、林伯耀、白西绅一郎先生等日本朋友的邀请，一起去日本参议院、众议院、外务省递交抗议书，一起到大阪街道去游行，一起同台给日本人讲述南京大屠杀的历史，一起在大阪国际和平中心参与国际学术研讨……共同为求证南京大屠杀史实而呐喊，共同为建立真正的中日友好与世界和平安宁的大业而呼号，我们成了志同道合的"挚友"，彼此之间充满着信任、合作和支持。

松冈环（左）与林伯耀（右）等人共同为求证南京大屠杀史实而努力

根据我的了解，支撑松冈环女士多年如一日的信念，是一股日本人的良知与友善。现在，有不少中国人，特别是青年人对当今日本人"一概而论"，一棍子打翻所有日本人，显然是不对的。在当今的日本社会，的确存在着否定历史并对未来中国居心叵测的日本人，但有良知者大有人在。松冈环就是其中一位。

2004 年初，松冈环邀请上海辞书出版社的领导专程来到南京，与我商谈在上海辞书出版社翻译出版松冈环的另一本新著——《南京战・被割裂的受害者之魂——南京大屠杀受害者 120 人的证言》事宜。

2003 年 8 月，日本社会评论社出版发行的松冈环著《南京战·被割裂的受害者之魂——被害者 120 人的证言》日文版书籍封面

2005 年 4 月，上海辞书出版社出版发行的松冈环著《南京战·被割裂的受害者之魂——南京大屠杀受害者 120 人的证言》中文版书籍封面

如果说松冈前一本书是从日本老兵的视角写出了南京大屠杀加害者证言的话，而这一本书则是从幸存者的角度，寻求与南京大屠杀受害者们的心灵对话。

虽然这一次我是被动的，大概是因为翻译和出版《南京战·寻找被封闭的记忆——侵华日军原士兵 102 人的证言》中文版，双方因密切的合作而赢得了彼此的信任，但我仍然十分高兴，表示全力支持，侵华日军南京大屠杀遇难同胞纪念馆依然会像前一本书那样，以购买一定数量图书的方式促成此事。

上海辞书出版社和松冈环女士同时执意要求我为该书作历史审校和序，当时我虽然很忙碌，但也没有推辞。逐字逐句地通读松冈环的新作时，深感这是一部站在日本人的角度看待南京大屠杀幸存者证言的书，更具有实证性。

从 2000 年开始至 2004 年初的 4 年多时间里，松冈环和她的支持团队，无数次往返南京与大阪之间，每年至少有2至3次，或参与南京大屠杀史研究会，或采访南京大屠杀幸存者，南京城的大街小巷和郊区乡村的农民家里，都留下了她的身影和足迹。这期间，江苏省总工会国际部的盛卯弟、罗庆霞不仅充当翻译，而且联系寻找幸存者，提供了很大的帮助。

松冈环在南京整理收集南京大屠杀幸存者的口述史资料

有人问：她为何要再写这本有关南京大屠杀证言的书？我们为什么要支持她翻译和出版这本书？

这可以从两方面来回答。若着眼于历史性，《南京战·被割裂的受害者之魂——南京大屠杀受害者120人的证言》，是对现有南京大屠杀历史资料的进一步完善和补充；若着眼于现实性，则毋庸讳言，该书著者以日本人的良知和中国证人的口述史实，揭露和挫败日本国内目前仍在此起彼伏地企图否定南京大屠杀史实的阴谋。

由于种种原因，南京大屠杀史的调查和研究并不充分，留下许多历史缺憾。

历史上曾经数次对南京大屠杀受害情况做过调查，诸如，南京大屠杀后，金陵大学美籍教授、南京安全区国际委员会成员刘易斯·S.C.斯迈思先生及其助手，曾于1938年3月至6月，最早对南京城郊区进行南京大屠杀受害情况的调查，并写成了《南京战祸写真》一书。

为审判松井石根、谷寿夫等日本战犯，1945年11月，由首都地方法院检察厅成立的“南京敌人罪行调查委员会”，以及1946年南京市临时参议会设置的“南京大屠杀案敌人罪行调查委员会”，曾经在南京市辖区范围进行过调查。

1972年和1984年，原日本《朝日新闻》记者本多胜一等人，曾对平顶山到南京以及上海到南京沿线进行过调查，编著《中国之旅》和《通向南京之路》。

1984年至1985年，为了配合侵华日军南京大屠杀遇难同胞纪念馆的建立，南京市文史委员会曾经在南京市鼓楼、玄武、白下、建邺、秦淮、下关等 6 个城区，以及雨花台、栖霞、大厂、浦口等 4 个郊区进行过调查，发现有 1756 位南京大屠杀幸存者。1991 年夏，南京市教育局及侵华日军南京大屠杀遇难同胞纪念馆曾发动全市高中生，利用暑假对此次调查的南京大屠杀幸存者进行回访。

1997 年夏，为纪念南京大屠杀遇难者遇难 60 周年，中日两国 14700 多名大学生、高中生(其中日本学生 26 名)，开展“留下历史的见证”夏令营活动，对南京市所辖范围内的 15 个区县 560 多万人口中，60 岁以上的老人进行了“地毯式”的调查。

1997 年 8 月在南京开展的中日两国青少年“留下历史的见证”夏令营活动

上述这些调查从不同时期、不同角度、不同方式记录了南京大屠杀的历史，积累了一批资料，起到了一定的积极影响和作用。

但是，由于南京大屠杀规模大、涉及的范围广、受害者众多、总体研究相对起步较晚等原因，无论是调查还是研究，均没有达到充分和圆满的程度，甚至在一些方面还很薄弱。譬如“南京大屠杀期间性暴力受害者的调查与研究”“南京大屠杀遇难者名录的调查与研究”等方面，都有许多工作可做。

松冈环女士以女性便利的条件，以及对性暴力受害者持有的特殊关心，赢得了许多性暴力受害幸存者的信任，她们向她吐露出埋藏在心底深处60多年之久的“难言之隐”，这是许多研究者多年来可望不可即的珍贵证言，填补了南京大屠杀史研究中性暴力受害证言稀少的历史不足。

众所周知，近年来，日本国内否定南京大屠杀历史的言论甚嚣尘上，且有愈演愈烈之势。各种否定历史的言辞五花八门，越来越偏激；南京大屠杀遇难者的数字从几万人、几千人、几百人，直到47人，各种篡改历史的论调古怪稀奇，越来越玄乎；还有歪曲东京审判、否定证人证词的论调等。

日本国内右翼势力这些所作所为，不仅仅暴露出狭隘的心理和偏颇的历史认知，而且在彰显军国主义的遗毒，有把日本实现与战时受害国之间民族和解的努力化为灰烬的危险。

为什么同为日本人的松冈环女士从感情上能为受害者接纳，与180多位历史证人（本书出版时为120位证人证言）实现心灵对话，进而记录并整理出版了一部有价值的受害者证言集？个中原因何在呢？

松冈女士是个集母亲、教师和市民运动负责人于一身的大忙人。作为两个孩子的母亲，少不了家务事缠身，但她深知“亲人受伤害”在家庭中意味着什么，不管是历史还是现实，不论是日本人还是中国人。作为小学教师，她感到把正确的历史传给下一代的重要性；作为市民运动的代表，她明白“国与国之间的关系，说到底是人与人之间的关系”，“国际关系定义不仅包括政府间的关系，而且包括民间关系”。

我时常私下里佩服松冈女强人的性格与作风。在大约10年时间里，她一直在进行着南京大屠杀加害和被害两方面的调查，记录下400多份加害和

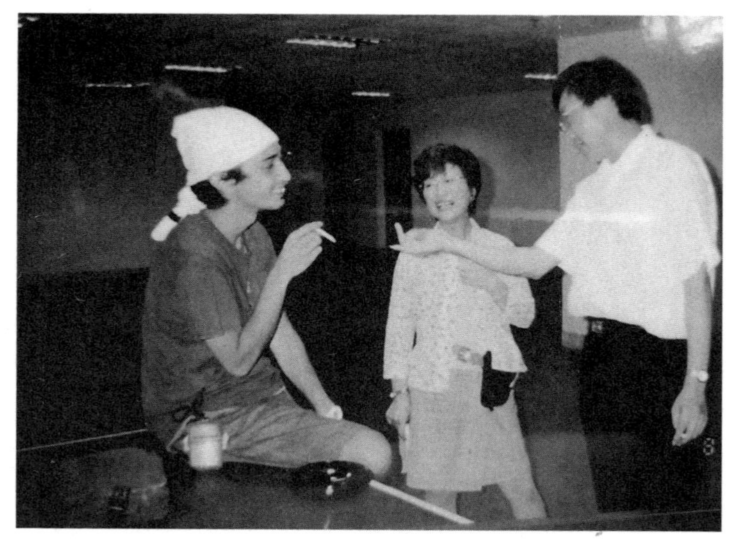

1997 年 8 月，作者在南京与前来参与中日两国青少年“留下历史的见证”活动的松冈环母子交流

被害证言，然后整理、校对和编纂 222 位历史证人的证言成书。

尤其是，她要克服语言上的障碍，校对陌生的中国人名、地名、事件名等，其难度是可想而知的，但她竟然以坚忍不拔的毅力和执着的事业心、责任心，终于将两本书奉献至中日两国读者的面前。

其实，《南京战・被割裂的受害者之魂——南京大屠杀受害者 120 人的证言》是一本通俗的历史读本。它告诉人们南京大屠杀幸存者们难以忘怀的历史记忆。这种历史记忆不仅属于个人，它裸露的是一个民族曾经有过的历史伤痕。

尽管历史从来不会重演，但历史是本教科书，它会教会人类许多有益的东西。

历史有时也会重复，但重复的不是历史事件的本身，而是其中的规律。通过受害者的证言，人们或许能读懂历史教训，把握创造和平未来的真谛。

我知道，像松冈一样的日本人，实际上在用行动来作一种尝试，那就是加害国与被害国之间的心灵对话，进而为实现最终的民族和解打基础。

然而，对话和理解需要特定的环境、条件和方式方法，其中最重要的是诚意和情感。保罗·尼兹认为,“道德会对世界和平产生积极影响”,“历史是最好的老师,但历史的教训不是源于表面的”,需要人们耐心地去寻找和总结。

20 多年来,我与松冈有过多次接触与交流,也曾和松冈一起去调查和采访幸存者。例如,张秀英老奶奶送给松冈雨花石时,我也在场,那确实是个很动人的场面。我感到,松冈对受害老人真切的同情心,是拉近与受害者距离的纽带。简言之,是用真情换来真心。

鉴于此,作为侵华日军南京大屠杀遇难同胞纪念馆的负责人,我也尽可能地给松冈一些帮助和支持。

例如,多次委派本馆日语翻译常嫦、芦鹏,无条件地帮助其调查与采访;出具采访证明,特别是发给她本馆迄今以来唯一的一份外国人持有的工作证(名誉馆员),目的当然是方便其调查。

松冈女士的两本书译成中文在中国出版,她将其版权授予侵华日军南京大屠杀遇难同胞纪念馆,而且还将 254 位日本老兵调查的资料光盘,以及一部分日本老兵赠送给她的军帽、军服、军鞋、军用水壶等物品,无偿捐赠给侵华日军南京大屠杀遇难同胞纪念馆。

鉴于此,侵华日军南京大屠杀遇难同胞纪念馆也于 2004 年 8 月 15 日颁发给松冈女士“南京大屠杀史研究特别贡献奖”,以褒奖她 20 多年来为南京大屠杀史实调查与研究所做的杰出贡献。

其实,松冈环不是一个人孤军奋战,她的身边有不少特别能干的日本人:

黑田薰,大阪府枚方市市民活动的负责人,大阪府枚方市保育师,也是妇女民主俱乐部会员,一位普普通通的日本中年妇女。

1996 年 12 月,我与中国国际友谊促进会处长臧宝生、南京市委宣传部外宣处处长朱同芳以及南京大屠杀幸存者倪翠萍一起应邀访问日本,先后在大阪、枚方、京都、神户、石川、冈山、广岛、熊本、久留米、鹿儿岛等城市做南京大屠杀史实巡回讲演。

记得是在 4 日那一天,我与南京大屠杀幸存者倪翠萍老妈妈一起,应邀到枚方市去做演讲活动。

事先，日本右翼势力在网络上放言，要给我们捅刀子。

当我们在蹉跎会馆举行演讲会时，日本右翼势力开来了 36 辆宣传车，开足大喇叭，围绕着会馆狂吼乱叫，举行骚扰破坏。

面对这一切，这次演讲集会的负责人黑田薰女士表现出一副淡定的模样，丝毫不惧怕日本右翼势力的淫威。

记得美国著名作家海明威有一句名言："勇气是压力下仍然能够表现出优雅。"这段话此时用在此地非常合适。

尽管日本右翼势力出现并骚扰了一番，但未能阻止集会的正常进行。我和南京大屠杀幸存者倪翠萍均按照原计划安排，做了演讲和证言报告，收到较好的效果。

新华社记者兰红光到会场拍摄了照片，发出了一条题为"正义与邪恶的较量"的消息。

后来，黑田薰还应邀到侵华日军南京大屠杀遇难同胞纪念馆做义务讲解员，在半年时间里，每天在馆内为来馆的日本团队和个人讲解服务，成为继美国姑娘费欣怡之后第二位来馆服务的国际志愿者。

樅山幸子，原大阪府藤井寺市中学教师。她是跟随松冈环来南京采访幸存者次数最多的人。每次，她都背着一部照相机、一架摄像机，与松冈环一起走进南京大屠杀幸存者家里，去现场采访拍摄和录音，留下历史的证词。

森一女，原大阪府丰中市保育师，也就是残疾儿童设施的助理员。她多年担任日本"铭心会"访华团事务局长，几乎年年 8 月 15 日都要来到侵华日军南京大屠杀遇难同胞纪念馆参加和平集会活动。后来，她因为参加帮扶残疾人的事业，来南京的活动少了，但每年 12 月邀请南京大屠杀幸存者或专家学者在大阪举行证言集会时，她都要参加筹备活动，不知疲倦地忙前忙后。她非常擅长跳舞，活动之余，用一条毛巾在头上一扎，随手拿起一把扇子，就满场地飞舞起来。有时还一定要我为其伴唱，逗得大家很开心，成为工作之余调节紧张情绪的佐料。

西端顺子，大阪府羽曳野市公立小学原教师，现为书法教室主宰。她是现任日本纪念南京大屠杀死难者 60 周年全国联络会事务局长。2016 年我应邀访问日本时，她给予了协调和帮助，还陪同我参加了在大阪和神户的两

松冈环(右二)与樅山幸子(右一)、林伯耀(右三)、山田泰子(左一)等人在南京与作者商谈调查采访南京大屠杀幸存者事宜

场集会。

松冈身后还有一支日本全国性的团队。1997 年我在访问日本时,曾经建议成立一支日本全国性的纪念南京大屠杀死难者民间组织,并且把许多年来与侵华日军南京大屠杀遇难同胞纪念馆有联系的日本民间组织串联在一起,取名为"日本纪念南京大屠杀死难者 60 周年全国联络会",总部设在大阪,共同负责人为松冈环、由木荣司和林伯耀。

这个组织遍布日本全国各地,每年 12 月都会开展一些纪念性活动,邀请夏淑琴、倪翠萍、李高山、张秀英、郑桂英、沈文君、彭喜荣、胡桂英、杨明贞、骆中洋等 20 多位南京大屠杀幸存者,以及章开沅、孟国祥、经盛鸿、段月萍等 10 多位专家学者,到日本各地举办证言集会,具有相当的影响力。为这些幸存者赴日参加活动办理出国手续最多的,要数南京中北旅行社,汤福启、曹阳、姜晓玲等日语翻译经常参加侵华日军南京大屠杀遇难同胞纪念馆的接待活动,与日方有广泛的联系,成为纪念馆沟通日本各民间组织的一座桥梁。

广岛的由木荣司身材高大魁梧,是一名铁路扳道工人。他 1955 年 10

2016 年 12 月 10 日晚，作者（后排右四）在大阪与森一女（前排右一）、西端顺子（后排左二）、林伯耀（后排右三）、徐桂国（后排右五）等友人合影

月出身于广岛吴市的一个工人家庭里，其父亲是一位正直的铁路工人，他子承父业，也当了一辈子的铁路工人。由木从小就听到父亲讲了许多来自中国的故事。受父亲的影响，他在上中学时就积极参与日中友好活动，在同学中间秘密地成立了一个日中友好学生协会，有几十人的规模，收集一些介绍中国的文字和图片，在学校的橱窗和板报上进行宣传，产生过一定的影响。

由木先生是一位空手道大师，有很多弟子，包括他的妻子由木良慧。他的弟子遍及日本各地。他带领这些弟子长期以来一直从事日中友好活动。2004 年 6 月，我应邀到广岛县吴市由木的家中做客。他让其空手道弟子胁田诚专门安排了一场日本小朋友的训练表演，让我们一饱眼福。

作为“毛迷”的由木先生绝对崇拜毛泽东思想。他 17 岁就步行去过韶山，家中收藏多种版本的《毛泽东选集》和 300 多枚毛泽东的像章。他最爱唱也是百唱不厌的拿手歌曲，就是《大海航行靠舵手》和《东方红》。

由木先生对中国人非常善良友好，曾经担保几位中国留学生到广岛大学读书深造，也经常组织日本青年人访问中国。从 1980 年开始，他已经 15

次前来中国访问，其中有 8 次到了南京。

由木荣司先生是我的老朋友，我与他一直以兄弟相称。他在广岛接待我 8 次，我在南京接待他 8 次，一共有 16 次。

由木先生担任日本中国友好协会全国青年委员会事务局长、广岛县日本中国友好协会事务局长，日本纪念南京大屠杀死难者 60 周年全国联络会共同代表。

由木先生最为突出的贡献，就是从 1994 年开始，每年坚持邀请南京大屠杀幸存者和研究者到广岛，几乎每年都举办南京大屠杀证言集会，还在广岛举办过南京大屠杀的史实展览。仅我本人就于 1994 年、1996 年、1999 年、2000 年、2003 年、2004 年（2 次）、2016 年，8 次在广岛举办过演讲活动，每次都是由木先生主持，并且安排得井井有条。印象最为深刻的是，与在大阪时一样，我参加过由木荣司等日本友人组织的在广岛大街上的游行活动。

在日本广岛大街上，作者与由木荣司先生（第三排右三光头者）并排行走在游行队伍中

我在由木荣司先生的安排下，多次去过广岛和平公园和广岛和平资料馆、广岛祈念原爆遇难者名单纪念设施等处参观，还先后两次参加 8 月 6 日广岛追悼与和平祈念仪式，学习一些做法，对组织南京的悼念仪式和国家公祭仪式起到一定的借鉴作用。

此外，由木先生还陪同我去濑户海上的大久野岛。这是个战时的毒嘎斯岛，是在二战中专门研制和生产毒气的地方，有大批的毒气弹从这里运往中国战场，岛上现在还保留着当年生产毒嘎斯的几处遗址和小型的毒嘎斯陈列馆。

由木先生还专门请来了毒气研究所所长兼毒气陈列馆馆长村上初一先生，为我们详细介绍了当年研究和生产毒气弹的情况，对我的抗日战争史学研究起到很大的帮助。为此，我还专门写了一篇《大久野岛在诉说》的散文，发表在《南京党史》杂志 2000 年第 2 期，该篇文章被收入《文化无域——朱成山散文集》中（新华出版社 2010 年 1 月版）。

作者在日本广岛和平祈念仪式上

樱井政美是熊本县日本中国友好协会事务局长，日本纪念南京大屠杀死难者 60 周年全国联络会熊本县事务局长，熊本县日中友好协会会长是保村龙二郎，他们都是我最要好的日本朋友。他们多次在熊本县组织悼念南京大屠杀死难者暨和平集会，也曾经多次访问过南京。

印象最深的1996年、1999年、2000年和2016年12月，我4次从福冈机场入境访问日本，每次都是樱井政美亲自驾车去机场接我至熊本，开始在日本10多座城市演讲的第一场活动。

樱井先生一直把我当做最要好的朋友。我到熊本去，他都把我当做贵客，非常热情，不仅全程陪同，还带我去他儿子的饭店小聚，有时一个晚上要换3个饭店，组织3批不同的朋友来欢迎我，让我感动不已。

2000年12月1日，熊本县日中友好协会会长保村龙二郎(左一)、熊本县日本中国友好协会事务局长樱井政美(左二)与作者和孟国祥教授(右二)在日本熊本县合影

我也是樱井先生最为信赖的朋友，我俩在中日两国见面已经超过20次。他的女儿樱井忍要学习汉语，首选城市就是南京。樱井忍到南京师范大学上学后，他告诉女儿，我是她的中国爸爸。此后，樱井忍一直称呼我为中国爸爸。

记得1997年南京大屠杀30多万同胞遇难60周年之际，南京组织市民在水西门大街提灯游行，樱井忍手捧用紫金花瓣做成的“和平”两个大字的匾牌，走在游行队伍的最前面，其照片还上了《人民日报》。

宫内阳子是“神户—南京心连心会”访华团团长，日本纪念南京大屠杀死难者 60 周年全国联络会神户市负责人。每年 8 月 15 日，在南京最炎热的季节，由神户市民们组成的这个团队，都会准时来到南京，在侵华日军南京大屠杀遇难同胞纪念馆举办和平集会，年年如此，已经坚持数年。

这个市民团体最具特色的，就是每人手里拿着一个一面写着“悼念南京大屠杀遇难者”，另一面写着“神户—南京心连心会”字样的圆形小纸扇子，每年都会成为中国媒体争相采访和拍摄的对象。

1999 年 8 月 15 日，神户—南京心连心会和铭心会等日本友人在南京举行“铭记历史　共创未来——中日青年交流活动暨悼念南京大屠杀遇难者仪式”

横见幸宪是冈山县日本中国友好协会事务局长，日本纪念南京大屠杀死难者 60 周年全国联络会冈山县负责人，也是由木荣司空手道的弟子和一位电讯职工。他每年在冈山县坚持纪念南京大屠杀死难者的活动，也已经有 20 多年。受他的邀请，我也于 1996 年、1999 年、2000 年、2016 年 5 次访问过冈山县，其中 2000 年 4 月和 12 月两次访问冈山，做过 5 场演讲报告。横见幸宪把南京作为他新婚旅行地，我们在南京为他们举办过新婚宴会。婚后他多次带着妻子和两个孩子，访问过南京。加上婚前他陪同由木荣司等人来南京，我与他见面达到 10 多次。

2016年12月7日，作者(中)在日本冈山与冈山县日中友好协会会长景山贡明(左一)、横见幸宪(右二)及其妻子横见怡子(左二，医院护士长)和女儿宁红(10岁)、儿子亮星(6岁)等一起合影

谈及这些日本各地的团队和友人来南京的接待和导游，有一个人不能不提，那就是南京国际旅行社戴国伟总经理。他不仅日语水平高，而且服务热情，深得日本朋友们的信任。多年来，他先后接待大阪、京都、神户、长崎、熊本、广岛、冈山、名古屋等许多日本城市来宁的朋友，无数次地陪同他们来纪念馆参观凭吊，一遍遍地不厌其烦地翻译讲解，成为纪念馆的义务讲解员和联系日本友人的纽带。

日本的这个会还牵涉到一件要不要保留“名字”的事，他们一时争论不休、难以定夺。因为这个“全国联络会”是1997年为纪念南京大屠杀发生60周年成立的，此后还要不要继续保留这个名称？如果不保留这个名称，应该换什么名字才有代表性？他们最终一致意见就是听我的。因为当初成立时也是我把他们捏合在一块的。我经过一番慎重考虑，决定名称不变，理由是这个会是从纪念南京大屠杀60周年活动起步的，以此延续下去更有纪念意义。结果，“全国联络会”采纳了我的意见，在日本国内至今仍然保留着这一民间组织。

像上述日本纪念南京大屠杀死难者60周年全国联络会这样的民间友好

组织，在日本还有许多，他们一直是对华友好的民间力量。

上杉聪，一位蓄着小胡子的日本普通中学教师，出于对历史与现实的反省，于 1985 年在日本成立了“悼念亚洲太平洋地区战争受害者，把他们铭刻在心实行委员会”的民间组织，简称“铭心会”，并很快推至东京、大阪、京都、广岛等 17 个地区。每年的 8 月 15 日，他们都要在中国的南京、马来西亚的文律镇、韩国的首尔以及日本国内 17 个城市进行集会，谴责战争，缅怀受害者，表示记取历史的教训。

上杉聪(右)组织日本人从上海骑自行车沿途学习与反省历史，作者在侵华日军南京大屠杀遇难同胞纪念馆与其见面

1994 年 8 月 4 日至 17 日，我与南京大屠杀幸存者夏淑琴接受该组织的邀请，先后到日本 17 个城市进行证言集会，结识到一批日本友人，他们给我留下了深刻的印象。

记得 8 月 5 日晚，我们到达新横滨市礼堂，会场中间悬挂着“神奈川第九次集会”的标牌。台上，南京大屠杀幸存者夏淑琴悲愤地诉说；台下，许多日本人边听边流泪，低低的抽泣声连成一片。同情？忏悔？抑或其他？显而易见，台上人与台下人达到了感情上的沟通与共鸣。

1994 年 8 月 6 日，作者(左)在京都集会上做报告

有位来自町田市的春山美保子女士说：“我的父亲曾参与了侵华战争，并接受过杀人训练。父亲后来经常对我讲述此事。作为一名日本人，我为这段历史感到羞耻。我是一名教师，也经常给孩子们讲这段历史，教育他们不要打仗，不要战争。我个人的力量很小，但我愿意为日中友好不懈地去努力。”

那次在千叶县船桥市中央公民会馆，我们遭遇和日本右翼势力面对面的斗争时，得到了日本友人的支持与声援。8 月 12 日 9 时，证人发言完毕，照例进入现场答辩环节。

突然站起了一位年龄大约 30 多岁自称是政治家的男子，向工作人员要过话筒说：“夏淑琴的话不可信，因为看到过一则资料，说蒋介石和宋美龄在 12 月 8 日已撤离南京，其余的人被全部弄到国际安全区保护起来，怎么会有 12 月 13 日夏家的被害？另外，东京国际法庭的判决不对，日本不是侵略者。”

面对此人的挑衅，我立即站起来予以驳斥：“你所说的蒋介石和宋美龄在 12 月 8 日撤离南京不对，他们是 12 月 7 日离开南京的。你说的其余的人都被弄到国际安全区保护起来也不对，当时一部分南京人的确住进了国际安全区，但安全区并不等于安全；一部分在沦陷之初滞留在长江边，大部分被日军杀害；一部分躲在农村山野田间也未能逃过厄运，还有一部分仍然在自己家中无法逃走。夏淑琴家属于最后一部分人。”

日本友人谷川透气呼呼地站起来，连话筒也顾不得拿，大声地说：“反对刚才那个人的发言。日本军在南京的暴行，无论在国际上还是在日本国内都有许多真实的记载，这位先生的发言和永野茂门（日本原法务大臣）的讲话如出一辙。”

在场的许多日本人一个接一个地表态。有的说：“在历史证人面前，说出这样的话太不礼貌。”有的说：“作为一个有良知的日本人，对历史发言应该负责任。”

在一片谴责声中，那位自称为政治家的日本人，掩饰不住内心的恐慌，不停地用毛巾擦去额头上的虚汗，最后竟然灰溜溜地撒腿溜走了。

那年的 8 月 15 日，在大阪，铭心会总部组织一场集会。我和来自马来西亚、韩国等国的被邀请者，相继为会场上大约 650 名日本人士作证发言。

大岛孝一是日本铭心会的实行委员长，也是该民间友好组织中唯一参加过那场战争的旧军人。他说：“虽然当时我并不愿意参军，但身不由己。由于在司令部工作，没有出国作战，没有扛过枪，没有挥舞过战刀，但毕竟是加入了加害者的行列。因此，我本人就是被批评的材料。现在关键是历史的错误不能够再犯。所以，请历史的证人来日本作证，对历史进行深刻反省显得特别有意义。”

中午 12 时整，在一片寂静之中，全体与会者为亚洲太平洋地区战争受害者默哀 15 分钟。随后，一位 70 多岁的日本老妈妈、铭心会前任委员长松井义子走上舞台，用极其缓慢、低沉的语调，念起她创作的悼念诗——《说到广岛的时候》：

说到广岛的时候，
啊，广岛能这样的回答我吗？
因为日军制造过南京大屠杀，
因为日军把妇女和儿童封在战壕里，
因为日军用汽油燃烧过马尼拉的火刑。
……

说到广岛的时候，
啊，为了能让广岛能这样地回答我们：
必须把武器扔掉，
必须把污垢的双手洗净。

日本日中友好协会是日本7个致力于中日友好组织之一，多年来，曾在日本广泛开展了“为了和平的战争展”为主题的和平反战运动。该会会长伊藤敬一于2000年10月26日致函给我，将于同年12月组织以菱木政晴为团长的“第一次和平之旅访华团”，就南京大屠杀这一历史问题与中国的专家学者以及南京大屠杀幸存者进行座谈交流。

我在当天就给予了书面回复：“我谨代表侵华日军南京大屠杀遇难同胞纪念馆，表示竭诚的欢迎，并同意按照你们的要求做好准备，敬请放心。……本馆愿和你们一道，致力于中日友好而开展广泛的交流与合作。同时，也非常欢迎会长先生在适当的时候光临本馆。”

菱木政晴团长是我的一位老朋友，这位团长率领的“第一次和平之旅访华团”获得了成功。

2000年12月，日本“第一次和平之旅访华团”来到侵华日军南京大屠杀遇难同胞纪念馆参观访问，作者接待团长菱木政晴（左）

后来，该协会组织的一批又一批"和平之旅访华团"来南京，悼念南京大屠杀死难者，誓言和平与友好。

2000 年 12 月，我在访问东京时，专程应邀访问了日本日中友好协会总部，与伊藤敬一会长进行了交流。他还在百忙之中设宴招待了我。

来来往往间，10 多年过去了，我与伊藤敬一会长成了好朋友。

阿部克幸是日本东铁路工会规划局长。日本全国的铁路分为东铁路和西铁路，该工会是个很大的组织，辖有日本二分之一铁路工会会员。

1999 年 1 月 30 日，阿部先生致函我，要求借用南京大屠杀幸存者李秀英等人的录像资料带，在其所属的工会内部放映，为年内组织该工会访问南京并参与公祭活动做准备。

我于同年 2 月 18 日回信说："关于借用李秀英等幸存者证言录像带，向日本人民传播南京大屠杀历史真相一事，我完全同意，并寄去录像带一盘，作为对先生及贵会这一行动的支持。"

这一年底，日本东铁路工会组织了 200 多名铁路工人，参加了"悼念南京大屠杀 30 万同胞遇难 63 周年暨南京国际和平集会"，他们手里拿着"不忘南京大屠杀惨案给中国人民带来的痛苦和伤害，尊重历史事实，反对侵略战争，维护日中友好和世界和平"的巨幅横幅入场，显得格外醒目。

此后，该工会组织年年派人出席南京的公祭仪式和国际和平集会，先后已经有 18 年，参加活动的日本铁路工人达 4000 多人次。

该工会组织还多次派人参加抚顺平顶山遗址悼念活动，而且决定为在中国农村地区的孩子们建设 19 所希望小学。他们希望通过这些行动传达世世代代和平友好的愿望。

反省战后 50 周年市民和平展实行委员会，是个由爱知县劳动组合会议、全递信劳动组合爱知县地区本部、名古屋市市民协会等几个民间组织组成的临时组织机构。这几个民间组织的负责人黑川节男、新川末臧、竹内宏一、玉木好、长冈进、加藤吉晴、叶山裕子，则是热衷于日中友好的主要倡导者和支持者。他们中间绝大多数人专程到南京来的经历都在 10 次以上。

头发花白、见人一脸微笑的长冈进先生，是日本名古屋市邮电工会的一名退休干部。多年来，他一直致力于日中友好。他曾经和水谷胜彦、铃木广

1999 年 12 月 13 日，日本东铁路工会组织日本铁路工人，来到侵华日军南京大屠杀遇难同胞纪念馆参加悼念南京大屠杀遇难者仪式

幸等人一起，成功地在名古屋市策划过一系列有关悼念南京大屠杀遇难者的活动。如 1987 年时，他们在日本制作和发行了一张“纪念南京大屠杀遇难者”的电话磁卡，以此纪念南京大屠杀遇难者遇难 50 周年。1995 年，他们又在日本做了印有“前事不忘 后事之师”字样的指甲剪，以纪念世界反法西斯战争暨中国人民抗日战争胜利 50 周年。他们还在发起让战争时期从南京毗卢寺搬至名古屋市的一尊“千手观音”佛像回归南京的活动，为此成立了“两个观音思考会”，于 2013 年 8 月 9 日邀请我去参观，事后我还写了一篇题为“南京的千手观音想回家”的散文，发表在《华人时刊》2003 年第 11 期上。

上述几位先生着手做的最为成功的一件事情，就是在日本率先引进侵华日军南京大屠杀史料展，让更多的日本人了解这一历史真相。

1995 年 6 月，玉木好、竹内宏一、长冈进、加藤吉晴、叶山裕子等一行数人，专程来到侵华日军南京大屠杀遇难同胞纪念馆，与我商谈在名古屋市办展事，提出由纪念馆复制照片、文物及整套展览的说明词，由日方按照中方提供的资料翻译并制作展板。

这是战后南京大屠杀史料在日本的首次展出，其难度是可以想象的。

此前，曾经也有一些日本友好人士邀请在日本举办展览，但因种种原因未能如愿。

1995 年 9 月 27 日上午 10 时许，坐落在日本名古屋市昭和区鹤舞街 3—8—10 号的爱知县勤劳会馆人头攒动，“南京大屠杀史料展”在这里正式开展，展出了 180 张有关南京大屠杀的历史照片，放映着由侵华日军南京大屠杀遇难同胞纪念馆提供的日语版录像，我和江苏省总工会的张树清部长应邀出席并参加开幕式。

开幕式上，日本劳动组合会议议长新川末臧率先发言。他说：“在战后 50 周年之际，我们举办南京大屠杀展览，目的就是要让日本国民反省战争，珍爱和平，为不再犯历史的错误而努力。”

我也应邀在开幕式上发言。我的发言刚开始第一句话，日本右翼势力开来的 3 辆宣传车就到了，他们开足高分贝的大喇叭实施干扰，但展览会照常进行。

1995 年 9 月 27 日上午，作者在名古屋“南京大屠杀史料展”开幕式上与日本友人一起剪彩

此后，竹内宏一、玉木好、长冈进、加藤吉晴、叶山裕子等先生，利用这一套展板，先后在东京、大阪、京都、冈山、广岛、熊本、长崎、鹿儿岛等30多座日本城市巡回展出，扩大了南京大屠杀史料在日本的影响力。

日本的佛教界也有许多主张反省日本侵略和加害的历史、致力于和平的僧侣。日本熊本县生命山寺住持古川泰龙，多次带领妻子、儿子和两个女儿，来侵华日军南京大屠杀遇难同胞纪念馆举行宗教悼念仪式，悼念南京大屠杀遇难者。他去世后，其儿子古川龙树继任住持，依然经常来南京悼念南京大屠杀遇难者。

1994年初，日本熊本县生命山寺住持古川泰龙(右着黑衣者)组织欧洲天主教牧师一起，在侵华日军南京大屠杀遇难同胞纪念馆为遇难者祈祷

日本京都府妙心寺派灵云苑住持则竹秀南大和尚，从2003年9月25日在侵华日军南京大屠杀遇难同胞纪念馆举办世界和平法会之后，每年的12月13日都要来南京，参加世界和平法会和悼念南京大屠杀遇难者公祭仪式，我与则竹大和尚的见面也有13次之多。

大东仁先生是日本名古屋市真宗大谷派圆光寺住持。2005年12月，我代表侵华日军南京大屠杀遇难同胞纪念馆，正式委托他在日本搜集相关证

1992年12月，日本熊本县生命山寺住持古川泰龙（中）和儿子古川龙树（右二）等全家人来侵华日军南京大屠杀遇难同胞纪念馆参观

日本京都府妙心寺派灵云苑住持则竹秀南大和尚（左），向作者捐赠在世界和平法会上的寄语

物。由于我俩经常要在一起切磋有关史料和文物的信息，为此，他从来不喊我馆长，而是称呼我为“老师”，我俩直接见面也超过了30次。他受到了日本

右翼势力的非难，骂他是“中国的走狗”“日本国家的叛徒”，嘲讽他是“红色僧侣”，但他对此根本不予理会。为搜集历史证据，他跑遍日本的旧书店、旧货市场，并上网征集，找到相关文物史料就买下来。先后一共在日本代为征集文物资料 2000 多件。

日本名古屋真宗大谷派圆光寺住持大东仁代为在日本征集有关南京大屠杀的文物和史料

鹤田恒郎是日本鹿儿岛县教职员工会的老会长。他曾经 10 多次率领该会的教师访问南京，到侵华日军南京大屠杀遇难同胞纪念馆来学习了解南京大屠杀历史真相，然后带回日本的中小学校，讲给日本的孩子听。来往的次数多了，我们成了老朋友。

1996 年 12 月，我应邀到日本熊本作南京大屠杀历史的报告和演讲。鹤田恒郎得知这一消息后，专门从鹿儿岛赶往熊本，一定要接我去鹿儿岛做客。

12 月 15 日下午，我在熊本县的演讲一结束，就被鹤田恒郎接走，乘坐电车于当晚赶到鹿儿岛，参加鹿儿岛县教职员工会组织的一年一度的“忘年会”活动。

当鹤田恒郎会长领着我走进会场时，全体会员起立热烈鼓掌，表示欢迎，那种气氛着实令人感动。

1996 年 12 月 15 日晚，作者应邀参加鹿儿岛县教职员工会组织的一年一度的“忘年会”活动，后排右一为鹤田恒郎会长

这以后，鹤田恒郎老会长几乎每年都要来南京一二次，有时带领几十个人的团队来，有时带着二三个人来看望南京的老朋友。每次都由江苏国际旅行社副总经理谷大任负责联系，我和江苏省中医院方祝元院长、黄煌副院长（南京市人大常委会副主任）、董新民主任（该医院有多位医生有在鹿儿岛县进修的经历）等参加，每次都充满着友好的氛围。我算了一下，我与鹤田先生的见面也超过了 20 次。

特别令我感动的是，鹤田恒郎先生在得知我与江苏省对外交流协会徐龙副会长退休后，于 2016 年初专程从日本鹿儿岛来到南京，为我俩献上鲜花，宣读一段精心写成的表彰文字，分别表扬我与徐龙副会长在任期间为日中友好所做的贡献，最后还各赠送了一件从鹿儿岛带来的木雕

日本鹿儿岛县教职员第10次访中团，在侵华日军南京大屠杀遇难同胞纪念馆合影

纪念品。

据说日本人退休后，都会有这么一个仪式，使人感到很温馨。但年近八旬的日本老会长鹤田恒郎，不远千里，专门来为我们两个中国朋友举办退休仪式，其深情厚谊溢于言表，让我们感动不已。

第三章　东史郎及有反省意识的日本老兵们

2018年1月3日，南京小雨夹雪，天气很冷。

突然接到日本友人山内小夜子的电话，告诉我今天是东史郎先生逝世12周年忌日。日本支援东史郎案审判实行委员会的几个人，前往东史郎墓前进行了吊唁哀悼活动。

时间真快，都12年了，我不禁喃喃自问。

思绪一下回到了12年前的今天。

那是2006年1月3日。

古城南京。

人们都还沉浸在元旦节日长假之中，街头巷尾，人来人往，熙熙攘攘，到处是欢乐祥和的气氛。

午后，天公突然变了脸，阴沉沉的，下起了毛毛细雨，还夹杂着小雪，淅淅沥沥。

这多少让人感到有点意外！因为大约已有两个多月未下雨雪了，这雨雪从何处而来的？怎么说下就下了呢？

当时，我刚刚从亲戚家吃完饭，想不到在回家的路上遇到这奇怪的天气，奇怪的雨，奇怪的雪，偏偏没带雨伞。好在雨雪不算太大，还能受得了。于是，我加大了步幅和步速。

正在这时，手机忽然响了起来。打开一看，显示屏上显示的是国际号码,原来是日本支援东史郎案审判实行委员会秘书长山内小夜子女士从京都打来的国际长途电话。过去,她习惯有事儿发传真或发“e-mail”联系,给我手机打电话,这可是第一回。

一定是有急事。

果然,当我按下绿键,话筒里立即传来了山内女士急不可耐的声音。她用不流畅的汉语告诉我:“东史郎死了!”

“什么时候?”我急忙问她。

“今天上午11时48分。东史郎太太刚才打电话告诉我的。”山内女士汉语不太流利,说完后就挂了电话。

对此我早有思想准备。因为几天前,我曾接到山内女士关于东史郎先生病危再次住院情况通报的电子邮件,也接到来自神户的旅日华侨中日友好促进会秘书长林伯耀先生电话,他们都清楚地告诉我,东史郎先生这次恐怕真的不行了,能熬过新年就是幸事。

虽然如此,当噩耗传来,仍不免为这位“忘年交”的逝去感到伤痛。在悲痛的同时,我与东史郎先生10多年来交往的一幕幕往事,又立刻浮现在眼前。

我和东史郎的第一次相识,是在一个夏天。

记得那是1994年8月。

南京的夏天总是很热的。火炉之城,名不虚传。

比天气更热的,是人们对历史的记忆。每年8月前后,由纪念中国人民抗日战争胜利活动所引起的对战争与和平、历史与现实的思考气氛,总是很热很热。

有人说,一个城市对它的历史记忆是深刻的,尤其是重大灾难的历史。这话富有哲理。

就是在这样一个天气热、人心更热的氛围里,在南京,我以侵华日军南京大屠杀遇难同胞纪念馆馆长的身份,接待了来自日本京都的一位老人,他的名字叫东史郎。

东史郎当时已经83岁,但身体硬朗,大约1米72的身高,短短的头发乌黑，两只眼睛炯炯有神，说话声音洪亮，动作敏捷，走路飞快。他上身穿一件蓝条子的灰色短衬衣，下身着米黄色长裤，脖子上系一条红绳，串有一块椭圆形的白色玉佩，腰带上别着一个“傻瓜”照相机。穿着简洁，打扮利索，一点儿没有年逾八旬的老态龙钟形象，倒像个 50 多岁的人。东史郎先生给我的第一印象，是外表和心态都非常年轻。

有人说，一个人对自己年轻时经历的记忆是很深刻的，特别是刻骨铭心的事。这话听起来一点儿不假。

东史郎此次是随着以日本著名历史学家姬田光一为团长的“南京事件历史调查团”来到南京的，那是他战后第二次来到中国。

此前，东史郎曾在 1987 年 12 月专程来过南京谢罪。和他一起来南京的，还有日本早稻田大学的著名历史学家洞富雄，一桥大学教授藤原彰、吉田裕，宇都宫大学教授笠原十九司等一批对南京大屠杀历史有深入研究的日本专家。

1987 年 12 月 13 日，东史郎（左三）与吉田裕（右四）、笠原十九司（左二）、久上久士（右一）等日本南京事件调查研究会成员在侵华日军南京大屠杀遇难同胞纪念馆祭奠广场合影

1987年12月13日，东史郎(中)与日本早稻田大学洞富雄(东史郎身后)等在侵华日军南京大屠杀遇难同胞纪念馆内接受东京广播电视公司的采访

我曾从侵华日军南京大屠杀遇难同胞纪念馆原副馆长段月萍女士的叙述中，详细得知东史郎那次来南京的情况。

那年正值南京大屠杀三十多万同胞遇难50周年，东史郎时年76岁。他要在12月13日，也就是南京大屠杀遇难者祭日这天来南京谢罪，的确需要勇气。

据说，那是他在战后第一次踏上中国领土。虽然鼓足了勇气，但到了上海以后，他还是不敢来南京，担心南京人会用砖头砸他这个“东洋鬼子”的头，希望南京有人去上海陪他一起来南京。

当时，段月萍女士受南京有关方面的委派，去上海接东史郎。

12 月 13 日早上，东史郎情绪低落，趴在餐桌上，紧张得吃不下早饭。问他为什么不吃早饭，他说："50 年前的今天，此时此刻，我所在的日军部队正由中山门入城，对南京进行'扫荡'（屠杀）。一想到那时的情景，我心里很难过，实在对不起南京人民。"

东史郎参与侵华日军时身着军装照

在上海驶向南京的火车上，东史郎一言不发，两眼紧盯着窗外沉思，神情紧张，内心恐慌极了。他说："这是我战后第一次到中国来，当年我做了许多对不起南京人民的事，火车越接近南京，我内心越是恐慌，我怕南京人民恨我这个'东洋鬼子'。"

东史郎正是带着这种忐忑不安的心情到达了南京。

午后 2 时 30 分，日本"南京事件历史调查团"一行，径直去了侵华日军南京大屠杀遇难同胞纪念馆参观凭吊。东史郎在镌刻着中、英、日文的"300000 遇难者"石碑前长跪不起。考虑到他毕竟是 76 岁的人了，工作人员劝他起来，他还不肯，要求多跪一会儿。

在接受记者采访时，他说："我是原侵华日军第 16 师团 20 联队的士兵，今天，我这个'东洋鬼子'是特意来向南京人民谢罪的。"

当时，他在馆内见到每一个中国人都鞠躬谢罪，不停地弯腰，不停地鞠躬，嘴里还不停地说："我有罪！我有罪！"

第二天，东史郎提出还要去参观侵华日军南京大屠杀遇难同胞纪念馆，别人提醒他，你已经去过那里了。他回答说："我昨天在馆里时，头脑里一片空白，什么也没看到。所以，还是想再去看看。"

从他的这段话中，可看出当时他的心情紧张到什么程度。一个长期把战争时的犯罪行为压在心头的加害者，当他第一次面对受害者的时候，出现这种心理恐慌症是可以理解的。

出乎他意料的是，南京人并没有对他进行报复，反而很有礼貌地接待了他。这使他内心十分感动，进一步增强了他向中国人民反省谢罪的信心。

次日上午，东史郎一行先后拜谒了清凉山和草鞋峡两处侵华日军南京大屠杀遇难同胞纪念碑，后又去了位于中山陵灵谷寺的西洼子村，凭吊“侵华日军南京大屠杀遇难同胞东郊丛葬地纪念碑”。他们面向纪念碑深深地鞠躬，向亡灵谢罪。之后，访问团的其他成员全都离开了现场，东史郎却久久站在纪念碑前低头沉思，面对死难者作心灵的忏悔。

14日下午，应东史郎的要求，访问团一行再次来到侵华日军南京大屠杀遇难同胞纪念馆参观，并与夏淑琴、唐顺山、郭立言、陈光秀、吴旋、刘再树、陈德贵等10多位南京大屠杀幸存者见面。

在听取了夏淑琴、唐顺山等人的证言后，东史郎诚恳地说：“我是侵华日军老兵，也就是你们中国人所说的‘东洋鬼子’，我当年参与了南京大屠杀。这件事虽然过去了50年，但过去的事一直留在我的头脑中。今天见到这么多的受害者，我感到羞愧，无脸面见你们。我对不起你们，对不起南京人民！我向你们谢罪，向南京人民谢罪。”说完，扑通一声，他跪倒在南京大屠杀幸存者面前。

南京大屠杀幸存者唐顺山老人上前把他从地上拉了起来，说：“你知道谢罪就好！过去，你是个小兵，执行上级坏的命令，干了坏事。今天你能向我们道歉，我原谅你。”

在真诚的道歉与谢罪场域中，受害者与加害者达成了谅解。这个真实的场面，的确很打动人，也很教育人。说明了在受害者与加害者之间，并没有不可以跨越的鸿沟。

会后，东史郎在签名时写道：“我是日本旧军人，今天来到纪念馆参观，看到南京大屠杀活生生的事实，我从内心真诚地谢罪。”

人们常说：人之为人，有些事难以忘记；有些事，不能忘记。痛苦，常常就因为这难以忘记与不能忘记。为了摆脱痛苦，东史郎想到了忏悔与谢罪。

英国考文垂大学“宽恕与和解研究中心”主任、著名的和平学学者安德鲁·瑞格比教授主张：“在正义的基础上由冲突各方，尤其是受害者一方能

1987 年 12 月 14 日，东史郎参观侵华日军南京大屠杀遇难同胞纪念馆后，挥笔写下“我是日军旧军人，今天来到纪念馆参观，看到南京大屠杀活生生的事实，我从内心真诚地谢罪”的留言

够在对手承认过错和罪恶的前提下宽恕对手。要受害者采取这样一种宽恕态度是不容易的，但如果能够做到，对一个社会摆脱冤冤相报的怪圈显然十分有利。”

东史郎战后第一次到中国，在南京，完成了他的谢罪之旅，也使他在人性上获得了重生。

尽管如此，听了段月萍女士的讲述以后，我对东史郎从感情上讲还是很排斥的，毕竟他是参加过南京大屠杀的“日本鬼子”。说几句好听的话，做几个好看的动作，岂能抵消他战时的罪过？所以，我与他刚见面时比较冷淡，只是以礼相待、不卑不亢，和接待其他来馆参观的一般日本人并无两样。

和战后第一次来南京不同的是，1994 年 8 月时的东史郎已经作为被告，被起诉至东京地方法院。这一次来南京，他要在现场回忆当年参与南京大屠杀时的情景。

记得当时我不仅陪同包括东史郎在内的日本“南京事件历史调查团”一行，引导他们详细地参观了侵华日军南京大屠杀遇难同胞纪念馆，而且还陪同他们去了南京中山码头、北极阁等南京大屠杀遗址进行实地调查，走访了南京大屠杀的幸存者。

给我留下印象最为深刻的，是东史郎在玄武门和中山码头两处集体屠杀遗址的回忆。

在东史郎的提议下，我带领着日本“南京事件历史调查团”一行 10 多人，来到了面朝中央路一侧的玄武门大门口。

东史郎在侵华日军南京大屠杀江东门集体屠杀遇难者遗骸前下跪谢罪

在玄武湖公园玄武门左侧约 50 米处，东史郎指着城墙根告诉我们："当时日军从国际安全区内搜捕了大约 500 多名中国人，驱赶到这里用机枪全部杀死，尸体就堆在这里。"

埋藏在记忆深处的惨痛经历总是深刻的。东史郎是这样，其他日本老兵也是这样。

这使我想起在京都集会时，曾经见过的与东史郎同在第 16 师团 20 联队的日本老兵。他叫增田六助，也曾参与过南京大屠杀。《人民日报》(海外版) 1987 年 7 月 14 日第 6 版，曾转发日本《赤旗报》同年 7 月 13 日对他的报道：

在日本京都府发现了一批记载南京大屠杀惨状的笔记，成为震惊中外的南京大屠杀惨案的佐证。

这批笔记是原日本侵华军福知山步兵 20 团(联队)4 连(中队)46 名士兵作为战争札记写下的。

在上等兵增田六助写的《南京城内扫荡卷》中，载有该连(中队)一次屠杀 500 余名中国军民的史实。其中写道，4 连(中队)进入南京城后立即进行"扫荡"。日军闯进大众医院(应为鼓楼医院)，没找到中国人，便把医院设备砸烂。翌日傍晚，4 连(中队)抓到 500 余名中国军民，挨个脱下他们的衣服，用电线等绑起来，拉到玄武门附近一次处决。

增田现住在京都府丹后町（与东史郎同乡，和东史郎当年同属 20 联队，东史郎为 3 中队士兵）。他对该报记者说："当时把抓到的人排成五行，外边的两行人都用一根电线绑住大腿，拉到城北玄武湖去枪杀。因玄武湖先前已被中国军民用土堵死，便把抓到的人在那里的土丘前，用 2 挺重机枪、6 挺轻机枪在 50 米近处一起扫射。"

他说："我当时担任警戒。扫射那会儿，我亲眼看见血肉横飞、脑浆迸溅的惨景。在被杀害的 500 余人中，有 200 人是军人，其余全是普通市民。想起来就让人战栗的那个场面，是难以忘却的。说什么也不能允许日本再进行那种残酷的行为了。"

1937 年 12 月 13 日，东史郎所在的侵华日军第 16 师团 20 联队攻占南京中山门

增田作证的玄武门屠杀遗址，在过去的史料中从未有过记载，是一处新发现的南京大屠杀集体屠杀现场。

离开玄武门的屠杀遗址，我们一起去了长江边。

长江作为中国境内第一条大江，它的滚滚浪涛自西南涌来，流经南京后先冲向北，又折向东，从南京城北奔腾而过。千百年来，它一直为这座古城欢歌，但有时也为这座城市哭泣。

1937 年 12 月至 1938 年 1 月，侵华日军曾经在长江边上大肆屠杀南京人。长江的水曾经被南京人的血染红，南京人的泪曾经引发了长江水的呜咽。

中山码头位于南京城下关的长江边上，人们沿着南京城内的主干道中山北路，便可以一直到达长江边的中山码头，在那里摆渡过江，去江北岸的浦口。

在中山码头旁的江边上，东史郎先肯定地指出："这里当时全是中国人的尸体，黑压压的，堆成了一片，江里还漂浮着许许多多的尸体。"

东史郎的一席话，印证了一段历史。

据《侵华日军南京大屠杀史稿》记载：

> 1937 年 12 月 16 日傍晚，有被俘已解除武装的军人和难民五千余人，被日军由华侨招待所押至中山码头江边，用机枪扫射，并把尸体推入江中，毁尸灭迹。

被日军纵火焚烧后的死难者尸体

在中山码头集体屠杀中死里逃生的幸存者，家住鼓楼三条巷 47 号的南京市民徐进，以及日军屠杀时投江逃生的原国民政府军军医梁廷芳、白增荣，曾于 1946 年向国民政府呈文陈述当时受害的经过。其中，梁还于同年 6 月出席远东国际军事法庭，在东京为南京大屠杀作证 2 个月时间，并于 8 月 7 日向该军事法庭提供一份在中山码头遭遇的书面证词。同年 10 月 7 日，梁、白还联名向南京审判日本战犯军事法庭提供关于他俩在中山码头受害情况的一份书面报告。

此外，当年住在大方巷 14 号避难的原南京烷基苯厂退休工人刘永兴，也是一位在中山码头集体屠杀时跳进江水、趴在江中一艘破船边侥幸逃生的幸存者，只是他的胞弟没有他那样幸运，在和他一起跳江时，被日军的子弹击中，在中山码头遇难。

东史郎作为当年参与南京大屠杀的原日军第 16 师团 20 联队士兵，其证言是非常可贵的加害证人口述资料。

其实，日军当年在长江边上大规模的集体屠杀，绝不仅仅是中山码头一处。史料上记载或被南京审判日本战犯军事法庭判定的遇难人数，除中山码头外，还有草鞋峡 5.7 万多人，燕子矶 5 万多人，鱼雷营、宝塔桥 3 万多人，煤炭港 3000 多人，下关九甲圩江边 500 多人，三汊河 400—500 人……

如果把上述遇难者的数字相加，就会发现，在江边遇难的人数达 15 万多人。也就是说，南京大屠杀中遇难的 30 多万人，有半数左右在江边遇难。这是因为，当时侵华日军从东、南、西边 3 个方向合围南京，人们为了逃生，纷纷弃城而出，从城北涌向江边，寄希望于渡江逃到苏北、安徽或山东等地。但唐生智等中国守军将领为了背水一战，将船只统统集中到江北岸，加之江面上有日军炮艇的封锁，人们只能望着宽阔湍急的江水叹气，东躲西藏，被日军分头搜捕和驱赶，集中在几个地点集体屠杀。

和第一次来南京时不同的是，东史郎不再对中国人感到恐惧，而是抱有一种发自内心的感激之情。

这是我第一次与东史郎相识，他除了给我们侵华日军南京大屠杀遇难同胞纪念馆留下了曾参与南京大屠杀加害者的直接证言资料外，还给我留下了为人直率、敢于说话、性格刚强的深刻印象。这与日本比较暧昧的民族性格迥然不同，与当年曾参与侵略战争的日本老兵们对自己加害历史普遍采取“缄口不言”的言行形成了强烈反差。

东史郎究竟是个什么样的日本人？

作为日本老兵，他思想深处反省和谢罪的动机又是什么呢？

我与东史郎首次零距离接触后，仍给我留下了一些不解之谜。

假如人与人之间真有缘分的话，我与东史郎的缘分就是《东史郎日记》及其诉讼案。

我完全弄清楚《东史郎日记》诉讼案究竟是怎么回事，还是在 1995 年 8 月，记得是日本友人山内小夜子来南京时告知此案来龙去脉。

当时，山内还是日本“铭心会”南京访中团事务局长。

从 1986 年起，每年的 8 月 15 日前后，山内都要跟随着以松冈环为团长的日本铭心会南京访中团，来南京学习了解历史，举办反战和平集会。他们自称这项活动是为了把亚洲太平洋战争中的受害者铭刻在心。

1995 年 8 月，是他们连续第 10 年访问南京。

山内告诉我，她准备在日本发起成立一个新的民间组织，名叫“支援东史郎案审判实行委员会”。她本人将出任事务局长，以联络一批日本人，支持东史郎在东京地方法院的诉讼。以后，会更多次来南京求证，希望得到我们的关照。

山内还告诉我们：“军国主义教育和日本侵华战争，使东史郎变成了杀人‘魔鬼’，而战后 50 年时间对战争罪恶的反省，又使东史郎逐步转变为热爱和平的人。”

虽然，山内小姐实际扮演着东史郎代言人的角色，但对战争缺乏体验的日本年轻人山内，给东史郎下这样的结论，对吗？

在中国，人们历来对涉外的事持敏感和慎重的态度。说实话，当时我对东史郎日记案的来龙去脉还真的说不清楚，认为那是日本人自己告自己，涉及外国和外国人的事，我们还是少管为妙，压根儿没有想去多打听。

那时候，在中国，知道东史郎这个名字的，没有几个人；弄清楚东史郎日记案的，更是微乎其微。

可是，当山内把东史郎日记案的原由一一告知后，我开始坐不住了，不仅觉得和我们侵华日军南京大屠杀遇难同胞纪念馆有关系，而且觉得简直不可思议的是，日本右翼势力竟公然否定南京大屠杀历史。一种责任感、使命感从心头油然而生。

于是，我开始潜心对东史郎其人、其事、其日记、其诉讼案进行了解和研究，力求揭开他心灵深处真实的东西。

中间暗处者为东史郎在日记中提到的原告桥本光治

东史郎在 1987 年公布并出版了他的战时日记（《东史郎日记》日文版）后，在长达 6 年时间里，没有任何人有异议。直到 1993 年 4 月 26 日，《东史郎日记》中涉及的原分队长桥本光治，在日本右翼势力的操纵下，以日记对在南京原中国最高法院门前残忍地杀害一名中国人记述“不是事实”“损害名誉”为由，在东京地方法院起诉东史郎、青木书店（日文版《东史郎日记》出版社）和原日本《赤旗报》记者下里正树（以《东史郎日记》为内容写有《被隐瞒的联队史——第 20 联队下级士兵看到的南京事件真相》一书）为共同被告，要求登报道歉，并赔偿 200 万日元。

东史郎日记案在东京地方法院一审时，东史郎的律师椎名麻纱枝

东史郎面对突如其来的“官司”，只能仓促应战。他找了一位名叫椎名麻纱枝的女律师担任辩护律师，正式参与了诉讼。

这场为发生在 56 年前战争中的事而对簿公堂的闹剧，居然得以在东京正式上演。日本的东京地方法院竟然接受了这一荒唐的案件，作为民事案件进行审理。其诉讼的焦点，是56年前日本老兵东史郎在南京时记下的一段日记。

东史郎在1937年12月21日的日记中，记述了他的分队长桥本光治（书中称“西本”）在南京中山北路101号原中国最高法院门前的马路对面，将一个中国人装入邮政袋，浇上汽油点上火，然后绑上手榴弹，扔进水塘，将其炸死的残酷行为：

> 二十一日奉命警戒城内，我们又离开了马群镇。
>
> 中山路上的最高法院，相当于日本的司法省，是一座灰色大建筑。法院前有一辆破烂不堪的私人轿车翻到在地。路对面有一个池塘。不知从哪儿拉来一个支那人，战友们像小孩玩抓来的小狗一样戏弄着他。这时，西本提出了一个残忍的提议，就是把这个支那人装入袋中，浇上那辆汽车中的汽油，然后点火。于是，大声哭喊着的支那人被装进了邮袋，袋口被扎紧，那个支那人在袋中拼命地挣扎着、哭喊着。西本像玩足球一样把袋子踢来踢去，像给蔬菜施肥一样向袋子撒尿。西本从破轿车中取出汽油，浇到袋子上，在袋子上系上一根长绳子，在地上来回地拖着。
>
> 稍有一点良心的人皱着眉头盯着这个残忍的游戏，一点良心都没有的人则大声鼓励，觉得饶有兴趣。
>
> 西本点着了火。汽油刚一点燃，就从袋中冲出了令人毛骨悚然的惨叫声。袋子以浑身气力跳跃着、滚动着。有些战友面对如此残暴的玩法还觉得很有趣，袋子像火球一样满地滚，发出一阵阵地狱中的惨叫。西本拉着口袋上的绳子说：
>
> “喂，嫌热我就给你凉快凉快吧！”
>
> 说着，在袋子上系了两颗手榴弹，随后将袋子扔进了池塘。火渐渐地灭掉了，袋子向下沉着，水的波纹也慢慢地平静下来。突然，“嘭！”手榴弹爆炸了，掀起了水花。过了一会儿，水平静下来，游戏就这样结束了。
>
> 像这样的事情在战场上算不上什么罪恶。只是西本的残忍让我们惊诧。

一会儿，这伙人便将上面的惨事统统忘记，如同没事人一样又哼起小曲走路了。

就是这样一段日记，56 年后把东史郎自己拖入了一场旷日持久的诉讼之中。在诉讼开始之初，东史郎十分自信，他以为自己在日记中写的全是事实，一定能赢得诉讼，想不到会有败诉的结局；更使东史郎始料未及的是，他将面对一个实力强大的右翼阵营。

在此期间，两种势力展开了针锋相对的斗争，因为它不是一桩简单的民事诉讼案件。桥本等人真正关心的，不是他本人和东史郎之间的私人恩怨，他的目的抑或是他背后操纵者的目的，是要推翻历史上早已形成定论的南京大屠杀这一铁案。

每次听证会上，总有一帮身着日本战时旧军服的人出席旁听，声明“一定要使桥本赢得这场官司”。实际上，此案是南京大屠杀“虚构派”一手导演的一场“代理人之战”。

原侵华日军第 16 师团步兵 20 联队 3 中队中队长森英生，是东史郎日记案的幕后黑手。他指使和策划桥本光治状告东史郎，公然声称：“归根到底，东史郎的目的是否定战争和打破皇国史观。为此，他试图抹杀日本军的真实情况。只要是抗日民众，即使没有上司的命令也应以敌人论处，与之战斗（杀死），这是理所当然的。”这个日本老鬼子还于 1993 年 5 月 23 日在日本《中日新闻》上发表文章，公然对东史郎进行人身攻击。

对于东史郎与桥本诉讼案，日本南京大屠杀“虚构派”代表性人物板仓由明在 1993 年 5 月 17 日出版的《月曜评论》上发表了题为“向南京大屠杀的虚构挑战——桥本诉讼经纬及意义”的文章，公然声称：“本诉讼案乍见是为桥本恢复名誉，但其目的并不仅在此。我们将以此作为突破口，证明步兵 20 联队的残暴行为纯属虚构，要为其恢复名誉。尤其是若能证明所谓‘南京大屠杀’是虚构的，那将更加符合全体日本国民的利益。”日本右翼分子的这段话，一语道破了这场诉讼的目的，正是为了通过司法程序，达到否定南京大屠杀史实目的，以个案来推翻远东国际军事法庭的历史判决。

东史郎被日本右翼势力推上法庭后，该诉讼引起了国际上媒体的关注。

美国广播公司(ABC)等媒体,均派记者采访和报道了这一消息。日本右翼报纸,当然不会放弃这一机会,《国民新报》等右翼喉舌迅速鼓动起来,从1993年5月起,连篇累牍地发表攻击东史郎的文章。

孤身奋战的东史郎,需要有主持正义的人士帮助和支持。正是在此时,山内小夜子等一批有良知的日本人站了出来,振臂一呼:“东史郎,我们支持你!”

有正义感的日本人四处奔走,反对对他的迫害,并提出“对东史郎的审判是颠倒历史的审判,是邪恶对正义的审判,是侵犯公民言论与出版自由的审判。”

东京地方法院经过3年的审理,10余次的开庭公审,于1996年4月26日做出判决:东史郎原日记中所说,桥本光治在南京杀人一事证据不足,判令东史郎等各赔偿桥本50万日元的名誉损失费,并登报公开道歉。

东京地方法院一审判决认定的理由如下:

> 所述桥本的行动虽然残忍至极,但很难设想他会引燃汽油、拉响手榴弹而不惜冒着自身生命危险做出此事,任何人都清楚它是一种伴有上述危险的举动。……
>
> 手榴弹爆炸只需四五秒钟,时间很短,上述被说成桥本所为的行动,自己死伤的危险性也很大。
>
> 如果说桥本鲁莽地冒着巨大危险并又巧妙地避开它做出了上述举动的话,那么有关冒上述危险的来龙去脉或巧妙避免危险的方法,理应给目击者以深刻的印象。但是,声称目击了桥本做出了上述举动,并记得在绳子上拴的手榴弹是两枚的东史郎,却无法对上述情况供述具体事实,另外,即使考虑到那是经过五十多年时光后的供述,或是作为战地日记,在《东史郎日记》中没有任何证实其细节的具体记载,仍然应该说是不自然的。

当法庭宣布判决之后,那些支持桥本的幕后者们穿着旧军服,走上街头,高唱军歌,为“胜利”而欢呼。

这一判决,让一切能清醒面对那场侵略战争的进步人士流泪,但他们并没停止斗争。

对一审法院荒唐的判决，东史郎非常气愤，他表示会很快向东京高等法院提出上诉，并立即发表了一份题为“我的决心”的书面声明，强烈抗议东京地方法院不公正的判决。他说：“这次审判是以损害名誉为借口，而企图通过法官的判决来否定南京大屠杀，这是妨碍我的言论、行动和出版自由的诉讼审判。发起这次诉讼的目的是，使日本军队的侵略行为正当化（合法化）。于是，东京地方法院便迎合原告的企图，而在 4 月 26 日我 84 岁生日的前一天，判决《东史郎日记》中关于屠杀的记述是虚构的，使我败诉。否定南京大屠杀就必然导致肯定侵略战争，肯定军国主义分子一直主张的‘圣战论’，抹杀战争犯罪，否定由世界人民主持的东京审判（指远东国际军事法庭），否定（战后）亚洲各地进行的战争审判。我作为参加了侵略战争的士兵，了解侵略的真相。我没有向大量的威胁和攻击屈服，而对战场上的真相进行了坦白。这是因为，我认为，我们必须弄清楚历史事实并进行反省。我还希望世界舆论对此作出审判。”

古人说：“言为心声。”虽然当时我还不知道东史郎说过这段话，但后来得知后，心里充满了对他的敬意。

这使我想起了在侵华日军南京大屠杀遇难同胞纪念馆接待过的诺贝尔文学奖获得者、日本著名文学家大江健三郎，我陪同他参观并为其讲解时，他向我说过一段掷地有声的话：“日本必须面对过去的罪过，彻底悔悟，向受难的亚洲各国人民该道歉的便道歉，该赔偿的便赔偿。只有如此，日本才能洗清自己的灵魂，重新抬起头来，做亚洲各国一个堂堂正正的邻居。”

我得承认，东史郎勇于参与有关南京大屠杀问题的诉讼，而且态度坚决，促使我在思想感情上与他靠近了一步。

1996 年 9 月 18 日，为了表示对不屈的东史郎正义行动道义上的支持，我执笔起草，并以侵华日军南京大屠杀史研究会的名义，写了一封声援信，分别传给了东史郎和日本支援东史郎案审判实行委员会，并在《南京日报》《扬子晚报》《金陵晚报》等报刊上全文发表。

2006年9月12日，作者在侵华日军南京大屠杀遇难同胞纪念馆为诺贝尔文学奖获得者大江健三郎(前左)作南京大屠杀历史讲解

声援信内容如下：

日本支援东史郎案审判实行委员会：

东史郎先生为发展真正的中日友好关系，避免历史悲剧重演，敢于以真实姓名公开自己在1937年进攻南京时的随军日记，以亲身经历证实南京大屠杀的历史事实，并认真谢罪反省。这一正确的举动，受到了中国人民特别是曾经遭受日本军国主义严重杀戮的南京人民的欢迎。

东史郎先生的这一正义之举，对妄图否定南京大屠杀历史事实、推卸侵华战争罪责的日本右翼势力是一个沉重的打击。因此，在日本右翼势力的周密策划下，那个曾残害过中国人的桥本光治，竟然倒行逆施，诬告东史郎先生、下里正树先生和青木书店，其目的是图谋推翻早有历史定论的南京大屠杀铁案。我们对东京地方法院关于东史郎一案作出的不公正判决表示无比的愤慨！

我们认为，东史郎先生在法庭上的正义斗争不是孤立的，它受到了并将继续受到日本国内外有正义感的人们的支持。我们侵华日军南京大屠杀史研究会及其专家学者，将全力支援东史郎先生等的正义斗争，尽一切所能提供证据，绝不允许日本右翼势力企图掩盖历史真相的阴谋得逞。

前事不忘，后事之师。认真地回顾和总结历史教训，对于维护世界和平及发展中日友好关系，有着重要的现实意义。日本必须承认那段侵略历史并认真反省，走和平发展的道路，才能推动中日两国的关系向着正确的方向发展。

侵华日军南京大屠杀史研究会

1996 年 9 月 18 日

这封声援信，虽然从时间上看，比东史郎日记案在东京地方法院败诉时晚了不少时日（4 个多月），但在影响上看并不小，因为它是中国第一家单位公开表示支持东史郎正义行动的，也是东史郎收到的来自中国的第一封声援信。

1996 年 9 月，经过一年多时间的筹备，日本支援东史郎案审判实行委员会在大阪正式成立，山内小夜子担任事务局长。该会还有以下几名主要成员：

1996 年冬，空野佳弘律师（后排右一）和日本支援东史郎案审判实行委员会事务局长山内小夜子（前排右二）、山本干夫（后排左二）等部分成员，来到东史郎家中，对诉讼准备工作进行商谈，并在东史郎住宅前合影留念。图中前排中间为东史郎先生，其左侧为其夫人久江女士

山本干夫，日本部落解放同盟大阪浅香支部书记，一直反对侵犯人权，尤其反对最为悲惨的侵害人权的战争，是个为人忠厚、不善言辞但乐于助人、非常能够吃苦耐劳的人。在此后数年的支援东史郎正义行动的过程中，他是除了山内小夜子外，直接参与和陪同东史郎时间最多的人。历次东史郎来中国，我都能看到他的身影；每次我去日本，都能看到他为东史郎而忙碌。甚至我去位于丹后半岛的东史郎家，也是他驾车往返行驶8个多小时，帮助我了却去东史郎家探望的心愿。每当我向他致谢时，他总是憨厚地笑笑，算是回答。

菱木政晴，日本京都短期大学教授。一位个头很高、头发很卷曲、胡须很长的日本文化人。他也是位宗教学者，曾任“真宗大谷派反靖国神社全国联合会”事务长。这个联合会是在1985年，为起诉中曾根康弘首相参拜靖国神社行为违反日本宪法一事而成立的民间组织。他弹得一手好吉他，而且十分喜好与痴迷，有几次来南京，总是琴不离身。我就多次听过他娴熟弹唱的乐曲声，甚至在日本大阪夜晚赏樱时，他也以优美的琴声，曾经引得我诗兴大发，现场作赏樱诗一首。

东史郎积极准备材料，冒着被人暗杀的危险出席进步人士举办的集会，并向人们表示：“我要拼了这条老命同他们斗争下去，因为这不是我个人的私事，而是关系到这场战争的性质和责任问题，也关系到今后日本政府和子孙后代如何评价、对待这段历史事实，只有澄清这段历史真相，才能吸取教训，避免战争悲剧重演。”

我再次与东史郎的相遇，是在1997年8月，地点仍在南京。

那一年，是日本制造七七事变、发动全面侵华战争60周年，也是南京大屠杀惨案发生60周年。

为纪念60年前遇难的30多万同胞，并从学术上加强对南京大屠杀史的研究，侵华日军南京大屠杀遇难同胞纪念馆、侵华日军南京大屠杀史研究会等单位一起，发起召开了首届“侵华日军南京大屠杀史国际学术研讨会”，第一次从史学层面研讨南京大屠杀的历史。来自中国、美国、德国、日本等国的100多位专家与会，地点就选择在南京夫子庙的状元楼。

1937年侵华日军侵占南京时，夫子庙地区受到了极大的毁坏，大成殿、奎星阁、得月楼、思乐亭等许多古建筑化为灰烬，许多百年老店毁于一旦。

1984 年，南京市人民政府对夫子庙进行了复建，这里重又恢复了往日繁华热闹的景象。

东史郎战后第三次来南京。与前两次不同的是，这一次是应我们的邀请而来，但当时他在中国还没有像现在这样有名。他于 8 月 13 日到达南京。

8 月 13 日，也是八一三事变爆发 60 周年纪念日。60 年前的 8 月，东史郎加入侵华日军第 16 师团，并跟随着他所在的 20 联队，于同年 11 月，从上海杀向南京。

东史郎在其日记中，详细记下了他在八一三事变后，应召加入侵华日军行列、对中国进行侵略的历程：

> 昭和十二年(1937)8 月 26 日，(在家乡京都府竹野郡间人町)接到入伍通知书。9 月 1 日应召加入日军第 16 师团步兵 20 联队第 3 中队。9 月 8 日从大阪港出发，9 月 14 日在中国的大沽港登陆。9 月 16 日抵达天津，9 月 18 日至 9 月 29 日参加子牙河沿岸的战斗。9 月 30 日至 10 月 19 日参加石家庄及洛阳河会战。10 月 21 日抵达宁晋，守备宁晋。
>
> 11 月 2 日转移，从宁晋出发。11 月 8 日经过山海关。11 月 12 日从大连港出发，(从海上增援上海，因日军上海派遣军久攻不下上海，东史郎所在的日军第 16 师团，奉日本军部的命令增援上海)。11 月 17 日在浒浦镇登陆。11 月 17 日至 11 月 26 日从事后方勤务。
>
> 11 月 27 日至 29 日参加常州附近的战斗。11 月 30 日至 12 月 3 日参加丹阳附近的战斗。12 月 4 日至 12 月 6 日参加句容附近的战斗。12 月 6 日至 9 日参加汤山镇附近的战斗。12 月 9 日至 13 日参加攻克南京的战斗。12 月 13 日至 23 日参加对南京市区和郊外的“扫荡”。

根据史料记载，从 12 月 24 日开始，东史郎所在的日军第 16 师团奉命作为南京警备部队，驻守在南京城内，直到 1938 年 1 月 23 日乘船沿长江离开南京为止，东史郎及所在的第 16 师团在南京 30 天。1 月 28 日，第 16 师团从大连港登陆，东史郎等战友再次返回中国东北。

东史郎在南京的这段时间，正好与史学上定论南京大屠杀的时间基本吻合(1937.12.13—1938.1)，也就是说东史郎作为加害者，经历了南京大屠杀的全过程，是这段历史的直接见证人。特别要指出的是，日军第16师团因其师团长名叫中岛今朝吾，被称为中岛部队，是当时南京妇孺皆知的魔鬼部队。

1997年8月14日至16日，“侵华日军南京大屠杀史国际学术研讨会”在南京举行。东史郎战后第三次来南京，并在该会上发表演讲——《与“虚构派”挑起的南京大屠杀案审判作斗争》

8月14日至16日，在首届“侵华日军南京大屠杀史国际学术研讨会”上，东史郎先生发表了《与“虚构派”挑起的南京大屠杀案审判作斗争》的演讲。他说：

> 我是1937年8月应征入伍，参加了日中战争。河北之战、南京攻坚战、徐州攻坚战、汉口攻坚战、襄东攻坚战等等，我都参加了，打了3年仗，于1939年11月回国。后来于1944年3月再次应征参加“大东亚战争”(太平洋战争)，投身侵略中国的战斗直至战败。
>
> 进攻南京的最后3天，即12月10日、11日、12日的战斗是生与死

的激烈较量，炮弹跳起了地狱之舞，枪声高唱死亡之歌。12 日夜晚，我们发起突击占领四方城，翌日由中山门进城。这一天是占领南京的日子。

如果我战死沙场，它会和我的躯体一起烧掉，但战争毕竟是人生中的异常经历，所以我在战场上记下了日记。不论善与恶，日记中记下了战场上的真实情况。

我们毫无罪恶感地杀死了很多农民。大叫着："讨伐支那！山川草木皆敌人，要杀尽宰光！"实在残酷至极。

完全没有粮食补给，采用的办法是让军队在占领之地抢掠自给。在搜索粮食的时候会发现躲藏的女人，而一经发现必定奸淫。为什么丝毫不受良心的谴责坦然干出杀人、强奸、放火、抢劫等不人道行径？为什么在家乡时曾是很善良的人会变得如此野蛮？是什么促使他们干出这样的勾当？

对此必须做出深刻的反省并严加检讨。化脓的伤口通过外科手术把脓排出来是为了不让它继续恶化。为了反省过去的野蛮行径、挖出其根源，就必须弄清侵略的野蛮事实并加以反省。

在这次会议上，东史郎还大声地呼吁："讲出战争真相是参战者的义务。"他指出：

不应该抹杀过去的事实。我在 1987 年 12 月 13 日南京大屠杀发生 50 周年纪念日时，在侵华日军南京大屠杀遇难同胞纪念馆对自己在侵略战争中的加害行为表示了谢罪。当时幸会南京大学教授高兴祖先生，他对我说："东先生，日本军的野蛮行径是 20 世纪文明的耻辱。"我对他严厉的批判由衷地惭愧。

我们对日本军的野蛮行为应该好好地反省，不是"自虐"而是"自省"。不能采取放任自我的态度，即用刺刀捅中国人的身体可以毫不在乎，而自己的身体哪怕被针尖蹭一下也叫痛。

我们日本人对蒙受原子弹的危害大声呼号，而对加害中国人民身上的痛苦却沉默不语。日本军给中国人民造成的危害是日本蒙受原子弹危害的几十倍。如果日本比美国早生产出原子弹的话，日本定会首

> 先使用。只讲“被害”闭口不谈“加害”的自私做法，绝不会成为通向和平的出发点。
>
> 我认为，作为战争的经历者，讲出加害的真相以其作为反省的基础，这是参战者的义务。

东史郎还在会上分析了为什么会发生日本军人在战场大肆杀人、强奸和放火暴行的原因：“一切始于军国主义教育。”

东史郎在此次南京大屠杀史国际学术研讨会上的发言，赢得了我的信任。从此时开始，我与东史郎在思想和感情上的隔膜已经消失，取而代之的是一种尊敬，尊称他为先生。我认为，东史郎先生其实是另一种形式的智者和勇者。

1997年8月，东史郎先生携其儿子东隆史在侵华日军南京大屠杀中山码头遇难同胞纪念碑前默哀谢罪

值得一提的是，此次东史郎先生还带着他唯一的儿子东隆史前来南京，除参观侵华日军南京大屠杀遇难同胞纪念馆外，父子俩还专门去了中山码头遇难同胞纪念碑，向遇难者献了花，默祷谢罪。

我至今还清楚地记得当时陪同他们父子俩去那里的情景。

那一天，南京的天气很热。东史郎先生提出要带他的儿子东隆史去拜谒一处侵华日军南京大屠杀遇难同胞纪念碑。考虑到天气炎热，我打算安排他们到离夫子庙状元楼会场较近的正觉寺遇难同胞纪念碑去，但东史郎先生不同意，一定要去长江边。可能他认为当年在那里屠杀规模大，在那里向他儿子讲述历史的地点比较好。我们同意了他的要求，安排他俩去了中山码头。

父子俩每人抱着一束鲜花，在我的带领下，来到了侵华日军南京大屠杀中山码头遇难同胞纪念碑前。东史郎先生身着白色长袖衬衫、灰色裤子，东隆史身着灰色圆领短袖衬衫、蓝色裤子。父子俩个头差不多高，都戴着一副宽边眼镜，不同的是一个白发人，一个黑发人。他们在纪念碑前伫立很久，然后，一起走到碑前，恭恭敬敬地放下鲜花，向南京大屠杀遇难者鞠躬谢罪。虔诚之至，溢于言表。

反省和后悔的区别是，反省是向过去说再见，后悔是重新走向过去。东史郎先生应该属于前者。

离开侵华日军南京大屠杀中山码头遇难同胞纪念碑后，来到了附近的长江边上。在那里，东史郎给儿子讲述当年日军在这里集体屠杀的往事。父亲边讲边用手势比划着，讲得生动；儿子边听边点头认同，听得认真。

我一边看着他们父子俩在深情地交流，一边暗暗地在想，东隆史大学毕业后，在东京一家知名的音响制造企业工作 10 多年，作为一个技术员，他对他父亲过去的了解有多少？他对其父亲现在的行为能够理解和支持吗？

一时难以得到肯定或否定的回答。

不过，东史郎先生父子俩的举动倒是值得肯定。我想，如果日本老兵都能够像东史郎先生一样，哪怕是对其亲属说出历史真相的话，日本国内否定历史的人肯定就会少了许多。

此次，我还陪同东史郎先生，找到了他在 60 年前日记中记载的东郊马群一带集体屠杀遗址。

东史郎在日记中是这样记述的：

> 系在枯枝上的两面白旗在夜风中飘扬。围旗而坐的 7000 名俘虏煞是壮观。

……第二天早晨(1937 年 12 月 19 日),我们接到去马群镇警戒的命令。在马群镇警戒的时候,我们听说俘虏们被分配给各个中队,每一个中队二三百人,已自行处死。据说他们中间唯一的军官军医因为知道支那军藏军粮的地方,上面命令把他留了下来。

我们不清楚为什么杀掉这么多俘虏。但是总觉得这太不人道,太残酷了。

我觉得简直难以理解,好像很不应当。

7000 人的生命转眼之间就从地球上消失,这是个不争的事实。

东史郎笔下的群马镇,实际上是指南京东郊的马群镇。不知东史郎当年把两个字读反了,还是根据日本有个群马县名犯了经验主义,我不得而知。但南京称马群的地名只此一处,绝无群马一名。为此,东史郎去年来南京期间,还专门要我陪同去马群镇,当他亲眼看到公路边上蓝底白字的“马群”路牌时,才彻底认错,并在路牌下合影留念。

2000 年 5 月 3 日,东史郎先生来到南京东郊马群镇,指证当年日军进攻南京时,在马群附近曾屠杀中国俘虏的情景

关于马群一带 7000 人的屠杀地点究竟在哪里，东史郎自己也说不清楚。他要我们帮助找一找。

1996 年 10 月，我们在马群附近的仙鹤门，找到了南京大屠杀遇难者的“千人坟”，以及几处当年集体掩埋尸体的遗址。再对照东史郎所在师团（第 16 师团）长中岛今朝吾的日记中，关于在仙鹤门处理 7000 人的记载，我们大体断定当年在马群附近和仙鹤门的 7000 人的集体屠杀是同一回事。

为了验证我们的想法，这次我们专门请东史郎先生到仙鹤门去，现场指认此处集体屠杀遗址。

仙鹤门位于南京的外城东北角。

南京的外城是座土城，没有内城墙那样高大雄伟，但周长达 180 里，有仙鹤门、麒麟门、沧波门、高桥门、安德门、江东门等 38 座城门。现在，这些土城及其城门早已不复存在，城门名只是作为地名而存在，其实是名不符实。

8 月 18 日，我和刘相云、刘燕军、常嫦等人，引导着东史郎先生和日本支援东史郎案审判实行委员会成员山内小夜子、中北龙太郎等日本友人，一同来到仙鹤门。首先走访家住仙鹤门、当年曾参与掩埋尸体的证人陶东志。

1997 年 8 月 18 日，作者陪同东史郎先生专程到南京东郊仙鹤门南京大屠杀遇难者集体屠杀遗址寻访历史，图为当年参与掩埋“千人坟”遗骸的证人陶东志老人（左）与东史郎先生握手

陶老已年逾八旬。他至今还清楚地记得，1938 年初夏时分，仙鹤门一带的麦田里，还有大批年前大屠杀时留下的遇难者尸体，腐臭难闻。村里就组织人员掩埋，记得当时是隔几块田埂便收集一大堆腐尸，集中掩埋掉。现在仙鹤门街西头的一块菜地、煤基厂、仙（鹤门）马（群）公路仙鹤门北街段等处，都是“千人坟”堆所在地。

我们在陶老的带领下，来到仙鹤门街西头的一块菜地，只见一座直径约 6 米、高约 2 米的青冢出现在眼前。陶老指着坟堆告诉我们，这是座无主孤魂墓，里面埋葬的尸骨，都是当年被日本鬼子杀害的国民政府军的被俘军人遗骸，也有少量的平民百姓，谁也不知道他们姓啥名谁，是一群孤魂野鬼。这是仙鹤门村上妇孺皆知的事。每年清明节，村里总有人来这里烧香，祭悼这些被日军屠杀的死难同胞。

1997 年 8 月，东史郎先生（前排右一）和山内小夜子（前排左一）在南京东郊仙鹤门日军大屠杀遗址向遇难者致哀

东史郎听了陶老的话，很是震惊。他立即跪倒在死难者的坟墓前，双手合十，嘴里喃喃絮语，向死难者忏悔谢罪。同行的日本人急忙帮助东史郎，在坟墓前点起了一炷香。缕缕青烟袅袅，缓缓飞向天际，是对死难者灵魂的慰藉。

有人曾这样说道：“只有当加害者真诚地向受害者道歉时，受害者的灵魂才能得到真正的安息。”在这里遇难的同胞泉下有知，不知对此作何感慨。

接着，我们一行又来到仙鹤门东街煤基厂，这里是一个生产家用煤基的工厂。陶老指着简陋的生产车间告诉东史郎等一行日本人，十多年前，就在这个地方挖出许许多多白骨，因为当年这里也有一座南京大屠杀遇难同胞的大坟堆。建煤基厂时，遇难者遗骨被移到附近的小山上掩埋。

我们又来到仙鹤门街北侧的公路上，公路管理站的管理人员对东史郎等一行日本人说，大约在 60 年代初，他们在修筑仙(鹤门)马(群)公路时，曾在这里挖出了一座大坟墓，里面有成百上千的白骨。据村里老人们回忆，坟墓里掩埋的也是南京大屠杀遇难同胞的骸骨。修公路时，将这批白骨迁葬在附近的小乌龟山上。

在村干部的帮助下，我们有幸找来了当年负责迁葬这批骸骨的老乡，当年的年轻人已经成为老汉。他手里拿着一把铁锹，二话不说，带领我们爬上了小乌龟山。

准确地说，小乌龟山其实就是一个小土丘，上面长满了杂树和灌木丛。老汉带着我们转了几处，哪里还能寻找到迁移这批骸骨的痕迹？据老汉说，当时他用竹筐挑来遗骨后，分别找一些山坡凹地散埋，表面覆上土层，现年代久远，记不清楚掩埋的具体位置，反正就在这一片坡地上。

历史将为我们记上一笔。公元 1997 年 8 月，我们与东史郎及其日本友人曾在仙鹤门实地验证了一处侵华日军屠杀 7000 人的新的集体屠杀和丛葬地遗址。中央电视台《东方时空》记者黄海波、南京电视台记者陈正荣等跟随着我们考证，用摄像机拍摄了这一过程。

通过这次在南京的一系列活动，以及和东史郎先生的近距离观察，我与东史郎先生在心理和思想感情上的距离，一下子缩短了许多。

后来，我们应东史郎、日本支援东史郎案审判实行委员会和东史郎日记上诉案律师团的邀请，在南京为其寻找当年的水塘、邮政袋等证据，做了手榴弹实爆试验，证明《东史郎日记》中的记载是正确的。

1998 年 3 月 8 日上午，在侵华日军南京大屠杀遇难同胞纪念馆内，举办了《东史郎日记》捐赠仪式。我从东史郎手中接过 5 本战时日记、3 枚勋章和 1 面又黄又旧又破的日本军旗，上面写着“武运长久”4 个大字，还密密麻麻地签满了当年东史郎出征时乡亲们为勉励他打胜仗而签的名字。

在 1998 年 3 月 8 日的《东史郎日记》捐赠仪式上，作者从东史郎手中接过 5 本战时日记、3 枚勋章和 1 面又黄又旧又破的日本军旗

那一天，东史郎先生还放弃中文版税（费）要求，授予侵华日军大屠杀遇难同胞纪念馆全权出版《东史郎日记》中文版。

正当中日民间人士忙于为东史郎作证之际，1998 年 12 月 22 日下午 14 时 14 分至 14 时 16 分，日本东京高等法院对东史郎日记上诉案二审做出判决，再次判处东史郎等被告人败诉。

历史的真实，在这里再次被戏弄、歪曲和颠倒；法律的公平、公正与尊严，再次受到了政治判决的人为亵渎；人类的公理、正义和良知，在日本东京高等法院再次黯然失色。

日本东京高等法院再次判处东史郎等被告人败诉后，森英生等一帮老鬼子眉飞色舞、兴高采烈。桥本光治的律师高池胜彦等人，立即在该法庭内举行记者招待会，并公然打出“南京大屠杀捏造裁判胜诉”的大字标语，其通过东史郎日记案否定南京大屠杀进而否定侵华史的图谋昭然若揭，引起了场内外主持正义人士的愤怒谴责。

对日本东京高等法院不公正判决，愤怒的东史郎站在该法院大门口，手里高举起一张写有 12 个大字的标语，“不当（公正）判决。（我）仰不愧天，俯不愧地”，表达了他败诉后的心情。

由于我一直与日方保持着紧密联系，始终关注着东史郎日记案进展，我得知该案在东京二审败诉的消息，要比媒体公布的早得多，肯定是国内最早知道的人。

当时，我的心情不好受，因为我们实际参与该案的调查、实验、论证等支援活动已有两年多时间，为此付出了不少心血和精力。更为重要的是，有那么多的南京人，那么多的中国人为此做出的努力，全都让东京高等法院一纸判决勾销，成了该院不公正判决的牺牲品。一想到此，我奋笔疾书一封声援信，并以侵华日军南京大屠杀遇难同胞纪念馆和侵华日军南京大屠杀史研究会的名义发往日本。

为了声援东史郎的正义行动，把东史郎日记案的来龙去脉告知更多的人，侵华日军南京大屠杀遇难同胞纪念馆决定立即在该馆内举办一个临时展览。

展览叫什么名称呢？这是我首先要考虑的问题。考虑到大众性，便于更多的人理解，我决定取一个朴实易记的名字——“东史郎日记案资料展”。

在社会各界的支持下，经过一段时间的紧张忙碌与筹备，1999 年 2 月 4 日，“东史郎日记案资料展”在侵华日军南京大屠杀遇难同胞纪念馆举行开幕式，日本支援东史郎案审判实行委员会事务局长山内小夜子，以及日本华侨中日友好促进会秘书长林伯耀先生，应邀专门从日本前来参加。

这个展览正式展出后，在社会上产生较大的反响，先后共有 60 多万人观看了该展览。一时间，声援东史郎成为南京人的共同心声和社会热潮。

我们委托江苏教育出版社出版中文版《东史郎日记》，并于 1999 年 4 月 12 日在南京金陵饭店举办中文版新闻发布会，东史郎先生应邀参加并在会上说：

> 德国人拉贝的日记是救助中国难民的爱的日记，我东史郎的日记是制造难民的加害的日记。加害的历史将永远抹不掉。我想通过在中国发行这本书，还历史的真相。

江苏教育出版社出版的中英文版的《东史郎日记》书籍封面

1999 年 12 月 5 日至 17 日，我陪同南京大屠杀幸存者张秀英老人，应邀访问日本。

在东京和京都，两次与东史郎先生重逢。又在大阪、东京、冈山、名古屋、神户、名古屋、广岛等地，与东史郎及其日本支援东史郎案审判实行委员会秘书长山内小夜子多次交谈，对东史郎的近况以及东史郎日记案三审(日本最高法院)的进展有了新的了解。

13 日，位于东京千代田区永田町社会文化会馆内，声援东史郎诉讼案国际市民集会将在这里举行。应邀参加这次集会的有东京、大阪国际市民集会的中、美、日、韩、新加坡、菲律宾、加拿大等国学者，以及日本支援东史郎案审判实行委员会的成员等。

东京时间 13 时 30 分，我与全体与会人员一起，簇拥着东史郎先生，打着两条签名横幅，将中国人民签名的信函和包裹，一起送达日本最高法院，让法官们倾听一下来自中国人民的呼声。

我们和东史郎等一起进入日本最高法院内，接待大家的只有一名年轻的法官。

大家推举我与日本最高法院法官讲几句话。我说："今天，我是代表 6 万多签名支援东史郎的中国人来到这里，向你们转交他们的心愿，希望你们能还历史一个公道，还东史郎一个公道。”

我的话刚说完，法院有关人员便催促赶快离场。整个会见不到 10 分钟，多少给人留下一点尴尬，留下一点不足，也留下一点不满的情绪。

“这就是官僚的日本最高法院。”日本朋友这样评价说。

12 月 15 日晚，我们一行从东京乘新干线赶到名古屋市后马不停蹄，在市民集会上，我和东史郎同台作证，受到了欢迎。

12 月 16 日清晨，在山内小夜子秘书长及京都大学研究生宗田昌人的陪同下，我登上电车，拜访东史郎家。

在车上，山内女士告知我：“东先生听说你要到他家来，别提多高兴了。已经给我打了好几次电话，商量怎样接待你。”

的确，东史郎先生近年来 5 次来南京，先后参加了加害历史事实遗址调查和忏悔、南京大屠杀史国际学术研讨会、东史郎案手榴弹试验、《东史郎日记》中文版首发式等等，几乎每次都与我会面交流。

日本熊本县日中友好协会编辑出版的日文版《南京大屠杀与东史郎审判》书籍封面

我还单独陪同他去北京、杭州、上海、沈阳等地作证言。在共同斗争的岁月里，我与东史郎先生已经成了忘年交。

2000 年 4 月 9 日，在日本冈山县国际交流中心会堂内，我与白发苍苍的东史郎先生一起，应邀向冈山市民作了长达 2 个多小时有关南京大屠杀史的报告，揭露侵华日军当年制造南京大屠杀的真相，赢得了与会者的热烈掌声。

这次集会是日本冈山县日中友协、冈山县纪念南京大屠杀 60 周年联合会共同主办的，题为“不许歪曲历史（南京大屠杀是真实的）——东史郎先生的证言”集会。

这一次集会，是为了呼应和支持大阪和平友好人士，在大阪国际和平中心召开反击日本右翼势力否定南京大屠杀而举办的。

2000 年 4 月 27 日，东史郎先生在山内小夜子、山本干夫的陪同下来到了中国，下榻在北京民族饭店。

这是东史郎战后第 7 次访华(战时 2 次)，也是他人生中告别中国之旅。

我带着侵华日军南京大屠杀遇难同胞纪念馆两名工作人员专程从南京赴京陪同。按照原定计划，东史郎先生一行当天去了卢沟桥畔的中国人民抗日战争纪念馆，参加该馆举办的“东史郎诉讼案展”开幕式。

4 月 28 日，中国人权发展基金会在民族饭店召开“声援东史郎正义行动报告会”。会前，中国人权发展基金会名誉会长、原国务院副总理黄华会见了东史郎一行。这是东史郎在中国受到的最高规格的接待。黄华这位中国老外交家对东史郎的正义行动给予充分的肯定和评价。

东史郎此行还应邀去了位于北京长安大厦的搜狐公司，在 INTEB 网上，与网民进行了直接交谈，回答了网民的提问。

当天晚上，北京大学的礼堂内灯火通明，大学生们在这里举办“东史郎日记案报告会”，整座礼堂被围坐得水泄不通，连过道里都坐满了热情的学子。由于东史郎还在搜狐公司与网民们交流，由我先行来到这里，向北京大学学子们作“东史郎其人其日记其诉讼案”为题的报告，这是我第二次应邀来该校为同学们作报告(1997 年、2000 年、2015 年作者曾 3 次应邀到北大作报告)，深知北大学子们的激情，作为预热和铺垫式的发言，我把他们的情绪调动得满满的。当东史郎一行来到会场时，大学生们呼啦啦地全部从座位上站起来，长时间地为东史郎鼓掌。东史郎为同学们作了证言演讲，并当场回答了该校学生们的提问，受到了师生们的好评。

4 月 29 日，东史郎还应邀去了河北省石家庄大学参加报告会，为该校师生作了演讲。63 年前，东史郎随着侵华日军第 16 师团，曾侵略河北，在他的日记中，记载了第一次与中国军队战斗和杀死第一名中国人，都是在河北。63 年后，东史郎来到这里，他向河北人民表示忏悔和谢罪。

4 月 30 日，我陪同东史郎一行，乘国航班机来到了南京。

南京仍是东史郎最想到的地方，南京人对他的宽容、谅解、信任、支持、鼓励，每每使他感动。感动之余，他对南京这座城市产生了一种特殊的情感。

人是需要沟通的，不管是中国人，还是外国人。

沟通需要一定情感为基础，哪怕过去曾经是敌人，是对手，只要以真情或真诚去换真心，便可以一笑泯恩仇。

东史郎正是这样的人。他曾经是南京人民憎恨的“鬼子兵”，1987 年他战后首次来南京谢罪时还怕人们报复他。今天，他却通过真诚地谢罪，成为南京人民的朋友。

东史郎先生忘不了来南京必须要做的事，就是再一次去侵华日军南京大屠杀遇难同胞纪念馆谢罪。

这样的谢罪，东史郎实际上已进行过多次，但谢罪不是以次数多少来衡量的，关键是态度和诚意。他深谙这个道理。

当然，作为侵华日军南京大屠杀遇难同胞纪念馆馆长，我完全可以满足东史郎这个要求。一切均按计划，实施得十分顺当。

5 月 1 日，是“五一”小长假伊始之日。我决定陪东史郎先生去镇江市观光。

2000 年 5 月 1 日，东史郎先生与镇江市历史学界的专家学者座谈

镇江是当年东史郎所在日军部队进攻南京的最后一座大城市，留在他的记忆中的，仍是战时的情景。此后的63年来，他从未再踏过这片土地。

到镇江后，我引导着东史郎一行日本友人，先去镇江市博物馆参观，了解该市的历史与文化。

镇江市博物馆刘馆长还请来了该市历史学界的专家学者，与东史郎座谈。大家交流时气氛热烈，毫无障碍和困难，主要是有共同的历史观。

是日下午，我带着东史郎去游览金山寺、甘露寺，给他讲白蛇、青蛇斗法海和刘备招亲事。他告诉我，在日本的神话传说中，也有白蛇成精的故事。

5月2日，我又陪同东史郎一行去扬州观光，这是他为数不多的以游览为目的访问一个城市。为了不致引起接待方面增添出新的“座谈会”“报告会”之类的安排，让老人能放松一下心境，调整一直绷得很紧的神经，我们决定不找扬州市任何接待单位。

我们先去游览了瘦西湖，又去游历平山堂，后来，我们去了东史郎最想去的地方，去大明寺内看鉴真和尚纪念堂。

2000年5月2日，东史郎先生在扬州大明寺拜谒中日友好交流的使者——鉴真大师像。图为他正与寺庙里的僧侣(右一)交谈

5 月 3 日，我们决定在南京为东史郎举办一个 88 岁生日宴会，地点选择在南京饭店。

其实，东史郎的生日应该是 4 月 27 日，当时他在北京，我们要为他庆贺一番，他不肯，一定要到南京来过生日，说晚几天时间也没有关系。我们拗不过他，尊重了他的意见，实际上是为他补过一个生日。

我还与东史郎及日本支援东史郎案审判实行委员会就在中国出版《〈东史郎日记〉案图集》事宜进行多次商谈最终达成了合作协议，选择新华出版社出版该书。

2000 年 12 月 27 日，在新华社新闻中心召开了新书首发式，新华社、中新社、人民日报、中央电视台、中央人民广播电台、光明日报、中国日报等 30 多家新闻单位，以及日本、美国、澳大利亚等国外媒体，均对《〈东史郎日记〉案图集》的出版做了大篇幅报道。该图集后来被国务院新闻办评为全国金桥奖一等奖。

新华出版社出版的中日文对照本《正义与邪恶交锋实录——〈东史郎日记〉案图集》

其实，在同年 12 月 10 日，我还专门去了趟日本京都，去看望病榻上的东史郎先生。

京都号称“真正的日本”，是日本著名的古都。

古京都建于公元 794 年，直到 19 世纪中叶，一直是日本的首都，曾造就了日本许多杰出的文化。

京都位于日本列岛中心的关西地区，面积约 610 平方公里，人口 150 万左右。风景秀丽，气候宜人。

清晨，我与日本支援东史郎案审判实行委员会秘书长山内小夜子等人一起，登上了去京都丹后半岛的火车。

几经转车，终于在 11 时 30 分到达了东史郎的家。

山内轻轻地推开东史郎家的门，向里屋连声喊道："有人在家吗？"东史郎先生应声步履蹒跚走了出来，看见我后又惊又喜，连呼："噢，朱先生，朱先生！"双手紧紧拉着我的手，很长时间不愿松开。兴奋之情，溢于言表。

那次，我是应日本国会议员土井多贺子、田英夫等人的邀请，先后在日本熊本的天草、八代、人吉、荒尾市，大阪府和东京女性国际战犯法庭进行和平友好交流活动，其间了解到东史郎近来重病缠身，并已于 11 月 27 日在医院做了心脏病手术的消息，一直放心不下，就借此机会，顺道去东史郎家看望这位老朋友。

东史郎先生与那年 5 月份在南京相比，明显地消瘦了许多，但他的精神依然矍铄，声音仍然和往常一样洪亮，让人感到抱病中的东史郎依然是一个硬铮铮的老人。

东史郎的家里四周墙上挂满了字画，充满着浓烈的文化氛围。唯一与一年前我造访时（1999 年 12 月 17 日）不同的是，宽大的榻榻米上，摆放着一张折叠床，上面有厚厚的铺盖，大概这就是东先生的病榻吧？我在自言自语地说道。

说话间，东史郎的夫人东久江从外面回来。一看见我，这位年逾八旬但身体硬朗的老人一下俯跪在榻榻米上，用日本人最高的礼节欢迎我。我连忙将这位和蔼可亲的老人扶了起来。

我向东史郎夫妇献上了花篮和从南京带来的礼物后，连忙询问起东史郎先生的病况。

在久江夫人的协助下，东史郎撩起衣服，他的前胸露出了 4 处伤疤。东史郎一一给我做了介绍：右上胸有条约 20 厘米长的横向伤疤，那是 1985 年做肺癌手术时留下的；在肚脐下有条约 10 厘米的竖向刀疤，那是 1999 年 5 月做膀胱癌手术留下的；右腹部内有条约 5 厘米长的刀疤，那是 2000 年 7 月做疝气手术时留下来的；左上胸有块新的没有拆线的新疤，那是 2000 年 11 月 27 日做心脏病手术留下来的。东史郎先生还告诉我，2000 年 12 月 14

日，他将再次入院，除拆去做心脏病手术留下的包扎物外，检查身体健康状况是否正常，将实行两条大腿大动脉管的手术。

我望着眼前的东史郎与山内小夜子，这一老一小的日本人，共同的志向和斗争经历，使他们亲如父女。

当我和山内小夜子事务局长将新出版的《〈东史郎日记〉案图集》送给东史郎时，老人用颤抖的双手捧着该图集，非常激动。他说："从 1987 年我首次到侵华日军南京大屠杀遇难同胞纪念馆谢罪以来，你们给了我很大的支持。使我能深刻地反省并真诚地向中国人民谢罪，能坚定地与日本右翼势力作斗争。这本图集记录了我 8 年漫长而艰辛的诉讼，这里面的每一幅照片、每一份资料都让我浮想联翩、感慨万千，实在是一本很好的书，对我来说尤其珍贵。我能活着看到这本书，对我真是莫大的安慰。就是我死了，它也是我 8 年抗争历史的记载。当然，我只要还有一口气，就要与日本右翼势力斗争到底。"

2000 年 12 月 10 日，作者将在中国新出版的中日文对照本《〈东史郎日记〉案图集》送给东史郎夫妇

东史郎抓住我的手对我说:“朱先生,请一定转告南京人民,我特别感谢南京人民8年来对我的支持,我一定会坚持诉讼斗争,直至取得最后的胜利!”

望着头发银白、年逾88岁高龄又身患重病的老人,这位为了公理和正义永不屈服的斗士,我的心里油然升腾起一股崇高的敬意。

时光如梭。转眼又过了3年。

年已91岁且身患重病的东史郎先生现状怎样?这位为了维护历史真相而与日本右翼势力在法庭上进行长达8年时间较量的日本老人近况如何?

带着这样的思索和南京人民的问候,2003年8月1日,我和翻译常嫦女士,南京电视台记者张家东、蒋童先生等4人,在日本支援东史郎案审判实行委员会事务局长山内小夜子和日本友人山本干夫的陪同下,专程驱车第三次前往东史郎家。

东史郎家位于丹后半岛海边的一座小山村,距京都城约300公里路程,大概是南京到上海的距离。

早晨8时,山本先生驾驶着一辆银灰色的面包车,在弯弯曲曲的山间隧道中穿行,我们的心情也在历史的隧道中起伏难平。

京都在日本历史上的地位,好比中国的南京、西安一样。据说,这座古都的最初设计,是模仿中国隋唐时期的长安和洛阳,整个建筑群呈长方形排列,以贯通南北的朱雀路为轴,分为东西二京,东京仿照洛阳,西京模仿长安城,中间为皇宫。宫城之外为皇城,皇城之外为都城。京都至今保存完好的灿烂古建筑文化,承继中国古代源远流长的文化。

不可理喻的是,在二战期间,京都组建的侵华日军第16师团,却从这座古都出发,侵略和焚坏另一座古都南京,屠杀和加害中国人。作为侵占南京后的日军南京警备部队,第16师团直接参与了南京大屠杀。当年,东史郎正是这支侵略军中的一员。

嘀嘀……清脆的汽车喇叭声打断了我的思绪。山内事务局长指着前面的一座路标牌告诉我们,那儿就是福知山。

抬头一看,黛黑色的山峦下,有一片不很规则的房屋,虽然也有些工厂的厂房,但仍看得出,福知山其实只是相当于中国农村中的小镇。但就是这座小镇,当年曾是侵华日军第16师团20联队组建和训练的地方,20联队因此又称福知山部队。东史郎当年应征入伍后，就是在福知山集结并接受法西斯训练的，又是从这里出发，踏上侵略中国的道路。

山本先生熟练地驾驶着车，在乡间田野间的道路上奔驰。大概由于他们多次到过东史郎家的缘故，对道路情况了如指掌。大约在 13 时 30 分，山本将车稳稳地停在东史郎家右侧一块平地上，说一声："到了！"

东史郎的家是一幢典型的日式板型结构的建筑，有 5 开间平房，屋面上覆盖着蓝色的琉璃瓦。门前的右侧，挂着一个小木牌，上写"东史郎"3 个字，标明房子与主人的关系。房前有一排绿色灌木，被修整得整整齐齐。门前有几盆草花，正争奇斗艳地盛开着。

其实，我对这幢房屋及它的主人并不陌生。1999 年 12 月 16 日和 2000 年 12 月 10 日，曾两次来此探访过东史郎及其家人。

从 1994 年开始，我不仅在南京多次接待过东史郎，而且曾陪同他去上海、杭州、北京、沈阳等地做过报告，还和他两次在日本东京、冈山、广岛等地同台演讲。掐指算起来，已经与东史郎谋面 11 次，其中 6 次在中国，5 次在日本。共同的斗争经历，使我和东史郎先生早已成为忘年交。

我看到，东史郎能不坐轮椅，不用拐杖，不用他人搀扶，行动自如地在屋里走来走去，满头银丝依然飘逸，说话仍然响若洪钟。只是他的脸上气色明显已不如昨。

因为自 2000 年东史郎诉讼案在日本最高法院终审败诉后，这位刚强正直的老人精神上确实受到了很大的打击。紧接着就是重病缠身，与病魔作斗争。他先后住院做过膀胱癌手术、疝气手术、心脏病手术，2002 年还进行了两条大腿大动脉血管病灶切除手术。这一系列手术，别说是对一位年逾古稀的老人，就是对年轻人来说，也是够呛的。幸运的是，他竟然闯过了一道道关口，战胜了一个个病魔。

落座后，东史郎关切地问我："馆长先生，您今年多大岁数？"

"请您猜猜看？"我故意反问他，想测测老人家的眼力。

东史郎说："45 岁。"

当我告诉他 2003 年时 49 岁，并称赞他眼力不错时，东史郎满意地笑出声来。

接着，他又问道："您当馆长多长时间了？"

我告诉他已经满 10 年了（1993 年 5 月担任馆长），东史郎点点头，说他的诉讼案迄今也满 10 年了（1993 年 4 月提起一审诉讼）。他说："我公布了战时日记，说了真话，但触动了日本右翼势力要否定南京大屠杀的神经，他们就千方百计地打压我，写信和打电话威胁我，还跑到我家里来放烟火，滋扰我的家庭正常生活。"说着，他指了指屋外面近在咫尺的公路，告诉我们当年右翼势力就是在公路上燃烧火堆，借助风力向他家里灌烟的。

东史郎先生接着说："我还记得 66 年前 12 月 10 日晚 8 时，我们 25 名日本士兵在南京中山门四方城作战，当时天空一片漆黑，只听见两个中国士兵喊道'日本''日本'，我们就朝着这声音开枪，晚上 10 时占领了四方城。那场战争是侵略战争，我们是奉天皇之命而去的。在南京，我还用刀亲手砍下了一个坐在地上的中国人的头，我是有罪的，中国人民一定很记恨我。话又说回来，像我这样反省、承认犯罪，并且原原本本地忏悔、真心实意道歉的日本人是不多的。我当时的中队长森英生就很坏，他不仅全盘否认历史，还怂恿桥本光治出来打官司，告我侵犯他人名誉权。这场诉讼历经 8 年，非常不容易，从这里到东京，来来回回记不清多少趟，日本的法院不公道，支持右翼势力否定历史，真是天理难容。"

我与东史郎接触多年，他亲口承认在南京杀了一个中国人，还是第一次。在此之前，他除了应邀在中央电视台崔永元主持的"实话实说"栏目作特邀嘉宾时，曾说过上述话语，后来再也没有说过，可能是担心中国人憎恨他的缘故吧。

东史郎肯定地说："过去的那场战争是军国主义分子发动的，无疑是侵略战争。我们执行了上司的命令，去南京杀人放火，犯下了不可饶恕的罪行，南京人民至今一定还会仇恨我们。因此，一定要原原本本地向中国人民忏悔，真心实意地请求中国人民宽恕。我与日本右翼势力之间关于南京大屠杀历史的诉讼至今已 10 年，耗费了我许多财力和精力，虽然一再败诉，但我绝不后悔，因为公理和良心让我必须这样去做。"

当南京电视台记者张家东问他还有什么心愿时，东史郎脱口而出："今生最大的心愿，就是再到南京去反省谢罪一次。"

说着，他拿出一块正方形的白色纸板和笔，工工整整地写道："侵华日军伤害了许多中国人民。致以后悔并真诚地谢罪。"写完后，恭恭敬敬地交到我的手上。

东史郎在家中亲笔题写的"致以后悔并真诚地谢罪"的寄语

听说我们此行赴日是为了征集有关的资料，东史郎先生除了将桌上的书籍和资料捐赠给我们，还执意让久江夫人和山本干夫先生去他家后院的仓库内，搬出了一大堆书信，全部摊在榻榻米上，东史郎、久江、山内、山本和我们一起动手整理，找出了日本右翼势力给东史郎的恐吓信，以及一些日本友人给他的鼓励信函，听说这些对侵华日军南京大屠杀遇难同胞纪念馆展览有用，东史郎先生十分慷慨地捐赠给了我们。

最后，东史郎夫妇还分别和我们每人拍摄了纪念照片，小屋内不时地响起愉快的笑声。

窗户边悬挂着两个小鸟笼，几只小鸟偶尔发出清脆的鸣叫声，呼应着人们快乐的情绪。我想，养花养草、养狗养鸟，正是这对年迈夫妇爱心的一种体现。

时间飞快地又过去了两年。

2006年1月3日，东史郎在家中病故的消息传到南京后，我立即以本馆的名义在当天向东史郎亲属发去了唁电，并向南京市有关部门的领导作了汇报，在南京积极筹划举办相应的活动，以追思这位勇于反省历史的特殊日本友人。

晚上，人民日报社向我约稿，要在次日下午3时前交一篇2000字左右的文章。我连忙开起了“夜车”，加班加点写稿，竟然一气呵成，写成了《追忆东史郎》，并按时交给了报社。报社也不失所言，在1月3日的人民日报上刊登了这篇回忆文章。

次日清晨，受江苏省和南京市领导，以及500多万南京人民的重托，以南京市对外友协副会长孙文学为团长、我和本馆翻译常嫦女士为成员的访日团，专程赴日本参加东史郎先生的葬礼，体验了一段紧张忙碌且有特殊意义的经历。

这是一个大胆而又充满悬念的计划。因为侵华日军南京大屠杀遇难同胞纪念馆此前已得到东史郎亲属从日本发来的“悲报”，告知东史郎葬礼将于1月6日上午10时采取“密葬”的方式举行，即除家庭亲友外，不邀请外人参加。此时，离东史郎葬礼的时间也只有两天了，时间紧迫，路途遥远，东史郎家人态度不明，能否成行，感到把握不大。因为按照惯例，仅办理日本签证，最少也得5个工作日，加之东史郎家所在的日本丹后半岛地处偏僻，离京都还有约4个小时车程。

江苏省和南京市外办的同志十分支持，立即与日本驻上海总领事馆取得联系，向他们说明情况，争取破例支持。另一方面，当我们将意愿表达后，很快得到东史郎亲属和日本支援东史郎案审判实行委员会、神户青年活动中心、日本旅日华侨中日友好促进会的邀请或鼎力相助，仅用一天时间，在一无邀请函正本、二无邀请担保书的情况下，办好了护照和赴日签证。几乎不可能办成的事竟办成了。老华侨林伯耀对此不敢相信，他说：“我在日本50多年，第一次听说能在这么短的时间内办好赴日手续，简直是奇迹和破天荒的事。”

1月4日下午，南京市各界人士在侵华日军南京大屠杀遇难同胞纪念馆内举行追思会，对东史郎先生表示深切的悼念和缅怀。

在追思会上，与会的南京各界人士纷纷向东史郎遗像敬献鲜花，并对东史郎先生知错能改、勇于维护历史真相的精神给予高度评价。

我们一行 3 人 10 时从南京出发，17 时 30 分乘坐国航的 CA163 国际航班起飞，于东京时间 20 时 30 分到达大阪。办理出关手续后，到达下榻的神户旅馆时，已是深夜 23 时 40 分。

旅日华侨林伯耀先生原打算用 1 辆面包车，连夜将我们送到丹后半岛，以便次日参加东史郎葬礼，但天公不作美，京都下起了大雪，到处是白茫茫一片，夜晚行车，冰冻路滑，安全难以保证。于是，临时改变计划，乘火车前往，但需要转两次车。

我们与东史郎并非是亲人，却日夜兼程十几个小时，踏冰冒雪，忍饥挨饿(10 多个小时未能进餐)，跨国奔丧，表达的是南京人民对东史郎先生的一点敬意。

冬日的京都，一片银装素裹。冰雪凝封，大地如眠。林木似玉柱，草地像棉被。望着眼前的皑皑白雪和舞动的雪花，总觉得就好像东史郎飘逸着的满头白发。

东史郎的葬礼仪式在丹后市纲野町纲野 3156 号的向井葬祭纲野祭场举行。祭场外围安放着中国驻大阪总领事馆总领事邱国洪、南京市人民政府、南京市对外友好协会、侵华日军南京大屠杀遇难同胞纪念馆、日本纪念南京大屠杀遇难者全国联络会、日本支援东史郎案审判实行委员会、日本旅日华侨中日友好促进会、日本东铁路工会、香港实业家陈君实夫妇等中日单位和个人敬献的 34 个花圈。

祭场门厅的桌子上，摆放着中、英、日文版的《东史郎日记》，以及由我和山内小夜子共同主编的《〈东史郎日记〉案图集》。这些书被放在这样一个突出的位置上，可见东史郎亲属的用意，大概是想再次告诉人们东史郎与《东史郎日记》及其东史郎日记诉讼案的关系吧。

看到我们风尘仆仆、千里迢迢赶来参加葬礼，东史郎夫人久江激动得流下了眼泪。当我向她询问东史郎先生有无留下什么遗言时，久江坦率地告诉我们，东史郎临终前仍喃喃自语说："我写的和说的都是事实，法庭为什么要判我败诉。以败诉来结束人生，我不服。"

由此我想到东史郎曾表示要上诉到联合国去，甚至要求阎王爷评个公道。东史郎这种坚持公理与正义而不屈服的精神，从来就没有放弃过。

不过，东史郎去世时脸上显得很安详，久江太太这样告诉我们。

东史郎儿子东隆史在答谢辞中还特别感谢南京人民多年来对他父亲的支持，寻找地图、邮政袋、做手榴弹试验等，这次还专门派人来参与葬礼，使他们全家人十分感动。

此次，我们还争取到东史郎遗孀东久江、儿子东隆史及其 4 个女儿的同意，将东史郎生前使用的眼镜、钢笔、日记本、桌子以及收到的恐吓信、子弹头等物品，以及一块长 1.42 米、宽 0.39 米、厚 0.13 米的日本偷袭珍珠港时，日本海军大将山本五十六亲笔在飞机螺旋桨片翼上题写的“不自惜身命”的横匾，全部捐赠给侵华日军南京大屠杀遇难同胞纪念馆，还得到了日本东史郎案律师团和支援东史郎案审判实行委员会的同意，将两大捆东史郎诉讼卷宗资料和实物捐赠给侵华日军南京大屠杀遇难同胞纪念馆。

作者于 2007 年 1 月在中国华侨出版社出版的长篇纪实文学《我与东史郎交往 13 年》一书封面

我们应抱着对历史负责、对后人负责、对事业负责的态度，争取征集到更多的证物。这是历史赋予我们的责任，也是东史郎把历史的真相告诉后人的遗愿。为此，我写了一本长篇纪实文学，书名叫《我与东史郎交往 13 年》，把这些年间林林总总的过程记录下来，留给自己，也传达给他人，2007 年 1 月在中国华侨出版社正式出版。

像东史郎那样勇于反省侵华战争历史的日本老兵，在日本不乏其人。我就遇到过许多位，他们也曾经用不同的方式，向中国人反省与谢罪。

日本熊本县的后藤守，战时是侵华日军一名轻机枪手，战后回到日本。他曾经亲口对我说过："虽然战时我没有到过南京，但因为其在中国的犯罪，所以得到上天的惩罚，除了让我断子绝孙外，我的太太几十年瘫痪在床，家庭生活非常不幸福。"他在湖北省黄梅县投资渔业项目，来中国几十次，但每次都要绕道来到侵华日军南京大屠杀遇难同胞纪念馆，向死难者献花圈，同时每次都要捐款和捐送史料，还赠送了一只"反省谢罪钟"。一来二往大约 20 多次，我们成为好朋友。

1999 年 12 月，我去熊本县参加证言报告会。刚走上演讲台，司仪突然宣布有人要给朱馆长献花。

谁会给我献花呢？日本人在演讲会上也没有这个习惯。

正在不解时，会场最后面有个身材瘦削、戴着蓝色圆形帽子的日本

1999 年 12 月，在熊本县证言报告会上，日本老兵后藤守向作者献花

老者，站起身来频频地向我招手致意。

那不是老朋友后藤守吗？他怎么来了？

此时，他的养女抱着一捧非常大的鲜花，款款地向我走来。我连忙隔空向后藤守招手致谢。会后，后藤守还和我一起合影留念。

横山诚是一位普普通通的日本老人。侵华战争期间，虽然他不是一名日本军人，但在上海三杉书店供职时，曾经亲眼目睹日军在华的血腥暴行。战后多年来，他一直为此愧疚不安。他在日本群马县成立了日中友好慰灵塔实行委员会，并自任会长。经过数年的努力募捐，在侵华日军南京大屠杀遇难同胞纪念馆里，以“日本一老人”的名义竖立了一块汉白玉大理石的“赎罪与慰灵碑”。

1994 年 8 月 12 日，我应邀访问日本东京。时年 84 岁的横山诚老人，专程从日本群马县赶到东京来与我见面，商谈每年在 8 月组织日本国民到南京赎罪的有关事宜，其耿耿之心，感人之至。

1994 年 8 月 12 日，时年 84 岁的横山诚老人专程从日本群马县赶到东京，与作者和南京大屠杀幸存者夏淑琴见面

作者向观众讲解日本老人横山诚立下的“赎罪与慰灵碑”(图片右边)

记得同样是在 1994 年 8 月,同样是在东京,我遇到从抚顺战犯管理所被中国政府释放回日本国的一批战犯。我曾经写过一篇文章,题目是“昔日的战俘　今日的朋友”,发表在《南京党史》杂志 1995 年第 3 期上。文中列举了几位日本老兵:

1994 年 8 月 4 日,高桥哲郎与我初次相识,是在日本的成田国际机场,那是我第一次到日本。他以中国归还者联合会(简称“中归联”)事务局长的身份到机场迎接我。当时他 74 岁,满头银丝,慈眉善目。他对 50 多年前的往事记忆犹新,说:“回想起来,那简直是一场噩梦。那年,我刚刚走出校门,就被迫加入侵华日军行列,来到了中国的东北,后来成为苏联红军的战俘。”

谈起在中国抚顺战犯管理所那段经历,高桥并不回避,而是充满着一种特别的感激之情。他亲口对我说:“1950 年 7 月,我与 198 名被苏联红军关押的日本战俘,被移交到中国抚顺。我们估计从苏联押到中国来,肯定得枪毙,因为看押我们的东北军民几乎家家都有人被日军所害。而事情的发展完全出乎我们所料,毛泽东、周恩来总理亲自参与制定改造日本战犯的政策。当时的中国还很穷，老百姓吃糠咽菜，看守人员也一样，吃的是黄褐色的劣质玉米面。而我们这些战犯们却顿顿吃白米饭和白馒头。我们万分愧疚，反省罪恶，从扭曲的人性中醒悟过来，洗心革面，重新做人。深深感到中国人心胸很大，宽厚仁慈。毛泽东、周恩来十分了不起！”

富永正三与我见面时担任“中归联”会长，战争留给他的是一条瘸腿。多年来，他拄着拐杖四处奔走，祈求和平，呼唤日中友好。他曾经深情地对我说过：“是中国政府给我们第二次生命，我有生之年，一定要为日中友好尽心尽力。”

矢野新二是“中归联”的常任委员，也是日中友好协会的常任理事，兼任日中友好协会东京联合会的副理事长，长期致力于日中友好事业。他对我说：“当时在抚顺战犯管理所集中了1062名日本战犯，在长达6年多时间里，中国政府以‘思想改造为主、劳动改造为辅’的改造日本战犯政策，把我们这些信奉武士道精神、自命不凡的日军战犯变成了新人，这是奇而又奇的创举。”

汤浅谦当年是日军随军医生。从抚顺战犯管理所被释放归国后，曾是“中归联”常任理事，为日本某医学院博士，著有好几本医学书，其中有一本专门反映日军在中国进行人体试验暴行的书，揭露日军的暴行。他曾经将这本书亲手赠送给我，作为资料收藏与研究。他主张要正视日本民族侵略的历史事实，引以为戒，才会有世世代代的日中友好，只有反对侵略战争，揭露日本军国主义，才是日中友好的根本。

中村五郎是中归联爱知县支部长。1995年9月我应邀到名古屋市举办展览时他告诉我，他1942年在南京东郊卫岗，虽然没有参与过南京大屠杀，但在南京时听说过这件事，也亲眼见到南京城墙被破坏的痕迹。当他谈起被调往中国东北后被俘，在抚顺战犯管理所接受中国政府改造时，曾经动情地对我说：“父母给我生命，中国政府给我人性。在我有生之年，一定要为日中友好竭尽全力。”

第四章　中北龙太郎及有正义感的日本律师们

2016 年 12 月 9 日晚，大阪。

电车天王寺站附近。

华灯初放。车水马龙。

路边，一位大高个头的日本壮年男子，一边笑盈盈地上前与我打招呼，欢迎您，朱先生！一边热情地与我握手，一双大手特别有力。

这个高个头的日本男人名叫中北龙太郎。他是日本关西地区著名大律师。

中北龙太郎个头足有 1.85 米高，这身高在日本的男人中并不多见，一双炯炯有神的大眼睛特别明亮。

那天，他特意赶过来，是要参加大阪“欢迎朱成山前馆长”酒会。参加酒会的人数不多，但都是我的老朋友。他们是大阪国际和平中心原事务局长有元干明，枚方市民代表黑田薰，大阪市民代表森一女、西端顺子、水野友美，神户市民代表林伯耀、墨面等人。

饭后，大家一定要邀请我去附近天王寺的日本第一高楼观看大阪的夜景，这是我退休前多次来大阪不曾有过的待遇。大家一起乘电梯至 16 楼，然后买观光门票，每人 1300 日元，至 60 楼 300 米高处，看大阪夜景。登高望远，果然不一样，绕楼一周，到处灯光闪亮，星星点点，一眼看不到边，才知道大阪城有多大，日本的二府之地(京都府、大阪府)果然名不虚传。

谈话间，不知不觉就聊到了东史郎日记诉讼案。

我与中北龙太郎律师的初识，正是东史郎日记案提供了机缘。那时距东史郎诉讼案在东京地方法院一审败诉仅 3 个多月时间。

面对东京地方法院的不当判决，东史郎绝不屈服。他坚信，自己并没有错，日记写的也是历史真相，只是该法院法官倒行逆施，做出了错误的判决。

为此，东史郎要上诉到东京高等法院，要求能主持公道，改判结果。

基于有胜算的信心，东史郎要找最好的律师。他说，只要能打赢“官司”，花再多的钱也愿意。1 个律师不行，就找 2 个，2 个律师不行，那就找 3 个。

后来，东史郎真的聘请了 3 个律师：中北龙太郎、丹羽雅雄、空野佳宏，全都是大阪地区最有名的律师。他们组成了东史郎日记上诉案律师团，负责上诉案的调查与辩护，准备在二审中一举打赢，还历史的真相。

中北龙太郎，日本大阪中北律师事务所的负责人，一个资深并在大阪地区大名鼎鼎的名律师。他高高的个头，黑黑的脸庞。他的职业身份与黑色的脸，使我曾经想到过中国的包拯，中北龙太郎作为该案的首席律师，能有包公那样睿智的断案能力吗？他能使东史郎日记案在二审中转输为赢吗？

东史郎上诉案律师团首席律师中北龙太郎

丹羽雅雄，日本大阪的律师，一个在大阪地区享有盛名的名律师。在 3 个律师当中，他的身材最为瘦削，以至于日本支援东史郎案审判实行委员会后来在香川做邮政袋装人试验时，选择他钻邮政袋。但他与中北律师形成反差并引人注目的不是身高上的差距，而是长有一张小

东史郎上诉案律师团丹羽雅雄律师

白脸。从外表上看，就是一个富有心计的人。

东史郎上诉案律师团空野佳弘律师

空野佳弘，日本大阪的律师，一个同样在大阪地区声望很高的名律师。他的身高、肤色、胖瘦的程度介于中北和丹羽之间，是个做事严谨、不苟言笑、处事老到的职业人。

3 个律师，3 种不同风格，一个搭配科学的组合，完整且富有战斗力的团队。为此，我曾经从心里暗暗地佩服，这个东老，人老眼未老，挑选起人的眼光特别老到。

东史郎上诉案律师团经过一段时间的调查，以及亲自参与在中日两国进行的各项试验后，对《东史郎日记》的真实性判断如何，一审判决错在何方，做到了胸中有数，形成了自己的主见。正如首席律师中北龙太郎指出的：

> 一审判决称，原告桥本不会做出危及自己生命的举动，不能不说这是完全与事实不符的武断结论。
>
> 另外，东京地方法院以上述武断结论为前提，认为那是一种极特殊的举动，所以即使经过了 50 年也理应能够做出详细具体的供述。但既然前提是错误的，所以这种认定也是完全站不住脚的。当时，屠杀事件对日军来说是司空见惯的景象，即使清楚地目击了那件事，在过了五十多年以后不能详尽地记起其场面也毫不奇怪。这才是一种常识性的判断。而且本事件的记述本身已经非常具体，连这一点一审判决也视而不见。如上所述，一审判决犯了极其严重的错误，这是千真万确的。
>
> 《东史郎日记》是依据从军期间的详细笔记写成的，在战前完成并

不准备发表的日记中，故意写进不真实的虚假情况是毫无意义的，这也可以证明该日记的真实性，一审判决对这种情况视而不见，是完全错误的。

东京高等法院决定于1996年9月26日第一次开庭，审理东史郎日记上诉案。

东史郎上诉案首席律师中北龙太郎、日本支援东史郎案审判实行委员会事务局长山内小夜子，于1996年8月15日来到南京，那是我第一次见到中北龙太郎律师，他主要就一审判决涉及的“原中国最高法院门前的马路对面当年是否有水塘”“1937年邮政袋能否装下一个人”和“手榴弹绑在装有中国人的邮政袋上扔进水塘，爆炸后是否对岸上的加害者构成危害”等3个问题在南京调查取证。他告诉我，正是这3个问题，导致了东史郎在一审中败诉，希望得到中国方面的支持。

我为东史郎及其日本友人勇于反省历史的正义行动所感染，也为中北龙太郎律师和山内小夜子事务局长的真诚所打动，与《服务导报》记者李晓玲合作，赶写了一篇《为正义举证》的长篇通讯，这是国内有关东史郎诉讼的第一篇报道，见报后立即在南京及全国其他城市产生了影响（此稿件后来被评为当年江苏省好新闻一等奖）。

人们积极支持，纷纷为上述3个问题举证。

通讯见报后的当天下午，便在南京市民中引起强烈反响，打往侵华日军南京大屠杀遇难同胞纪念馆的电话此起彼伏，许多证人前来提供证据。

家住南京市一枝园的84岁老人王长发在儿子陪伴下，向我出示了一张他30年代弄到的日本名所图绘社印刷、日本人小山吉三绘制、至诚堂发行的《最新南京地图》，上面清楚显示原中国最高法院门前的马路对面有水塘。

家住东门街39号4室的侍炳生老人、家住石鼓路145号的杨源忠老人，证实原中国最高法院街对面有水塘，但面积不大，水挺干净。侍炳生曾跳进去游过泳。两人当年在南京城内还多次目击了日军杀人的罪恶行径。

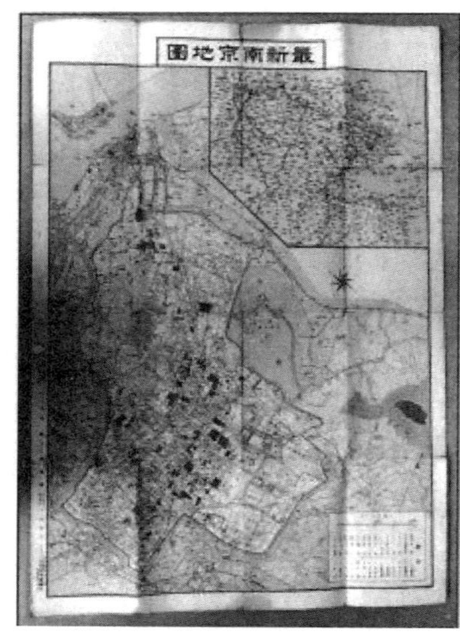

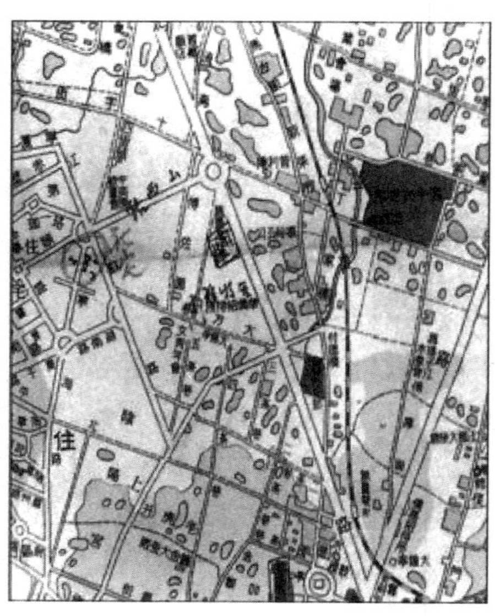

东南大学生物系李乃弘、家住南京市一枝园的 84 岁老人王长发、莫愁新寓荷花里的退休干部孙任国，分别提供了昭和十三年（1938）日本名所图绘社印刷、小山吉三绘制、至诚堂发行的《最新南京地图》，均证明原中国最高法院门前的马路对面确有水塘

第二天，家住南京市莫愁新寓荷花里的退休干部孙任国和东南大学生物系李乃弘，也分别提供了昭和十三年（1938）日本出版发行的《最新南京地图》。

家住南京鼓楼区裴家桥 68 号的李秀章先生，提供了 1937 年《最新南京地图》。

从 1996 年 8 月 16 日起，南京市民先后共为东史郎提供 60 余件地图，均证明原中国最高法院门前的马路对面确有水塘。

江苏省地矿厅遥感中心高级工程师黄家柱、南京勘察测绘设计院保存的 1946 年航空拍摄的南京地图照片中，该处的水塘清晰可见。

原中国最高法院附近的乐业村居民李安民、王正强先生等人，他们的家就在原水塘边上，曾在该水塘里养过鸭子，对该处水塘留有深刻的记忆。

南京市房产局档案馆馆长汪智学先生，还提供了原国民政府南京地政局于 1937 年 3 月 18 日绘制的《地产登记审查用图》，图上还标明了水塘的面积为 4.2547 亩，水塘距离公路人行道 31 米，宽约 48 米，长约 66 米。汪馆长是南京研究房产多年的专家，他从该馆档案中查到的一份 1953 年的房地产平面图上，原水塘依然存在，只是范围比 1937 年略小一些，面积缩小至 2.9713 亩。他指出，现在，此处的水塘已不复存在，距离人行道处，建了五层楼房，门牌是中山北路 76—78 号。与之毗邻的中山北路 74 号两层楼房，也建在原水塘位置上。

南京市民在为东史郎日记案举证的消息，通过传媒公开后，北京、天津、上海、沈阳等其他城市的社会各界人士，也纷纷为东史郎找到许多份当年的南京地图，东史郎日记诉讼案开始受到全中国人民的关注。

上述各种资料均证明，原中国最高法院门前的马路对面当年确有水塘。

与此同时，要设法弄清楚当年的邮政袋能否装得下一个成年人。侵华日军南京大屠杀遇难同胞纪念馆派出了副馆长王伟民等员工，专门去江苏省和南京市邮政局调查。他们帮助查询了邮电部邮政总局，查明民国时期一号规格的邮袋为 1.68×1.05 米，二号规格的邮袋为 1.38×0.92 米，三号规格的邮袋为 1.28×0.82 米。其中一号邮袋完全可以装得下一个成年人。为此，江苏省省内邮袋调拨局还于 1996 年 8 月 15 日，专门出具了书面证明。

我们还找到了一本民国二十九年重印的原国民政府交通部邮政总局编撰的《邮政纲要》，规定了各类邮政袋的质地、颜色。在该书第 1342 条中写道："邮袋以帆布制成者其种类尺寸及标志如左(竖排行文格式)，第一类，普通邮件袋，第一号，长 24 英寸、宽 16 英寸，无标志；第二号，长 30 英寸、宽 20 英寸，无标志；第三号，长 42 英寸、宽 26 英寸，印有[30k]标志；第四号，长 50 英寸、宽 32 英寸，无标志。第二类，包裹袋，第一号，长 42 英寸、宽 26 英寸，蓝色垂直带一道；第二号，长 50 英寸、宽 32 英寸，蓝色垂直带一道；第三号，长 54 英寸、宽 36 英寸，蓝色垂直带一道。"

此外，家住秦淮区东关头 21 号的王其昌老人，在给侵华日军南京大屠杀遇难同胞纪念馆的来信中写道："1937 年，在珠江路邮政局做勤杂工，曾亲眼看到当时的邮政袋能装下一个人。"

南京第八中学退休教师吴邦汉先生，致函侵华日军南京大屠杀遇难同胞纪念馆说："1946 年，我在南京市邮政局第五支局工作期间，曾听师傅说过，日本人用邮政袋装人并将其残酷地杀害。"

大量资料无可辩驳地证明，当年的邮政袋可以装下一个成年人。

与热心的中国人积极帮助东史郎日记诉讼案举证一样，许多热心的日本人也在援助东史郎。

1997 年 1 月 19 日，东史郎日记上诉案律师团在大阪浅香，进行了一次完全模拟东史郎日记所记述的场面，用邮政袋装活人，然后浇上汽油，点火燃烧试验。为了不致伤人，他们借来了阻燃衣帽给试验者穿上，然后钻入邮政袋，接受燃烧试验。结果表明，呈动态的邮政袋，在汽油量不是很多的情况下，不会很快烧完。东史郎上诉案律师中北龙太郎先生见证了试验的全过程。

1977 年 5 月 11 日，丹羽雅雄律师(上图跪地者)正接受被装入邮政袋作试验

东史郎先生的儿子东隆史也到日本邮政研究所附属资料馆，调查 1937 年日本使用的外国邮政袋，长为 1.05 米，宽为 0.75 米，布料为棉帆布。

为了试验一下日本的邮政袋能否装下一个人，1997 年 5 月 11 日，东史郎上诉案律师团再次在大阪浅香，进行了邮政袋装人试验，被装入邮政袋的，是丹羽雅雄律师。试验结果表明，日本当时使用的邮政袋，也完全能装下一个成年人。他们此次还进行了邮政袋燃烧试验，因为一审东京地方法院判决称："浇上汽油的邮政袋燃烧后，实施者有被烧伤的危险"。试验结果证明，邮政袋浇上汽油燃烧后，近距离拉上绳子者，不会被烧伤。

原告桥本方面诡称：东史郎这段日记是虚构的。日本自由主义史观研究会会长藤冈信胜对此提出如下质问：

（1）口袋有没有能装进人那么大呢？邮政口袋有必要做得特别大吗？

（2）装在袋子里的人是跳不起来的。

（3）把手榴弹拿到火的附近是危险的。

（4）袋子一旦点燃，是会破裂的。

经过实验，东史郎日记上诉案律师团认为，藤冈等原告方上述假定是一派胡言。实验结果表明：

（1）当时中国确有能装得下成人那么大的邮政口袋。

（2）人连同口袋是完全能够跳起来的。

（3）在汽油量有限的情况下，邮政口袋不会破裂。

（4）手榴弹即使在火里也不会爆炸，只有拉动点火装置才会爆炸。

虽然在日本做了一些模拟试验，但他们没有条件做手榴弹的实爆试验。为此，东史郎上诉案律师团的首席律师中北龙太郎先生给我来了信，提出了求援的要求。我立即回了信，全文如下：

中北龙太郎律师先生：

您好！

先生于 11 月 1 日的来信收到，获悉为东史郎日记诉讼案取证进行手榴弹实爆试验的具体目的和要求，请放心！

今年 8 月 15 日，您能在百忙之中，抽空参加了本馆组织召开的侵华日军南京大屠杀史国际学术研讨会，并在会上发表了东史郎案诉讼的专题报告，在此，对您给我们的支持表示感谢。

关于为东史郎日记诉讼案取证所进行的手榴弹爆炸试验事，我已详细看了您寄来的试验方案。收到您的来信之后，我已分别与南京的部分专家联系过，将在适当的时间论证您的方案。

此试验影响较大，届时媒体将作一定程度的报道，为保证成功，还是把准备工作做得过细一些为好。至于试验时间问题，我意安排在明年三月前后，不知先生意下如何，望来信告知。

顺致

安康！

侵华日军南京大屠杀遇难同胞纪念馆

馆长　朱成山

1997 年 11 月 15 日

手榴弹实爆试验，用以证明对实施加害者有无生命之虞。但手榴弹实爆试验的过程，对试验者自身构成危险。

我们首先找到南京理工大学徐云庚教授。他是中国手榴弹研制专家，已经 83 岁。1939 年，他曾在汉口兵工厂改制了攻防两用小型木柄手榴弹。他证明在此之前，中国军队使用的手榴弹均为老式木柄手榴弹，装药成分为 KNO3/TNT60/40，装药量为 40g，其拉火装置延期时间（引爆时间）为 5—7 秒，杀伤半径为 5—7 米。

徐老教授提供的原中国军队使用的手榴弹技术参数，使我们豁然开朗。难怪我们在观看中国抗战题材的电影时，经常有敌人把手榴弹扔过来，在阵地上嗤嗤地冒着白烟，又把它捡起来，扔回敌人阵地上去的镜头，当时都认为这是导演作戏剧化处理，真实战场上是不可能出现的。但是，徐老教授却告诉我们，那是完全有可能的，因为 5—7 秒的引爆时间允许那么做，这也是后来改制木柄手榴弹的原因之一。我们得承认，认为不可能或戏剧化，这是我们头脑中的主观臆断，并无科学根据。

那么，后来中国军队使用的木柄手榴弹究竟做了哪些改制呢？我们找到中国军队使用的 1967 式木柄手榴弹，把它与我们从下关中山码头集体屠杀遗址出土的一枚 1937 年 12 月中国军队使用的老式木柄手榴弹做比较。从外形上看，老式的木柄手榴弹木柄很长，弹体部分的铸铁件又长又粗，新式的明显小了许多。从装药装置和装药量上看，新式手榴弹装药成分单一为 TNT，装药量为 38g，并把拉发火装置改为瞬发电发火装置，把拉火装置延期时间（引爆时间）为 2.8—4 秒，大大缩短了引爆时间。

弄明白了木柄手榴弹的技术参数还不够，我们的目的是要进行模拟性质的实爆试验。谁来主持这个专业性强、技术难度大、危险程度高的试验呢？

我们找到了南京工程爆破设计研究所，所长吴腾芳教授接待了我们。在我们的反复请求和劝说下，吴教授终于接受了侵华日军南京大屠杀遇难同胞纪念馆的委托，承担起手榴弹实爆试验的工作。

吴腾芳是享誉中国的著名爆破专家，曾发明和主持100多项楼房、烟囱等高大建筑物的定向爆破，既有扎实的理论功底，又有丰富的实战经验。

这是一项特殊的试验，它要为东史郎日记案提供科学而有说服力的根据。这也是一项复杂且危险的试验，涉及火药、雷管和真弹实爆。稍有不慎，就会有生命危险。为此，吴教授和他的助手们伤透了脑筋。

第一步遇到的难题，是要拆装分解木柄手榴弹。而手榴弹拆装是违规的，技术规范上明禁拆装。

“为了东史郎日记案，我们得打破常规，破例干一次。”一向处事严谨的吴教授终于下定了决心。

为了万无一失，吴教授从某军工厂请来了退休的高级工程师胡老。

胡老一辈子造枪炮弹，对手榴弹的性能了如指掌。他亲自动手，小心翼翼地拆下了10多枚1967式木柄手榴弹上拉环和弹体上的小木螺丝，使手榴弹的弹体与木柄部分相分离。

然后，利用在车床上提前加工好的两个夹具，一个夹住手榴弹木柄，另一个夹住手榴弹弹体铁件，两个夹具上分别焊上一根钢丝绳，再分别拴在两个绞盘上。

他们又找到了一个旷无一人的空地作为试验场，将手榴弹置于场地中间，在两端安装好绞盘及支架，负责试验的人分别躲在两端的壕沟内，绞动绞盘，使手榴弹的木柄与弹体部分缓缓分离，最终分解开手榴弹。

在这一过程中，弹体中的雷管稍微受到扭曲或挤压，就会立即引发爆炸，危险程度极高。

手榴弹的弹体和木柄分离开来后，接下来就是取下雷管和TNT炸药，同样充满了危险。

试验者们先小心谨慎地卸下雷管，又找来竹筷子，用刀把一头削得尖尖的，轻轻地、一点点地撬动弹体铸铁件内塞满的 TNT 药粉，使之成为空壳。

至此，手榴弹试验的前期准备工作才算真正就绪。

第一项要进行的，是手榴弹弹片的破片试验。

吴教授和他的助手龙源副教授用薄钢板，找人焊制了一个圆形大铁筒，筒里面盛满了黄沙。筒里放着与 1937 年中国军队使用的手榴弹相同药量和成分的弹药，用蜡紧紧密封的铸铁弹体，其雷管的引信与筒外相连接。然后，将铁筒加上盖子，盖子上面压上大石头。

一切就绪后，点燃了通向筒内的导火索。

随着“轰”的一声闷响，筒内试验用的弹药被引爆了。

少顷，吴教授的助手们上前打开了筒盖，用早已准备好了的小筛子，一点点地拨动筛筒里的沙子，找出弹体残片有多少块，最大和最小的残片体积是多少，以此计算弹药的威力。

第二和第三项试验，是做邮政袋燃烧试验和干坑模拟试验。这需要一个较大范围的野外场地，南京工程爆破设计研究所租用了南京东郊汤山镇上峰的一块山坡地，准备在那里进行上述两项试验。

试验的时间定在了 1998 年 3 月 6 日。

为了证明试验的有效性，我们还专门邀请了东史郎本人、东史郎上诉案律师团和日本支援东史郎案审判实行委员会成员，现场见证试验的全过程，他们愉快地接受了邀请。

我们还专门委托南京市公证处刘庆宁和吴巧宝公证员，全程参与公证，并在试验结束后出具公证书，使这一试验具有法律效应。因为有日本朋友告诉我，中国和日本同属大陆法系，公证在日本是有效的。

是日，天气晴朗，南京的春天风和日丽。

我陪同东史郎、东史郎上诉案律师团中北龙太郎、丹羽雅雄律师、日本支援东史郎案审判实行委员会山内小夜子、西村秀树、菱木政晴、山本干夫、芹泽明男等日本友人，前往试验场。

汽车从南京中山门出去，沿着宽阔的沪宁高速公路前进，很快到了东郊汤山镇出口。从汤山出去 10 多公里处，便是上峰试验场。

汤山，是南京城东侧的门户，因其山上有温泉而得名。汤山的溶洞内，还出土了35万—50万年前古人类的头盖骨。它可以将南京人的历史追溯到50万年前。

汤山也是东史郎所在的第16师团20联队当年进攻南京的地方。1987年8月曾和东史郎一道在京都公布战时日记的老兵上羽武一郎(曾是日军第16师团20联队卫生兵),1994年我首次在京都集会上见到过的日本老兵,在其1937年12月9日的日记中写道:

(南京汤山)炮兵学校用大理石做成的校门,我真为学校(炮兵学校)之大感到惊讶!我们搜索败兵,开进树林里,用火把照路,开进村子(应为营房)里搜身,都剃着光头,发现其中一个人(有身份证),他们的表情痛苦。一共抓出100人,让他们背向小河,我们向这些败兵齐射,顿时出现了一片血海。有的人还挖出败兵的肝。

1998年3月6日,东史郎先生来到南京市江宁县(现江宁区)上峰地区手榴弹实爆试验现场

多么残忍的描述。这种战争体验,只有亲身经历者才能讲述得出来。况且上羽武一郎讲的汤山炮校,不仅当时就有,现在仍然是炮校。

为什么日本军人对待中国人这样残暴?我想起了我的另外一位日本朋友、日本著名的大律师、中国人战争受害者诉讼辩护团团长尾山宏曾经做过的分析:

从根本上来说,日本在接受外国文明的时候充满了矛盾。在明治维新之前,日本引入了中国文明,但同时为了不让中国文明占据统治地位,强调“和魂汉才”。同样,明治维新(1868)以后,在西欧文明蜂拥而至的时候,又极力宣扬“和魂洋才”。

> 所谓“和魂汉才”“和魂洋才”，指的是在吸收中国和西欧的制度、技术、技能、文化时，必须坚持不能丧失优于中国与西欧的“和魂”（日本人的精神）。
>
> 日本在对中国及西欧文明充满憧憬的同时，也伴随着强烈的自卑感。为了消除这种自卑感，只有刻意强调日本及日本民族的优越性、优秀性，并将其植入人们的观念之中。
>
> 这种对日本及日本民族的优秀性、优越性的信仰，以及对亚洲各民族的蔑视，与日本人无视人类尊严、无视人权的历史相结合，使其不将中国人、朝鲜人以及东南亚人视之为人，这正是日本军人严重违背人道的卑劣行径之所以产生的根源。
>
> 从近代历史来看，自明治维新以后，日本由于领先于亚洲各国实现了工业化而产生了优越感。日本在工业化过程中，学到更多的是西欧列强来势凶猛的帝国主义侵略与扩张，而不是产生于近代西欧的尊重人权的精神与价值观。这些都为此后的日本留下了祸根。
>
> 近代日本取得了中日甲午战争（1894—1895）以及日俄战争（1904—1905）的胜利，又迅速使其优越感及对亚洲各国人民的蔑视极度膨胀。
>
> 日本军将士在日本的时候，大多数都是懂礼貌、亲切、善良的普通市民。但是，当他们加入军队，开赴中国前线，就摇身一变像野兽一样凶残。对于这种现象及其产生的原因，即使在战后，日本也没有深入到国民的精神层面上进行探究和批驳。

一个日本人，竟然对日本军人在战时之所以发生加害暴行的原因，做出如此透彻的分析，实在令人佩服和尊敬。

作为东史郎的战友，上羽武一郎记述的是在南京炮兵学校屠杀 100 名中国俘虏兵的日记，但他绝不会想到，他的战友东史郎，为当时在南京另外一个地点的屠杀日记而引起诉讼，更想不到会在 60 年后因此日记来汤山做实爆试验。

汽车最后驶进了山路，在颠簸之中来到了试验场。

只见这里早已聚集了南京工程爆破设计研究所有关人员、南京市公证处公证人员、中央电视台、江苏电视台和南京电视台等媒体的记者等，使一向冷清荒凉的僻野山地变得热闹起来。

山坡边上的一块平地中央，新挖了一个大土坑，深约 3.5 米，半径约 9 米，坑岸边护坡角度达 45 度，坑沿垂直高度为 1 米。这是南京工程爆破设计研究所前两天开来挖掘机，专门为此次试验开挖的。看来，他们为这次试验做了大量精心的准备工作。

东史郎那天内穿白色蓝长条衬衣，打一条灰白色领带，着一套深灰色西装，外套一件浅灰色风衣。他在中北龙太郎、丹羽雅雄、空野佳弘 3 位律师的陪同下来到试验现场后，一会儿蹲下来看看土坑，一会儿站起来摸摸试验用的模拟木头人。看得出，他的内心很高兴，对试验的前期准备工作十分满意。

先行实施的是邮政袋和手榴弹燃烧试验。因为在东京地方法院的判决书中，有人认为燃烧着的邮政袋绑手榴弹会爆炸，对实施加害的人会造成伤害，所以不可能会去做。

试验者将一个帆布做的邮政袋平放在地上，上面放着 3 枚手榴弹，然后浇上汽油，点上火，人迅速离开，躲到安全地带观望。只见一团火苗在燃烧，邮政袋一会儿烧完了。但手榴弹并没有爆炸，说明了在常温情况下，手榴弹并不会发生爆炸。

虽然手榴弹实际上并没有发生爆炸，在理论上也不会发生爆炸，但是，谁也不敢冒失地立即走上前去看个究竟，防止弹体受热后，延时爆炸，发生意外。

直到冷却了一段时间后，我们才走上前去。只见 3 枚手榴弹静静地躺在地上，好像骄傲地在说，这点明火，奈何不了我。

接着，实施干坑（45 度）邮政袋捆三发制式手榴弹滚落实爆试验。这个试验完全模拟《东史郎日记》中记述的手榴弹伤人事件进行。

南京工程爆破设计研究所专门做了一个身体蜷曲着的木头人，为了防止木头人在水中沉不下去，他们特地在木头人上钻了一个洞，洞里灌注了水泥浆，达到 140 斤成人的重量。工作人员将其装入邮政内，在袋口上拴上 3

枚手榴弹，又在干坑不同方向上竖立 2 米高的木靶板，分别距坑口 2 米、4 米、6 米、8 米、10 米远。

一切准备工作就绪后，吴腾芳教授举起了手中的小红旗，吹响了指挥实爆试验的哨子。

两个负责实施爆破的人员，拉掉 3 枚手榴弹的拉环后，只见它们嗤嗤地冒着白烟，他俩使劲将装着木头人的邮政袋推向土坑内，然后迅速跑到 10 米之外，跳进了掩体之中。

只听“轰”的一声巨响，3 枚手榴弹同时爆炸。响声在山谷里回荡，仿佛是炸响了的闷雷。

人们立即跑到靶板上，看手榴弹散片的杀伤力如何。在 2 米靶板上，我们看到了许多手榴弹的碎片。而在 4 米靶板上，只看到一二个碎片。在 6 米、8 米和 10 米靶板上，根本找不到一粒碎片。

干坑试验的结果证明，加害者拉开手榴弹拉环后，只要跑出 6 米外距离，就可以脱离危险。

试验取得了圆满成功。

南京市公证处公证员刘庆宁、吴巧宝当场宣读了保全证据公证书。

日本中北龙太郎、丹羽雅雄律师和我作为现场见证人，在公证书上签了字。吴腾芳教授和龙源副教授，作为此次试验的主持人，也在公证书上签了字。中央电视台、江苏电视台、南京电视台等媒体，对此次试验作了现场新闻报道。

3 月 8 日，在侵华日军南京大屠杀遇难同胞纪念馆里，举办了东史郎日记案手榴弹实验结果送达仪式。吴腾芳教授代表南京工程爆破设计研究所，向东史郎律师团送达实验报告书；公证员刘庆宁代表南京市公证处，向东史郎律师团送达公证书。

为了更多地获得日记案涉及的现场情况，在二审的庭审中掌握主动，我还陪同东史郎、东史郎日记上诉案律师团中北龙太郎、丹羽雅雄 2 位律师、日本支援东史郎案审判实行委员会山内小夜子、西村秀树、菱木政晴、山本千夫、芹泽明男等日本友人，再次去了中山北路 101 号国民政府最高法院原址考察。

由于人多车少，我们只能打的士前往。南京宁垦出租汽车公司司机姜忠勤得知后，自愿为来宁取证的日本友人免费提供用车服务。用他的话说，这是表达一下南京市民支持东史郎的心愿。

我们来到了中山北路101号，在院内广场的中间，有一个圆形的水池，池子的中央立起一个约1.5米高的圆形雕塑，雕塑中间可以冒出水来，向360度平衡地流淌。该院守门的老人告诉我们，这个水池和这尊雕塑，是国民政府最高法院留下来的原物，寓意为公平与公正。

院内主楼大门入口的左下角，镶嵌着一块乳白色的石碑，碑上刻着“国民政府最高法院旧址”10个绿色大字。我带领东史郎走上前去，他弯下腰来，饶有兴趣地抚摸着石碑。嘴里喃喃自语，大意是说，不错，就是这里。在我俩的身后，是中北龙太郎律师等人，他们忙着用相机拍下了这一镜头。

1998年3月，作者(右一)陪同东史郎先生(前)及中北龙太郎律师(后)在南京市中山北路101号原中国最高法院旧址调查取证

在大门外面，便是车水马龙的中山北路，《东史郎日记》中描述的马路对面的水塘和空地，早已被摩肩接踵的楼房所取代，只是中山北路的路名照旧，原最高法院的门楼、雕塑和楼房等建筑物，仍保留当年的模样，可作为参

照物。中北龙太郎、丹羽雅雄两位律师，以及芹泽明男和纪念馆的刘燕军等人，拿出皮尺，实际测量马路的路幅，以及到马路对面的距离。

沉默的东史郎则站在一旁，一脸严肃。他是在回忆当年加害的历史场景？还是在观望中北和丹羽律师们实地取证的情景？抑或在考量这里与当年相比，到底发生了多大的变化？

为了能看清现在究竟发生了多大的变化，需要登上附近的一个制高点。我们选择了马路对面一幢 7 层住宅楼的楼顶。但是，如何上楼却成了难题。当我们把想法向七楼一位姓王的居民表达后，他是从电视节目中得知东史郎故事的，为东史郎勇于反省的精神所感动，十分热情地从家中搬来人字梯，扶着包括年迈的东史郎在内的 12 个人，从走道内的一个口径约 60 厘米天窗里，爬上了楼顶。居高临下，从这里瞭望和拍摄国民政府最高法院旧址十分清晰，对周围的建筑群也一览无余。9 个日本人、3 个中国人还一起在该楼顶上拍了张合影照片，作为特殊的纪念。

作者（前排右三）、东史郎先生（前排右四）、中北龙太郎律师（后排右二）、丹羽雅雄律师（后排右三）、日本支援东史郎案审判实行委员会西村秀树（前排右一）、菱木政晴（前排右二）、山本干夫（后排左三）、芹泽明男（后排右一）和侵华日军南京大屠杀遇难同胞纪念馆部分成员，登上国民政府最高法院旧址对面的楼顶，作现场地形的调查取证

下得楼来，东史郎一行人的举动引起了附近居民的围观。人们推举出一位这里的老居民，他的名字叫丁仰乾。丁老和东史郎一样白发苍苍，都戴着一副老花眼镜，个头也一样高，不同的是丁老留有半尺长的白色胡须。他证明当年这里确有水塘。

宽厚的南京人用平凡的举动，再一次使东史郎及其日本友人感动不已。

东史郎、东史郎上诉案律师团和日本支援东史郎案审判实行委员会成员等一行日本人，满载而归。他们要将南京之行的收获整理，提交给东京高等法院，为东史郎上诉案二审胜诉打下坚实的基础。在整理过程中，他们认为，最好增加手榴弹水下实爆试验。于是，东史郎上诉案律师团再次给我寄来了求援信。我很快给他们回了信，内容如下：

东史郎上诉案律师团：

您们 4 月 30 日来信收悉。

今年 3 月初在南京进行的手榴弹爆炸试验，由于我们的合作和南京工程爆破设计研究所的配合和支持，取得了较为理想的收获，为东京高等法院对东史郎案进行法庭调查提供了证据。

这是我们希望看到的结果。

来信提及为确保东史郎上诉案胜诉，希望追加手榴弹水下实爆试验一事，我个人认为确有必要。但还需与南京的爆破部门及其专家进行商量，围绕手榴弹在水中爆炸后岸上 2—6 米以外的人所受危险程度等有关事宜，逐一进行分析和制作试验方案，此事牵涉的面比较大，需要做的各项准备工作很多，待我们将此意向与有关方面商讨后，再与您联系试验筹备进展步骤等，并请转告东史郎先生及东史郎案律师团，本馆将尽最大努力，支持东史郎案的诉讼直至最后胜利。

祝安好！

侵华日军南京大屠杀遇难同胞纪念馆

馆长　朱成山

1998 年 4 月 30 日

应日本东史郎上诉案律师团的要求，同年 7 月 20 日，南京工程爆破设计研究所再次在汤山上峰实施手榴弹水下定点试验，进行一次完全模拟《东史郎日记》记述，将邮政袋绑上手榴弹并扔进水塘的实爆试验。

1998 年 7 月 20 日，南京工程爆破设计研究所再次为东史郎日记案进行手榴弹水下定点爆炸试验，作者陪同日本空野佳弘律师和山内小夜子事务局长到达实爆试验现场

此次日本方面派来了东史郎日记上诉案律师团空野佳弘律师，从及日本支援东史郎案审判实行委员会事务局长山内小夜子女士。

手榴弹试验场地还是选定在 3 月份试验使用过的土坑，只是将坑内注满了水。试验人员将 3 枚手榴弹捆在一起，定点在距水坑边沿 3 米（水平距离）、距水面下 1.5 米（垂直距离，离地表面 2.5 米），在岸上距水坑边沿（水平距离）2 米、4 米、6 米处，分别设有 1.8 米高的木制靶板。

随着试验人员按动电动按钮，只听“咕嘟”一声，水面上冒起了一个小水柱，很快又恢复了静态。

此时，我们一起去检查靶板，惊奇地发现，不管是 2 米的靶板，还是 4 米、6 米的靶板，均没有发现任何被手榴弹碎片击中的弹孔。看来，水的压力不可小觑。

与上次干坑试验相同，这次水下定点实爆试验取得了圆满的成功，并以签订(98)宁证外民字第7635号保全证据公证书结束。

和上次手榴弹试验一样，南京的新华日报、江苏广播电台、南京日报、南京广播电台等媒体，在现场作了新闻报道。

这次试验的结果，完全与《东史郎日记》中的有关记述相吻合，对加害者不会造成威胁。

我再一次与中北龙太郎等律师见面，是在1999年12月16日，地点在日本大阪。

记得那天是在京都海边的丹后半岛东史郎的家拜访后，我和山内、宗田一起，经过几番换乘车，终于在晚上7时40分赶到新大阪。

在新大阪火车站19楼的"北京饭店"内，东史郎的律师中北龙太郎、丹羽雅雄、空野佳弘，以及日本支援东史郎案审判实行委员会的部分成员早已聚集在这里，等待着我们的到来。他们听说我次日就要回国了，便相约在此，专门为我举行一次送行酒宴。

席间，宾主频频举杯，共同祝愿东史郎先生早日赢得诉讼。东史郎上诉案的3位律师在分析东史郎上诉案近况后，信心十足地说："东史郎日记案一定能赢！"

细算起来，我与东史郎上诉案的3位律师中北龙太郎、丹羽雅雄、空野佳弘，在东史郎诉讼案期间多次在不同场合下见面，其次数都在10次以上，已经是相互了解的老朋友了。

东史郎日记案首席律师中北龙太郎，这位身材高大、平时不苟言笑的名律师，此时也显得格外轻松。他说："东史郎日记案能出现新的转机，全靠南京人民和中国人民的支持。因此，我们律师团要委托朱先生，向中国人民表示感谢！"

中北龙太郎律师的话极富有感染力，赢得了大家经久不息的热烈掌声，掌声在大阪的夜空中传得很远很远……

但是，事与愿违的是，虽然东史郎、东史郎上诉案律师团、日本支援东史郎案审判实行委员会，包括中方有关方面付出了艰苦的努力，提供了大量的证据，做了细致的工作，但东史郎上诉案却在终审的日本最高法院败诉。

2000年1月23日，中北龙太郎等律师团和日本支援东史郎案审判实行委员会联合发表抗议书，全文如下：

2000年1月21日，日本最高法院（第二小法庭，河合伸一审判长）所做的维持东京高等法院判决的决定，完全无视国际影响和历史认识，无视东史郎律师团的多次申请，法官一次也不见面，不去调查研究原告的“承认犯罪录像”和在中国进行的手榴弹爆炸试验的新证据。简直就是玩忽职守。此决定让我们认为最高法院只是走了一下形式，而放弃了司法的最高责任。

此判决的主要目的是用司法来恫吓历史证人，欲堵住证人之口。他们是主张南京大屠杀“虚构”的幕后人。他们还认为南京的烧、杀、奸、淫是中国军所为。这些主张是为了篡改历史。

我们对最高法院不看实质，袒护“虚构派”的做法表示强烈的愤慨。

此外，法院还无视来自中国等地提交的6万多人的“要求维护南京大屠杀事件的事实，作出严肃的司法判决”的抗议签名信。

我们决不容忍这样的判决。今后将广泛地向世界讲述《东史郎日记》和南京大屠杀的事实，寻求公正的审判，决心和东史郎先生共同战斗下去。

日本支援东史郎案审判实行委员会

东史郎上诉案律师团

2000年1月23日

2000年3月26日，在抗议日本最高法院对东史郎日记案不公正判决的集会上（大阪），东史郎上诉案3位律师都发言表态。

中北龙太郎律师说：“（日本）最高法院违背南京大屠杀的真实，为东京地方法院、东京高等法院的判决撑起一把保护伞，这种践踏历史真相的反动判决，是与否定侵略战争的日本军国主义的动向相呼应的。我们严厉谴责日本最高法院的判决。”

丹羽雅雄律师讲：“我们在这场审判中有三个目的。一是证明《东史郎日记》的真实性；二是不允许有某种势力篡改历史；第三也是考验日本的法官怎样对待历史认识的问题。绝不允许‘皇国史观’复活。法院虽然作出了不公正的判决，但我确信，人民大众的斗争阵营会越来越强大。”

空野佳弘律师说：“我非常惊讶，（日本）最高法院在这种时刻进行‘判决’。去年12月刚提出新证据，即12月13日来自中国及世界各地6万多人的‘维护南京大屠杀历史史实，要求做出公正的司法判决’的签名信。而法官根本不去理会这些，只是担心会引起世界国际上关注此案，决定趁早了断。这是一起直接伤害历史被害者感情的审判。法院对东史郎日记案审判的特别意义假装不知。正因为日本司法界缺乏国际观才会有这样的判决。”

我和中北龙太郎律师等再次在中国见面，是在2000年3月1日晚，我陪同东史郎一行抵达沈阳。

当东史郎一行乘坐的飞机降落在沈阳桃仙国际机场时，沈阳各界代表和新闻工作者百余人用鲜花和诚意欢迎他们。人群中一条横幅标语引人注目：“沈阳新闻工作者声援东史郎！”

3月2日上午，九一八历史研究中心的专家学者、抗联抗日老战士以及深受侵华日军之害的幸存者、受害者等，沈阳市各界人士400多人聚集在九一八历史博物馆，举行声援东史郎报告会。

会上，我简要地介绍了东史郎其人其日记其诉讼案后，东史郎及其律师中北龙太郎和支援会事务局长山内小夜子，分别在报告会上发言，揭露日本法院不顾历史事实的无理判决，批驳右翼势力否定南京大屠杀的卑劣行径，得到与会人士经久不息的掌声。

3月3日上午，我陪同东史郎、中北龙太郎、山内小夜子一行抵达上海。

下午，在上海市国际文化传播协会有关人员的陪同下，东史郎一行登上了位于黄浦江东岸的“东方明珠”电视塔。在高高的塔楼上，风景如画的黄浦江尽收眼底，此情此景，再次勾起了东史郎对1945年中国军官那段“以德报怨、饶他一死”往事的回忆。他说：“是中国军人宽大的胸怀才使我东史郎活到今天。一想到这些，日本不仅在军事上输给了中国，而且在道德上也输给了中国。”

3月4日上午，由上海市国际文化传播协会举办的“侵华日军南京大屠杀见证报告会”，在位于淮海中路的上海图书馆举行。上海复旦大学、华东师范大学、上海师范大学、上海外国语学院、华东政法学院等院校师生，上海社科院、社联、文联的专家学者，宣传干部和新闻记者，共 200 多人出席了报告会。正在该图书馆内读书的许多上海市民读者，也闻讯自发地来到报告会场。东史郎再次以其参与南京大屠杀的亲身经历，批驳了日本右翼势力企图通过司法程序来否定南京大屠杀历史的卑劣行径，为那段惨痛的历史作证，向中国人民忏悔，并寻求世界舆论的声援。中北龙太郎律师和山内小夜子事务局长也分别在报告会上发言，揭露日本法院不顾历史事实的无理判决。

3 月 4 日，是东史郎一行此次中国之行的最后一个夜晚，人们邀请他留下一个心愿和企盼。

晚上 8 时，我陪同东史郎、中北龙太郎和山内小夜子等应下榻地和平饭店员工的邀请，登上了该饭店 11 楼屋顶花园的“和平亭”，极目望去，上海滩华灯初放，分外迷人。黄浦江畔停泊着艘艘海轮，宁静安详。东史郎挥动双臂，撞响“和平世纪钟”。

铛！铛！铛！和平的钟声仿佛也在每个人的心头撞响：“人类不要战争，世界需要持久和平！”

在本章里，我较为详细地介绍了中北龙太郎、丹羽雅雄、空野佳弘 3 位律师在东史郎上诉案的过程中坚持公理与正义的立场，为维护南京大屠杀历史真相而做出的努力。

其实，他们不仅仅是在东史郎上诉案中有这样的作为和表现，后来一直在反对小泉纯一郎、安倍晋三首相参拜靖国神社诉讼，反对修改日本和平宪法(日本宪法第九条)诉讼中，不屈不挠，坚持数年，不断地斗争。其间，也经常向我通报有关他们的消息，赢得我对他们的尊重与支持。

像中北龙太郎一样有正义感的日本律师，我还遇到了许多位，他们在反对日本右翼势力否定历史的共同斗争中成了我的朋友。

渡边春已、山田胜彦是日本东京的两位律师。1999 年 9 月 25 日，他们专程来到南京找到了我，向我介绍了在日本东京地方法院代理南京大屠杀幸存者李秀英起诉日本右翼学者松村俊夫、展転社(日本的出版社)和相泽宏明案的情况，并要求我为该案提供一封书面证词。我答应了他的请求，找到了当年在鼓楼医院曾亲眼看到李秀英受伤害的护士(当时也是李秀英家的邻居)沈文俊,结合大量的史料,递交了一份书面证词。

1996年10月,作者调查取证南京大屠杀幸存者李秀英和证人沈文俊口述史后,与她们在侵华日军南京大屠杀遇难同胞纪念馆内合影

日本展転社出版的这本书翻译成中文叫《南京大屠杀大疑问》,由该社1998年8月15日在日本出版,作者是松村俊夫,发行人是相泽宏明。据当时的了解,截至1998年,日本公开出版的否定南京大屠杀史实的图书有60多本,而这本书具有典型性、代表性的特点。

为了便于打官司和专家学者了解这本书的真实内容,我专门去了北京,找到了新华出版社的领导,恳请能够破例翻译出版。

版权转让是个棘手的问题。显然,松村俊夫和日本展転社是不会同意转让版权由中国翻译出版的,怎么办?

经过版权专家和律师咨询,因为这本书涉及中国公民的名誉诉讼问题,国家可以指定出版社强行出版但在内部发行。这样,新华出版社在2001年2月强行出版。

后来，我们又参照这本书的做法，在新华出版社翻译出版了东中野修道的《南京大屠杀的彻底检证》，作为南京大屠杀幸存者夏淑琴名誉侵权诉讼案的书面证物。

新华出版社翻译出版了松村俊夫著的《南京大屠杀大疑问》(内部发行)

新华出版社翻译出版了东中野修道著的《南京大屠杀的彻底检证》(内部发行)

松村俊夫在这本书里不仅对所有南京大屠杀幸存者和受害者的证言公然否定，而且对当年留在南京亲眼目睹南京大屠杀暴行的外籍人士也表示怀疑。尤其令人愤慨的是，松村俊夫在书中专辟章节，指名道姓地污蔑南京大屠杀幸存者李秀英等人是“假证人”，“所说的话并非亲身经历”，“作为幸存者的代表，(李秀英等人的)‘铁证’中竟有如此多的疑问，是多么的虚假”，并由此武断地推论，“受害者们所有的证词都站不住脚”，“她们是被人利用扮演那样的角色而已”。

时年 81 岁高龄的南京大屠杀幸存者李秀英老人，得知这本书竟然不顾事实地肆意污蔑诽谤自己，气得一时说不出话来。她说：“我倒要问问这个写书的日本人，他凭什么说我是假证人？我李秀英身上当年被日军戳了 30

多刀的伤疤还在，我还没有死，我还活着，怎么就有人说瞎话？这个官司我一定要打赢。”

南京大屠杀幸存者李秀英正在控诉日军的加害暴行

问题是，谁来出面为李秀英在日本打赢这场官司呢？

松村俊夫这本书出笼后，日本正义人士对此表示愤慨，认为此书是有悖良心与正义的歪理邪说，是破坏日中友好的噪音和对受害者的再度犯罪，正在参与代理“731 细菌部队”、南京大屠杀、无差别轰炸赔偿等案件诉讼的渡边春己、山田胜彦两位律师，主动为南京大屠杀幸存者李秀英提供法律援助（免费代理诉讼），于 1999 年 9 月 17 日正式向东京地方法院提起诉讼，要求三被告在《朝日新闻》等日本最有影响的四大报纸发表赔罪声明，公开向李秀英道歉，以恢复名誉，并要求被告赔偿名誉权损失费 100 万元（合人民币 80 万元）。

为什么这两位日本律师要站出来，义务为中国的受害者打这场官司呢？

渡边春己律师曾经对我说：“松村俊夫等人在这本书中连篇累牍地说李秀英是假证人，甚至说侵华日军南京大屠杀遇难同胞纪念馆所展出的展品也是假的。其目的非常明显，就是要从诬陷李秀英为假证人入手，从而全盘否定南京大屠杀这一证据确凿的历史事件。”

山田胜彦律师也与我谈到过：“这本书对李秀英来说，是最大的人身攻击和人格侮辱；同时也是对侵华日军南京大屠杀遇难同胞纪念馆和中国人民最大的侮辱。”

渡边春己律师还告诉我：“作者松村俊夫是一个大学讲师，原来不是搞历史研究的，后来不知道何故对历史发生了兴趣。作者的背后有一些右翼势力作后盾，向他提供了所谓的资料。”

山田胜彦律师颇有把握地说：“真的假不了！本案事实清楚，它违背了中国人的意志，也违背了日本的民法，我们有信心打赢这场官司。”

后来，李秀英案由日本自由法曹团负责起诉，据说有 100 多位集体代理。除了上述的渡边春己、山田胜彦律师外，在这场诉讼的过程中，我还多次与尾山宏、小野寺利孝、神谷威吉郎、九川信夫、穗积刚、南典男、大江京子等日本的律师结识并数次交谈，成为好朋友。

南典男律师就是其中的一位，他是日本自由法曹团副秘书长，李秀英诉讼案律师团律师之一。2000 年 9 月 4 日，他曾经致函我，希望在 9 月 17 日来南京与我以及李秀英见面交流。为此，我回信一封：

南典男先生：

您好！很高兴收到您的来信与传真件，本馆热情地欢迎您及自由法曹团的各位先生们来南京参观与交流，我与李秀英女士一起，将恭候您的到来！

为了维护正义与历史的事实，自由法曹团的律师们为李秀英名誉毁损，已在东京地方法院提起诉讼，我们对此表示由衷的敬意。要真正地实现中日两国人民之间的友好，就必须正视过去那段不幸的历史，任何对那段历史及受害者的歪曲、诋毁都必将受到正义的、道德的和良心的审判和谴责，当然也会受到法律的审判。

目前，日本国内出现了一股否定侵华史的逆流，出现了一批为日本军国主义亡灵鸣冤叫屈的右翼人士，他们在为中日友好与世界和平涂鸦。鉴于此，我们愿与日本和平友好人士一起，与他们作长期的坚决的斗争。

最后，提出一点请求，如先生能将目前李秀英名誉毁损案的有关诉讼资料复印一份带到南京，为我们研究和声援该案所用，我们将十分感激。

祝

安好！

侵华日军南京大屠杀遇难同胞纪念馆

馆长　朱成山

2000年9月10日

记得，那次来南京的除渡边春己律师和南典男律师外，还有李秀英诉讼案律师团秘书局翻译吉原雅子小姐。2000年11月30日，她曾经致函于我，因李秀英诉讼案的需要，委托我了解李秀英丈夫的几个问题。我于13日下午，采访了李秀英，并将采访笔录发给了吉原雅子：

吉原小姐：

11月30日的传真收悉。按照您的要求，现将采访南京大屠杀幸存者李秀英的笔录以传真的方式发给您，请转交李案律师团为谢。

朱（成山，下同）问：您丈夫陆先生是否在军部或者部队工作过？参加过118师吗？

李（秀英，下同）答：我丈夫叫陆浩然，1911年9月出生，曾在上海无线电学校（中专）毕业后，被江苏省招工分配到川沙县政府任无线电技术员。他没有在军部和军队工作过，也没有参加过118师部队。但他认识118师后勤的有关工作人员（管设备）。1937年12月初大约3号左右，我丈夫随认识的118师这个人和其他难民一起逃难过江，后来逃到了武汉，于1938年8月份他才回到南京。

朱问：陆先生是否在国民党工作过？

李答：陆浩然不是国民党员。他当时在江苏川沙县国民政府任无线电技术员。

朱问：陆先生从南京是怎样逃出去的？正确时间是什么时候？

李答：就是刚才前面讲过的经过和时间。

侵华日军南京大屠杀遇难同胞纪念馆

馆长　朱成山

2000 年 12 月 13 日

经近 4 年调查与辩论，东京地方法院 2002 年一审判决李秀英胜诉，但对要求被告登报道歉的诉讼请求未予支持。双方均上诉，东京高等法院两次开庭审理后，决定维持一审判决。因日本法院实行三审终审制，被告明确表示还要上诉。

其间，李秀英于 2004 年 12 月 4 日辞世，临终前，仍念念不忘这场诉讼。2005 年 1 月 22 日，日本最高法院终审判决判处被告支付名誉损害赔偿金 150 万日元。这起涉及南京大屠杀幸存者的首起名誉权国际诉讼案，最终以李秀英的胜诉而落幕。

渡边春己、南典男等日本律师，不仅是在李秀英案诉讼的过程中全权代理，取得了最终胜诉，他们还在有关南京大屠杀的其他两个案件中代理出庭诉讼，并且取得胜诉。

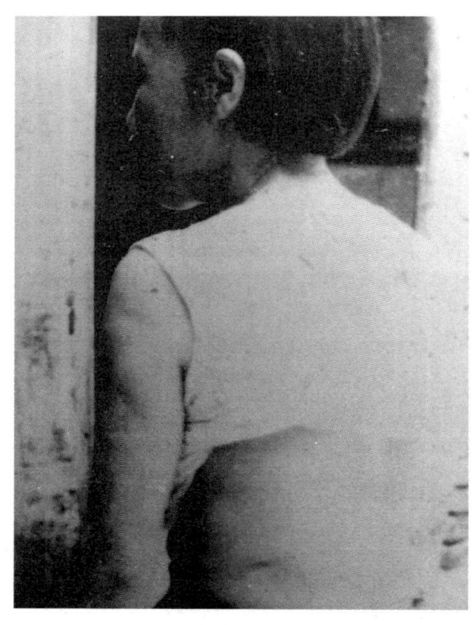

南京大屠杀幸存者夏淑琴身上的刀伤

在南京大屠杀惨案中，夏淑琴全家 9 口有 7 人遭日军杀害，8 岁的夏淑琴身中 3 刀后，昏死过去而与妹妹幸免于难。夏家的经历被约翰·马吉用摄影机记录下来，并载入有关文献，如《拉贝日记》中也有记载。在战后南京审判战犯军事法庭上，夏家的受害经过也被作为证据出示。

1998 年，日本亚细亚大学教授东中野修道、日本自由史观会成员的松村俊夫出书指夏淑琴是“假证人”。夏淑琴决定通过法律讨回公道。鉴于老人年岁已高，加之中日两国还没有司法协定，中国律师到日本不能直接出庭等因素，2000 年，时年 71 岁的老人到南京市中级法院以侵害名誉权为由，起诉松村俊夫、东中野修道。

南京市中级法院接案后，于 2004 年指定玄武区法院审理。日本两被告未出庭应诉。2006 年，该法院缺席判决被告败诉。

当夏淑琴在国内起诉之际，东中野修道等于 2006 年在日本东京地方法院，以专著"未损害夏淑琴名誉"为由起诉夏淑琴。接到传票后，我和夏淑琴以及夏案律师谭臻、吴明秀等人赴日，东中野修道等没想到夏淑琴和我们会赴日应诉，开庭前慌忙撤诉。

经与渡边春己等日本律师商量，夏淑琴当庭提出反诉。2007 年 11 月 2 日，夏淑琴反诉案在东京地方法院一审胜诉，判决东中野修道和展転社赔偿原告 400 万日元。2008 年 5 月 21 日，东京高等法院二审维持一审原判。东中野等又上诉至日本最高法院。

作者（左四）与中国律师谈臻（后中）、吴明秀（左三）陪同南京大屠杀幸存者夏淑琴（前中）在东京都日本律师协会门前，与渡边春己（右四）、穗积刚（右二）等日本律师合影

2009 年 2 月 5 日，日本最高法院终审判决夏淑琴胜诉。夏淑琴在南京起诉日本右翼势力，是南京大屠杀受害者首次在中国法院对日本右翼势力提起此类诉讼，进而引发在日本的诉讼并赢得了胜利。以往南京大屠杀、日本细菌战、中国劳工等受害者起诉地大多在日本，受害者维权困难很大。涉及二战期间的民事起诉，可在中国法院进行，夏淑琴案开了先河，成为第一例。

作者（左三）在与南京大屠杀幸存者夏淑琴（中）、南京律师团谈臻（左四）、吴明秀（前排右一）等律师，在东京高等法院门前，与日本律师团渡边春己（前排右五）、南典男（前排右四）等律师、笠原十九司教授（左五）等游行，标语上写着："不允许否定南京大屠杀——东中野修道要向夏淑琴女士谢罪"

1937 年 11 月 30 日—12 月 11 日，日军第 16 师团野田毅、向井敏明两少尉从上海杀向南京的途中，展开杀人竞赛。当时《东京日日新闻》连续 4 次以大标题刊登两少尉"杀人竞赛"的实况，时间、地点准确，杀人过程数字清楚，且图文并茂。战后，两少尉由远东国际军事法庭逮捕，移送中国审判战犯军事法庭审判后被枪决。

向井敏明次女向井千惠子是退休公务员，她曾跟随日本旅游团到南京参观，后听说其父在雨花台被枪决，专门去雨花台用手帕包了一捧土，回日本后写文章为其父鸣冤。

2000 年，日本《产经新闻》麾下的《正论》杂志也公开为此人翻案。

2003 年，向井、野田遗属三人在东京地方法院提起诉讼，控告《东京日日新闻》(现《每日新闻》)1937 年的报道，以及日本记者本多胜一 1971 年写的著作违背事实，还蛮横地要求侵华日军南京大屠杀遇难同胞纪念馆撤销展示“百人斩”照片。诉讼与日本上世纪 80 年代以来的历史教科书事件、参拜靖国神社、修改和平宪法等事件一脉相承，目的是篡改日本侵华历史。

1937 年 11 月 30 日—12 月 11 日，日军第 16 师团野田毅、向井敏明两少尉从上海杀向南京的途中，展开杀人竞赛

为了打赢这场诉讼案，被告本多胜一及其渡边春己、穗积刚、大江京子等日本的律师曾多次到南京取证，我除了每次出面接待外，还与李秀英案和夏淑琴案一样，应邀专门为其提供了书面证词。

2005 年 8 月 23 日，日本东京地方法院判处原告向井等人败诉，原告不服判决，遂向东京高等法院提出上诉。5 月 24 日，日本东京高等法院二审驳回上诉要求，维持一审判决。原告不服，再次上诉至日本最高法院。2006 年 12 月 22 日，日本最高法院终审判决原告败诉，日本右翼势力否定历史的图谋未能得逞。

第五章　田中宏及有历史责任感的日本学者们

他又来了！

2017 年 12 月 6 日，北京，王府井。

一位圆圆的脸庞，平顶头，花白头发，中等个头，70 多岁年龄的日本人，他的名字叫田中宏。

“您好！朱成山，老朋友！”还没有等我开口说话，一脸笑容的日本友人田中宏，用流利的汉语与我打了招呼。

是呀！我们又见面了。去年(2016)12 月是在东京，今年 12 月是在北京。

两双手握在了一起。

老朋友相见，总是十分的亲切。

在我的记忆里，我与田中宏先生的最初结识，是在 1994 年 8 月，地点是在东京。

我与田中宏先生的结缘，得益于日本友人上杉聪先生的介绍。

那一年的 8 月 5 日，在东京“铭心会”集会现场，上杉聪先生告诉我，田中宏是日本一桥大学教授，是从事日本亚洲关系史研究的一位著名教授，也是一位致力于日军侵华史研究的日本进步学者。

后来经过不断的深入了解，我对田中宏先生越发敬重。他 1960 年毕业

日本一桥大学教授田中宏

于东京外国语大学中文系，1963 年硕士毕业后，进入日本东京一家“关照亚洲留学生”民间公益团体工作了 10 年。后在名古屋大学执教 20 多年。1993 年应邀到一桥大学任教授。2000 年任东京龙谷大学教授，主研日本战后遗留问题。有媒体称他是最权威的研究战后遗留问题及外籍人士在日本人权问题的专家之一，曾间接迫使日本政府于 2000 年放松入籍限制，取消了长达几十年的外籍人士加入日本籍须按手印的歧视性要求。

在日本学术界，研究日本侵略历史特别是南京大屠杀史的学者中间，像田中宏先生那样精通中文的学者为数不多。他曾经告诉过我，他从中学时开始学习中文，受其伯父指点。

1937 年 2 月 9 日他出生在东京，父亲是一名小学老师，母亲是一名家庭主妇。小学三年级时，二战结束了，东京变得特别动荡，他们被迫返回老家，他是在乡下长大的。1953 年他在读高中时，中日两国还没有建交，很多日本的年轻人热衷于学英文，身为报社记者的伯父就跟他说：“你不要跟风学英文，应该学中文。日本今后应该跟中国有密切的交流，学中文一定会派上用场。”

而田中先生关注日本侵略历史的研究，是受到东亚各国在日本的留学生的影响。他所在的大学有栋亚洲留学生的宿舍楼，在那里，他认识了不少来自中国、朝鲜、新加坡、越南等国的同学。通过与这些留学生的交流，他受到了不小触动。

给田中先生留下深刻印象的是 1964 年 4 月 29 日，那一天正值日本的国庆日，日本政府给许多二战时期的旧军人授勋颁奖，这让很多在日本的外国留学生感到愤慨。他们激动地说："你们国家为这些人颁奖的同时，知道不知道很多因为战争死去的人也有一份同样的名单？"一名中国留学生告诉他，日本侵略者在中国等亚洲各国屠杀了很多人。而此前，他虽然在日本的学校里接受过历史教育，对此却一无所知。

在二战中，田中宏家族没有人来过中国，没有这方面的家庭教育。此后，有位新加坡的留学生拿给他很多本国当地的报纸，他了解到新加坡从 1964 年起展开了一场大规模的寻找战争死难者遗骨的活动，1967 年更是落成了纪念碑。而这些，在日本的媒体上没有一丝一毫的报道。身为大学生的田中开始反思，作为一名日本人，却不知道自己国家真实的历史，这种距离感和间隔感给他的印象很深刻。

还有一次，一个越南留学生拿给他一张日文报纸。广告上写道："在印度支那法语十分普及，我们日本人可以学习法语，以便于与印度支那人交流。"这位留学生对他说："印度支那人之所以会法语，那是因为曾遭到法国殖民统治，这是当地人的历史耻辱。而你们日本人对殖民语言给当地人造成的负面影响没有正确认识，反而公开登报传播如此论调，这等同于对我们的侮辱。"

这件事让田中明白了，日本与亚洲各国在历史认识上有差距，这是一个非常严重的问题。这也成为田中先生今后努力的方向与动力。他要努力帮助日本人纠正在历史认知上的偏差。

在中国民间对日索赔方面，田中宏于 1987 年参与创办"中国人强制劳工思考会"并任会长至今。2001 年，他当选"花冈和平友好基金会"委员长，参与了花冈诉讼的全过程并促成其和解，花冈案的真实经过被写进日本教科书。在获得和解的西松劳工诉讼案中，也有田中宏的身影。他还担任村山富市前首相谈话继承发展会共同代表等职务。

田中宏教授正在发表演讲

可能正是田中宏先生为了日中两国历史认知问题积极奔走呼号，在与我相处的20多年时间里，已记不清我们在日本和中国一共见了多少次面（大约有20次），谈了多少个问题，彼此间合作与支持了多少次。但有些事仍然记忆深刻，难以忘怀。

1995年9月，我应邀出席在日本名古屋举行的“反省战后50年市民和平展——南京大屠杀史料展”开幕式后，顺道访问大阪和京都，与一些日本朋友见面交流。记得在大阪，我与田中宏先生在日本第二次见面。他说：“只有正视过去那一段不幸的历史，才能建立和发展真正的日中友好关系。日中两国人民应该加强了解、交流与合作，创造更加美好的未来。”

一名日本名牌大学的教授，能够把正视历史问题与发展日中友好关系紧密地联系在一起，实在是难能可贵的。这在当下的日本学者中，也是为数不多的。

1996年12月，我与南京大屠杀幸存者倪翠萍和李高山应邀到日本，先后在鹿儿岛、久留米、熊本、广岛、冈山、大阪、枚方、兵库、神户、石川等地参加证言集会，作和平友好交流。田中宏对我说：“能够让南京大屠杀幸存者到日本来作证言太好了，让不了解这段历史的日本人亲耳听听受害者的声音,可以帮助他们树立正确的历史观。”

这种语句和评价,对南京大屠杀幸存者和受害者有这样的情感和信任,那是有良知的日本学者才能够说得出来。

1997 年 8 月,田中宏先生来到了南京。在位于夫子庙的状元楼宾馆,参加首届南京大屠杀史国际学术研讨会。会上,他作为一桥大学的教授,发表了题为“从南京大屠杀到日中友好姐妹城市”的论文。

清楚地记得在那篇文章的“引言”里,田中宏教授这样说:“今年正值卢沟桥事变和南京大屠杀事件发生 60 周年,又适逢日中恢复邦交 25 周年,是值得纪念的一年。在这 60 年与 25 年之间,日中间过去存在着,而且今后也将永远地存在着一个‘35 年’(1937—1972)。这 35 年又可以分为战争的 8 年和战后为恢复邦交的 27 年。在时刻记着这段历史的同时,如何将南京大屠杀这一‘过去’与日中关系的未来结合起来呢?这里我愿以友好城市为线索探讨这一问题。”

接着,田中宏教授接连讲述了 5 件事,从 5 个不同的视角,来分析南京大屠杀对日中关系的现实影响,以及建设好名古屋与南京这对友好城市的建设性意见。

田中宏教授在与我的交谈中,曾经分析了“结为姐妹城市的名古屋与南京”的现状,提出友好合作的基础应该是正视历史。他说:“1972 年,即日中恢复邦交的那一年,我在位于爱知县名古屋市的大学里任教,凡 20 余年。距今正好是 10 年前的 1987 年春,名古屋的民间人士发动了一场规模不算大的运动,同年 5 月发表了一个呼吁书,题目是《在纪念建市百年之前,要考虑‘南京’50 周年(1937 至 1987)——向市民的呼吁》。”

那份呼吁书这样写道:“1978 年 12 月名古屋市与南京市,1980 年爱知县与以南京为省会的江苏省分别结成了友好合作关系。提起南京,首先浮现在人们脑海之中的难道不正是日本军队所制造的‘南京大屠杀’?1937 年 12 月,出生于名古屋市的松井石根大将指挥的日本军队攻占南京,众多的中国人惨遭杀害。”

那份呼吁书还写道:“第二次世界大战结束 40 年之后的 1985 年 8 月 15 日,南京建起了‘侵华日军南京大屠杀遇难同胞纪念馆’,它正面的墙上写着

'遇难者 300000'。在纪念馆开馆的同一天,日本首相中曾根康弘以要进行'战后政治总决算'为名,正式参拜了'靖国神社'。而'靖国神社'里供奉的灵位却包括作为甲级战犯被处以绞刑的原首相东条英机以及被追究对南京大屠杀负有责任的松井石根大将。其实,在松井石根大将麾下,名古屋第 3 师团也参加了当时的南京大屠杀。"

这份由名古屋市民写的呼吁书,能够明确呼吁要重视名古屋与南京这两座城市曾经有过的历史关系,也就是说重视作为名古屋人的甲级战犯松井石根和参与南京大屠杀的日军名古屋师团(第 3 师团)的战争责任。在战后的日本国内,这样的日本人是不多见的,敢于公开呼吁和喊出来,更是需要一定勇气的。

田中宏教授还向我介绍了他们成功地在日本策划和组织有关南京大屠杀主题展览的情况。他说:"美国华侨陈宪中、邵子平等人在纽约曾经举办过抗日绘画展,其中不少作品是有关南京大屠杀的内容。1996 年,他们将描绘南京大屠杀的部分作品从美国借来,先后在神户、大阪、京都、名古屋几座城市展出,12 月份在东京展出,这个画展的名字就叫做《南京悲剧不许重演——南京·1937 绘画展》。"

1999 年 12 月 5 日至 17 日,我带领南京大屠杀幸存者张秀英和郑桂英访问日本,先后在东京、大阪、神户、京都、冈山、广岛、福冈、熊本等地参加证言集会。在东京集会上,我见到了老朋友田中宏教授。他说,这种民间友好合作交流是十分重要的。

他们也曾经多次组织过此类的活动。例如,1988 年是名古屋与南京市建立友好合作关系 10 周年,是年 4 月,名古屋派出了以市长为团长的 170 人访问团到南京。那时,田中宏等人立即向市长建议,访问团一定要去参观侵华日军南京大屠杀遇难同胞纪念馆,并代表名古屋市民向南京大屠杀遇难者表示哀悼之意。但是,这些建议未被采纳。

于是,市民们决定利用暑假组织以"不许南京悲剧重演——我们的旅行"为名的访中团。该访中团一共有各种各样职业的人士 50 多人组成,最小的是十多岁的中学生,最大有 75 岁。出发前,全体团员集中在名古屋参加专题学习班,请当年参与南京大屠杀的日本老兵东史郎作证言,田中宏教授也作了报告。8 月 12 日访中团从日本出发，途经上海，最终踏上了南京这片土地。8 月 15 日，在侵华日军南京大屠杀遇难同胞纪念馆里举办了追悼会，并听取了南京大屠杀幸存者的证言，与南京大学高兴祖教授和南京紫金山天文台刘彩品女士进行座谈交流。那次访问，全体成员最大的和共同的收获，就是将“前事不忘、后事之师”8 个字铭记于肺腑。

田中宏先生还告诉我，参加那次访中团后来还引发了一场研修诉讼案。来自名古屋市的两位中学教师，认为这是一次对今后教学有意义的旅行，遂向校长提出申请，要求以“研修旅行”对待这次访问南京，但遭到校方的拒绝。于是，这两位教师依程序向名古屋市人事委申请，要求承认此次访问为研修。1988 年 10 月，名古屋市人事委做出了不接受这一申请的决定。这样，两位中学教师正式向名古屋地方法院提起诉讼，要求名古屋人事委撤销那个不接受他们申请的决定。1991 年 1 月，名古屋地方法院做出判决，认为名古屋人事委的决定不当，命其进行实质性的审查。人事委不服这一判决，向爱知县中级法院提出了上诉，但未能改变结论。最后，名古屋人事委又上诉至日本最高法院，但最终仍然是两位教师获得胜诉。

2000 年 12 月 1 日至 14 日，我和华南师范大学原校长章开沅教授、南京医科大学医政学院院长孟国祥教授一起，带领南京大屠杀幸存者沈文君、彭喜荣、胡桂英、杨明贞，先后在熊本、天草、八代、人吉、荒尾、长崎、广岛、静冈、冈山、名古屋、京都、大阪、神户、东京等城市，举行南京大屠杀证言报告会。在东京，我再次遇到前来参加报告会的田中宏教授，他对我说：“这次一下来了 4 位南京大屠杀幸存者到日本，分别在日本 14 座城市作证言集会，这在历年来是少见的，还来了 3 位中国的历史研究者。经过媒体的传播，会让更多的日本人了解南京大屠杀的历史真相。希望今后能够继续保持和加强。”

只有对历史有足够的认知，才能说出这样有殷切期待的话。我暗暗地想，心中更增添了对田中宏先生的一分敬意！

2003 年 7 月 28 日至 8 月 11 日，我与中共江苏省委宣传部副部长谭跃，国务院新闻办调研局副局长谢良红，以及南京电视台记者张家东、蒋童一行数人，先后到东京、大阪、京都、金泽、广岛、长崎、福冈、名古屋市访问。此时的田中宏先生，已经到龙谷大学任教，我俩在名古屋再次相见。此次我们来日本的一项重要任务，就是收集有关南京大屠杀的史料。他告诉我，他们也曾经编写过一本名为“南京大屠杀——那时的名古屋”的书籍。

该书例举和选用了当时媒体的报道，题目有：《真乃豪杰：松井最高指挥官》（《名古屋新闻》1937 年 12 月 17 日号外）；《从内心高呼万岁——战争捷报使各町村一片欢腾》（《新爱知》1937 年 12 月 12 日）；《南京沦陷，市民狂欢》《前线后方心连心，皆为胜利高举杯》《群情激昂，同庆胜利》《万岁之声，传及大陆》《让日本万岁传遍全世界》之类狂妄的标题，令人目不暇接。

这些日本的战时旧报纸还刊登了爱知县和名古屋市议会均通过《祝贺南京陷落的决议》的消息，名古屋市政府在市公会堂主办了“南京陷落祝贺会”。报纸上用大幅照片，刊登为了祝贺这场胜利，名古屋大街上白天有太阳旗游行的行列，晚上有提灯笼游行的场景，名古屋车站大楼上悬挂着两幅巨大的“祝南京陷落”的标语，甚至连“祝南京陷落——法院（一同敬上）”的照片也刊登在报纸上。

日本街头悬挂“祝南京陷落”的标语和气球

这些战时的日本旧报纸，对于南京大屠杀史的研究的确是非常好的史料。作为日本一桥大学教授的田中宏，为使更多的人了解历史的真相，以名古屋市立图书馆所藏的《名古屋新闻》及《新爱知》为主，收集了 1937 年 12 月一个月的有关报道及 1938 年 2 月松井大将在归任途中顺访名古屋时的报道，于 1987 年 7 月编写成书。田中宏在该书的序文中这样写道："南京大屠杀难道仅仅是在战地行为吗？本书虽然只是以地方报纸一个月的报道为主而编成的，但它却向我们诉说了在背后支持着侵略战争的究竟是什么。与中国的真正友好合作，也许的确必须从这本小书开始。"

我从心里感谢田中宏教授等日本朋友们多年的努力，他们其实与我们做着完全相同的工作，目的与方向完全一致。

2004 年是我去日本次数最多的一年，我与田中宏先生因此有过 3 次见面的机会。是年 2 月 5 日至 11 日，我应邀去日本东京、大阪和名古屋，参加"和平之船"国际研讨会，在会上见到了老朋友田中宏。6 月 18 至 6 月 25 日，我应邀参加立命馆大学国际研讨会，先后赴大阪、京都和广岛 3 座城市作访问交流，在大阪再次见到了田中宏先生。8 月 8 日至 8 月 13 日，为了侵华日军南京大屠杀遇难同胞纪念馆二期工程建设，考察世界上同类型场馆，我陪同中共江苏省委副书记任彦申，中宣部宣教局局长杨新力，江苏省委办公厅副秘书长姚晓东，江苏省建设厅厅长周岚，江苏省委外宣办处长陈沈张等一行，前往俄罗斯、德国、波兰和日本 4 个国家，在东京第三次遇到田中先生。他说，与德国人对待战争责任的态度相比，日本人做得很差，值得反思。对我来说，每次与田中先生的交流都是愉快的，每次都有一些新的收获。

2006 年，我两次去日本。一次是于 1 月 6 日至 7 日，赴日本参与日本老兵东史郎的葬礼，其间顺访京都、神户和大阪；另一次是同年 6 月 28 日至 30 日，为夏淑琴诉讼案，我前往东京。两次都遇到了田中宏先生，我俩就日本老兵东史郎去世与夏淑琴诉讼案的话题，曾经进行过长时间的交流和座谈。

2009 年 2 月 18 日至 24 日，我作为中国共产党代表团成员，赴东京参加"中日执政党交流机制第四次会议"，记得该代表团团长为中共中央对外联络部部长王家瑞，代表团共有 22 名成员，与日本自民党政调会长保利耕辅、公明党政调会长山口那津男等高层领导进行战略对话，参与会见多名日本名流和政要，还出席了日本经济团连(联)合会座谈会。荣幸的是，在东京期间也见到了田中宏先生，他以我的老朋友身份对我跷起大拇指说："朱馆长成了中国共产党代表团成员之一，了不起!"

2010年8月15日，田中宏教授与老华侨林伯耀先生，还有中国台湾高金素梅，以及来自山东、河北、河南、天津等地的中国赴日劳工幸存者和遗属代表一起，来到南京，参加在侵华日军南京大屠杀遇难同胞纪念馆举办的"不能忘却的历史——纪念中国人民抗日战争暨世界反法西斯战争胜利65周年特别展"开幕式，以及日本统治和奴役下中国劳工问题国际学术研讨会。

田中宏教授在此次学术研讨会发言中说道："从1943年起，至少将近4万名中国劳工被强掳至日本，分别在三菱、三井、鹿岛等35家日本企业的135个场所做苦役。在一年多的时间里，极为恶劣的劳动条件、超强度的劳动及非人的虐待，使6830名中国劳工死亡，许多劳工身患多种疾病或留下终身残疾。侵华战争结束后，日本政府及相关日本企业并未向被奴役的中国劳工支付工资，更未赔偿，只是匆忙地将中国劳工送离日本，一推了之。这是极其不人道的行为，日本政府应该承担责任，作出相应的赔偿。"

田中宏先生是中国赴日劳工和遗属们十分熟悉和喜爱的一位日本友人。他多次穿梭在中国和日本之间，为中国劳工及其遗属伸张权益，曾帮助中国花冈劳工及其遗属申请对日索赔。

田中宏教授曾经亲口告诉我，他对中国赴日劳工的研究，是受到了刘连仁事件的触动。

刘连仁是山东人，1944年9月被强掳去日本做苦役，受尽百般凌辱虐待，逃进北海道深山，度过13年茹毛饮血的"野人"生活。1958年，刘连仁在日本北海道被猎人发现，很多媒体进行了报道。在中国红十字会等社会团体的帮助下，他回到了离别14年的祖国。1996年，刘连仁毅然状告日本政府，并3次赴日本法庭陈述当年受害经过。当时，日本政府不承认事实，说刘连仁是偷渡过来的。后来经证实，刘连仁就是二战时期日本强掳过来的劳工。

此事对田中宏的触动不小，“中国人强制劳工思考会”就是在这个时间创办的。不久后，他便开始参与花冈劳工对日索赔。他说，一定要让日本正视历史，帮中国劳工索赔其实就是帮日本。

2001 年 7 月 12 日，刘连仁一审胜诉，日本政府被判赔偿 2000 万日元。谁料在之后的东京高等法院判决中，刘连仁败诉，此案以遗憾告终。2000 年 9 月，刘连仁去世，享年 87 岁。

田中宏作为一名日本的大学教授，认为做学问不只是埋头研究，应该与社会相联系，让学生直接面对历史。他保存了很多录像带，几乎所有关于中国劳工问题的电视片他都有，而且是他在课程教学中不可分割的一部分，因为图片比文字更能说明问题。在日本的大学里，比较讲究做学问的宽松气氛。因此，他在大学课堂里讲劳工史时，只用一半时间来讲课，另一半请劳工代表来陈述历史真相。

在中国劳工对日索赔事件中，经常提到日本外务省的报告，其中真实记录了日本强掳劳工的官方数字，以及劳工在日本受害的事实，但这份报告当时却被日本政府隐瞒下来。作为日本的历史学家，田中宏教授认为这份报告很重要，对中国劳工追究日本政府和企业的责任显得非常宝贵。

田中宏先生想，战争结束后在美国人主持下对日本战犯进行了一系列审判，在美国的档案馆里会不会有这份报告书？于是，他几次去美国的档案馆进行调查，虽然都没找到这份报告，但找到了一份重要的资料，即日本外务省关于写这份报告的批准书，还有 16 名调查人员的名单。他又根据这份名单，一个一个地去找，最后找到了 4 名调查员，在其中一名调查员的家中找到了日本《外务省报告书》的原件。这是一份重要的历史文件，也是田中宏们对中国赴日劳工历史了不起的贡献。

有人问过田中宏教授，为什么要自己花钱做这些事？他的回答是希望让日本端正认识历史的态度。日本人总说要找回自信，他认为只有正视历史，才能找回自信。有人说，他帮助中国人索赔是出于同情。其实不是，他从没有认为中国人可怜，他是在帮助中国人的过程中，让日本人更加端正对历史的认知。

2002 年中国劳工西松诉讼案一审时，田中宏当时是以一桥大学日本亚洲关系史教授的身份出庭作证的。在日本，证人如想出庭作证，应首先提交一份证言提纲，法官认可方能出庭作证。他向日本的法庭提交了一份提纲，大意是日本在二战过程中的史实、日本应承担的责任及解决办法等。他提交的提纲获得了认可，后来以证人的身份出庭作证，支持了中国劳工代表邵义诚等原告的索赔，同时接受原被告双方的质询。以天津籍劳工邵义诚为原告之一的西松安野劳工案最终达成和解，西松公司向360名中国受害劳工支付2.5亿日元(相当于1886万元)。得到和解的西松安野劳工案，无疑对今后中国民间对日索赔成败将产生不容忽视的影响。

据了解，中国劳工对日索赔先后提起诉讼的就有福冈案、群马案、宫崎案、酒田案等15个诉讼案件，除花冈案和解外，其他案件均在终审时败诉，西松安野案是个特例，它是在终审败诉后又和解的。之后，日本仙台高级法院对山形县酒田港劳工案二审判决，以“《中日联合声明》放弃了中国公民的个人索赔权”为由，驳回了原告诉求。虽然其中不少诉讼案最终败诉了，但法官认可了田中宏教授的部分观点，并写进了多份判决书之中。

2009年11月20日，中国外交部新闻发言人秦刚表示，中国政府在1972年放弃对日本国的战争赔偿要求，是着眼于两国人民友好相处做出的政治决断，对日本地方法院对这一条款任意进行解释表示强烈反对，这一解释是非法的、无效的。秦刚指出，日本在侵华战争期间强征和奴役中国人民，是日本军国主义对中国人民犯下的严重罪行，也是迄今尚未得到妥善处理的现实重大人权问题。中方要求日方以对历史负责任的态度，妥善处理有关问题。

田中宏教授不仅对中国劳工历史问题特别关注，长期以来给予支持与帮助，而且还对日本关东大地震中遇难的中国牺牲者的历史进行探究。

关东大地震是指1923年9月1日日本关东地区发生的7.9级强烈地震，灾区包括东京、神田川、千叶、静冈、山梨等地，地震造成14.2万人丧生，200多万人无家可归，财产损失65亿日元。此次地震还造成了霍乱流行，东京都政府曾下令戒严，禁止人们进入这座城市。日本政府借此机会屠杀革命党人和侨居日本的中国人、朝鲜人。

提及日本关东大地震，我想起了我国著名京剧大师梅兰芳先生，他曾经在日本关东大地震后组织过义演，并将义演所获得的收入全部捐赠给日本地震灾民，可以说是中日文化交流的前辈和和平使者。

时隔 90 年后的 2013 年 9 月 8 日下午 1 时，在日本东京举行了“在关东大地震中被屠杀的中国华工追悼会”，中国代表团一行 16 人参加了悼念活动，日本友人、旅日华侨和中国驻日使馆代表出席了追悼会。日本龙谷大学教授田中宏出席此次活动并作了发言。他说，在关东大地震期间，日本人对朝鲜乃至亚洲人犯下了罪行。在震后的混乱中，警察散布了“朝鲜人要举行暴乱”的流言，日本政府宣布东京与神奈川戒严的命令。在这种情况下，军队、警察和市民自发组织的自警团杀害了许多朝鲜人，据“在日朝鲜同胞慰问会”后来调查的结果，被杀害的朝鲜人约 6000 名。另外，还有数百名中国人也被杀害。

在日本，正是有了像田中宏这样有正义感的民间人士，以及为关东大地震期间朝鲜受难者、死难者伸冤的民间团体，正是因为这些团体和民间人士的不懈坚持与努力，使已经沉寂和被历史尘埃掩盖的中国人受害的遭遇，能够重新被提及和研究。他们希望最终能够在关东地区建成一座纪念碑。

2016 年 12 月，我应邀访问日本。14 日下午 1 时 30 分，在水道桥会议室，东京地区的部分专家为我专门举办了一次学术讨论会，应邀前来与会的有日中友协理事长白西绅一郎、田中宏教授、俵义文教授、井上久士教授、池田惠理子（日本女性战争与和平资料馆）等。我先介绍了这些年对南京大屠杀死难者国家公祭、申报世界记忆遗产工程、南京大屠杀史学术研究以及今后的南京大屠杀微观史研究，侵华日军暴行史资料集两项国家工程、2017 年南京大屠杀 80 周年国际学术研讨会等想法，白西绅一郎、田中宏教授、俵义文教授、井上久士教授、池田惠理子一一做了回应与发言。当天晚上，在日中友好会馆为我举行了欢迎宴会，田中宏等东京社会各界人士聚集一堂，交流气氛融洽。

15 日上午，在田中宏教授及林伯耀、墨面、朱弘等先生的陪同下，我去中国驻日本大使馆，拜访政治部公参薛剑先生和政治部孙姓二等书记官。这座大使馆的门我已经多次进过，最早应该是 1994 年 8 月。我与薛剑公参也是多年的老朋友了。他当年在大使馆当二等书记官时我就见过他，后来他在外交部日本处当副处长、处长、亚洲司副司长时，也多次打过交道。记得有一次星期天，我在家休息，他从北京直接打通了我的手机。为配合哈尔滨火车站设立的“安重根纪念馆”开馆，邀请我写一篇文章，结果文章第二天就在《人民日报》发表了。我向他简要地报告了此次日本之行的情况，并且谈了 2017 年南京大屠杀 80 周年的想法与打算，得到他的肯定和称赞。

当天晚上 6 时 30 分，我此次在日本最后一场讲演会东京集会正式开始。田中宏教授率先发言，介绍当天的集会，也简要介绍了我此行在日本各地集会情况。然后现场放映南京大屠杀幸存者侯占清和石秀英的证言录像。最后由我讲演，朱弘翻译，历时 75 分钟。

最为搞笑的是，原准备闹场的几名右翼分子，在会场强大的压力下，竟然没有出声，没有实现他们会前在网络上“要让朱成山难堪”的预告。田中宏、林伯耀等组织者对此给予很高的评价，认为集会很成功，镇住了右翼势力的气焰。

晚上，田中宏和东京“不再重演南京大屠杀会”的木野村间一郎，日本女性战争与和平资料馆馆长池田惠理子等东京朋友们举行庆祝酒会，一下有 30 多人参加，把小酒屋堵得水泄不通。大家的兴致很高，丝毫没有把右翼势力的骚扰当做一回事。

2016 年 12 月 15 日晚，作者在东京韩国基督教会馆举行演讲，身后是正在部署骚扰行动的日本右翼分子

16 日早晨 6 时，我从东京后乐宾馆出发，7 时到达东京羽田机场。令我感动的是，老华侨林伯耀和老教授田中宏先生亲自送我到机场。看到他们满头的银丝，我心里一阵激动，真不愧为兄弟情一样的老朋友呀！我在东京的 3 天时间里，他们几乎一直陪同在我的身边，这么一大清早又来为我送行。

我与田中宏先生最后一次见面是在北京。2017 年 3 月 20 日上午，在位于“鸟巢”附近的中国国学中心新建大楼内（作者时任中国国学交流中心顾问兼展陈指挥部常务副总指挥），我接待了来自日本的林伯耀、田中宏、老田裕美和花冈和解基金会的张恩龙，主要谈及 2017 年邀请南京大屠杀幸存者夏淑琴赴日本熊本、福冈、京都和东京四地的安排情况（后因夏身体原因未能成行）；拟在沈阳九一八历史博物馆举办花冈劳工展；邀请中国佛教僧侣团去日本超度赴日劳工死难者的亡灵；邀请南京大屠杀研究专家孟国祥和已故幸存者李秀英的女儿陆玲，12 月份去日本各地参加南京大屠杀证言集会等问题。中午，我在鸭王大酒店招待他们吃北京烤鸭和烤羊棒骨。老朋友相见总是十分高兴。

作者（右二）在北京鸭王大酒店宴请田中宏（左二）林伯耀（右三）、老田裕美（右一）和张恩龙（左一）

作者与田中宏(左一)、林伯耀(左二)、老田裕美(右一)在北京“鸟巢”附近的中国国学中心留影

其实,像田中宏一样有历史责任感的日本学术界的朋友们简直数不胜数。

1994 年 8 月 13 日晚,73 岁高龄的一桥大学历史系老教授藤原彰,专程到我下榻的东京浅草桥饭店,为我提供当时在日本新发现的南京大屠杀相关资料。藤原彰与早稻田大学已故教授洞富雄和本多胜一,先后写过十几本有关南京大屠杀的书,揭露日军在南京的暴行,成为日本人研究南京大屠杀的最著名的专家。他告诉我,在当下的日本,研究南京大屠杀者经常受到右翼势力的威胁，像本多胜一先生平常露面要戴大墨镜，家庭住址、电话号码全要保密，否则就会受到骚扰。说到这里，老人爽朗一笑，说："这并不可怕，作为历史学家，把历史事实弄清楚，把真相告诉下一代，是我们的责任。"

吉田裕当时是一桥大学社会学部副教授、日本"南京事件"调查研究会秘书长、一位年仅 40 岁的专家。他逐一向我介绍了这个研究会的成员笠原十九司、小野贤二等人最近研究的课题，又列出一份详细的介绍材料赠送给我。他说："我们研究南京大屠杀事件已有 10 年时间，出过很多本书，现在准备好好地总结一下，用这些历史资料教育更多的人。"

我和吉田裕教授还有在日本同台作报告的经历。那是 2000 年 4 月 8 日，我与吉田裕教授应邀在大阪国际和平中心，批驳日本东京大学名誉教授东中野修道发表的"南京大屠杀是 20 世纪最大的谎言"谬论（同年 1 月 23 日也在大阪国际和平中心发表），有针对性地同台作了一场南京大屠杀真实历史不容否定的演讲报告。

那次在日本期间，像这样仗义执言的教授我接触到 10 多位，长崎大学的岩松繁俊、明治大学的山田郎、佛教大学的高屋定国、神户女学院的佐治孝典……他们敢于正视历史，并依据史实作出理性的思考，写出了一批富有历

2000 年 4 月 8 日，作者与吉田裕教授（右）被邀请，在大阪国际和平中心同台作了一场有关南京大屠杀历史的演讲报告

史责任感的书,教育和影响了相当多的日本人。

1997年8月13日,侵华日军南京大屠杀史研究会、侵华日军南京大屠杀遇难同胞纪念馆在南京状元楼宾馆举办首届南京大屠杀史国际学术研讨会,邀请了一大批来自日本的专家学者参加会议并发表了学术论文。其中,日本宇都宫大学笠原十九司教授作了题为“南京大屠杀事件全貌”的学术报告。他说:“南京大屠杀事件,是日本发动全面侵华战争不久,攻占中国首都时和占领南京后,日军对中国军民实施的整个残暴行为的总称(简称‘南京事件’)。随着进攻南京日军的作战进展可划分为5个阶段,也就是可以由5幕构成的戏剧形式来叙述,以对‘南京事件’的全貌作一个概要的描绘。”

笠原教授所指的5幕是:序幕——进攻南京的路上;第一幕——南京地区的城市、农村;第二幕——南京城和其周围;第三幕——南京地区的“残敌扫荡战”;终幕——陆地孤岛:在南京的残暴行为仍在继续。看得出,笠原教授通过这篇报告对南京大屠杀事件力图作全貌和全景式的描述。他的这一观点在日本岩波书店1995年公开出版的《南京安全区的一百天》中有详细论

1997年11月,作者与日本宇都宫大学笠原十九司教授(左二)和美国学者史咏(左一)、张纯如(右二)在美国普林斯顿大学参加南京大屠杀史国际学术研讨会期间合影

述，在日本学术界有很大的影响力。

1997 年 11 月，我与笠原十九司教授一道，参加了美国普林斯顿大学、麻省理工学院等组织的南京大屠杀史国际学术研讨会。在会上，我们分别作了有关南京大屠杀的学术报告。

另一位日本“南京事件”调查研究会成员、骏河台大学助理教授井上久士，也在南京举办的国际学术研讨会上作了题为“关于遗体掩埋记录和‘南京事件’死亡者人数”的发言。他指出：“尽管南京大屠杀是不可否认的客观事实，但日本依然有一些人试图否定它。……他们抓住‘30 万’这个数字，坚持认为，这个数字无法完全加以证实，因此不是‘大屠杀’，那么，这是不是说，20 万人是‘中屠杀’、10 万人是‘小屠杀’，因而可以原谅了呢？这些人不仅没有抓住侵略战争的本质，甚至对人类生命也冷漠迟钝。如果承认每一个人都拥有宝贵生命的权利，那么即使杀了 1 万人也完全可以称得上是‘大屠杀’。”

作者在侵华日军南京大屠杀遇难同胞纪念馆内与井上久士(中)交流

日本“南京事件”调查研究会另一位成员小野贤二，也在南京举办的国际学术研讨会上，作了题为“第13师团山田支队的南京大屠杀”的报告。曾经参加攻打南京的第13师团山田支队的基干部队第65联队（相当于团）组建于福岛县会津若松，士兵几乎都是福岛县人。一提起南京大屠杀，人们就要问起被山田支队抓获的万人以上的俘虏的下落一事。因为小野贤二曾经住在福岛县，是福岛县一家化工厂的普通职员，从1988年开始，近30年时间里一直进行南京大屠杀的调查。他以从军攻打过南京的原步兵第65联队的老兵为重点，不辞辛苦地对大约300名老兵或遗属进行了采访，收集日本老兵日记等资料。经过努力，他终于得到了200名老兵的证言，收集了31册战场日记及其他相关资料。他在会上指出：“山田支队的士兵们在执行任务的过程中，枪杀了17025名中国俘虏的大屠杀，这是确凿的事实。当时士兵们接到‘全部杀死’的军令后，闻风而动，一切照办，这在战场日记写得很清楚。”

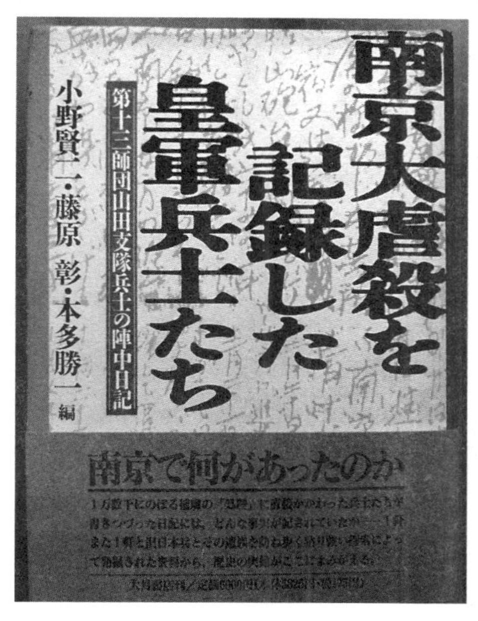

小野贤二、藤原彰、本多胜一编撰出版的《第十三师团山田支队兵士的阵中日记——皇军士兵记录的南京大屠杀》

其他参会的日本专家学者，均在会上相继作了发言，在此不一一赘述。

1998年8月8日，我在侵华日军南京大屠杀遇难同胞纪念馆里，接待了日本静冈大学人文学部教授山本义彦，他将一本“支那事变出征纪念写真帖”，亲手交到我的手里，捐赠给侵华日军南京大屠杀遇难同胞纪念馆。

这本写真帖共有日军战地照片130张，日军军用地图5份，是一个日军军曹在参与侵略中国期间拍摄的。从一份取名为“我的战迹”的地图上，该军曹用红线标明了曾经随着日军部队，侵占了中国的辽宁、河北等7个省市。大部分照片下面，清楚地标明了照片拍摄的时间和地点，其拍摄时间最早为1937年7月29日，拍摄的地点为大连、南京等18座城镇，其中在南京拍摄的照片有12

张，在中山陵和下关码头拍摄的 4 张烧焦的南京市民遇难的照片惨不忍睹。

据山本义彦教授介绍，该军曹 1911 年出生于日本大阪，1937 年加入侵华日军第 10 军某重炮第 2 大队 2 中队。战后回到日本担任某工厂电气技师。1985 年死后，其遗属将此照片集交给山本义彦教授保管与研究。山本教授将其复制了一套赠予纪念馆。山本教授说："为了防止日本右翼势力的威胁，应该军曹遗属的请求，暂不公开该军曹的真实姓名。"

那一次，山本义彦教授是随我的另一位日本朋友静冈大学讲师森正孝先生率领的"细菌战和南京大屠杀调查团"一行 20 人来南京的。他们从 3 月 31 日起，先后在上海、义乌、宁波、南京等城市，实地调查侵华日军当年在中国的种种侵略与加害的暴行。

1998 年 9 月 18 日，日本"南京事件"研究会的几位学者笠原十九司、吉见义明、井上久士，组团来侵华日军南京大屠杀遇难同胞纪念馆参观与访问。那一次，我向几位日本学者介绍了自 1997 年 4 月 30 日在纪念馆内新发掘南京大屠杀受害者遗骸 200 余具，这些遗骸经过法学、史学、考古学和医学等多学科鉴定，被确认为南京大屠杀死难者遗骸，其中男女老少均有，最小的年龄仅 3 岁，并留有当年遭侵华日军残暴的痕迹，是南京大屠杀最重要的证据。他们还跟着我到了发掘现场，亲眼察看这些新发掘的遗骸。他们说，1985 年 4 月，他们曾经也在侵华日军南京大屠杀遇难同胞纪念馆内，亲眼看到死难者遗骸被发掘的现场，时隔 13 年后，又在同一个地方发现新的死难者遗骸，说明当年此处的确是集体屠杀现场，并且是众多受害者遗体掩埋之地。特别是日本中央大学吉见义明教授，他对细菌战、毒气弹、化学武器等多方面进行大量调查研究，去过中国许多历史旧址考察，对新发掘和考证南京大屠杀遇难者遗骸一事给予了很高的评价。

1999 年 12 月 16 日，日本广岛和平教育研究所负责人藤川伸治教授，给我来了一封约稿函，要求我结合南京大屠杀历史研究与和平视角，为《广岛和平教育研究》杂志写一篇定名文章，题目是"与亚洲建立共生及联带关系的和平教育"，后来我们通过几次书信，我不仅完成了这篇约稿，稿件也刊登在该杂志 2000 年第 1 期上，而且我们也成为好朋友。此后我多次到广岛访问时，他都会来看我，参加我的报告会并发表互动感言。

谈及日本专家俵义文和荒井信一的名字，我不由得想到了2001年12月，韩国学者姜昌一、梁美英等，邀请中国和日本学者到首尔（当时叫汉城），在汉城大学（现为首尔大学，下同）与日本、韩国几位学者一起讨论如何应对日本历史教科书问题。中国方面受到邀请的是中国《抗日战争研究》杂志社副主编荣维木和我两人，日本方面受邀请的也是两人，即日本著名的近代史专家荒井信一教授，家永三郎教科书诉讼案事务局长俵义文。

此次在韩国召开的中日韩三国学者会议的背景，是2001年4月3日日本文部科学省宣布：8本新编历史教科书全部获得通过，其中包括右翼团体"新历史教科书编纂会"主导编写的美化侵略战争的《新日本史》教科书。这本由日本右翼势力组织编写、扶桑社出版的《新日本史》教科书一经正式出版，引起了中国、韩国和日本爱好和平、正义人士的强烈抗议。

日本俵义文教授（左一）向侵华日军南京大屠杀遇难同胞纪念馆赠送史料书籍

通过在汉城大学两天时间的激烈讨论，中、日、韩三国学者达成了这样一个共识：统一历史问题的认知非常重要，因此决定由中、日、韩三国轮流举办一个名为"历史认知与东亚和平"的国际学术论坛，第一个举办地点就选在南京。由侵华日军南京大屠杀遇难同胞纪念馆、《抗日战争研究》杂志社等单位联合主办。

2002 年 3 月，第一届历史认知与东亚和平论坛在南京东郊中山陵景区内的国际会议中心召开，韩国、日本共来了 40 多位学者，中国来了 100 多位学者，三国共有 148 位学者参加，主要议题仍然是日本教科书问题的批判和对策。

来自日本的荒井信一教授在引用了日本前首相村山富市发表在《日本与中国》报刊上的文章后指出，村山的“这一谈话为后来的几任首相所继承，并写进了1998年的日中共同宣言等文件。日本‘新历史教科书编纂会’主导下编写的初中历史教科书歪曲历史，闭眼不看历史事实，企图使殖民统治和侵略正当化，完全无视政府审定教科书的‘邻近国家条款’，从根本上否定了迄今建立起来的国家间的信赖关系，日本的信誉在国际上也被动摇。坦率地认识和正确理解过去的历史事实，才能开辟睦邻友好的未来”。

在南京会议期间的一个晚上，还专门召开了一个专题学术讨论会。会上，日本学者俵义文等人提出，我们光是批判日本右翼教科书、坐而论道还不够，应当编写一本面向中、日、韩三国青少年的共同历史读本，让他们知道真正的历史。这一提议得到了中、韩两国学者的响应。

虽然如此，当时几乎所有的人都感到底气不足，感到这是一件相当困难的事情，特别是在中、日、韩三国历史分歧如此大的情况下，要共同编写一本历史读本，简直是天方夜谭。

俵义文等日本学者为何提出中、日、韩三国学者共同编撰一本历史教科书的建议？谈及日本教科书，人们立即会想到在日本长达 32 年之久的家永三郎教科书诉讼案，而此案支援会事务局长正是俵义文。

1958 年，在右翼势力的鼓噪下，日本第一次对历史教科书进行重大修改。这次修改不仅不再写明中日甲午战争的侵略性质及给中国人民带来的灾难，反而称赞甲午战争“提高了”日本的国际地位。日本文部省利用审定教科书的大权，把有关“战争反省”的内容全部删掉，强制加进提高天皇地位、复活神化教育等内容。20 世纪 60 年代，发生了家永三郎先生的历史教科书诉讼案件，以教科书审定制度违反宪法为由，把日本文部省送上了被告席。

1997 年 8 月，东京高等法院对原东京教育大学教授家永三郎，就日本史教科书提出的第三次诉讼作出终审判决。该判决认为，日本文部省要求家永教授对教科书中关于“南京大屠杀”“日本的侵略”等问题的修改或删除，“有损于教科书记述的完整和准确，因而违反了日本宪法”。家永三郎教科书诉讼案取得了胜利。

正是有俵义文这样对日本教科书问题深刻研究的专家在场，才提出了中、日、韩三国共同编写教科书的建议，并作为此次南京会议的重要成果之一，得到了与会者的充分肯定和赞同，形成了初步合作的意向。后来，中、日、韩三国分别组织了历史读本的编写委员会。2002 年 8 月，我参加了在韩国首尔召开的第一次关于编写工作的国际会议，编写工作由此启动。

特别可贵的是，中、日、韩三国学者在没有任何资助的情况下，以高度的历史责任感自发合作，这件事情是非常令人感动的。11 次会议，除了在南京召开首次会议，在北京、东京、首尔三座城市，三国轮流坐庄各三次。还有一次例外，就是在中国安徽省的马鞍山，一个紧邻南京的小城市开了一次会。期间，不仅没有任何报酬，所有的差旅费用都是各位学者自己负责。由于经费有限，每次会议只有两三天时间，所以每次会议都安排得非常紧张。尽管如此，大家没有任何怨言，都能够积极地全身心地投入，保证了该书按照预定计划顺利进行，按时得以完成。我和笠原十九司分别作为中方和日方的主要编纂者主持该书第三章，即 1931 年至 1945 年有关日本侵略战争的历史，参与了编撰和出版的全过程。

在该书编撰的 3 年过程中，每年都要安排一次中、日、韩三国青少年的历史交流夏令营活动，集中对三国青少年进行历史交流与学习，每次大约有 150 名中学生参与，并且与编撰会议同时同地点进行，让青少年与专家学者见面提问题，增进共识和了解。这项活动被称为编撰组织的一项副产品，一项面向未来的希望工程。

2005 年 6 月，一条爆炸性的新闻同时出现在中国、日本和韩国三国的媒体上：中、日、韩三国学者历经 3 年时间共同努力，先后召开 11 次编写工作会议，6 次修改统稿，用中、日、韩三国文字印刷，并在同一时间出版面世的《东亚三国的近现代史》一书，终于在东亚三国亮相了。该书一上市就在三国掀起了抢购热潮。随着时间的推移，这本由三国学者共同编撰完成的第一本权威历史读本，受到了越来越多读者的青睐。

三国学者共同编写历史教科书，其目的就是为了建构东亚和平。而在日本，把和平作为高校专门的一门学问，甚至以和平为主题的博物馆也有不少。

在日本京都著名景区金阁寺附近，有一座日本有名的私立大学——立命馆大学。而这所大学拥有一座世界闻名的和平博物馆，馆长是该大学社会学教授安斋育郎。他是一位和平学研究的专家，参加过日本广岛与长崎两座和平博物馆展陈方案的讨论。他提出，日本在展示受害历史的同时，必须展示其在二战中加害的历史。

作者与安斋育郎教授(左一)在立命馆大学

2000 年 12 月，安斋育郎教授邀请我、越南胡志明纪念馆馆长和法国和平博物馆馆长 3 位外国馆长，到立命馆大学研讨 21 世纪该校和平建设与发展的规划，确立把和平学作为立校之基，把追求永久的和平为己任。这次国际会议，使我对和平作为一门独立的学科和学问有了深刻的认识，拓宽了我的学术视野。因为在当时中国的学界，还没有把和平列为一门学科来重视。

2003 年，南京成立国际和平研究所时，第一次在中国提出把和平学作为学术研究方向和目标。当时，我邀请了安斋育郎教授担任名誉所长，他欣然同意，与我们一起筹划和平学研究与出版事宜。在他的帮助下，该校助理教授池尾靖志撰写的《和平学入门》，被南京国际和平研究所翻译成中文出版，成为中国第一本由日本教授撰写的和平学译著。

2004 年 12 月，南京出版社翻译出版日本立命馆大学助理教授池尾靖志撰写的《和平学入门》书籍

在日本的历史学界，由于广岛和长崎发生过原爆事件，所以这两座城市特别受到关注。我于 1994 年 8 月第一次访问日本时就去过广岛，在广岛我有由木荣司等诸多日本朋友，而长崎却一直没有涉足。

2000 年 4 月 6 日，我应邀在大阪国际和平中心反制东中野修道等日本右翼势力代表人物“南京大屠杀是 20 世纪最大的谎言”集会后，应长崎有关方面的邀请，第一次去了长崎市访问。

4 月 13 日，我与长崎大学教授、日本长崎冈治正和平资料馆理事长高实康稔初次见面，这位满脸美须的老教授非常的谦逊，他除了精心安排我在长崎作有关南京大屠杀的讲座，还热情地引导我去他们的和平资料馆参观访问。

作者与长崎大学高实康稔教授(右)同台作南京大屠杀研究报告

这是一个面积只有 200 平方米的微型纪念馆,但展出的都是反战的内容。当高实教授提出能否将侵华日军南京大屠杀遇难同胞纪念馆馆藏的部分南京大屠杀史料在长崎展出时,我毫不犹豫地答复可以免费赠予,并与他初步商定建立友好合作馆关系。我的率直和真诚,大大地感染了高实教授,他紧紧地拉着我的手说,真诚合作的朋友不在于时间的长短。长崎这么一个小小的馆,能够与南京的大馆建立友好馆关系,真是太荣幸了。

12 月 8 日,日本长崎冈治正和平资料馆新馆改陈后正式对外展出,侵华日军南京大屠杀遇难同胞纪念馆提供的史料在这里悉数展出。此前,除了大阪国际和平中心展出部分史料外,这里是南京大屠杀史料在日本第二个公开展出场馆。应该感谢高实教授给我们在日本开设了一个展示南京大屠杀史料的窗口。

其实,良性的交流和支持总是互相和互动的。10 月 25 日,侵华日军南京大屠杀遇难同胞纪念馆收到了高实康稔教授寄赠的珍贵的史料,即日本裕仁天皇于昭和十二年 12 月 14 日(1937 年 12 月 14 日)褒奖侵占南京的日军官兵们的面谕,其大意为:“中支那陆海军各部队,在上海附近作战持续勇猛果断，乘胜追击，使（中国）首都南京陷落，我很满意。此旨传达给全体将士们。”

这份面谕是在日本新闻集成《昭和编年史》（12 年度版）中《东京日日新闻》的一条消息里被发现的。《东京日日新闻》于昭和十二年 12 月 15 日（1937 年 12 月 15 日）报道指出：

> 在攻占南京之际，天皇陛下考虑到陆海空官兵的艰辛，特别发表讲话，以表深切关怀。接到召见令后，闲院参谋长、伏见军令部总长两宫殿下于 14 日 11 时 20 分先后觐见并参见了天皇陛下，拜受了如下话语，然后于 11 时 48 分从御前退下。
>
> 【大本营陆海空部 14 日下午 1 时发布】今天上午 11 时 40 分，陛下将两幕僚长宫殿下召入宫中，赐予了如下深切关怀的话语：
>
> 中支那方面陆海军各部队在上海附近作战之后，进行了勇猛果敢的追击，迅速攻占了首都南京，我对此深感满意，请将此旨意转告众将士。

作者向长崎大学高实康稔教授颁发史料收藏证书，感谢他向侵华日军南京大屠杀遇难同胞纪念馆赠送史料

天皇的这一“圣旨”，犹如给侵占南京的日军官兵注入兴奋剂，助长其在南京大规模地展开烧、杀、淫、掠的暴行。正如高实康稔教授所分析的：“裕仁天皇的这些话实在是犯罪，天皇的战争责任越发明晰。日本国民深痛地感到，不能懈怠对天皇战争责任的追究。”

其后，每年的 8 月 15 日和 12 月 13 日前后，高实教授都要组织和率领“长崎希望之翼访华团”来到南京，悼念南京大屠杀遇难者，祈祷和平，成为日本经常访问南京这个城市的民间组织之一。

2016 年 12 月 3 日下午一点半，我在长崎县教育文化会馆，为长崎的 50 多位朋友们进行了历史与和平文化的讲演。会议由长崎冈治正和平资料馆馆长崎山昇主持，曾经投诚参加过八路军的日本老人长谷忠雄翻译，我作了 90 分钟讲演，现场对话交流又进行了半个小时，现场气氛热烈，反响较好。长崎县议会议员坂本浩，亚细亚交流之友会副理事长蓑田刚治和中村住代(女)，长崎县被爆者笔记本之会会长井原东洋一等参加。

2016 年 12 月 3 日下午，作者去长崎市民医院看望生病住院中的长崎大学教授高实康稔先生

是日下午 4 时半，与日本朋友崎山昇、新海和长谷忠雄先生一起，去长崎市民医院看望生病住院中的长崎大学教授高实康稔先生。这是我第一次踏进日本的医院，整洁和人性化服务堪称一流。看到身穿医院白底蓝条服装的高实康稔教授，身体十分消瘦，病因是由于感冒引起的高烧不退。高实教授看到我到医院来看望他，感动得流下泪来。他的妻子也连连鞠躬致谢。我安慰老朋友安心治疗，祝愿其早日康复。

谁知这竟是我与老朋友高实康稔教授最后一别。2017 年 4 月 8 日晚上，我前后收到广岛大学的杨小平和神户老华侨林伯耀的两条信息，告知长崎大学教授高实康稔因病逝世的噩耗。16 年间，长崎的高实康稔教授和崎山昇馆长，他俩与我在中日两国见面的次数大概有 10 次之多，每次都交谈甚欢。脑海里不禁浮现出我与高实教授接触的一幕幕，以至于浮想联翩，夜不能寐。次日早晨，我在赴北京的高铁上撰写了一封唁函，发给长崎以示悼念之情，而高实康稔教授的音容笑貌，却永远留在我的记忆里。

第六章 小松昭夫及对华友好的日本企业家们

2016年12月15日晚6时，东京，韩国基督教会馆门口，大约距离东京集会开始还有半个小时。

日本右翼势力来了。他们在会场大门对面的公路边上占有一小块地方，插上了日本的太阳旗和战时海军旗，放置了几块小型的标语牌，安置了大喇叭，还安置了摄像机现场直播和拍摄。一旁停了警车，警灯一闪一闪的，好像是在提醒这些右翼分子保持分寸。陪同我的南京老乡朱弘说，这些人并不可怕，要我与他们合影，留下点资料。

正在拍摄照片时，一群西装革履的日本青年人簇拥着一位头发花白的日本长者向我走来。那位长者笑嘻嘻地在很远的地方就向我伸出了一双大手，嘴里不断地喊道："秀——桑、秀——桑。"（日语"朱先生"）

我抬头一看，哦！原来是我的老朋友、日本小松电机产业株式会社董事长、一般财团法人人间自然科学研究所理事长小松昭夫先生，率领他的团队部分人员为我捧场来了。

这多少出乎我的预料。因为他的株式会社和研究所都在岛根县，距离东京还有相当的距离，我也没有事先告诉他在东京的演讲及其地点。他怎么来了，还带着这一大群人？

得道多助，失道寡助。看看这一大群壮汉，那几个日本右翼势力真是形影单薄，相形见绌。

为了给我壮威和鼓劲，小松昭夫先生带领他的一干人众，不仅全程参加了我在东京的演讲会，而且坚持到会后参与东京会议组织者们的晚宴庆祝会，与我把酒言欢，共叙旧事，凸显友情的珍贵。

我与小松昭夫先生的相遇和相识，最早是在2005年9月18日。那一天，正好是九一八事变发生74周年。

那一年的9月16日至19日，小松昭夫先生率领HNS第7次中国访问视察团，本着"以'创造和平'为目标开创新的旅途"的主旨，访问了中国上海、苏州和南京3座城市。

作者（二排右六）应邀与小松昭夫（二排左六）率领的
第七回访华进修团全体成员在纪念馆入口处合影

用小松昭夫先生自己的话说，那一次访问中国，最重要的目的地是参观侵华日军南京大屠杀遇难同胞纪念馆，在现场举行向南京大屠杀遇难者悼念仪式。在那天的仪式上，小松先生作了如下的发言：

人类从动荡不安的20世纪迈进了轮廓还模糊不清的21世纪。全世界的领导人从以往的历史经验中学习，摸索着新的结构。可是各国之间的利害关系和政治见解的不同，使得国际关系日趋复杂化、深刻化、紧张化。至今还不能找出一条共存共荣之路，乃是一个无可置疑的事实。

虽然第二次世界大战终结至今已有60年，但是在历史问题上，中日

小松昭夫理事长夫妇向南京大屠杀遇难者敬献花篮

两国仍未能达到共同认识，更谈不到对未来大计的展望。与此同时，中日两国国民的明智和见地成为全世界所注目的焦点所在。

在这种情况下，今天我们访问侵华日军南京大屠杀遇难同胞纪念馆，是为了认清历史和了解中日战争的历史背景。作为给中国人民带来巨大灾难的日本人的子孙后代，在此表示最深切的歉意。同时，为了中日两国关系的将来和人类文明的进化，我们应该担负起战争责任，铭记周恩来总理的“前事不忘，后事之师”和江泽民主席的“以史为鉴，开创未来”，正确面对现实，集大众之智慧，从寻求永久和平的入口开始以实际行动进行奋斗。

特此宣誓，并向南京大屠杀遇难者献花！

第七回访华进修团团长、财团法人人间自然科学研究所理事长

小松昭夫

公历 2005 年 9 月 18 日

在这次访问南京期间，我与小松先生进行了直言不讳的深入交流与沟通，向他介绍了南京建立侵华日军南京大屠杀遇难同胞纪念馆的目的、功能和作用，谈及中日友好的重要基础，就是对历史有正确认识态度。因为有爱好和平的人们不断努力，我们对中日和平友好的将来充满希望和信心。

作者应邀与小松昭夫率领的第七回访华进修团全体成员合影

我特意向小松先生介绍了那一年 4 月份，由于钓鱼岛事件引发的中国各大城市反日示威游行。但是南京和哈尔滨没有发生过激事件。欧洲在京的一名记者，为此专门从北京赶到南京向我询问理由。我对那位欧洲记者说，我想是由于这两座城市的市民与日本爱好和平的民间使者们交流很频繁，能够冷静地看待历史和中日关系，清楚在当下的日本国内，虽然存在着否认历史的右翼势力，但同时也有大量尊重历史、祈求和平友好的民间组织和人士，中日和平友好与合作的希望在民间。

小松先生非常赞成我的观点，连声说："是的，是的。正是如此！"

在侵华日军南京大屠杀遇难同胞纪念馆内，小松先生还接受了新华社、中新社和江苏电视台等众多媒体的采访，国内媒体做了大篇幅的报道。

那一次访问南京，小松昭夫先生还率领访问团全体成员，去中山陵拜谒了孙中山先生。小松先生说，孙中山先生是他最尊敬的人物之一。

小松昭夫先生(右一)在侵华日军南京大屠杀遇难同胞纪念馆内接受新华社等媒体的采访,魏亚玲(右二)为其翻译

小松昭夫先生率领的第七回访华进修团在南京中山陵合影

在这次与小松先生的见面过程中,我结识了日本小松电机产业株式会社的魏亚玲女士。她是一位在日本工作的中国人,1982 年毕业于西北农机

学院农机系，1994 年获日本国立岛根大学农林工学科硕士研究生学位。1997 年获日本国立岛根大学联合大学院博士学位，2002 年至今，一直就职于小松电机产业株式会社营销部，2006 年起兼任人间自然科学研究所理事。此后，她一直担任我与小松先生之间的联络人和沟通者，非常尽职和出色地充当着协调的角色，不辞辛苦地传递着小松先生与我之间的信息，至今我还保留着这些信息，从中见证了我与小松先生友好交往的历史情形。

此后不久，亚玲女士就给我来信寄了一张光盘，其中大意是作为永远的邻国，日本与中国应该摒弃前嫌，永远地友好下去。为此，我给魏女士回了一封信：

日本小松电机产业株式会社魏亚玲女士：

您好！您的来函及《作为永远的邻国》DVD 已收悉。首先请您转达我对小松社长的问候和谢意！由于忙于纪念世界反法西斯战争和中国人民抗日战争胜利 60 周年活动的筹备，以及本馆扩建工程，故一直未能给您复信，请见谅。

我认真看了《作为永远的邻国》DVD，小松社长作为一个日本民间普通的企业家，能够用理性的眼光正确看待中日历史、维护中日友好关系，我感到非常欣慰。迄今为止，这是我看到的日本人制作的最好的电视节目，对于该片能在日本 CS 卫星电视《朝日新闻》频道播放，并受到好评，我由衷地感到高兴。

鉴于目前中日关系的现状，我们设想，能否在本馆网站（www.nj1937.org）和南京的电视台播放该片，让更多人了解一些日本和平友好人士为维护中日友好所作的工作，不知这样是否会涉及版权等问题？

祝好！

朱成山

2005 年 10 月 9 日

2008 年 10 月 19 日，小松昭夫先生带领一批致力于和平学研究的研究者，再次来到侵华日军南京大屠杀遇难同胞纪念馆，与我交流和平方面的问题。他作为一个日本的企业家，在搞好机电行业的生产和销售的同时，却关注人间科学、自然和谐与和平生存的大问题,着实令我欣赏和敬重。

中国学苑出版社于 2008 年 6 月出版小松昭夫主编的日、中、英、韩四国语的《中国古典名言录》

此后,我和小松昭夫先生有过多次的接触与交往。在彼此的交流过程中,深深觉得他是日本一位企业家,但同时也是一位文化人,或者用中国的话来说是位“儒商”。其中,小松先生对中国传统文化的了解是非常深的。记得他曾经送我一本由中国学苑出版社于 2008 年 6 月出版的日、中、英、韩四国语的《中国古典名言录》,该书收集了中国古代四书五经(《大学》《中庸》《论语》《孟子》和《诗经》《尚书》《礼记》《周易》《春秋》)等名言,厚厚的犹如城砖,烫银封面的精装本,使人爱不释手。

为什么要出版这本书呢?小松昭夫先生在该书的卷首语中如下说:

人类面临着核扩散、温暖化、金融混乱、健康不良等全球的危机,正处于“衰退,还是进化?”的分水岭。为了从根源上解决全球规模的环境、健康问题,有必要创造一个让历史产生的国家、民族间的怨恨得以化解,相互间能够交谈的牢固的和平基础。

在东北亚地区,20 世纪的战争残烟阴影还留着浓厚的色彩,加害国与受害国的反感和不信任感,至今仍反复地发生。而这个地域关系到人类的未来,这样讲一点也不过分。

……

这部名言录,从数千年承继下来的人类至宝——中国经典摘录与今天的“和平·环境·健康”题目有关的名言,以中、日、韩、英四种语言编写而成。

以本书发行为契机，期待着通过飞速发达的科学技术和信息网络，使睿智诞生的议论圈扩大到全世界，由“对立文化”开始向“共生文化”转变。

一个日本的企业家，如此热爱、重视和传播中国的传统文化，并且结合当下东亚乃至世界上出现的问题进行深入思考，得出要“从数千年承继下来的人类至宝——中国经典摘录”中寻找出解决今天的“和平·环境·健康”问题的答案，这不能不说是日本的“儒商”，而且他提出的“由‘对立文化’开始向‘共生文化’转变”的命题，具有建设性、创新性和前瞻性。

对于这样一位日本朋友，我是尊敬有加的。

通过魏亚玲，我对小松昭夫先生的了解逐步多了起来。

1973年2月10日，小松昭夫和弟弟小松光雄一起，以他们的30万失业保险金作为资本，在家乡岛根县一间库房门口，挂起了“小松产业”的牌子，走上了创业之路。

次年3月起，正式设立“小松电机产业株式会社”，主要经营农用机械、水泵、门番（高速自动卷帘门）、云计算综合水管理系统、废水处理管理系统等产品。

40多年来，小松电机产业株式会社迅速成长，成为闻名于全日本乃至世界的名企业，在日本获得了一系列荣誉，如“中小企业研究中心奖”（1991）、新商务协议会的“新商务大奖”（1991）、日刊工业新闻社的“优秀经营者显彰及地区社会贡献奖”（1993）、日本科技厅的“注目发明选定奖”（1995）、日本经济新闻社的“地区活性化贡献企业奖”（1996）、“国土交通大臣表彰”（2007）、“超高速happy gate门番系统”获得日本经济产业部的“第四届制造日本大奖优秀奖”（2012）等。

2012年11月3日，小松昭夫获得日本天皇颁发的“蓝绶褒章”，以表彰他为社会和公共福利、文化、科技做出的贡献。

作为一个成功的日本企业家，小松昭夫还有一个特别之处，就是把企业盈利的一部分用于开展和平研究和活动。他主张“和让”理念，倡导创设“和文化”，希望在历史上和地理上有密切联系的东亚地区建立“和文化圈”，为此专门设立了“一般财团法人人间自然科学研究所”，他自任理事长，并准备为之奋斗终生。

2013 年，他入选海牙卡耐基和平宫 100 周年纪念活动之一的“世界和平事业家 20 人展”，成为世界性和平活动家。2014 年，又被维也纳和平博物馆授予“和平大使”的荣誉称号。

在日本国内，小松昭夫和前首相海部俊树、日中友好协会前会长加藤纮一、创价学会前会长池田大作、著名政治家小泽一郎等人一道，被日本右翼势力列入“反日左翼人士名单”，企图阻止和干扰其从事和平友好活动，但他对此嗤之以鼻，坚持不辍。

就在小松先生事业不断发展、如日中天之时，家庭的不幸深深地打击了他，刺痛了他，使他一度难以承受。

2015 年 2 月 14 日，我接到了魏亚玲给我的一封邮件，告诉我小松社长的夫人小松志津子因病突然逝世的消息。

朱馆长：您好！

好久没有联系了，想必一切都好。

受小松社长的委托，告诉您有关不好的消息，小松社长的夫人——小松志津子（小松电机产业株式会社董事，兼财团理事）因病于 1 月 20 日去世。小松的事业可能因此会受到一些影响，但目前还好。

马上就要过年了。预祝您春节愉快！新的一年万事如意！

魏亚玲

2015 年 2 月 14 日

我立即想起 10 年前那位与小松一起抬着花篮，向南京大屠杀遇难者献花的日本女士形象。因为不便问及女士年龄，在我的记忆中，小松社长的夫人小松志津子是很年轻、漂亮、健康的，此前也从未听小松社长说过她有什么病，一定是癌症之类的顽症，否则也不会医治不了的。我立即写了一封信，安慰失去爱妻的小松先生。

两天后，魏亚玲代表小松先生对我的回信表示谢意，同时表示仍将积极从事他夫人在世时一直支持的和平事业。

朱馆长：您好！

谢谢您对小松的问候。我已经将您对夫人病逝的慰问转告于小松。小松让我转达他对您的谢意。

夫人支持小松所做的和平事业，他说一定还要进一步继续努力。望您今后仍继续给予支持协力，并给予建议为盼。

随时再联系。

祝您　羊年万事如意！

小松电机产业　魏亚玲

2015年2月16日

2015年7月14日，我接到魏亚玲的来信，邀请我参加在北京举办的新书首发式，并在北京小聚面叙。

朱馆长：您好！

好久没有联系。想必一切都好。

新华社的张可喜先生最近写了一本有关介绍小松昭夫的书籍，书名叫《从对立走向共生》，由学苑出版社出版。预计在8月26日至30日期间的北京国际书展期间，召开新书首发式，由小松社长策划出版的《悠久之河》也一并参加首发式。

今年正逢中国人民抗日战争胜利70周年，小松打算在北京举办一些庆祝活动。想必您一定很忙，但还是希望您能参加。

北京那边的活动由张可喜老师准备，北京的中国人民抗日战争纪念馆李宗远副馆长表示愿意合作一起来主办，但需要请示上边批准。方案刚做好，从现在开始申请。

活动的方案给您发来，望给予指点和修改，并告知正式邀请您需要办理哪些手续，望明示。

以上，盼回音。

祝身体健康！一切顺利！

小松电机产业　魏亚玲

2015年7月14日

看来，经过半年多时间，小松先生已经从丧妻之痛中走了出来，这是我最想看到的结果。就在我准备回信同意参加北京的新书首发式，又接到了魏亚玲的来信，告诉我此次活动延期进行。

朱成山馆长：您好！

上次给您发信联系的关于计划在北京开展抗战胜利70周年活动一事，不知您是否看到我的邮件。

关于上次联系事项，现在，学苑出版社那里提出建议，说张可喜老师的书在8月27日前出版来不及，建议出版纪念会延期召开，以便有充足的时间筹备好这次纪念会。对此，小松社长同意延期。所以上次给您联系征求您意见的邮件，请予废除为盼。

等下次时间定下来后再跟您联系。谢谢。

小松电机产业　魏亚玲

2015 年 7 月 16 日

衡量朋友的真假，要看在关键时刻的态度如何。有件事让我对小松昭夫先生的情感更增进了一筹。

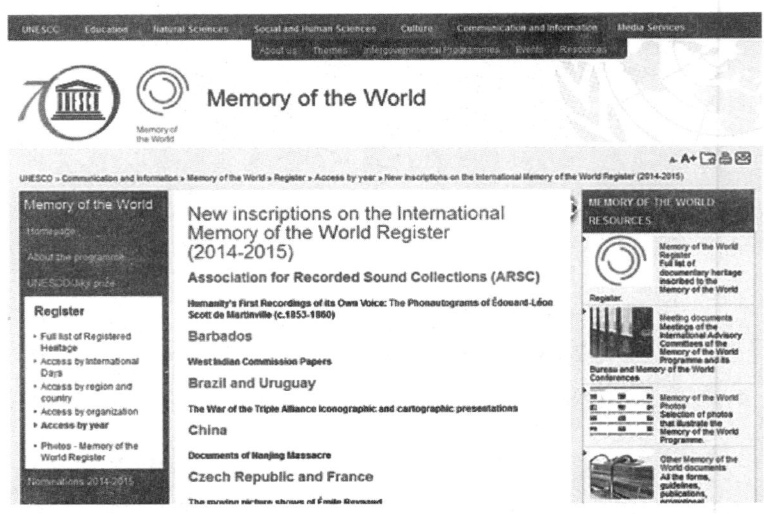

联合国教科文组织官方网站关于"南京大屠杀档案"列入《世界记忆名录》的截图

2015年10月9日，联合国教科文组织网站关于“南京大屠杀档案”被列入《世界记忆名录》的消息发布后，日本政府扬言减少“会费”公开表示反对，一时间在媒体上引起轩然大波。而小松昭夫先生却在第一时间发来祝贺函，表示拥护和高兴。果然是位有着国际视野并爱好和平的日本有识之士，他与日本政府的立场截然不同。

朱馆长：您好！

衷心祝贺《南京大屠杀档案》正式列入《世界记忆名录》！

小松社长上午从新闻报道中得知这一消息后非常高兴，马上与我联系，让我给您发祝贺信。

请见附件。

小松电机产业　魏亚玲

2015年10月10日

小松昭夫作为有见地的日本企业家，作为对历史认知与世界和平友好事业有一定造诣的研究者，能够拥有这样的态度，是在我的预料之中的。为此，我回信对他表示衷心的感谢。

亚玲主任：您好！

请告小松先生，我已经收到他的贺信！谨代表侵华日军南京大屠杀遇难同胞纪念馆表示衷心的感谢！

小松先生对“南京大屠杀档案”列入《世界记忆名录》的态度，与日本官方的错误态度截然不同，体现了真正的和平与友好，本人非常钦佩，并且希望今后多交流与合作！

朱成山

2015年10月11日

2015年10月26日，我正式从侵华日军南京大屠杀遇难同胞纪念馆馆长一职退休。

一个月后，我给魏亚玲女士写了一封信，通过她向小松先生告知我退休，以及成立“世界和平与人权教育基金理事会”并担任理事长，并欢迎他们一行来南京参加第二次国家公祭活动。

亚玲女士：

欢迎您和小松先生一行来南京参加国家公祭。

我因为年龄超期，已经于10月26日正式退休，至今天刚好一个月。

目前，仍然担任纪念馆新馆展陈建设和利济巷慰安妇旧址陈列馆负责人两项任务，还继续担任南京大屠杀史研究会会长和南京国际和平研究所所长，非常忙碌。

此外，还在江苏新成立了"世界和平与人权教育基金理事会"，由我担任理事长。

今后，仍将继续从事历史、和平、人权等项教育与研究，希望继续得到小松先生等各位朋友一如既往的理解与支持。

非常欢迎小松先生一行来南京参加第二次国家公祭活动。我期待着与各位面叙。

祝好！

朱成山

2015年11月25日

在我发信的第二天，接到了魏亚玲从日本发来的一封邮件，告诉我小松先生和她以及人间自然科学研究所其他的一至二位研究人员来南京，参加国家公祭仪式活动，同时希望与我在南京面叙交流，并对"世界和平与人权教育基金理事会"的成立表示祝贺。

朱馆长：您好！

今年贵馆的国家公祭活动，承蒙您邀请小松和我参加，非常感谢。自那之后，您安排的芦鹏先生一直在跟我联系有关事项。小松打算再带1—2名(费用自理)一起去参加，目前只定下一个人，有可能我们3人，或再增加1名。

小松从很早就一直在念叨想见您，想跟您叙叙旧，商量、交换有关和平事业的意见等。

可是我突然接到芦鹏先生的联系说您已经退休，此次的交流会有可能不参加，感到很震惊。您把纪念馆和国际和平研究所建起来，并成功申遗得到世界认可。您为纪念馆作的贡献之大是公认的。上面领导怎么能让您退休呢?!

我听芦鹏先生也说了，您的退休只是年龄超期，所承担的任务是有增无减，比从前更忙了。我想，这样对您来说可能会少一些杂事，可更集中精力从事世界和平这一更重要的事情。听您说您最近新成立了“世界和平与人权教育基金理事会”，太好了，令人敬佩。祝“世界和平与人权教育基金理事会”成立！为世界和平事业做出更大贡献!!!

盼此次在南京详叙。今后也请继续给予关照为盼。

小松电机产业　魏亚玲

2015 年 11 月 26 日

魏亚玲的这封信，既明确告知小松先生一行将来南京参加第二次国家公祭仪式，同时也是对我的退休后继续从事世界和平友好事业的支持，我内心里表示感谢。老朋友总是会在关键的时候关键的问题上充满着情感与信任。

朱馆长：您好！

现在决定来南京的 3 人中，我和小松决定 12 日下午 16:30 左右到，另一位是晚上 19:50 到南京机场。

12 日晚或 13 日晚上的活动您如不能参加的话，在活动结束后能否邀请您一起边吃饭或喝茶聊聊？望告知您什么时候方便。或，如果您时间上方便的话，我们邀请您一起去北京。

张可喜先生写的关于小松的《从对立走向共生——小松昭夫的“和文化”理念与实践》一书，预计于本月 15 日在北京召开出版庆祝会。

好，我们等您的回音。

我们去南京的机票已经订好，从南京到北京的机票还没有最后定。

祝 好！

小松电机产业　　魏亚玲

2015 年 12 月 4 日

中国学苑出版社出版的由张可喜和魏亚玲合编的《从对立走向共生——小松昭夫的"和文化"理念与实践》书籍

当然，我与小松先生和魏亚玲女士等一行参加了那次的国家公祭仪式，还邀请他们参加了 14 日在南京钟山宾馆举办的"世界和平与人权教育基金理事会"暨"美国旧金山和平与人权资料馆"成立仪式，与 100 多位来自日本、美国、韩国、马来西亚以及国内中国人民抗日战争纪念馆、九一八历史博物馆、孔繁森同志纪念馆等的友人们同聚一堂，共叙友情，商议今后共同为世界和平友好事业贡献力量。

2016 年 1 月起，我应国务院参事室的邀请，去北京在中国国学研究与交流中心帮助筹建中国国学馆。其间，小松先生到北京与我有过几次小聚与交流。

2016 年 12 月 2 日至 16 日，我应邀先后访问日本的熊本、长崎、东京等 11 座城市。每到一地，都与日本社会各界人士进行广泛交流，并就南京大屠杀历史先后发表 11 场演讲，亲身感受到当下日本人对南京大屠杀历史的不同态度。18 日，我结束了此次 11 天访问日本之行，回到了南京。

由于邮件的制式不对，我在访日期间虽然随身携带了电脑，但收发不了邮件。回到南京后才发现，原来我在日本期间，小松昭夫先生在网络上看到日本右翼势力于名古屋市证言集会上对我的骚扰后，曾经通过他的助手魏亚玲女士，给我发过一封邮件，提醒我注意安全，并告知我他要亲自到东京参加我的证言集会给予助威。信件内容如下：

朱馆长：您好！

连日的访问和在日本各地的讲演，让您辛苦了。

在网络上看到您在名古屋市的讲演遇到右翼分子骚扰的消息，令人气愤。数年前,小松社长也遇到类似这样的事情。

日本是法制社会,右翼分子大多只是出动抗议骚扰一下。但也不能否定有个别激进分子,望您多注意安全。

小松社长让我给您发来数年前的资料(附中文)。这是数年前小松赞助并参加的在立命馆大学举办世界和平馆和平会议的资料。

当时您没有来,您推荐北京的中国人民抗日战争纪念馆唐晓辉副馆长参加的。不知您是否带了电脑,能否收看这个邮件?

小松社长计划这个月16—18日去韩国参加关于安重根审判非合法的国际研讨会。他有一个想法,希望下次关于安重根有关会议能够在哈尔滨召开,能邀请中、日、韩以及俄、美、朝等国有关部门参加,特别是希望您能够参加。

明天晚上,小松社长将带领我及一些同事,专程到东京来参加您的讲演会,给予您支持和助威。

明天东京见!

小松电机产业　魏亚玲

2016年12月14日

看完这封信我才明白,小松先生一行来东京参加我的讲演集会,其实是事先和我打了招呼的。只是我没有收到邮件,因而在东京集会现场见面时感到有点突然。事实再一次证明,好朋友总是会在关键的时候想到你、关心你、支持你。我赶紧回了一份邮件表示感谢,信中说:

亚玲女士:早晨好!

再次感谢您陪同小松昭夫社长一行专程去东京参加集会,为我捧场、助威和支持,你们发给我的邮件回国后才看到。谢谢你们对我的关心和支持,使我再一次深感友情的珍贵。

此次日本之行,更坚定了我对过往从事的历史与和平事业的信心与决心,为继续深入地进行研究与传播,我应该深入地学习更多的知识,应该更深入地了解日本的文化。

我想,做任何事都有得有失,不可能什么都得,也不可能什么都不失。因此，我打算于明年初取消在北京国务院参事室的国学研究与展陈工作，计划从明年 4 月至 10 月期间来日本学习与研究，因为明年是中日邦交正常化 45 周年和南京大屠杀事件发生 80 周年，有许多涉及中日两国之间重要课题值得去研究，有许多重要的活动值得去参加。

目前，广岛大学已经同意我为该校客座研究员，使我下定了来日本学习的决心。由于广岛县毗邻岛根县，我也想在此期间，能够来贵公司人间自然科学研究所学习与从事和平学研究。此想法比较突然，冒昧地提出不知是否合适？

朱成山

2016 年 12 月 16 日于南京

朱馆长：早上好！

首先为您这次的日本之行成功表述祝贺！辛苦了。昨天您发的资料和今天的联系收到了。

我把您在东京的讲演报告总结完给小松汇报。我想您能来我们这里小松一定会很高兴。

我昨天把你准备来广岛大学和人间自然科学研究所的事向小松社长汇报后，小松非常高兴，表示欢迎。他让我回复您如下：

1. 我们人间自然科学研究所有设备齐全的住房可提供您使用。

2. 希望您能够事先提交一份您考虑推荐的合作事业计划书，包括具体内容以及日程安排。

3. 半年在留日本资格需要预先申请在留资格认定书。您打算办什么方式的签证呢？详细情况需要尽快确认。

小松电机产业　魏亚玲

2016 年 12 月 18 日

到底是可以信赖的朋友，彼此容易沟通，没有心理距离。因为广岛大学距离小松所长的人间自然科学研究所距离较近，而他们一直在从事和平学的研究，我只是意向性地提出，没有想到的是很快就得到了实实在在的答复。

当然，后来由于种种原因，我未能去日本广岛大学从事客座研究和教学工作，因而去小松的研究所也未能成行。但通过此事，我对小松先生的情感更深入了一步。

2017年3月6日，我接到小松昭夫先生邀请我去韩国大邱安重根纪念馆参加中、日、韩三国学术研讨会的来函：

朱馆长：您好！

我受小松社长的委托，邀请您及夫人于本月26日前后去韩国大邱安重根纪念馆，参加中、日、韩三国学术研讨会议。该纪念馆对您前来参加抱有很大的期待，希望您在会上发言讲讲南京大屠杀申遗过程及其对世界和平的贡献。

据我们小松电机产业株式会社韩国子公司领导说，大邱那边是专门为您的到来而企划的世界和平论坛。

此次的世界和平论坛，韩国方面希望以安重根的“东洋和平论”为主讲推进世界和平事业。小松考虑的此次活动的目的，主要是为了如何发挥安重根的作用为世界和平作贡献。他希望自己所构想的世界和平事业（建设世界和平纪念馆），以此次活动作为起点，由我们中、韩、日三国民间人士发起。您可通过侵华日军南京大屠杀遇难同胞纪念馆的申遗、国际和平研究所的设立，以及您参加的美国旧金山五位美国主教共同举办的和平祈祷仪式等方面，讲讲世界和平的重要性。

目前，中、韩、日三国政府间的关系不是很好，特别是最近与韩国的关系有些紧张。小松个人的看法，越是这种情况下，越显示民间团体交流合作的重要意义。

用小松倡导的“从对立→整合→发展”这一观点看，越是有对立，越是有机会诞生和平友好事业之时。

小松让我转告您，为了世界和平纪念馆的尽快建立，敬请您一定和北京的张可喜老师能参加。张老师通过出版的“从对立走向共生”这一重视和文化的书为题讲世界和平，同时做您赴韩国期间的翻译。小松社长希望您排除万难，能应邀参加此次的韩国访问。

您访问韩国大邱安重根纪念馆详细日程如下：

26 日　上午　参加安重根纪念典礼；

　　　　下午　参观安重根纪念馆；

　　　　晚上　世界和平论坛

如果您时间紧张，可以 24 日到韩国，于 27 日离开回国。此次活动是小松邀请您参加的，所以，您和夫人赴韩国访问的费用，均由小松先生负担。您看怎么样？

小松电机产业　魏亚玲

2017 年 3 月 6 日

因为我当时所在的中国国学研究与交流中心，正在办理由国务院参事室移交文化部的过程之中，而且此前 3 个月我刚刚去过日本 10 多天，再提出去韩国有些不便，难以向领导张开口，所以于当天回信给了魏亚玲，婉拒了小松先生的邀请：

亚玲主任：晚上好！

请代我谢谢小松先生给我赴韩参会的邀请函。但有件事需要请您及时报告小松先生，我目前所在的中国国学中心，近来遇到比较大的调整和变动，最近正在办理交接工作，一段时间内比较忙碌，恐怕本月底去韩国参会有困难，请转告小松先生和韩国安重根纪念馆，表示遗憾，希望下次有机会再去交流。

给您们添麻烦了，很对不起。望见谅！

朱成山

2017 年 3 月 6 日

谁知第二天我又接到魏亚玲的来信，信中只有短短的一行字，表示对我参加韩国会议的诚意：

朱馆长：

小松社长请您能否再考虑考虑？

小松电机产业　魏亚玲

2017 年 3 月 7 日

对于小松先生的诚意，我实在有点不好意思，觉得不参加，他向韩国大邱安重根纪念馆方面也的确不太好交代。于是，我便准备以书面参会的形式，来响应与支持小松先生对此次活动的安排。我立即给魏亚玲女士回信。我这样写道：

亚玲主任：来函收悉！

感谢再次盛情邀请我赴韩国，但此次情况的确比较特殊，实在是请不下假来，甚为遗憾！望谅解！

我是否写一份发言稿，委托张可喜先生或者您在会上代为宣读，以弥补我的不去参会带来的不便，可以吗？

朱成山

2017年3月7日

得知我将以书面发言的方式参加韩国大邱的会议，小松先生非常高兴，再次委托魏亚玲女士给我写了一封长信，解释他主张建立中、日、韩三国民间的世界和平纪念馆的初衷、目的和希望。

朱馆长：您好！

得知您不能参加此次的活动，深表遗憾。不过我们很理解您的难处。我向小松社长转达后，他也表示理解。

小松社长得知您答应写发言稿，委托张老师或我在会上代读，他很是高兴。说一定麻烦您写一份发言稿，让我随同他一起去在会上宣读您的发言稿。

小松社长的想法是通过此次参加纪念安重根活动，唤起大家对当时的历史背景进行深思，促使他设想的世界和平事业进一步开展。为什么韩国人安重根要刺杀伊藤博文？对安重根列出的15条罪状的第一条，就是因为伊藤博文指示暗杀了韩国的明成皇后（闵妃）。这个事实日本人大多数至今也不知道。安重根在监狱中曾写了"东亚和平论"，很遗憾没有写完。但他倡导建立中、日、韩友好共同联合体。这一构想，100多年后的今天，又一次被世人提起。

小松社长的理论是，人类社会的发展，自有史以来有一个规律，即从对立，经过整合，获得和谐而发展，在新的发展中又产生新的矛盾（对立），再经过整合，获得和谐新发展。这是一个反复的过程，人们必须认识清楚。

安重根时代，东北亚地区处于不安定时代，之后从日、韩两国之间的战争发展到世界大战。经过长时间冷战后，开始友好往来，发展经济技术。

但令人担心的是目前世界又开始出现很多不稳定的因素。

小松极力想通过日本对过去战争留下的负的遗产，使社会转向平和的美好未来。为此，使和平事业构想得以诞生，建立世界和平纪念馆，不是仅仅建馆而已。目的是为了告诫人们战争的残酷和珍惜和平的宝贵，防止新的战争发生。

因为当今世界，科学技术发展有了核武器，如果一旦发生战争，就意味着世界的毁灭。

小松希望您能给他的和平事业给予支持与合作。同时给小松社长倡导的和平事业给予进言和指点。

谢谢朱馆长！

小松电机产业　魏亚玲

2017 年 3 月 10 日

人是需要沟通和理解的，也是需要相互信任、支持与合作的。这一点，不管是中国人、韩国人，还是日本人，道理和情感上都是一样的。如果我对小松先生热情的邀请不理不睬、不闻不问，只强调自己的难处，那他肯定会十分失望，肯定也会对我有看法的。反之，以真诚相处，以心换心，就可以彼此谅解、彼此信任、彼此合作。

虽然我不能够赴韩国参加会议，虽然那段时间我在北京很忙碌，但还是很快兑现承诺，写了一篇 4600 多字的论文，题目是“让历史记忆共生出建构世界和平的力量”，发给了小松所在的一般财团法人人间自然科学研究所。

让历史记忆共生出建构世界和平的力量

我的老朋友、日本的小松昭夫先生和韩国安重根义士祈念馆，共同邀请我参加此次安重根义士祈念仪式与日、中、韩学术研讨会，本人因公务在身不能按时出席，谨向各位表示由衷的歉意和遗憾，热切希望在适当的时候，能够前往大邱拜祭安重根义士，并向韩国和日本同行学习与交流历史与研究的体会，共同为中、日、韩乃至亚洲的和平友好事业贡献微薄力量。

我十分敬重韩国义士安重根先生，关于他的故事和勇敢精神，在中国几乎是家喻户晓、人人皆知。本人与安重根义士有缘，三年前，在安重根义士当年发生英雄壮举的遗址——中国黑龙江省哈尔滨火车站建成并开放“安重根义士纪念馆”时，我为此间接地做出过微不足道的支持与奉献。当时，因为日本外务省抗议中、韩两国在哈尔滨筹建该馆，根据中国有关部门的要求，我奉命连夜写了一篇文章，在 2014 年 1 月 16 日《人民日报》上发表，题目是《承载历史记忆 弘扬民族精神——中国抗战类博物(纪念)馆建设与作用一瞥》。18 日，在中国影响力巨大的学术报刊《光明日报》又全文转载。这篇文章虽然没有直接提名安重根，但从中国诸多抗日战争类博物馆、纪念馆发挥的作用角度，叙述中国建立抗日战争类历史场馆的必要性、普遍性和重要性，从舆论上配合该馆在哈尔滨顺利开馆。19 日下午，位于哈尔滨火车站的安重根义士纪念馆举行开馆仪式。

我同时十分欣赏小松先生创立和倡导的“从对立文化走向共生文化”的理念。在他看来，“人类社会的发展，自有史以来有一个规律，即从对立，经过整合，获得和谐而发展，在新的发展中又产生新的矛盾(对立)，再经过整合，获得和谐新发展。这是一个反复的过程”。我非常赞同他的这一哲学理念，并以此认为他不仅是一个有远见卓识的日本企业家，而且是一个有卓越见地的国际和平研究者。小松先生认为，“安重根时代，东北亚地区处于不安定时代，之后从日、韩两国之间的战争发展到世界大战。经过长时间冷战后，开始友好往来，发展经济技术。但令人担心的是目前世界又开始出现很多不稳定的因素”。小松先生极力想通过日本对过去战争留下的负的遗产，使社会转向平和的美好未来，为此使和平事业构想得以诞生，倡导和呼吁筹建世界和平纪念馆。这应该是一个有意义的创意和建议，值得人们去思考和为之努力。

500 年前，中国明朝正德三年（公元 1508 年），心性学理论的鼻祖王阳明先生，曾经在贵州的龙场悟道，提出了“圣人之道、吾性自足”和“知行合一”的哲理。在我看来，在今天的语境下，所谓“圣人之道”，我们可以解读为“和平之道”；所谓“吾性自足”，就在于用我们的内心去感悟、去思考、去实践、去创造；如果用其“知行合一”的心性学理论看待和平，则和平建构应该是一个完整的过程，即从内心认识和平开始，通过和平行动、和平实践，去促进和平状态的实现和持续。这是我们每个人都要为之去努力的。

多年来，我始终坚信：历史与和平之间是有共生关系的，经过人们的不懈努力，历史记忆可以共生出构建世界和平的力量。因为我们不是为了历史去研究历史，展示和传播历史的目的也不是为了记取民族仇恨，更不是为了延续历史的纠结和纷争，而是为了吸取历史的教训，为了不再重犯历史的错误，为了不再有暴力、血腥和恐怖，为了构建东亚乃至世界的持久和平事业。因此，在我担任侵华日军南京大屠杀遇难同胞纪念馆馆长的 23 年间，做了一些有益的探索和尝试，在此向各位作一个介绍，与大家分享：

1. 侵华日军南京大屠杀遇难同胞纪念馆既是一座历史博物馆，同时也应该是一座和平博物馆。该馆是于 1985 年 8 月纪念中国人民抗日战争胜利 40 周年建成开放的。由于当时占地面积小、展陈内容有限、历史研究水平不高等因素，该馆曾经是一座单一的纪念性的南京大屠杀历史陈列场馆。本人是于 1992 年到该馆就职履新的，在我担任该馆馆长 23 年时间里，对我影响较大的转折点，发生在 2001 年 12 月 13 日晚，在美国旧金山圣玛丽诺大教堂，我们与美国基督教、天主教、犹太教、佛教、伊斯兰教等五大宗教合作，五大主教从全美各地飞到旧金山，举行 3000 人的和平祈祷仪式，为九一一遇难者祈祷（遇难后 3 个月），为南京大屠杀遇难者祈祷，为世界和平祈祷。五个不同宗教走进一座天主教堂，这在美国历史上也是很少有的。在五大主教及其教徒们逐一念经的过程中，容纳 3000 人的教堂鸦雀无声，大家被教堂的气氛所震慑。这是我有生以来第一次经历这个场面，非常受教益，感到唯有和平是跨国界的，跨民族的，跨界别的。

美国旧金山和平祈祷仪式是我从事和平事业的一个转折点，也是侵华日军南京大屠杀遇难同胞纪念馆和平建构的一个转折点。此后，和平成为主旋律，成为建馆主题词。首先从建馆理念上，由过去单一的历史主题变换为历史与和平双主题。具体表现在扩建馆的布局上，2007 年该馆扩建时，将平面布局的前半部分设为历史陈列，后半部分设为和平公园，将立面上建成和平之舟的造型。二是拓展了国际和平交流的范围。先后与法国冈城和平中心、俄罗斯卫国战争纪念馆、韩国独立纪念馆、韩国济州岛四三研究所等和平博物馆，进行了多次双向的交流，具体为互办展览、互派人员互访。三是加大了和平相关的活动。从 2002 年起，将每年 12 月 13 日单一的“悼念南京大屠杀遇难同胞遇难××周年仪式”，改变为“悼念南京大屠杀遇难同胞遇难××周年仪式暨南京国际和平集会”。同时，每年的 12 月 13 日，邀请中、日、韩三国的僧侣来到南京，在纪念馆里举办“世界和平法会”，超度南京大屠杀遇难者的亡灵，祈祷世界和平。此外，还邀请海峡两岸暨香港的音乐人士，共同演奏大型中国民乐《和平颂》，除了在南京、北京演出外，还到欧洲维也纳金色大厅演出。组织南京中小学生成立和平鸽合唱团，参加在日本福井市举办的日本音乐节演出，使得中国的孩子们从小为和平而歌唱，让和平在他们的心里扎根。

2. 致力于和平学在中国的推广，推进和平学的落地生根。2001 年开始，我们成立了“南京国际和平研究所”，我本人担任所长，特聘日本立命馆大学和平博物馆馆长安斋育郎教授作为名誉所长，翻译了日本立命馆大学助理教授池尾靖志著《和平学入门》一书在中国出版（南京出版社 2004 年 10 月版），2015 年 1 月在南京出版社翻译出版了 5 本西方学者的和平学书籍中文版：如《和平学译丛：和平学研究的新范式（亚太篇）》《和平学译丛：人民、和平与权力：冲突转化的实践》《和平学译丛：人类安全的挑战》《和平学译丛：全球化和环境挑战：21 世纪的安全观重构》《和平学译丛：面对全球环境变化：环境、人类、能源、食品、健康和水安全的观念》，向中国人介绍世界和平学研究的状况和水平，意在推进世界和平学在中国的传播与发展。历史上，南京“铸钟”是很有名的。近年来，我先后推动 4 口和平钟的铸造，除了侵华日军南京大屠杀遇难同胞纪念馆内的“和平大钟”外，还先后铸造了“世界和平钟”“波茨坦和平钟”“洛杉矶和平钟”，上述这些和平钟的铭文，全部都出自我手，将和平的理念溶进和平之钟里。

由作者主编并在中国公开出版的有关和平研究的书籍

为了促进中、日、韩三国的历史认知基础上的和平友好事业，2012 年在南京发起召开了首次“历史认知与东亚和平论坛”，邀请了中、日、韩三国 148 名专家学者到南京，在紫金山下座谈讨论，由于此次会议的成功，导致该论坛至今仍然保留，由中、日、韩三国轮流主办，每年一次。特别是在南京的那次会议上，促成了中、日、韩三国学者共同编撰历史教科书，经过 3 年时间，先后在南京、北京、东京、首尔等地召开 10 次研讨会，终于在 2005 年 5 月，由中、日、韩三国出版社分别出版，由中、日、韩三国学者共同编撰，用中、日、韩三种文字出版的历史教科书。

为了使国际和平学在中国落地生根开花，我先后到南京大学、南京农业大学、南京东南大学给大学生们讲授《和平学 ABC》，到社区街道去市民们讲述《和平学是一门生存的科学》。我们还与南京市教育局合作，在南京市的中小学校范围内，举行创建“南京校园内的和平”活动，先后命名了 10 所中、小学校为“南京市和平学校”。还与南京团市委合作，在南京市部分社区开展和平创建活动，命名了 10 个“南京市和平社区”，以调动和促进南京市的和平创建活动。

3. 积极开展和平学的研究，发表了一批和平学研究的成果。我还先后在报刊上发表了《邓小平是中国和平崛起理论的伟大倡导者》的论文，在2004年南京市社会科学界纪念邓小平同志诞辰100周年研讨会上发表，刊载在《南京社会科学》期刊总194期上；《彰显历史文化与构建和平南京的思考》的论文，于2004年4月20日在南京首届历史文化名城博览会"文化与城市性格高层论坛"上发表，该论文获得唯一的特等奖；《生活中的和平》，发表在《南京国际和平研究》期刊2004年8月第3期上；《构建民族和解之基——松冈环〈南京战·被割裂的受害者之魂〉读后感》，发表在《抗日战争研究》2005年第3期上；《愿南师附中成为一座中外闻名的和平学校》，发表在2006年11月10日《南京日报》上；《南京构建国际和平城市研究》（该篇文章获得江苏省政府应用型社会科学一等奖），发表在《南京社会科学》杂志2007年第1期上；《构建连接历史与和平的桥梁》，发表在2008年12月中、日、韩三国东北亚和平国际学术研讨会文集上；《南京大屠杀期间有朝鲜军人组成的日本军吗?》，发表在韩国《东北亚历史研究》2009年11期上，廓清了南京大屠杀期间没有朝鲜籍日本兵的传说，受到韩国学术界的广泛好评。《南京记忆，给和平更多启示》论文，发表在2015年10月12日《人民日报》第5版"评论"专栏上，同一天的《人民日报》海外版还以日语刊登了全文(《南京記憶、平和に更なる多くのヒントを与える》)。我还执笔撰写了2008年至2013年6份《南京城市和平宣言》，在南京和平集会上由南京青年代表朗读，并一一发表在《南京日报》上。

此外，我还撰写和出版了一些和平学的著作，如《世界和平学概况》，南京出版社2006年9月版；《和平学概论》，南京出版社2012年8月版；《为未来讴歌——朱成山和平学研究文集（上、下册）》，新华出版社2009年8月版；《站在历史与和平视角——朱成山文集（上、下册）》，南京出版社2013年12月版。这些和平学研究的成果，无论是在报刊上发表，还是结集出版成书籍，均会对中国的社会产生一定的影响力，力图为构建世界和平持续地鼓与呼。

无论从土地、人口和资源来看，亚洲都是世界上最大的洲。亚洲也是人类文明的启蒙与发源地。直到 200 年之前,世界其他各洲依然无法与亚洲相比。但是,近 200 年来随着产业革命在欧洲的兴起,帝国主义国家为争夺市场和资源,历史开始发生了重大的演变。从 18 世纪开始,经过 19 世纪的鸦片战争等一系列侵略战争,直到对世界实行瓜分和再瓜分的两次世界大战,亚洲成为落后挨打、备受侵略凌辱的集中地区,其中的中国、韩国等国家和地区的苦难更为深重。当年的韩国义士安重根先生,不畏个人的生死,以亚洲和平乃至世界和平为己任,勇于向日本军国主义势力作斗争,其精神感动了无数仁人志士。

二战后的世界有了很大的发展和进步,许多有识之士都认为,19 世纪是欧洲起家和领跑,20 世纪美国人称霸,21 世纪亚洲将无可争议地崛起。亚洲崛起是地球上的大事,而在这一过程中,东亚各国的团结与合作,对促进亚洲的整体联合是必要的。王阳明先生曾经提出"致良知",被称为"良知之学"和"良知之问",特别是其"无心外之物"的论断,发人深省,其中最为重要的,就是人的心灵态度决定行为方式,意即内心光明世界就会光明,内心宽阔世界就会变得宽阔,人人内心有良知,世界就会有良知。如果根植到建构和平的事业中来,那就是内心和平,世界就会和平;人人内心有和平,世界就会有和平。让我们大家一道为世界持久的和平去努力。

中国抗日战争史学会　副会长
南京国际和平研究所　所　长
侵华日军南京大屠杀遇难同胞纪念馆　原馆长
朱成山　研究员
2017 年 3 月 13 日　于北京

魏亚玲在收到我在韩国的发言稿后,很快翻译成了日文,然后交给小松先生,他十分高兴,通过魏亚玲向我表达感谢:

朱馆长:您好!

非常感谢您在百忙中特意准备发言稿,我这两天抽空翻译给小松社长。

我给小松社长打电话做了汇报。小松说您在百忙中寄来这么令人鼓舞的稿件，真是太感谢了。让我代他向您致谢问候。

韩国的活动情况回头再跟您联系。谢谢。

小松电机产业　魏亚玲

2017 年 3 月 14 日

魏亚玲还将小松昭夫先生在韩国会议上的发言稿转发给了我，从中了解到他对日、韩、朝三国乃至世界和平友好的渴望，并为世界和平采取一些行动，作出自己的努力。特别是“共生文化”的理念富有新意，值得关注和倡导。

朝鲜半岛与日本列岛在人类历史转折期所起的地缘政治学作用

由于核扩散，全球变暖，以及长时间积蓄的社会体系的扭曲，导致全球一体化时代金融界发生动摇，“诚信”丧失，粮食、能源、矿物资源价格世界范围上涨。社会各界陷入令人担忧的混乱状况。全球一体化时代的来临，也是考验人类智慧和勇气的时候。从对立文化走向共生文化，这是解决全世界闭塞状态的唯一之路。而这种转变究竟在何时、何地，应该由谁来推进呢？在探索这一系列答案的时候，我意识到：在亚洲拥有着近代先进文明的朝鲜半岛和日本列岛，由于特定历史背景的制约，不断萌生出对立·怨恨能量。因此，这个地区担负着改变人类命运的重要作用。

在坚持不懈的努力下，从 2003 年开始由中国政府发起六国协议。这表示着联合国常任理事国，也是核大国的中国、美国、俄罗斯开始以世界的角度关注这个地区。在朝鲜半岛和日本列岛之间，以日本海/东海称谓问题，竹岛/独岛所有权问题为代表的怨恨种子在近代历史中萌生，直到今天仍处于僵持状态。

在韩国、朝鲜、日本，已率先具备列举过去、现在，以及对未来预测等问题，引导其扬弃(Aufheben)对立能量，促使共生文化产生的条件。

1988 年，在日本岛根县松江市小松电机产业株式会社创办之地开办“知革塾”，1994 年成立人间自然科学研究所。20 多年来，通过在国内外开展演讲、研讨会，出版相关书籍，修建铜像，访问世界战争和平纪念馆并敬献花圈，捐款，接受媒体访谈，启蒙教学活动等，发展到今日。尤其在今年，从出云大社的负责人千家尊佑先生处获赠题词——出云大社神语“幸魂奇魂”，委托中国学苑出版社出版了日、中、英、韩四国语的《中国古典名言录》。以上活动均以日、中、英、韩、法五国语言刊登在研究所的网站中。迄今为止进行的活动之所以能够顺利进行，这都是得益于日本国内，以及来自中、韩等世界各国人士的支持，在这里表示衷心的感谢。

在欧洲以宿敌著称的德国、法国为中心，构筑了由欧元为统一货币的共同文化圈，共同拥有差异并存的历史教科书。率先把低碳社会作为目标，从地下资源文化向利用风力、太阳能等地表资源文化转换，这些努力均正在进行并可以看到。

在日本，以经济高速增长期的公害和石油危机为契机，开始进行环境、节能技术的开发，并在1992年的巴西峰会被称为环境大国。但是，1997年缔结京都协议书以后，虽然致力于减少加工厂数量，但整体的排放量却大幅增加。近几年随着少子老龄化和债务累积的扩大，对健康保险、养老金制度的不安担忧，由住房贷款问题引发的资源价格暴涨等不安定的因素逐渐增多。同时，随着破产企业放弃债权，又导致企业频繁再生，这样恶性循环最终导致官民间的互相信赖度降低、世代对立、地区对立、国家对立等复杂关系缠绕，进而陷入找不到出口的困境。各种社会现象的产生，使得人们对政治家、官僚产生不信任，及掺杂愤怒感的绝望。以至于杀害亲属、当街杀人、自杀等难以理解的事件频繁发生。死刑以史无前例的速度被迅速执行。使人觉得这样不但不能解决根本问题，而且会使状况更加混乱。

在韩国，也出现少子高龄化，学费暴涨，首尔一点集中、国内经济不振等现象。随着美国进口牛肉问题的加重，以年轻人为主的抗议活动在全国范围展开，另外诱拐儿童事件增加等导致社会呈现出不安的状况。

日韩两国如果照这样持续发展下去，不难想象作为社会基础的“诚信”“分工”机能将会失灵，社会内部也将走向衰败。

在朝鲜，由于“六国协议”长期化使得食品、能源等困境接连发生。在核大国，同时也是联合国常任理事国的美国、俄罗斯、中国，其国内也存在着严峻的问题。因此，由一国领导世界将是非常困难的。

当今世界，随着亚洲近代化飞速发展，造就了工业化社会的日本和韩国，以及拥有丰富地下资源的朝鲜。这三个国家在发挥各自作用的同时，引导其扬弃怨恨和对立能源。应该就环境及健康问题，与各国各民族及世界范围的赞同者协力，共同创造亚洲式低碳社会的模型。虽然没有引起战争，但是一边压抑曾经的积怨，一边将其延续至今的三个国家，现在已具有有利条件，可率先将重视结果的竞争·对立文化向重视过程的竞争·共生文化转变。这种转变过程将为看不见未来充满纷争的地区带来希望和勇气，与此相关最急迫的课题是对停战协定的期盼。

因此我认为，在这三个国家会确立普遍的认同性，萌生真正的爱国心，面对其他国家的合作者也会感到生存的意义和自豪感。

岛根县设立“竹岛日”(2005 年)；关系日本海/东海名称问题的鸟取县碑文问题(2007 年)，在日韩两国引起很大反响。同时，由于小泉纯一郎首相访朝(2002 年)和参拜靖国神社，致使日本列岛、日本海、朝鲜半岛以及中国成为紧张区域，这个事实众人皆知。

在韩国、朝鲜、日本之间，残存着甲午战争、明成皇后暗杀事件、伊藤博文遇袭、安重根处刑、日俄战争、朝鲜殖民地化、创氏改名、强迫劳动、遭遇战争、随军慰安妇、绑架问题、遗留妇女等至今未解决的问题。

如果力量失衡、世界不稳定的话，以上问题什么时候发生也不足为奇。回顾历史可清楚看到：细微小事会引来大灾难。

今年 5 月，我在访韩时，在国旗飘扬的日本驻韩大使馆前，偶然目睹了年过八十的原随军慰安妇们的抗议活动。从现场得知这样的活动每周三举行，到现在已经超过 800 次。现场的气氛以及惊人的抗议活动数字使我受到强烈冲击。当时，装甲车及众多韩国警察出动维护治安，慰安妇们向日本提出要求其在国会道歉的市议会决议报告。随后还有幼儿园孩子们的合唱，年轻男女的舞蹈演出。看着她们备受安慰的样子，当时的心情无法用言语来表达。这一被置之不理的情况，实际上就是在等待她们死亡，即使被这样认为也是没有办法的。

此时我发现这是关乎日、韩两国和民族衰败的本质问题；关乎着日本人、韩国人的见识、智慧和勇气。人类具有其他生物所没有的尊严。她们在战争中遭遇苦难，丧失了尊严。我们日本人、韩国人，如果有作为人最起码的觉悟的话，就不应该对她们在战后很长时间为争取尊严而进行的活动置之不理。为解决这个问题，很多人都付出了努力，但是至今仍未得到根本解决。

2007 年 4 月在华盛顿邮报上刊载了来自美国市民团体关于“慰安妇真相”的报道，继而在 6 月刊登由日本国会议员和名人联合签署的意见书，这个问题被广泛传开。结果，美国上下议院，以及加拿大、荷兰、欧盟、菲律宾、澳大利亚等国议会一致决议要求日本政府进行正式道歉。虽然不是强迫执行，但是可以清楚地看到，在全球一体化时代如果长时间无视这个事实会产生极其深远的影响。

作为紧张地区的韩国、朝鲜，以及对岸的日本，应获得美国、中国、俄罗斯乃至世界的理解，扬弃对立和怨恨能量，在朝鲜半岛和日本列岛创造和平潮流。对于人类来说迫在眉睫的课题为：以全球变暖为代表的环境问题，以禽流感为代表的健康问题，人类有必要超越国境一同致力于从事和平事业。

在这里我有一项提议，建设拥有近代战争牺牲者全记录的纪念塔。把世界战争与和平博物馆通过网络连接，设立综合性和平战争展馆，将相关的所有照片与录像收录其中。通过国际和平环境健康会议馆的策划、建设、营运，明确在韩国、朝鲜、日本实现世界恒久和平的作用，我想这样最终才能促进各国间矛盾的和解。即将建设的世界和平模型，会为充满纷争地带的人们提供创造和平潮流的勇气和智慧。

中世纪日本具有代表性并带来巨大影响的思想家二宫尊德先生留下这样的话：“没有经济的理论为无稽之谈；没有理念的经济为罪恶”、

"一家衰败万家兴起"、"谦让"。少子老龄化问题愈发加重，企业向周边各国不断流出，尽管如此，为了维持眼前生活给子孙留下负债的人会被称之为经济动物。如果连过去的战争积怨一起留给子孙的话，将变成吞噬子孙的梦想与希望的吸血鬼。日本经历了第二次世界大战，韩国在经历朝鲜战争后，在野火燎原状况下，受到西方社会各界的支援，并与国民共同努力构筑了今天的富裕社会。

现在，受到恩惠的美国，提供廉价大量石油的中东各国，都面临着相当困难的局面。一边享受富裕生活，一边为很小的一块岩礁、那片海域的名称问题而消耗大量能量和时间的两国的景象，在至今受到恩惠的国家及人民，以及十几亿人一天仅靠不到一美元而生活的人们的眼里，将会留下怎样的印象呢？作为一个真正的人，应尽快从这样的状况中走出，面向世界建立和平模型。这是日、韩两国复兴，以及对发展至今有恩于我们的世界人民所负的义务和责任。

在全球一体化时代，从世界人类史的视点出发制定州训，随后其他各州也逐步制定相应的州训。所有州的州训的总和就是国训，在具体实行的过程中根据差异，如果能诞生几个政党的话，21 世纪的新议会制民主主义就产生了。面临艰难时代的日本和韩国难道不应该一起研究讨论吗？如今，世界上呈现的困难现象，把握产生共生文化的困难所在的同时，如果不加入到其中而是放任不管，或者只是以提出对策而告终的话，将无法避免社会内部的诚信丧失。10 月 6 日召开第六届国际和平博物馆会议、分组讨论会，以及出云论坛，目的在于通过此次会议，将由怨恨能量产生的对立文化与经济相调和，引导其向共生文化转变。

之前提到的随军慰安妇问题，如果想到她们长期遭受的苦难和年龄，我们一刻也不能再犹豫。如果这个项目能够顺利开展的话，将重新点燃她们生存中的尊严之火。从这里发起永久和平潮流，在人类历史中尊严的火种永远不会熄灭，而且在日、韩两国国民中，把这种恩惠广泛流传，我想这将变成人类永久的财富。这才是诞生真正和平、环境、健康的入口。在这里由衷期盼得到韩国、朝鲜民主主义人民共和国、日本，以及世界各国人士的赞同与支持。

一般财团法人人间自然科学研究所

理事长　小松昭夫

2017 年 3 月 10 日

在这里，我之所以全文照录小松先生这篇长长的论文，主要是让读者从中感受一下他对和平的积极态度，以及一些建言和理念，得知他的确是一位超越日本国界的国际和平主义者。

2017 年 12 月 13 日，是南京大屠杀死难者遇难 80 周年，小松先生与魏亚玲女士再次接受邀请来到南京。我与小松先生和魏亚玲女士等一行参加了国家公祭仪式，还邀请他们在侵华日军南京大屠杀遇难同胞纪念馆附近的同庆楼酒店小聚，共叙友情。

2018 年 1 月 6 日，我的老父亲年老体衰去世，享年 88 岁。为了不麻烦他人，丧事从简。但不知身在日本的小松先生怎么知道这一消息，让魏亚玲女士发来一个慰问信，着实令我感动不已。

我想，世界上评价好朋友的标准可能有很多种，但关注朋友自己及其家人的安危就是其中的一种。当小松先生在妻子病故陷入悲痛之后，我及时发去安慰信；现在当我失去慈父时，他也发来信函劝慰我，体现了一种朋友的情分。下面是魏亚玲转发给我的小松先生中日文本慰问信：

朱馆长：您好！

我把您父亲逝世的消息转告小松社长后，小松社长让我发致哀慰问信给您，请见附件。

弔（日文）

朱成山 館長様：

この度、お父様のご逝去を悼み、謹んでお悔やみ申しあげますと共に、心からご冥福をお祈りいたします。

最愛のお父様が他界されたお悲しみは、計り知れないものとお察しいたします。

一日も早く悲しみを乗り越え、心穏やかに暮らすことができますようお祈り申し上げております。

一般財団法人人間自然科学研究所 理事長
小松電機産業株式会社 代表取締役 小松昭夫
2018 年 1 月 10 日

追悼文(中国译文)

朱成山 馆长先生:

您好。得知您父亲逝世表示慰问,诚挚地深表哀悼,并衷心祈祷您父亲在天安息。

我想您失去慈父的悲伤是不可估量的,在此衷心祝愿您节哀,化悲痛为力量尽快恢复平静的生活。

一般财团法人人间自然科学研究所 理事长
小松电机产业株式会社社长 小松昭夫
2018 年 1 月 8 日

另外,我当年失去敬爱的父亲时,很长时间从痛苦中走不出来,后来听了一位朋友告诫的一段话后慢慢恢复。

朋友告诫的话大意是:父母最大的愿望就是希望自己的儿女生活幸福美满,如果他们看到自己的儿女总是这么悲痛,他们也会痛苦的。

以上,仅供参考。

另外,小松社长今年计划有 2 次出访北京的计划。

1. 1 月 29 日—2 月 2 日。29 日接受东京的中川先生(2015 年 12 月您在东京见过面)的邀请去天津。2 月 1 日跟中川先生一行分手后从天津到北京,2 日返回日本。

2. 6 月份(具体日程待定)计划去北京参加张可喜先生执笔的《小松经营实践记》,以及小松的经营理念书籍出版会。

以上的详情,等您好好休息一段时间后再跟您联系,希望得到您的指点。

请您节哀! 多保重身体!

小松电机产业 魏亚玲
2018 年 1 月 14 日

7 月 23 日，我再次接到魏亚玲的来信，及时向我通报正由张可喜先生与东方出版社，出版两本关于小松社长经营方面的书，预计年内在中国出版。一本是《小松社长的经营理念手账》，通过工作手账表达小松的经营理念和方式；另一本名为《小松社长的经营之路》，主要是写小松社长白手起家创业到现在的经营实践。

看来，小松先生不仅对世界和平有所建树和努力，作为日本企业家的经营之道，也在不断地总结，以奉献给日本和中国等国企业家们去学习和借鉴。

除了小松昭夫理事长外，在我担任侵华日军南京大屠杀遇难同胞纪念馆馆长的 20 多年里，究竟接待过多少日本企业家来馆参观访问，这个数字已经无从考证。但在交往的过程中，能够留下记忆的，也有不少位。

2000 年 11 月 5 日下午，日本卡乐 B 公司副总裁松尾康二先生一行三人，专程来到侵华日军南京大屠杀遇难同胞纪念馆，向馆里捐款 1 万元，以支持传播南京大屠杀史实和开展更为广泛的幸存者调查工作，从而表达他们维护历史、促进中日友好与世界和平的决心和诚意。

卡乐 B 公司是日本一个家喻户晓的企业，此前曾经多次通过各种形式的实际行动来促进中日友好事业。如 2000 年 8 月 10 日，他们曾经在广岛组织了一个以侵华日军在哈尔滨犯下的“731”罪行为题材的、名为“恶魔的饱食”的大合唱。他们在哈尔滨、沈阳、北京、南京等中国许多城市组织这样的大合唱。他们还在中国的北京大学、辽宁大学设立奖学金，支持中国的教育事业。在日本众多企业、财团公开支持右翼势力否定侵略与加害历史的今天，卡乐 B 公司松尾先生能够这样敢于正视历史、努力促进中日友好事业的行动，无疑是值得肯定的。

在此次捐款仪式上，松尾康二先生对我说：“正确认识和维护历史是构筑日中友好的基础。日中两国人民都是二战的受害者，但日本又同时是侵略中国的加害者，为避免历史的悲剧重演，我们应该携手共同维护历史的史实。我不是军国主义者，但作为有战争记忆的最后一代日本人，我有责任向中国人民表示真诚的谢罪，这也是我们此行来南京捐款的目的。”

我代表侵华日军南京大屠杀遇难同胞纪念馆接受了松尾先生的捐赠。

2000年11月5日下午，日本卡乐B公司副总裁松尾康二（左）向侵华日军南京大屠杀遇难同胞纪念馆捐款

感谢他们的捐赠，并向他颁发了捐款证书，回赠了有关南京大屠杀的资料书籍。

杉弘行先生是日本艾斯凯杰贸易公司创始人和董事长，他在日本国内设立了13个会社，在中国北京、天津、沈阳、苏州、南京等地投资和合作5个公司，并已经有20年。

2012年3月14日，他来到侵华日军南京大屠杀遇难同胞纪念馆，就同年2月20日名古屋市长河村隆之否定南京大屠杀一事向南京人民致歉，并怀着对南京大屠杀受害者的内疚之情和对历史的责任感，向南京大屠杀幸存者援助协会捐款100万日元（约合7万多人民币），以此向南京大屠杀幸存者们表示道歉和慰问，愿他们身体健康，晚年幸福。

在南京大屠杀遇难者名单墙前，杉弘行董事长向南京大屠杀遇难者敬献花圈并默哀。他说："2月20日发生在日本名古屋市的否认南京大屠杀事件，的确是令人遗憾的事，让我们这些长期致力于中日友好交流的日本企业家们痛心不已。”他说，他希望能以自己的实际行动，驳斥日本少数不负责任的政治家的荒唐言论，告慰南京大屠杀遇难者在天之灵，并为南京大屠杀幸存者做点力所能及的事情。

杉弘行董事长还表示，今后准备联络更多的日本企业，向南京大屠杀幸存者捐款。他以前曾多次来过纪念馆，今天他之所以再次来到这里，就是为了重温南京大屠杀历史，悼念遇难者，以史为鉴，永远不让历史的悲剧重演，绝对不希望重走军国主义的老路。他说，在日本，否认南京大屠杀存在的只是少数人，日本政府和大多数日本人是承认曾经在南京发生过这一不幸历史的。虽然南京与名古屋暂停了官方交流，但他对中日两国未来的友好合作有着足够的信心，他坚信南京是一个中日和平友好交流的特殊城市。

图为杉弘行先生在向南京大屠杀遇难者敬献花圈

杉弘行先生是一位有良知的日本企业家。他虽然出生在战后，没有经历过那场战争，但他多年来不仅为中日两国经济和文化交流做出了许多贡献，而且主动多次来到侵华日军南京大屠杀遇难同胞纪念馆参观与学习历史，并致力于向日本人民宣传南京大屠杀的历史真相，为中日和平友好奔走呼号。那一天，更是满怀愧疚之心向南京大屠杀幸存者捐款，为抚慰幸存者受伤的心灵做了件实事，这一对历史负责任的精神值得赞扬。

2010年4月16日，我接到了南京市外事办公室一份传真件，告诉我4月23日上午有一日本企业家代表团，特意前来侵华日军南京大屠杀遇难同胞纪念馆学习历史，商请我届时能否给他们上一堂历史课。并特地强调指出，“他们都是日本知名企业的中层以上的干部，本着正视历史的态度来宁参观，因此，盼您百忙之中给予安排，不胜感激”，云云。

接过“日本企业家代表团人员名单”一看，47个人，几乎都是日本著名企业的代表，如日本烟草公司、三菱UFJ信托银行、三井物业、三井住友、三井不动产、商船三井、资生堂、三菱重工、三菱化学、三菱商事、朝日啤酒、武田药品、大正制药、中外制药、东芝电力、东京电力、大和运输、住友商事、NTT、日本IBM、日本7—11等公司。特别是还有几位公司大佬级人物也名列其中，如日本中华总商会会长、EPS株式会社社长、ISL主干事严浩，原波士顿咨询集团总裁今村英明，Hoosiers公司总裁广冈哲也等。

这个代表团的团长是日本ISL企业研修公司理事长野田智义，他已经多次组织日本企业家来馆参观，我与他是老朋友了。既是如此，当然没有推脱的理由，虽然那天我的确很忙，中午还要赶到扬州去参加中宣部调研组的“社会主义核心价值体系建设座谈会”，时间匆匆，但我还是愿意奉献服务。便愉快地答应了南京市外办的要求。

果然，是日上午10时20分，日本企业家们准时地坐在侵华日军南京大屠杀遇难同胞纪念馆的报告厅内，等待听我的讲座。据说他们在展厅内并没有看完，因为时间到了，怕耽误我的时间安排，就先来听课，课后再接着去参观。日本人普遍地守时并尊重他人的时间，这是他们的一大优点，值得我们学习。

我从为什么要建立侵华日军南京大屠杀遇难同胞纪念馆讲起，再讲到建馆的目的、陈列的内容、历史的遗址以及纪念馆的功能和作用，然后逐步过渡到我要讲的重点，即作为当时的中国首都南京，1937年初的人口总量及面积、南京沦陷前的人口总数，以及南京沦陷后国际安全区的人口总数及其面积，藉此揭露日本右翼势力有意混淆概念，把安全区的面积当作整个南京市面积，把安全区人口当作整个南京市人口。此外，重点讲了南京大屠杀30多万人遇难的数字由来，特别强调这个数字是战后远东国际军事法庭，及同盟国南京军事法庭，分别在 1946—1947 年做出的法律的定论，是历史的定论，是任何人都推翻不了的历史事实。最后，我讲了现代南京人反不反日本，并举 2005 年南京没有爆发大规模的上街反日游行的例子，说明现代的南京人比较理性，反对的是篡改历史的日本右翼势力，并不是反对所有的日本人。这个话题是在场的日本人没有料到的，他们对我直率的表述给予好评和好感，给予了热烈的掌声。其实，我说的是事实，我们中国人是有胸怀的，是非曲直、谁好谁坏一直是拎得清的。

我的讲座持续了一个半小时，日本企业家们听得认真，我也讲得有激情，虽然并没有讲稿，并且我身体因患感冒咽喉有点不舒服，但有意义的事总是令人乐此不疲的。

讲课结束后，照例是日本人提问，我来回答，进入双方互动性的交流环节。

团长野田智义先生率先站起身来说："去年我们日本企业家代表团来到贵馆，曾经听了馆长先生讲了南京大屠杀的历史，今年我们又来了，是因为学生不同了，这批 43 名学生，全都是日本著名企业未来的中坚力量。中日两国是邻居，应该不忘过去，尊重事实，以史为鉴，引领未来。对历史不能不尊重，因为历史对于今后的人生有价值，有参考。战争是残酷的事实，人类在战争工具面前是软弱的，失去人性的社会就会变成战争机器。我姓野田，贵馆的展览中有个杀人竞赛的日本少尉叫野田毅，和我同姓。但我认真地查过，我与他没有丝毫的血缘关系。了解和反省南京大屠杀的历史，对人生是有意义的，正是从这个角度来看，今天听了一堂生动的历史课。"

接着，来自日本富士施乐公司的大西美佐子女士举手要求提问，我知道这是一家全球最大的数字与信息技术产品生产商，也是一家全球 500 强企业。她说："10 年前，我来过贵馆，这次来，看到了侵华日军南京大屠杀遇难同胞纪念馆扩大了很多，请问与以前相比，主要有什么不同?"我从纪念馆扩建的理念、新建的项目、功能和特色的提升等几个方面，回答了客人的问题，又赢得了一阵阵掌声。

还有些日本企业家提出了日本人来纪念馆多不多、日本青少年来纪念馆多不多等问题，我一一做出了回答。

因时间关系，对话结束了，讲课也结束了，但沟通与理解却是一道未完的话题。

有人这样说，一切源于教育。在当今日本近代史只有受害历史教育、几乎没有加害教育的偏向教育氛围中，日本企业家能够自觉来南京接受日本加害的历史教育，其实也是不简单的，因为不是所有日本企业或日本人愿意接受的。仅仅从这一点上来说，就值得肯定和欢迎。

我觉得，我上了一堂十分有意义的课，不仅仅是为了这些日本企业家们。

第七章　大贺和男及勇于报道历史真相的日本记者们

2016 年 12 月 4 日。下午 1 点。日本福冈县教育会馆大厅里。

我正忙着与各位日本朋友打招呼时，身后传来了熟悉的声音。

“秀——桑（朱先生），您好！”

随着一半日语一半汉语的问候声音，一对日本夫妇笑着向我走近。

大贺先生，您好！夫人好！

老朋友又见面了！

我们的手紧紧地握在了一起。

1995 年 8 月 16 日，《金陵晚报》刊载一条消息称：日本《每日新闻》社冲绳那霸支局局长大贺和男夫妇，15 日专程来到南京，向侵华日军南京大屠杀遇难同胞纪念馆捐款 200 万日元。据悉，这是该馆建馆 10 年来日本人捐款中数额最大的一笔。

大贺和男是瘦弱的文人形象，1 米 75 左右的身高。可能是常年在大海边风吹日晒的缘故，脸庞也是黑黑的。但一脸的笑容，为人十分谦逊。

作为一名日本老记者，而且是《每日新闻》大报冲绳那霸支局局长，为什么他要专程来到南京？为什么要向侵华日军南京大屠杀遇难同胞纪念馆捐款呢？

作为侵华日军南京大屠杀遇难同胞纪念馆馆长，我主持了那次捐款仪式并亲手从大贺先生手里接过了捐款，也曾亲耳听到他在捐赠仪式上说出了自己的心里话：他从事了24年的新闻报道工作，最令他难忘的是1998年8月的中国之行。他那时第一次知道了日军在中国的罪行。回到日本后，他想把日本军国主义当年在中国犯下的罪行告诉每个日本人。于是，他把在中国的所见所闻编辑出版了一本书，名字叫做《日本军在中国干了些什么?》，在日本“苇书房”正式出版。而这200万日元就是他出版此书的稿费。

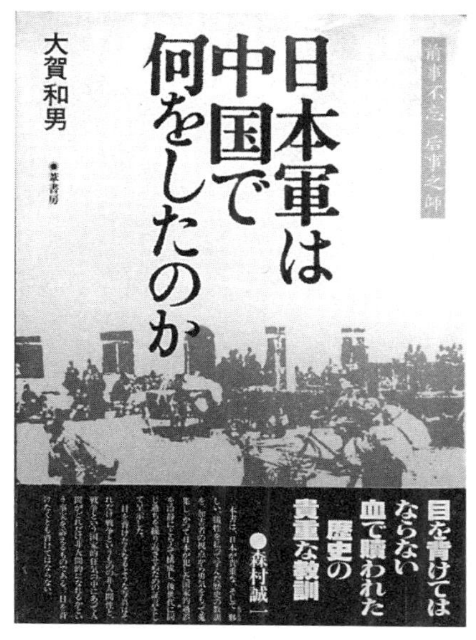

曾任日本《每日新闻》冲绳县那霸支局局长大贺和男的著作《日本军在中国干了些什么?》封面

1995年8月16日，作者从日本《每日新闻》记者大贺和男(右一)手中接过捐赠的书籍

此次，大贺和男是和夫人大贺真理子一道来南京的。他告诉我，其夫人对于他此次的捐款也是十分支持的。

后来，大贺先生从冲绳那霸支局调往鹿儿岛支局任局长。在我到鹿儿岛访问时，他曾以当地主人的身份热情接待过我，陪同我到火山遗址参观。

2001 年 6 月 27 日，大贺先生给我来了一封信，告诉我调往佐贺支局任支局长，并有意向侵华日军南京大屠杀遇难同胞纪念馆捐赠 200 册《日本军在中国干了些什么?》。为此，我特意回信一封：

大贺先生：您好！

久未通信了。非常高兴收到您的来信，感到十分亲切。

衷心祝贺您从鹿儿岛支局调往佐贺支局任支局长，也谢谢您的新名片。

南京进入 7 月份后，38℃的高温已持续一个星期，实在难受，佐贺怎么样？想象中佐贺一定是个受惠于大自然、十分美丽的地方。今后如有机会，我一定前来拜访。

这次您又将新印刷的《日本军在中国干了些什么?》书籍，寄赠给侵华日军南京大屠杀遇难同胞纪念馆和长崎的冈治正和平资料馆，在此表示深深的谢意。

大贺先生的一番好意我们十分感谢，但是我们准备将这 200 册书籍在本馆销售，将其收入的一部分返还给您，作为您的出版和邮寄费用，以此感谢您的一贯盛情。

您每天都非常忙碌，请多保重身体。衷心地祝您事业更加兴旺。如有时间，请务必携夫人再次光临南京，我们等待着。请向夫人问好！

侵华日军南京大屠杀遇难同胞纪念馆馆长 朱成山

2001 年 7 月 6 日

作为日本资深记者的大贺和男先生写的这本书，有哪些内容呢？看看该书籍的目录大体可以明白他写了些什么：

第一章　南京大虐杀

第二章　关东军第七三一(细菌战)部队

第三章　张作霖暴杀现场　满铁爆破现场(柳条湖)

第四章　平顶山(三千人虐杀)事件

第五章　虎石沟万人坑

第六章　抚顺战犯管理所

第七章　媒体的战争责任

我曾经专门做过一些研究,发现有这么一些特色:

首先,这本书图文并茂,很直观地向不了解历史的日本人作介绍,是很形象的,说它是本图集也许更为贴切。

二是,这本书涉及日本侵华史的面较宽泛,有九一八事变、七三一细菌部队、平顶山惨案、南京大屠杀等等,揭露了日军多方面的暴行。

三是,这本书附录了不少日本战时报刊,从日本的战时报道的角度披露日军的暴行史实。

四是,这本书最终落脚在追究日本战争责任上,体现了著者的立场与观点,这种日本人的自我反省是难能可贵的。

著者大贺和男先生在这本书的序言里写明了出版动机,即他是于1988年8月跟随着福冈县中小学校90名教师组成的“中国和平之旅”访问中国的。他们先后参观了侵华日军南京大屠杀遇难同胞纪念馆、侵华日军第七三一细菌部队旧址陈列馆、平顶山殉难同胞遗骨馆、九一八历史博物馆、虎石沟万人坑、抚顺战犯管理所等历史遗址,拍摄了一系列照片,特别是遇难者遗骨现场后,他为侵华日军当年的残虐行为所震撼。

通过和平之旅,更加明确日本作为战争加害者的责任。为了将历史的真实传承给青少年一代,所以要编写和出版这本书。

大贺先生还在这本书的后记中进一步说明了自己这本书得以出版发行的全过程。他说:

> 去年八月参加完(中国)“和平之旅”回国以来,就对手头上的照片无比纠结。这些照片总数有五六百张,其中有业已公之于世的,也有不少尚未被人们知晓的。话说中国政府正式开始对日军相关资料搜集、整理和展示,还是在1982年日本初中社会科教科书中删除有关“侵略”

的词语，即所谓“教科书事件”发生之后的事情，距离现在还没过去多少时间。因此，作为日军侵略真相的见证者，我一直觉得有责任要做些什么。就在那时，一同前往中国的诸位先生建议我出一本影像集。而最早有兴趣主动来找我商谈的则是访华团总团长（福冈县教职员工会田川支部长）堀内忠。

“这太好了。一定让我来协助你。也想把它做成诸位先生的和平学习资料。”他极力鼓励道。而我最终下定决心去做，是在 2 月下旬的事。

再者，揭露关东军第七三一部队的《恶魔的饱食》一书的作者森村诚一，不仅给我引用其作品内容的许可，还特地为我撰写推荐文，也成为我的一大助力。

对我而言，能在晚上的九、十点钟完成记者的本职工作回到家，算是早的。而再继续伏案工作直到清晨，已记不清有多少次了。虽不能说百分之百，但至少已经把自己想要传达的东西添加进书中，在这点上还是有自信的。

不用说，正是有诸位相关人士的不吝相助，我才能够顺利完成此书。其中有为我撰写推荐的森村诚一先生和九州大学奥田八二名誉教授（福冈县知事）。有为我介绍认识森村先生的光文社多和田辉雄编集委员。同访华团的友人中，有替我制作年表的山口裕之夫妇，还有将自己拍摄的照片提供给我的西尾达也。替我将中文资料译成日文的，除中国吉林大学原讲师李万村先生外，还有同校的原讲师金子美智子夫妇（现居住于福冈市）。还有在我不熟悉的出版领域中，多次给我提出建议的苇书房久本三多社长。对大家的帮助，在此真心表示感谢。再有要顺带一记的是，我的工作单位每日新闻社也允许我在书中以复印的方式刊登部分受著作权保护的新闻（第七章）。

最后，对因遭受日军侵略而死难的中国人民，从心底里表示哀悼之意。祝愿现在这根连接日中友好关系的纽带越来越坚固。

此后，大贺和男先生究竟与我有过多少次接触，我实在难以记得清楚了。我去过日本许多城市，但从未去过冲绳，更没有去过大海中的那霸岛。在印象中，我每次与大贺和男先生在日本的相会，不管是在东京、大阪、广岛、鹿儿岛、熊本、福冈，还是在长崎，都是他乘坐飞机专程来看望我，无数次听我作演讲，无数次撰写新闻稿件报道我在日本各地的活动，无数次与我把酒言欢。在我的记忆中，他是我在日本记者中最铁的朋友。

2009 年 3 月 9 日，大贺和男（前排右一）与日本访中团一起，再次来到侵华日军南京大屠杀遇难同胞纪念馆参观访问，悼念南京大屠杀遇难者

我与大贺和男夫妇最后一次见面，是在日本的福冈。

2016 年 12 月 4 日下午，在福冈县教育会馆举行我此次访问日本的第三场讲演集会，大贺和男夫妇特地赶来参加。老朋友相见，气氛总是十分融洽。

下午 1 时 30 分至 4 时，在福冈县教育会馆，为福冈日中友协和福冈教职员工会 100 多名和平友好人士演讲。中国驻福冈总领馆副总领事孙忠宝、领事韩升良全程参加。会议由九州・冲绳和平教育研究所事务局长西尾达也

2016 年 12 月 4 日，作者在日本福冈县作讲演前，在会场与大贺和男夫妇合影

主持，福冈市日本中国友好协会会长中村元气致辞，福冈市日中友好协会顾问西尾武文翻译。大贺和男夫妇自始至终在现场忙碌和听讲，非常地关注和支持。

17 时，召开了福冈欢迎宴会，包括大贺夫妇在内大约有 15 人参加，另外还有 7—8 个中国留学生。

晚上，日本福冈的博多车站前灯光灿烂，游人如织。我在日本福冈市日本中国友好协会会长中村元气、九州·冲绳和平教育研究所事务局长西尾达也、日本《每日新闻》佐贺支局原局长大贺和男、福冈市日中友好协会顾问西尾武文、事务局长迎久江等人的陪同下，欣赏博多的夜景。

在日本，像大贺和男这样的记者朋友，我还有许多位。

对我来说，在与众多日本记者打交道中，最早的且印象深刻的要算日本漂亮女记者小宫锐子。

那是我 1994 年 8 月第一次访问日本。在东京，也是因为我作为侵华日军南京大屠杀遇难同胞纪念馆馆长，与南京大屠杀幸存者夏淑琴首次赴日

2016 年 12 月 4 日晚，作者在大贺和男(左三)、中村元气(左二)、迎久江(左一)、西尾达也(右二)、西尾武文(右一)的陪同下，观看福冈县博多车站前广场夜景

本，日本新闻界高度关注。

8 月 10 日上午，日本朋友一本正经地告诉我，下午有日本的大明星来饭店采访我们。

“大明星是谁?”我不解地问。

“小宫锐子，日本朝日电视台著名的节目主持人。因为她的个头高挑、说话语速较快，当然人也长得漂亮，很受日本观众的喜爱。凡是她主持的节目，收视率就特别高。”在日本留学的翻译王淑敏不假思索地回答。看得出，她本人就是小宫锐子的粉丝之一。

是日下午 2 时 30 分，大美女名记者小宫锐子来了。她一到饭店，立即引起不少日本人的指指点点和悄悄的议论。果然名不虚传。

经过一番场地和灯光布置，小宫锐子对我开始了循序渐进的采访：

小宫：朱先生，这是您第一次来日本吗？您是从上海飞往日本的吗？

朱：是的。

小宫：您和谁一道来日本的？

朱：和南京大屠杀幸存者夏淑琴老妈妈。

小宫：她也是第一次来日本的吗？

朱：是的。她是自东京审判之后，第一位踏上日本国土为历史作证的南京大屠杀幸存者。

小宫：一会儿，我可以采访她吗？

朱：当然可以。等会儿我去请她老人家。

小宫：谢谢！

朱：不用客气。

小宫：您这次来日本，准备去哪些城市作演讲呢？

朱：除了东京都外，还准备去千叶县、神奈川县、广岛县、冈山县、大阪府、京都府、兵库县等 7 个都、府、县的城市，参加市民集会，应邀作有关南京大屠杀历史的演讲。

小宫：您的演讲内容主要是什么呢？

朱：我打算讲“什么是南京大屠杀”“南京大屠杀的证据主要有哪些”“重温南京大屠杀史的意义”和“南京大屠杀史对于建立真正中日友好的价值”4 个方面。

小宫：请您谈谈南京大屠杀有哪些主要的证据？

朱：主要证据有如下几个方面：一是根据战后远东国际军事法庭和南京审判战犯军事法庭的判决和定论；二是当年第三国证人证言是南京大屠杀的有力佐证，如南京安全区档案，美、英、德等国驻华使馆外交人员档案，南京国际救济委员会的调查报告，当时留在南京的外籍人士信函、日记和音像资料，外国记者当年对南京现场的新闻报道等；三是加害方日军官兵日记和随军记者报道是南京大屠杀事件最为直接的自供状；四是仍然健在的千余名幸存者是南京大屠杀历史见证人；五是仍然保留着的“万人坑”遇难者遗骸和诸多南京大屠杀历史物证。

小宫：请您说说南京大屠杀 30 多万数字的根据？

朱：一是根据远东国际军事法庭的判决。该法庭判决书指出：“日军仅于占领南京后最初的 6 个星期，不算大量抛江焚毁的尸体，即屠杀了平民和俘虏20万人以上。"这里有三点需要特别引起重视，第一，用了"屠杀"的字眼；第二，判明了"屠杀"的对象是"平民和俘虏"；第三，"不算大量抛江焚毁的尸体"，这部分尸体有多少，根据大量的历史资料证明，有15多万具尸体没有被计算在内。

二是根据南京审判战犯军事法庭的判决。该法庭认定集体屠杀有28个案例，一共屠杀了19万多人；零散屠杀有858个案例，一共屠杀了15万多人，最终认定有30多万人遇难。

三是根据埋尸记录和毁尸灭迹的数量。当年社会慈善团体、伪政权和私人掩埋尸体的记录有22.6万具(慈善团体共掩埋18.5万具，私人掩埋3.5万具，伪政权掩埋6000具)，日军毁尸灭迹有15万多具。这里可能会有一些相交叉和重复计算的地方，但不会少于30万具。

对我的采访结束后，按照小宫锐子的要求，请了幸存者夏淑琴老妈妈来到镜头前，继续接受了小宫的采访。

1994年8月10日下午，日本朝日电视台著名节目主持人小宫锐子(左)，在东京专题采访了作者(右)和幸存者夏淑琴(中)

夏淑琴，南京中山陵园的退休职工，一位被侵华日军在其背部和手臂上戳过3刀，背着伤疤过了半个世纪的历史证人。这次，她跟着我来到日本，面对着日本记者的提问，面对着闪光灯，老人撩起了衣服，露出了伤疤，诉说了她一家9口有7口惨遭日军杀害的往事。

那是在1937年12月13日上午，一群日本兵把位于中华门新路口5号的夏家大门敲得山响，夏父刚去开门，残暴的日军便举枪把他打倒在地。夏母正怀抱几个月大的女婴站在院内，兽兵立即冲了上去，摔死了婴儿，轮奸并杀害了夏的母亲。另一群日本兵冲进了屋内，年迈的外公、外婆用孱弱的身体护卫着躲在床上被子里的4个外孙女。日军不由分说，“砰”“砰”两枪，将两位老人打死在床前。疯狂的日军从床上拖起年仅15岁的夏的大姐，将她按在饭桌上轮奸，事毕后又将夏的外婆用的竹手杖捅进下身，将她活活地折磨致死。夏的13岁的二姐也难逃厄运，被日军剥光衣服，按在床上轮奸致死，下身也被野蛮的日军塞进了一只花露水瓶子。夏及其妹妹吓得大哭，夏被日军从左膀和后背戳了3刀，昏死了过去。夏醒来后，一家9口人只剩下她和4岁的妹妹还活着……

面对历史证人的控诉，小宫锐子也被震撼了，她几次悄悄地流下了眼泪。

翻译王淑敏提出要与小宫锐子合影留念，小宫愉快地答应了请求，与我们几个人分别拍摄了好几张照片，丝毫没有明星那种盛气凌人和难以交涉的姿态。

俗话说，一回生，二回熟。此后，在我以后数次到东京访问被采访时，有几次撞见了小宫锐子，她总是脸上挂着微笑，主动与我打招呼，算得彼此熟悉的朋友吧。

谈起日本的名记者，本多胜一要算最著名的日本记者。他不仅是因为连续报道越南战场上的新闻而闻名全日本，而且早在1971年6至7月期间，他沿着曾经参与南京大屠杀的日军第10军（柳川平助部队）路线，在中国调查了40多天，采访和调查了100多名幸存者，以“中国之行”为栏目名，在日本《朝日新闻》和《朝日杂志》连载3个月40次，其中有关南京大屠杀的报道引起了极大的轰动效应。

1972 年 7 月 20 日，由日本创树社公开出版了他撰写的《中国之旅》一书，向日本民众介绍了日军南京大屠杀、平顶山的虐杀、从事人体试验和解剖的“满洲医大”、实施“三光”政策的村等内容，不仅在日本，即使在中国学术界，当时还没有人去现场调查与研究南京大屠杀和日军细菌战、“三光”政策等暴行的。许多日本人正是通过阅读他的图书，才了解到南京大屠杀等日本侵华史，在日本影响非常大。

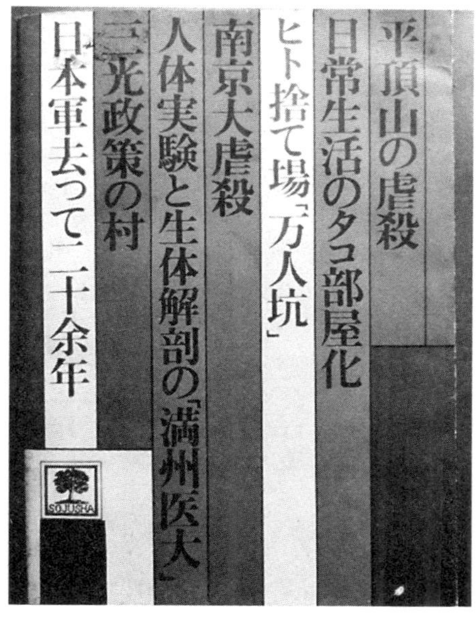

1972 年 7 月 20 日，由日本创树社公开出版了本多胜一撰写的《中国之旅》一书，向日本民众介绍了日军南京大屠杀、平顶山的虐杀、从事人体试验和解剖的“满洲医大”、实施“三光”政策的村等内容

1984 年，以早稻田大学的洞富雄和一桥大学的藤原彰为代表的日本 20 多位历史学家，在东京成立了“‘南京事件’调查研究会”，每两个月聚会一次，重点研究南京大屠杀历史问题。1985 年 4 月，本多胜一与洞富雄、藤原彰、笠原十九司、井上久士、吉田裕等学者 10 多人，从上海沿着日军进攻南京的路线调查访问，本多胜一写下了《通向南京之路》，1987 年由朝日新闻社公开出版。

1985 年，本多胜一一行来南京时，侵华日军南京大屠杀遇难同胞纪念馆馆藏资料上有记载，并留下了"'南京事件'调查研究会"在馆内江东门"万人坑"遗址发掘现场的照片。

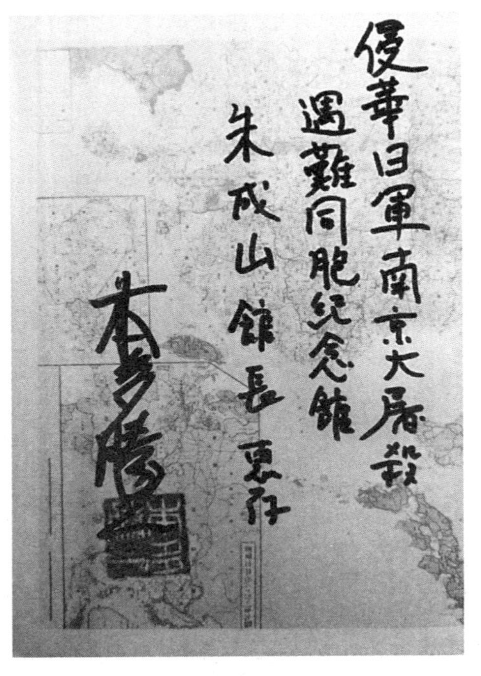

本多胜一赠送作者并亲笔题字的《中国之旅》著作

我与本多胜一先生的最早见面，是 1995 年 9 月在大阪，当时本多先生戴着一副大墨镜。见面时，送给我一本他的著作《中国之旅》，还亲笔在书的扉页上写上了几行字："侵华日军南京大屠杀遇难同胞纪念馆朱成山馆长惠存　本多胜一"，还郑重其事地加盖了他的方形印章。

时间一晃就是 8 年。

战后半个多世纪以来，"百人斩"在日本再次受到关注并成为长达 30 多年之久的争论话题，源于《朝日新闻》著名记者本多胜一的这本书。

本多在这本书中有关南京大屠杀幸存者的血泪控诉，把日本普通民众从战后长达四分之一世纪里的"集体失忆症"中驱赶出来。绝大部分日本民众是第一次从本多书里中国人的证言中，知道"皇军"在中国的胡作非为。

本多一共收到两大箱子 1000 多封读者来信，其中 95％是感谢信，只有 5％的日本人认为，为什么到现在还要提这件事，有没有必要自己揭自己的伤疤？虽然也有抗议的言论，但没有说他的报道是假的、是无中生有的。

日本右翼势力表示不能够以沉默的态度对待了，他们纷纷跳了出来，试图全盘否定南京大屠杀历史事件的客观存在，以洗刷日本侵略军过去在中国的暴行与罪责，日本史学界也开始了迄今为止 40 多年的论争。

最早跳出来批驳本多胜一的《中国之旅》是日本的作家铃木明。就在本多的调查报告在《朝日新闻》上连载的时候，铃木明在《诸君》杂志 1972 年第

4期上发表论文《南京大屠杀的无稽之谈》，公然否认南京大屠杀的客观存在。1973年，铃木明汇编几篇他所写的否认南京大屠杀历史的论文，由日本文艺春秋社公开出版并一版再版，在日本的影响非常之大。

曾为日本陆军炮兵军官的山本七平，也紧跟着铃木明否认本多胜一等人关于南京大屠杀的历史认知。他的长文《我所认识的日本军队》，也自《诸君》杂志1972年第10期起公开连载，并汇编成《我方的日本军》，由日本文艺春秋社于1975年分上下两册出版。他在书中明目张胆地宣称：南京大屠杀"实际上是不可能存在的、被夸大了的宣传"。

作为当年松井石根大将的秘书、日本拓植大学讲师田中正明也多次反驳本多胜一和洞富雄，公开为其主子日本甲级战犯松井石根鸣冤叫屈。他也在《诸君》杂志1983年第9期发表《"南京大屠杀"松井石根的阵中日记》，后经日本另一位学者考证，发现被其改写的"阵中日记"原文就有900处之多，尤其是将原文南京败兵"数万"改成"数千"，但他还是写成《"南京大屠杀"之虚构》一书，1984年6月由日本文教出版社公开出版。

1985年8月，侵华日军南京大屠杀遇难同胞纪念馆建成开馆后，这位不甘寂寞的战犯松井石根"大秘"，急不可待地在日本《正论》杂志上发表《九问南京大屠杀纪念馆》的文章。他还于1987年3月在日本谦光社公开出版《'南京事件'的总结——否定南京大屠杀的十五条论据》，在日本工业新闻出版社出版《东京审判的实质》，在日本惠文出版社出版《帕尔博士的日本无罪论》等书籍。田中正明成为日本南京大屠杀"虚构派"的代表性人物。

由于这些南京大屠杀"虚构派"日本学者的鼓噪，日本战犯遗属们认为翻案的时机到了，他们也纠集起来，向本多胜一等日本坚持南京大屠杀历史事实的学者进行攻击和反制。

2003年初，南京大屠杀"百人斩"战犯向井敏明、野田毅的遗属向井千惠子等3人，向东京地方法院提起诉讼，控告《每日新闻》《朝日新闻》和柏书房出版社以及本多胜一的相关报道和著作违背事实，因而侵犯了当事人及其家属、遗属的名誉权，要求谢罪，停止侵权行为，并支付赔偿费1200万日元（约10万美元）。尤其是在4月28日第一次开庭时，要求扩大赔偿金，由1200万日元提升到3200万日元。

该案实质是公然为日本战犯翻案。原告方提出了诸如用一把日本军刀砍一个人或几个人就会卷刃,从刀的物理性能上看,不可能连续砍杀 100 多人等例证。这是日本右翼势力攻击南京大屠杀的一个老问题了,是经不住驳斥的。

醉翁之意不在酒。一些日本人别出心裁地提出所谓"百人斩"军刀的物理性能,指责日本战地记者捏造新闻,实质上不过是以此为突破口,妄图否定南京大屠杀的历史事实。

"百人斩"杀人比赛,是日军残酷暴行事实,还是日本新闻记者开玩笑编发的,回答也是肯定的。

本多胜一对此嗤之以鼻说:"遗族的心情是可以理解的,但是,那时候承认过的事情,谈过的话怎么能否认?我认为他们提不出错误报道的证据…… 日本在战后反省不够,我作为一名记者,有追求真理的责任,不然日本人连自己曾经做过的事情都不知道,那样会被全世界的人耻笑的。"

我应"百人斩"案被告律师团渡边春己等人的邀请,曾经向东京地方法院提出一封书面证词,不仅亮明了我对该案的立场和态度,而且举例说明原告向井千惠子等人为"百人斩"案翻案是站不住脚的。后来被全文刊载在《钟山风雨》杂志 2004 年第 6 期上,这篇证词比较长,但比较清楚地说明了该案的问题,在某种程度上,强调和佐证了本多胜一在他书中提及的史实不容否认。

为"百人斩"案翻案是站不住脚的

究竟谁是受害者?是当年战犯受冤?抑或战犯遗属名誉受损?还是受害的中国人民再受到伤害?还是处心积虑地为战犯鸣冤叫屈,翻历史的案?是这起诉讼的焦点。进一步说,与其说该案是所谓的名誉权诉讼,不如说是一场关于日本战争责任问题的诉讼。

该证词的题目立场是鲜明的,直截了当的,在开头部分就指出了该诉讼案的实质所在。

一、"百人斩"诉讼涉及的历史经过与事实

1937 年 11 月 30 日至 12 月 11 日,侵华日军第 16 师团步兵 19 旅团第 9 联队第 3 大队野田毅、向井敏明两少尉，在从上海杀向南京的途中展开了杀人竞赛。

当时《东京日日新闻》（即现在的《每日新闻》），曾经连续 4 次以大标题刊登该报随军记者浅海、光本、安田、铃木等 4 人，先后于 11 月 30 日，12 月 4 日、6 日、13 日，从常州、丹阳、句容、南京发给东京的 4 篇两少尉"杀人竞赛"的实况，详细报道了向井、野田两少尉，如何在无锡的横林镇、常州车站、丹阳北面的奔牛镇、吕城镇、陵口镇，句容县城，南京紫金山等地"刀劈百人"的经过，不仅时间、地点准确，杀人过程数字清楚，而且图文并茂，消息来源明确可靠。

2003 年 8 月，本人去大阪国立图书馆查阅资料时，不仅《东京日日新闻》，当时的《大阪日日新闻》《大阪朝日新闻》等许多报纸，也都转发了两少尉"百人斩"的消息。此报道风靡日本岛，两少尉成为当时日本家喻户晓的新闻人物。

百人斬り超記錄
向井106－105野田
兩少尉さらに延長戰
百人斬り競爭の兩將校

1937 年 12 月 12 日，日本《东京日日新闻》对百人斩的报道

战后，野田毅回到日本，曾在故乡的小学校就战争中的事迹向学生演讲时称："报纸上所说的乡土出身之勇士，斩杀百人竞赛之勇士，说的

就是我。其实在追击的白刃战中所斩杀的(中国)士兵不过四五人……占领战壕后,对里面的人喊,你!出来!支那士兵愚蠢,都出来了。我叫他们排好队,然后从队伍的一头逐个砍过去……虽因为斩杀百人出了名,其实多是这样砍死的……两个人进行比赛,事后总被问起是否真的觉得没什么,我觉得没什么……"

从野田的这番惨无人道的自白中,人们不仅看出刽子手的言行令人发指,而且他不打自招地供出了"两个人进行比赛""斩杀百人出了名""斩杀百人竞赛之勇士,说的就是我"等等。值得注意的是,野田供认除了在白刃战中所斩杀(中国)士兵四五人外,其余均为对中国俘虏或百姓的砍杀。也就是说,属于"战斗行为"的砍杀不过四五人。如按前述的日本随军记者浅海、铃木12日发的紫金山麓报道中,"刀劈百人超纪录 向井106……野田105"计算,砍杀俘虏或百姓的数字仍然有100人。

依据国际惯例与分工,甲级战犯由国际法庭审判,乙、丙级战犯由战胜国法庭负责审判。战后,中国曾在沈阳、北京、上海、广州、南京等地设10个军事法庭,审判日本乙、丙级战犯。杀人竞赛两少尉由远东国际军事法庭逮捕,移送中国国防部审判战犯军事法庭(下简称南京法庭)审判。

南京法庭于1947年12月4日对向井、野田两战犯进行起诉。

又于12月28日做出判决:"被告向井敏明、野田毅,系南京大屠杀之共犯,实属毫无疑义……按被告等连续屠杀俘虏及非战斗人员,系违反海牙陆战规则,及战时俘虏待遇公约,应构成战争罪,及违反人道罪。其以屠戮平民,认为武功,并以杀人作竞赛娱乐,可谓穷凶极恶,蛮悍无与伦比,实为人类蟊贼、文明公敌,非予尽法严惩,将何以肃纪纲而维正义。"

翌年1月28日,向井、野田和另一战犯田中军吉被押往中华门外雨花台刑场执行枪决。行刑前,从人道主义出发,曾获取抽最后一根烟,3名战犯却振臂高呼"天皇陛下万岁"口号,但随后,他们被中国宪兵从后脑开枪,三人遂倒地毙命。杀人竞赛的刽子手受到正义的审判,得到应有的下场。

该证明词的第一部分，我用详细的史料和史实，呼应本多胜一在两本书中关于“百人斩”的论述，认为本多说的没错，事实的确如此。

二、“百人斩”诉讼的焦点

2003年7月7日，东京地方法院选择了七七事变66周年之日，开庭审理向井千惠子等三人提出的“百人斩”诉讼。

是日，在东京地方法院门前，右翼分子又使出惯用伎俩，竖起大喇叭，声嘶力竭地叫嚷，企图从精神上声援“百人斩”诉讼。

向井敏明的次女向井千惠子(现名田所千惠子)在诉讼陈述中说：“作为遗族，此次诉讼是第一次也是最后一次，期待公正的判决，为父亲洗清污名。”原被告双方进行公开辩论一小时后结束。

9月22日、12月1日和今年2月23日、4月19日，曾5次开庭辩论，双方辩论的焦点，主要有4个问题：

1. “百人斩”军刀的物理性能问题。即原告方提出用一把日本军刀砍一个人或几个人就会卷刃，不可能连续砍100多人。

这是日本右翼攻击南京大屠杀的“老问题”了。

笔者1996年曾在北京华风宾馆，参加中国外交协会举办的与日本右翼团体首脑对话时，和日本右翼直接对此问题进行过辩论。

首先，“百人斩”是发生在十几天时间内的多次砍杀，不是同一时段内连续砍杀，今天砍三五个，明天再砍十几个，有何不可。

其次，在4篇报道中特地说明“百人斩”用军刀，一把是16世纪初名匠锻制的“关孙六”日本刀，一把“也是祖先传下来的宝刀”，可见不是一般的普通军刀。正如日本刀剑博物馆副馆长佐藤寒山在《日本刀概说》中指出的：“日本刀的特色被公认实用是因为：(1)不会折断；(2)不会弯曲；(3)而且特别锐利。”

第三，问题的实质，并不在于用一把刀还是几把刀，或刀枪并用，杀死了100多位中国人，而是参与侵略战争，屠杀俘虏与平民本身是违反国际法，构成战争犯罪的大是大非问题。

2."百人斩"报道是否属于假新闻问题。原告方举证"百人斩"是虚构的,是根据战地上"开玩笑"编发的,甚至是为了给向井、野田"找对象"而捏造的等等,简直是一派胡言。

且不说"百人斩"报道不是一篇、两篇,而是连续 4 篇;报道的时间、地点又不是在一时一地,在日本严格的战时新闻检查制度下,特别是涉及前线战况的报道,绝非一二个战地记者以及报社能随便决定的,假如属于搞笑的新闻,恐怕是难以发出来的。

本馆收藏了许多南京大屠杀照片,其中就有盖着日本军部新闻审查"不许可"的印记。前几年,日本大阪《朝日新闻》社公开发表的"不许可写真集"上,从那些盖有"不许可"印记和被用红线勾划的痕迹看,当时,对来自前线战场的新闻审查是极为严格的,怎么可能当作儿戏?

3. 两战犯互相推诿的遗书问题。向井敏明曾在南京的监狱中给家人的遗书中写道:"不孝先母亲而去。虽已竭尽全力,但此间无人相信我等之诚。可怕的国度。野田君托我转告,对因他向新闻记者所说之言被报道,遂铺死路,致使我大家族失去支柱,伏乞宽谅。此非任何人之疚。人集而语,出玩笑之言本属自然。我亦向野田家致歉。"向井还在遗书中辩解:"若公平之士视之,此报道明显系属于战斗行为,并非犯罪。"既然是开玩笑,没有杀过人,怎么又是"属于战斗行为"呢?

野田毅也在给其父亲的信中提到:"向井君请我告诉父亲:祸从口出,因玩笑之言将您之可贵独子推上死路,歉疚之情难以言表。"不知野田在写这封遗书时,是否忘记他在家乡学校里那番"斩杀百人竞赛之勇士,说的就是我"的演讲。

这里,我们姑且不提向井、野田临死前互称受托致歉、彼此诿过出于什么目的,那番典型的日本式的客气后面隐藏着什么,仅从当年写成 4 篇连续报道的随军记者浅海一男的证词表明:"两少尉三四次找到我们,告以竞赛的经过。"由此可知两人确实向记者提及"杀人竞赛"之事,绝非记者凭空杜撰,也不是什么"开玩笑",更谈不上是"战斗行为"。

当年发送"百人斩"第三篇报道的铃木二郎记者,1971 年在杂志《丸》发表文章,述及当时采访向井和野田时说:"我目击了那个'南京的悲剧’。”

4. 捏造石美瑜谈话问题。最早著书论证“百人斩”为“虚构”的，是日本作家铃木明。他于1973年出版的《“南京大屠杀”之虚构》一书中，用了近一半的篇幅，用大量笔墨以证明“百人斩”为虚构，为向井、野田鸣冤叫屈。这本书长期以来一直被否认南京大屠杀的部分日本人奉为宝典。

铃木明曾特意到台湾采访当年判处两战犯的南京法庭庭长石美瑜先生，并在书中捏造事实地写道，石美瑜在与其谈话中曾说：“向井少尉作为日本军人，在审判过程中自始至终保持堂堂正正的态度，使中国方面所有的法官深受感动。”

《朝日新闻》记者和多田进为此专门赴台与石美瑜核实，石美瑜根本没有对铃木明说过以上的话。相反，石美瑜倒说过，“在审判中查明，这两个人在进行‘百人斩’的比赛时，曾经以白兰地酒作为赌注”。

日本早稻田大学教授、日本研究南京大屠杀的权威人士洞富雄先生，以丰富的史料，直接驳斥铃木明书中的论点和论据为“虚构”，遭到反击的铃木明自知理亏，对此一直保持沉默。

5. 本多胜一是否有罪？战后，“百人斩”在日本再次受到关注并成为长达30多年之久的争论话题，源于《朝日新闻》著名记者本多胜一的一本书。

本多胜一于1971年6月至7月，在中国调查了40多天，从平顶山大屠杀（辽宁）到南京大屠杀，沿着侵华日军当年所留下的血迹，参观了多处日军制造的惨案遗址，采访多位日军暴行的幸存者，获得了大量证词，并将此次中国之行的见闻整理成书，书名为《中国之旅》。

在该书中提到“百人斩”竞赛一事，书的内容在当年8月开始在《朝日新闻》连载，历时4个月，在日本国内引起巨大反响。

尤其是书中有关南京大屠杀幸存者的血泪控诉，把日本普通民众从战后长达四分之一世纪里的“集体失忆症”中驱赶出来。绝大部分日本民众是第一次从中国人的证言中，知道“皇军”在中国的胡作非为。

该证词的第二部分，我对原告向井千惠子等人在诉状中提及的所谓“事实”一一进行了驳斥，进而直接谈论本多胜一是否有罪的话题，亮明了我坚决支持本多胜一的立场与观点。

三、“百人斩”诉讼引出的战争责任问题

毋庸置疑，与远东国际军事法庭的判决一样，南京法庭对“百人斩”的判决，具有法定的严肃性、有效性和正义性。

“百人斩”事件是南京大屠杀具有代表性、象征性的事件。

日本战犯向井与野田的 3 名遗属，以名誉损害为由，状告日本媒体、出版社及记者本多胜一，标志着右翼首次通过司法途径，挑战当年法庭定论的历史案件，其目的就是要推卸日本的战争责任，否定南京大屠杀，进而全面否定侵华战争的罪行。

1. 日本战后曾签约接受判决。1951 年 9 月 8 日，日本政府与美国等第二次世界大战战胜国一道，签订了《旧金山和约》，其中第 11 条明确规定：“日本国接受远东国际军事法庭及其它在日本境内或境外之盟国战罪法庭之判决，并将执行对囚禁于日本境内之日本国民所作之判刑。”

虽然当时中国、苏联、印度没有被邀请签约（主要是因为朝鲜战争问题），但中国显然属于“其它在日本境外之盟国”，南京法庭显然属“盟国战罪法庭”，日本国已经接受其判决。

1952 年，日本与台湾当局签订了《日华和平条约》，该条约第 11 条规定，（双方）“因战争状态存在之结果而引起之任何问题，均应依照《旧金山和约》之有关规定予以解决”。

当年南京法庭正是国防部军事法庭，因而这个判决日本政府业已承认。也就是说，无论按国际公法，还是国际私法，南京法庭的判决理应是有效的判决。

2. 原告提出的六点理由站得住脚吗？原告诉讼代理人稻田朋美提出六点诉讼理由：其一，通过诉讼追求正义；其二，要求东京地方法院裁定 1937 年 11 月至 12 月之间，《东京日日新闻》报道的“百人斩杀竞赛”

为假新闻，将具有重要意义；其三，《东京日日新闻》的报道，以及向井、野田的照片至今仍挂在北京中国人民抗日战争纪念馆和侵华日军南京大屠杀遇难同胞纪念馆内，作为南京大屠杀的象征，作为两国青少年的历史教材，对两少尉遗属造成名誉损害；其四，《每日新闻》社作为日本历史最悠久、具有代表性的报社，对于失实的报道有订正的义务；其五，本多胜一在《中国之旅》《通向南京之路》《南京大屠杀否定论之十三谎言》等书中提及"百人斩杀竞赛"，没有调查就断定为事实，损害了死者的名誉；其六，《每日新闻》社在答辩书中引用时效的问题，希望结束本案，违背了"新闻伦理的纲领"，即"记者的任务是对事实的追求"等。

这六条所谓的理由，完全是颠倒黑白、混淆是非。为战犯的翻案被说成是"追求正义"，历史的现场报道并被国际上法庭认定的事实，硬要现在的日本法院判为"假新闻"，甚至把攻击的矛头直指北京抗战馆和本馆的陈列等等，真可谓贼喊捉贼、厚颜无耻。

3. 究竟谁是受害者？据悉，向井千惠子曾经混杂在日本旅行团队到南京，也曾到本馆参观，后听说其父在雨花台执行枪决后，专门去雨花台，用手帕包了一捧土，回到日本后写文章为其父鸣冤叫屈。2000年3月，右翼报纸《产经新闻》麾下的《正论》杂志就曾以"冤枉，父亲的呼叫在耳，因南京战'百人斩'不实报道而处刑向井少尉之次女恸哭自白"为题，借向井千惠子之口，公开为战犯翻案。这位1941年出生的日本某机关退休公务员，丝毫不为她父亲当年的暴行反省道歉，相反她认为她的"父亲很伟大"。

这位连续14年悄悄去南京看她父亲，据说对南京印象还不错、认为南京人很亲切的日本战犯女儿，不知是否知道，当年法院要枪决战犯时，南京曾万人空巷，大快人心，虽然残雪后天气寒冷，仍阻挡不了人们争相去目睹杀人刽子手的下场。

假如今天的南京人知道她是毫无悔意，并且执意为其战犯父亲翻案的话，南京人的口水就会淹死她。因为对于受害的南京人来说，她的言行就是一把盐，重新洒在受害者的伤疤上，撩起了受害者战争的回忆和创伤。

中国人民才是受害者。什么时候战犯及其亲属却成了受害者，真是岂有此理。有些东西可以随着时间的推移变化，但血写的历史和公理、正义是不容改变的。

4. 高池胜彦、稻田朋美之流的再次出场说明了什么？对于本馆来说，高池和稻田可谓老对手。从东史郎东京诉讼二审、三审，到李秀英东京诉讼一审、二审，到“百人斩”诉讼，总是这几个坏律师在捣乱和作怪。人们不会忘记，当年东史郎案在东京高等法院二审败诉后，就是这个高池胜彦，竟然张牙舞爪地在法庭内打出“东史郎败诉，南京大屠杀捏造”的大字横幅，得意扬扬地接受媒体采访。此君的丑恶通过中央电视台播出后，为亿万受害的中国人民所唾骂。

他却认为得了胜手和名声，受到日本右翼的垂青和拥戴，竟然又插手李秀英案，结果一审、二审接连败诉，狼狈之极。遂又策划和操纵了“百人斩”诉讼，妄图再掀否定南京大屠杀的浊浪。他在自白中说，和向井千惠子一起去过南京，去过本馆，并扬言“百人斩”根本不存在，“当时的《每日新闻》记者胡乱报道”，为了壮大声势，高池、稻田竟纠集40多个日本律师为该案原告诉讼团并口出狂言，一定要赢得此诉讼。

5. “百人斩”诉讼实际上是遗留的战争责任问题在新世纪里长出的毒草。应该看到，“百人斩”诉讼发生在当今的日本并非偶然。究其根源，主要是战后对日本战争责任追究和清算不彻底。

2001年9月8日，我应邀赴美国旧金山，参加世界华人反对日美两国纪念《旧金山和约》签订50周年的国际学术会议及其系列抗议活动，深感由于美国人的庇护及冷战因素等原因，错过了严惩和彻底清算日本战争责任的机会，使得留下种种弊端。

“百人斩”诉讼与日本80年代以来发生的文部省篡改历史教科书事件，日本政要执意参拜供有战犯灵位的靖国神社、修改和平宪法、向海外派兵、恢复“普通国家”的战略目标等事件一脉相承，其目的是篡改历史，挑衅受害国家和人民。他们声称花5年时间，毕其功为一役，彻底否定侵华史。这就是“百人斩”诉讼操纵者真正的意图。

该证词的第三部分也是最为重要的内容，是我直接向日本右翼势力开火，以此声援和支持本多胜一。在这里，我从战后日本政府曾经通过签订国际条约、接受和承认包括“百人斩”审判在内的南京大屠杀的判定，认为原告的“六点理由”站不住脚。谁才是战争的受害者？右翼势力推出“百人斩”诉讼的目的是什么？我认为“百人斩”诉讼实质是战争遗留的责任问题未能彻底追究和清算。我想，这份书面证词，其实是我用特殊的方式，对老朋友本多胜一在日本法庭内与右翼势力较量的援助。

其间，因多次来馆采访熟悉而成为我的朋友的日本《朝日新闻》上海支局局长冢本和人，专程来到侵华日军南京大屠杀遇难同胞纪念馆，就日本战犯遗属向井千惠子（现名田所千惠子）等3人诉《朝日新闻》原记者本多胜一等单位和个人一案，与我进行取证性接触与采访。采访的过程，事实上就是进一步厘清历史事实的过程。

日本电视网记者专程来侵华日军南京大屠杀遇难同胞纪念馆进行关于“百人斩”案的采访

2003年8月23日，东京地方法院判处向井千惠子等原告败诉。向井千惠子等原告不服判决，遂继续向东京高等法院和日本最高法院提起上诉，2006年5月24日和同年12月22日，东京高等法院和日本最高法院相继驳回“百人斩”案的上诉请求，维持原判决，二审和终审判处原告败诉。日本右翼势力通过“百人斩”否定南京大屠杀的图谋未能达成。

虽然在“百人斩”诉讼案的过程中，我和本多胜一先生没有直接见过面，但彼此心是相通的，我也用特别的方式，支持和协助本多胜一先生在法庭上的较量。

2007 年 3 月 6 日，本多胜一先生应邀来到了南京，为我们正在陈列改造布展的“人类的浩劫——侵华日军南京大屠杀史实展”赠送史料。此次在南京见面时，他同样将其《中国之旅》的著作赠送给我，并在书的扉页上写道：“朱成山馆长惠存　本多胜一”，也与 12 年前在大阪见面签书时一样，工工整整地盖上他的方形印章。我认为，这是他送给我的最好礼物。虽然 12 年前我已经获得一本捐赠，但两本他签名的书籍，至今仍然珍藏在我的书柜里。

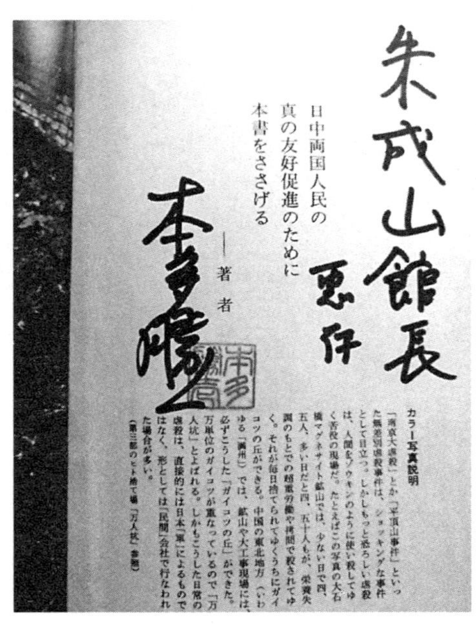

本多胜一再次赠送作者并亲笔题字的著作《中国之旅》

本多胜一先生将其保存多年的当年采访的手稿和录音带捐给了侵华日军南京大屠杀遇难同胞纪念馆，正是依据这些珍贵的手稿和录音带，他才从中整理写出了《中国之旅》和《通往南京之路》等著作和文章，为南京大屠杀历史作证。现在，这些为历史作证的证物，也放在了展览上，作为有良知的日本记者的真实记录，一起展示在中外观众的面前。

我还有一位日本记者朋友名叫西村秀树，虽然他不像本多胜一那样在日本享有盛名，但他在参与和支持日本老兵东史郎的诉讼案过程中，也写成了一部书籍，并翻译成中文在中国出版。

西村秀树 1951 年出生于名古屋市，是日本某广播电视公司记者，一个长着国字号脸、有着演员气质的日本美男子。这位毕业于东京庆应大学经济学部的高材生，是一位记者，也是一位擅长写报告文学的作家，其才思敏捷，文笔十分流畅，在日本出版过多部著作，也在《月刊宝石》《中央公论》杂志上发表过多篇论文。

我与西村秀树先生第一次相识，是通过日本支援东史郎案实行委员会事务局长山内小夜子的介绍。1996 年 12 月访问日本期间，我在大阪参与了山内小夜子事务局长组织的关于东史郎东京高等法院上诉案（二审）听证会，作为“支援会”成员之一的西村秀树先生参与了那次会议，并在会上作了有见地的发言，吸引了我的注意力。

2000 年 9 月，世界知识出版社在京出版了（日）竹内迅（西村秀树）著的《为证言的证言——一个日本记者的东史郎诉讼案实录》中文版书籍，向人们介绍东史郎其人其事，以及他与东史郎接触过程中的亲身感受。

2000 年 9 月，世界知识出版社在京出版了（日）竹内迅（西村秀树）著的《为证言的证言——一个日本记者的东史郎诉讼案实录》中文版书籍

看看东史郎对西村秀树是怎样评价的：“多年来，本书的著者竹内迅作为‘东史郎诉讼案支持会’的成员之一，一直在为我的诉讼案能得到公正判决而呐喊助威。作为一名记者和报告文学作家，他一直敛容正色地关注着我的诉讼案。”

正如东史郎所说的，西村秀树不仅作为一个记者参与报道东史郎诉讼案的进展，而且作为“支持会”的成员一直在支持东史郎诉讼案。的确，在我与东史郎先生相处的 13 年间，无论是在日本的东京、大阪、京都，还是在中国的南京、上海、北京、沈阳，我多次见到过西村秀树先生陪同东史郎的身影。在10多次的交往中，我与西村先生也成为好朋友。

东史郎先生还对该书做了如下介绍，给予了很高的评价："本书作者通过长年耳闻目睹的观察，对发展至今的诉讼案的来龙去脉做了出色的总结。书中不仅忠实地记录了我本人的主张，也客观地、公平地记述了以名誉诽谤起诉我的原告一方的主张。阅读完本书，你不仅能了解到一系列诉讼案内幕，同时，还能深刻地理解隐藏其后的日本和世界现代史的内涵。竹内迅是唯一如此长时期深入地关注我的诉讼案的记者，因此，可以断言本书关于我的诉讼案记录无疑将是最具权威性的。"

最后，东史郎还从发展日中关系的角度，提醒中国人去广泛阅读此书。他说："本书对事实真相的记述事无巨细、点滴不漏。其目的是为了让世人理解发生于现代日本的'围绕日中两国间黑暗的历史而展开的现代诉讼'的意义，以及日中两国人民对历史修正主义者进行的针锋相对的斗争。为此，深切希望本书能在中国人民中间广泛传阅。"

其实，西村秀树先生关注和参与支持东史郎诉讼案纯属偶然。1996年8月，东史郎二审诉讼律师团刚成立不久，在大阪举行的一次集会上，他与东史郎初次晤面，并聆听了东史郎的演讲，东史郎给予他的第一印象是"一位精神矍铄的老人"。那时，东史郎已届耄耋之年，可仍然满头乌发，语气铿锵。东史郎这种充沛十足的精力到底从何而来呢？西村先生渴求了解。

在其后的4年时间里，西村先生一直关注着东史郎诉讼案。当时，他根本没有想到该审判争执如此之久和深刻。

为什么西村先生对东史郎诉讼案如此关注和投入呢？一或许是钦佩东史郎先生的人格魅力；二则可能是该诉讼案件的国际影响力，直接影响到日中关系的发展。

西村先生曾经断言："我深信东史郎所做的一切努力，一切斗争，将为填补横隔在日中两国间的历史认识鸿沟助一臂之力。"

我还有一位与大贺和男一样在《每日新闻》社工作的朋友，名叫花冈洋二。

2016年12月12日晚，我在名古屋女性会馆集会现场，接受日本每日新

图为西村秀树（右一）、山内小夜子（右二）陪同东史郎参加央视名牌栏目《实话实说》后，与主持人崔永元（中）合影

闻名古屋记者花冈洋二的采访。我与花冈是老朋友了，他曾经在广岛分局工作多年，也多次采访我。他告诉我，他2015年从广岛调到了名古屋分局工作。

像大贺和男、小宫锐子、本多胜一、冢本和人、西村秀树、花冈洋二这样的日本记者朋友，我已经记不清有多少位了。他们在传播南京大屠杀的历史真相中，发挥了重要的桥梁与纽带作用。

第八章　石川好及热爱和平的日本艺术家们

2018 年 6 月 18 日晚，南京，鼎艺当代美术馆。

一位满头银丝、蓄着八字白色胡须的日本老人，正在和中国的一群青年艺术工作者热情地交流着。

他们正在合影。合影时做着各种手势，仿佛要向什么人打招呼？

2018 年 6 月 18 日晚，石川好先生(中)与中国青年艺术工作者通过视频向作者打招呼

没错，他们正在向我打招呼。

当时我正在常州大学，与南京在地理上有段不太远的距离。他们围绕着坐在中间的日本老者集体与我隔空喊话，然后与我视频互动着。

这位日本老人名叫石川好。他怎么突然就跑到南京来了？

我与日本石川先生是多年的老朋友了。

这次石川先生来到了南京，我怎么会不知道？过去他每次来南京前都会提前告知我，此次没有吭声，这多少有点奇怪。

正当我一头雾水、不得其解的时候，鼎艺当代美术馆馆长杜俊忙着给我解释了一番：此次石川先生是到上海参加一个关于动漫的国际会议，在杜俊馆长的执意邀请下，临时来到南京的。

原来如此。此次石川先生的南京之行，并非事前计划和安排的，属于临时动议。

在视频中，我与石川先生互致问候，并简单进行了交流。虽然没有直接见面，但只要心心相通，距离绝对不是问题。

我与石川好先生的第一次见面，地点是在东京。

那是 2009 年 2 月 19 日至 24 日，我作为中国共产党代表团成员之一访问日本，参加"中日执政党交流机制第四次会议"，团长是中共中央对外联络部部长王家瑞。

当天晚上，中国共产党代表团全体成员驱车前往中国驻日本大使馆，参加中国特命全权大使崔天凯举办的宴请代表团全体成员酒会。

酒宴上，崔天凯这位十分睿智、头发花白但神采奕奕的大使，在祝酒词中说："欢迎以王家瑞部长为团长的中国共产党代表团访日。这是驻日大使馆 2009 年至今接待的规格最高、人数最多的访日代表团。大使馆将竭诚搞好服务，确保代表团访日成功。"

崔大使话毕，向全体团员敬了一杯酒后，径自端着酒杯，离开长条形桌酒桌的中心位置，绕着桌子走到我面前，特地向我敬酒。这使我料想不到，受宠若惊。

方才想起，13 天前(2 月 6 日)，崔天凯大使曾经到访侵华日军南京大屠杀遇难同胞纪念馆，我向他做了汇报讲解。他当时对我说过，欢迎我到中国驻日本大使馆做客，但没有想到时间来得那么快，并且会以这种方式。

崔大使对我说，“有一位日本知名人士叫石川好，他想在侵华日军南京大屠杀遇难同胞纪念馆举办一个反战与和平的展览，你们商量一下，如果可以的话，尽量帮助一下。”

崔大使的话音刚落，在桌子对面的驻日大使馆政治部参赞王燚侠女士走了过来。开门见山地问道：“朱馆长，刚才崔大使是否与你讲到石川好先生及其漫画展的事？”

我回答：“是的。但我不知道是漫画展，更不知道什么内容，只知道是战争与和平有关的展览。我也不知道石川好是什么人。”

王参赞告诉我，石川好是一个在日本政界有广泛影响的无党派人物，而且是一位有思想的政治评论家。当然，他对华很友好。“你看在此次访日期间是否抽一个时间见他一下？”

我看了下，中国共产党代表团整个访日行程安排得都非常满，只有半天在东京观光与休息的时间。我俩当场定下 23 日下午，地点就在中国共产党代表团下榻的新大谷饭店。

通过崔天凯大使和王燚侠参赞的介绍，石川好的名字开始第一次出现在我的记忆之中。

按照约定的那天下午 2 点，王燚侠参赞领着石川好先生，准时来到新大谷饭店。

那是我与石川好先生的首次见面，第一次握手。当时没有想到的是，日后我们会成为非常要好的异国朋友。

石川好先生身高大约 1 米 73，头发花白，蓄有日本人特有的“小胡须”，一双眼睛特别有神。从他与我交换的名片中，我得知他的社会身份是“社会活动家、政治评论家、新日中友好 21 世纪委员会日方委员”等等，王参赞一旁补充介绍说，他是一个热衷于中日友好事业的热心人。

在国外，大使馆同志的意见一般都是值得重视的，加上王参赞的这一番介绍，使我很快缩短了与石川好先生的心理距离。由王参赞亲自担任翻译，我与石川先生的对话直接转入主题——商谈有无可能在侵华日军南京大屠杀遇难同胞纪念馆举办日方提供的漫画展事。

石川先生首先递给我一本画集，我接过手一看，原来是人民日报出版社公开出版的中文漫画集，书名就叫《日本百名漫画家忆停战日》，装帧十分精美，内容均为反战与和平的漫画，涉及表达的主题只有一个，即1945年8月15日，日本战败投降的那一天，不过表现的形式统一为漫画。漫画根据作者在日本战败时的年龄大小分为“16岁以上”“8—15岁”“5—7岁”和“4岁以下”4个部分。人民日报社高级编辑、中国美术家协会漫画艺委会主任徐鹏飞、讽刺与幽默画报社社长吴杰等领导，都在该书出版序言中给予这些漫画及其作者很高的评价。

人民日报出版社公开出版的中文漫画集——《日本百名漫画家忆停战日》书籍封面

石川好先生笑着告诉我，希望在南京举办的漫画展，主要是从这本书复制下来的内容，再加上部分画家对祈祷世界和平表达的部分新作。有《人民日报》出版社公开出版发行，我一下心里有了底。

我对王参赞提出，如果在南京举办这样的展览，中国驻日本大使馆方面是否可以出具书面函件，帮助通过国内有关部门对展览的审查。她肯定地回答说，已经请示过崔大使，使馆方面对该展览在南京举办不持异议，可以出具这样的函件。

为了表明诚意，石川好先生还当场表态，举办该漫画展览的一切费用，将由日本“我的8·15会”方面承担，假如能在南京成功举办，会有一批日本最著名的漫画大师亲自到南京，参加该展览的开幕式等活动。

石川好先生对在南京举办这样展览的热情和渴望，使我很感动。鉴于该展览在政治方面没有什么问题，又有中国驻日大使馆的积极推荐，费用也有了着落，本馆的临时展厅也有空档期，我当场表态，可以在侵华日军南京大屠杀遇难同胞纪念馆举办这个展览，并且免费提供展览厅和举办展览期间必要的服务。

这是我在访日期间取得的一项意想不到的收获。

想不到我的简单表态，竟使得石川好先生这样一位见过大世面的人物，当场感动得掉下泪来，这令我一时手足无措，想安慰他，又不知道用什么语言。

事后从他的口里得知，许多日本人，包括日本外务省的不少官员，甚至许多位日本的国会议员，均认为他是异想天开，说我是“中国的鹰派人物”“反日强硬分子”等，要在侵华日军南京大屠杀遇难同胞纪念馆举办日本人的展览，简直是不可能的事。

不可能的事，结果轻而易举地成功了，老石川怎能不感动呢？我听了后却是高兴不起来。因为从中透出了这样的信息，中日两国在历史认知方面仍然存在着严重的分歧，特别是对对方的看法有失偏颇，甚至存在着非常可笑滑稽的一面，这说明了加强沟通和相互了解的重要性。

就这样，我与石川好先生，还有王参赞，在东京达成了于当年 8 月 15 日在南京合作办展的意向，虽然是口头的、初步的，但是双方从此有了互信互助、合作办展的开始，也就有了我们成为好朋友的基础。

回国后，我与石川好先生接连有多封电子书信往来，对如何办展的事情进行磋商，从中发现他办事果断，效率很高，且人如其名，石川好，好就好在好合作、好沟通、好商量。

当然，中国驻日大使馆方面也很积极，除了王参赞外，薛剑参赞也几次从大使馆打来电话关心进展情况，并且正式出具大使馆支持在南京举办该展览的书面函件，为我们在履行漫画展的报批手续方面提供了方便。

2009 年 3 月 21 日和 6 月 19 日，石川好先生在任景国先生的陪同下，两次来到南京，我们双方具体讨论并落实了举办漫画展的许多细节问题。

任景国先生曾经在日本东京工作过 10 年时间，期间与石川好先生建立很好的友情，深得他的信任，是一位办事稳重、细心、负责的人，特别是日语水平，已经到了炉火纯青的地步，人民日报出版社出版的那本漫画集的译文，就出自他的手笔。他的出现，对漫画展在侵华日军南京大屠杀遇难同胞纪念馆的按时举办，起到了非常重要的作用。

时间到了 2009 年 8 月 15 日，既是日本战败投降 64 周年纪念日，也是该漫画展在南京开展的日子。

果然，按照石川好先生先前所说的那样，一大批世界顶级的漫画大师，专程从东京赶来南京参加展览开幕式。例如，有着动漫画《机器人小宝》和《哆啦 A 梦》之父之称的森田拳次先生，《爱犬日记》的作者小山贤太郎；《明日之丈》的作者千叶彻弥，《满腹食堂》的作者宇野螳螂，《红色悲歌》的作者林静一；《柔侠传》的男爵吉元等原创作者。

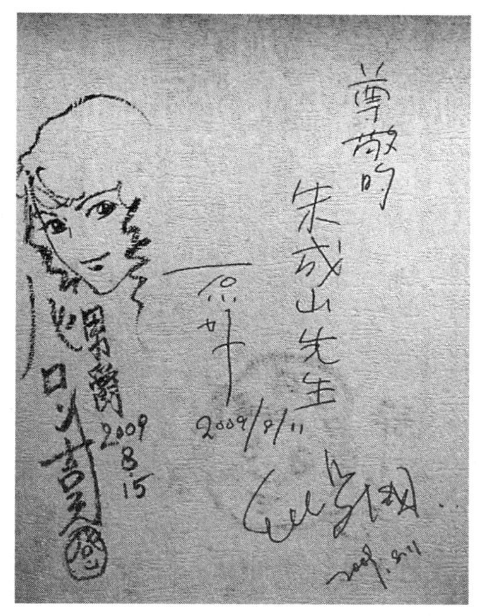

2009 年 8 月 11 日石川好和任景国给作者的题字；2009 年 8 月 15 日，日本著名漫画家男爵吉元现场作的漫画

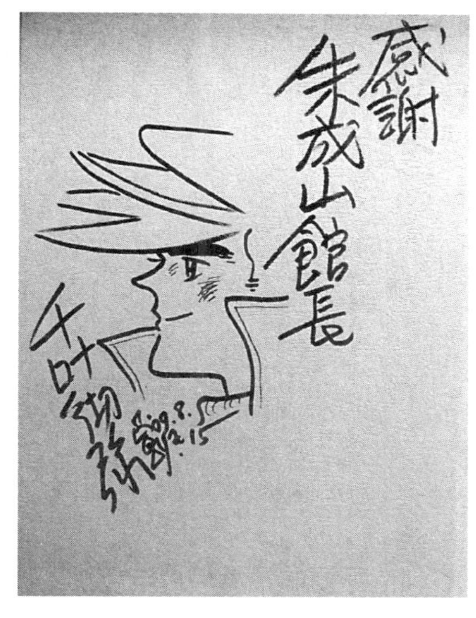

2009 年 8 月 15 日，日本著名漫画家千叶彻弥在南京现场速写并送给作者的漫画

石川好先生开展前几天就来到了南京，协助我们做好该漫画展开幕式相关的工作。

据了解，石川好先生在日本虽然是个无党派人士，但由于是个政治评论家，特别是专长于日美关系的评论，所以对日本政界比较熟悉，对日本政坛的政治走向比较关注，有一套自己独特的见解。为此，我特意邀请他为侵华日军南京大屠杀史研究会的专家学者们做个报告，他欣然同意。他以“日本政局的走向与中日关系的发展”为题，回顾了日中两国战后关系正常化的发展过程，谈到日本自民党当时面临的政权败北的危机及其原因，预测了日本民主党执政后对中日关系的影响。特别是对日本政局和政治人物的预估和分析，均十分到位，后来日本政坛变化的事实，证明了他的判断。

2009 年 8 月 15 日，日本著名漫画家横山孝雄、小山贤太郎和林静一在南京的现场作画题词

开幕式那天，展览十分受欢迎。历年来，侵华日军南京大屠杀遇难同胞纪念馆办了许许多多的外展，每次开幕式都需要有意识地组织一些人来参加，但此次是个特例。自从在馆网站上刊登出展览消息，并公告有森田拳次、千叶彻弥等漫画大师来宁的消息后，许多人自发报名参加开幕式，其中大部分是南京各高校大学生，光这部分人来参加开幕式就已经足够了，无形中创下了建馆 25 年来的一项新纪录。

尤其是中日两国书画家们现场实演会，吸引了许多粉丝前来亲眼见一见漫画大师们的风采，要求签名留念，以至于负责维护安全的 30 多名保安们感到压力很大，启用了安全保护隔离带，现场气氛热烈，令人感动。

国内外的媒体对该展览纷纷给予了很高的评价。新华社记者蔡玉高、顾烨在报道中写道：“指着眼前自己所画的《感谢中国养父母》漫画，70 岁的森田拳次告诉记者，这幅画反映的是一个真实的故事。尽管侵华日军给中国人民带来了无比深重的灾难，但很多普通的中国百姓却能不计前嫌，无偿抚养当年在侵略战争中失去父母的日本孩子。”

在展览的最前面有几块文字板，在五颜六色的漫画中显得非常突出，其内容都与反战和平主题有关。

第一块说明板落款是“日本我的 8·15 漫画展实行委员会理事长石川好”。文中写道：“无论在哪个时代、哪个国家，一旦发生战争，其最大的受害者都是普通的老百姓，尤其是女性和孩子们。日本发动的包括对中国的那场战争也没有背离这样一个历史事实。”“希望人们能从漫画中获得这样的信息，永远为维护和平而努力。”

第二块文字展板是日本著名的文学家海老名香叶子写的，名为《那天之事》。她写道：“我想大概没有人会把 1945 年 8 月 15 日忘掉，亲身经历过的人都会鲜明地记起那天的事情，是的，是日本战败之日，整个日本国，烈日当空。正午，听到‘玉音放送’，仿佛感到身体的支撑发出咯吱咔嚓的声响崩塌了下来，心境空虚，思绪凄惨，省悟道还活着的人，万念俱空连生命也要放弃的人，开始回归焦土日本的人，形形色色，什么人都有，但所有的人都感到忍受不了，只有那懂得失败的人用消瘦的身子发出‘瞧瞧吧’的笑声。……即便如此，我们的 8 月 15 日还是一个遭受冲击的日子，毫无疑问对谁来讲都是一个难以忘怀的日子。大家将各自的思绪和感受在描画中展现出来，那是一个清晰地留存于每一个人记忆中的一天。”

第三幅说明展板是中国美协漫画艺术委员会主任徐鹏飞所写：“这是一些生活在那个时代，切实感受到战争的日本漫画家们用笔记录的 1945 年 8 月 15 日日本战败的经历和体验。生动的漫画，深刻的文章，构成了一部控诉战争的历史图卷。……我想，回忆，是人类的永恒。我很感动森田拳次先生说的话：‘就是躲过战祸延续生命至今的每个人所描绘的戏剧性的那一天的每一幅作品，都会成为指向和平世界的路标。’我谢谢这些漫画家，我的同行！”

被展出的漫画作品，都与反战和平有关联。我挑选几幅作一些介绍：

木下敏治展出的作品名叫《难以忘怀的夏日灼热》，画面上方题写了一行大字“私の八月十五日”。“私”在日语里的意思就是“我”，“の”是“的”。他回忆说：“我至今也难以忘记那时所受冲击的心情。1945 年 8 月 15 日的正午，在葛饰青户某个军需工厂一间狭窄阴暗的设计室角落里，我以风暴刮过般的茫然心情听着从无线电发出的所谓天皇的'玉音放送'的音波，是在熊谷方面正在遭受空袭中的，以'朕深忧世界之大势……'开始的所谓接受出自美、英、中、苏的波茨坦宣言的停战广播。……在那以后，我们因恐惧军事惩罚，本能地把设计图纸还有其他资料付之一炬。"

日本漫画家木下敏治参展的漫画作品——《难以忘怀的夏日灼热》

有一幅名为《日本打败啦!》的参展作品，是漫画家汲田隆根据儿时的回忆画成的。他回忆往事说："'日本打败啦!'一个青年在逆光中叫喊道。我还只有 5 岁，是和村子里的少年们到流经村边的根尾川来玩的。青年的一声叫喊声令我们大吃一惊，在河滩上玩耍的孩子们像小蜘蛛四散般地一齐向家里跑去，年龄最小的我跑到了最后边。……我每次归乡，都要去青年叫喊的堤坝上站站，清澈的河流今天也仍如往昔河流于揖斐川，蜿蜒缓流在浓尾平原上，不久会注入伊势湾。每当我凝视那河面时，那青年悲痛的叫喊永不消逝，总会鲜明地萦绕回来。"

漫画家关根义人当年 17 岁，在日本佐野市迎来了日本战败的消息。他参展的作品题为《战争啊　再见吧!》。他在对此作品的说明里写道："因为听说中午有天皇陛下的'玉音放送'，我和其他人就集中到枥木县佐野市郊外亲戚的农家院子里，在大太阳底下一动不动地竖起了耳朵。尽管收音机老闹故障很难听清楚，但我还是(把那)意思听出来了，就是仗打败了。'忍之难忍，堪之难堪……开万世之太平……'听着声泪俱下的陛下的声音，我一边潸潸落泪一边喊：'战争结束啦！仗打败了'。其他没明白意思的人都

日本漫画家汲田隆参展的漫画作品——《日本打败啦！》

‘哎’的一声一齐看着我。……我在草地上躺了下来，不知从何处传来了合唱——用朝鲜语唱的歌声，大概是朝鲜族在举杯欢庆和平什么的吧。是吗？和平降临了吗？再也不需要用身体去阻挡坦克了吗？我的泪水也不知不觉地止住流淌，感觉到有一股新的勇气涌了出来。”

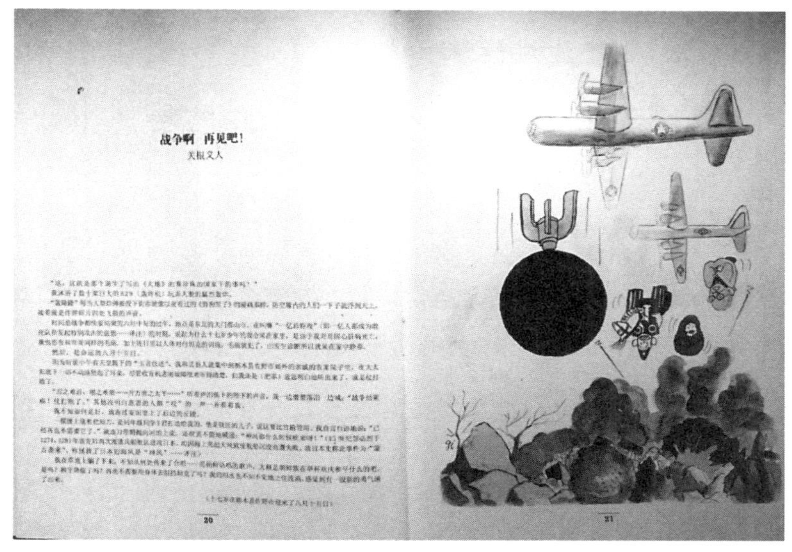

日本漫画家关根义人参展的漫画作品——《战争啊　再见吧！》

水木茂当年在位于巴布亚新几内亚新不列颠岛东北部的港湾城市拉包尔当兵，那里是太平洋战争期间日本的海军基地。他参展的作品题目是《得救了》，其漫画说明写着：“我不幸地置身于最前线的拉包尔。说是最前线，那可是真正的最前线，感觉敌人就在鼻子尖前，所以连鼻涕都注意不得往前面抛。……自那时起没有多久就迎来了 8 月 15 日，那时从我心底涌出就是‘得救了’这句话。想到自今往后能够一直活下去，欢喜也涌了上来。想来那时的年龄是 21 岁。因为每天都是‘生或者死’的心情，所以从那样的心情获得解放我太高兴了。”

日本漫画家水木茂参展的漫画作品——《得救了》

画家五月熏当年 10 岁，他在中国的哈尔滨迎来了日本的战败。他参展的作品名叫《8 月 15 日的战斗机》，在漫画说明词中这样写道：“8 月 15 日从中国哈尔滨的小学校放学回家后，我看到一架日本战斗机在天空上盘旋了很长一段时间，因此非常吃惊。结束战争一年后，终于撤回到日本本土，一想起小学时代，就记起竟有 6 次转校的经历。”

日本漫画家五月熏参展的漫画作品——《8 月 15 日的战斗机》

2009 年 9 月 15 日，《日本友好新闻》头版发表亲身来南京参加漫画展开幕式的日本著名漫画评论家石子顺的文章，题目为“让战争成为历史　用和平描绘未来　在南京举行的日本 8.15 漫画展”。文中把该漫画展比喻为“跨越国境的描绘文化”“通过漫画呼唤和平”“有着深远意义的事情”，认为“通过漫画文化促进和平、理解、友好的这一目的得以变为了现实”。

2010 年 7 月 29 日，石川好先生的老朋友，日本前国会议员伊藤忠彦来馆参观。当他站在漫画展厅里，看到天气虽然炎热，展期已经临近尾声，却仍然有那么多中国观众正在展厅内看展览时，心情十分激动，立即拿出手机，拨通了在东京的石川好先生的电话，连声说这个展览在南京办得特别好，很成功，向我表示感谢，并亲笔写下了几个字表示他的心声，称赞我是“真日中友好的朋友”。

这个漫画展至 2010 年 7 月 31 日撤展为止，在侵华日军南京大屠杀遇难同胞纪念馆整整展出了 11 个半月，历时 351 天，观众量达到 240 多万人次（占纪念馆同时期观众量的 50%）。这是侵华日军南京大屠杀遇难同胞纪念馆建馆 25 年来“临展”中从未有过，又刷新了一项历史记录。

在南京成功办展后，石川好先生又提出新的想法，能否在北京的中国人民抗日战争纪念馆继续举办这一展览。与上次不同的是，此次他没有再去找中国驻日大使馆的帮助，而是向我直接提出了这样的请求，因为此时我们已经成为好朋友，相互之间已经建立了信任感。

于是，我与石川好先生相约，在南京撤展 5 天后的 2010 年 8 月 5 日，他从东京，我从南京赶往北京，再请中国人民抗日战争纪念馆（下称“抗战馆”）馆长沈强，三方齐聚在位于北京王府井附近的南京大饭店，商谈共同在中国人民抗日战争纪念馆举办“日本百名漫画家笔下的‘8·15’”展览的有关事宜。

我在此次赴京之前，特地让办公室人员做了一块精致的“感谢状”标牌，送给石川好先生，以表达我们的感谢之情。石川好先生向我回赠了森田拳次先生于 2009 年 8 月 14 日在南京创作的一幅漫画《宽容胜过复仇》，并说左侧主动伸出手的高个子，画的就是我，而右侧小个子则是日本人。我不禁暗暗地佩服森田不愧为漫画大师，表达能力特强。

谈话风趣、诙谐、幽默且一语中的，是石川好先生的风格之一，他笑称沈强馆长、他、我三人的关系为“三京弟”，就是分别来自北京、东京、南京 3 个地方的人。他还告诉我，在日语里面，“京”和“兄”读音完全相同，所以可以把我们三人的关系理解为“三兄弟”。

俗话说：“心诚则灵。”来自东京、北京、南京的三方人士，为了合作办展，具体商谈，很快便达成了三方共同联办的意向，即于 2010 年 9 月 18 日起，由日本“我的 8 月 15 日会”、中国人民抗日战争纪念馆、侵华日军南京大屠杀遇难同胞纪念馆，在位于卢沟桥畔的中国人民抗日战争纪念馆内，共同举办“日本百名漫画家笔下的‘8·15’”的漫画展，展期暂定 3 个月。

次日上午，我与任景国先生一道，陪同石川好先生去卢沟桥，现场看看展出场地，进一步商谈合作办展的具体细节问题。

9 时，我们从石川好先生下榻的北京饭店准时出发。天气很好，石川好先生心情更好，因为他再次亲身感受到中国的博物馆馆长们能办事、会办事、易办事的工作作风，为能如此迅速地商定下该漫画北京展而高兴。

石川好先生是位到过中国 100 多次，曾经与多位党和国家领导人见过面，有过一定交情的“中国通”，对中国的感情的确是深厚的。以至于汽车沿着长安街前行，路过天安门时，当他看到了毛主席纪念堂和天安门城楼上悬挂着的毛泽东画像时，竟然情不自禁地说道：“毛主席，我看你来了！”看到天安门广场上的五星红旗，他还对我说：“在日语中，‘星’与‘正’是同音字，‘正确'的'正',所以在日本也有人错读为'五正红旗'的。"他说,国旗上的符号是代表着特定含意的,所以不能把'五星'读成'五正'"。寥寥数语,无不透露出他对中国和中国人民的友好与热爱。

车到中国人民抗日战争纪念馆后,沈强馆长、李宗远副馆长及该馆资料研究部的罗存康主任等人,陪同石川好先生看了即将举办漫画展的展览厅,还顺便参观了正在展出的俄罗斯卫国战争纪念馆的"回顾历史——纪念俄罗斯卫国战争暨世界反法西斯战争胜利65周年"展览。该展览10月份将移至侵华日军南京大屠杀遇难同胞纪念馆继续展览,这也是我此次来卢沟桥要具体考察的工作之一。换句话说,来自日本和俄罗斯的两个外展,一个"北上",一个"南下",在中国两个最有名的抗战类纪念馆交流展出,本身就非常有意思。

接着,三方又坐在会议室内,就9月份开展漫画展的有关事宜进行具体的讨论,包括人员、经费、议程、分工等各项实质性的工作,为该漫画展能成功举办打下必要的基础。

中午,沈强馆长设宴招待石川好先生和我们南京来的几位同志。席间,石川好先生时常妙语连珠,逗得人们一阵阵欢笑。由于石川好先生喜欢毛泽东主席生前常吃的红烧肉,好客的沈馆长吩咐一定要弄一盘,并也不忘戏弄一下老石川先生为"石川好肉"。大家其乐融融,就像是一家人一样。是呀,中日两国之间的交流,如果能够真诚以待、增强互信,就一定能够摒弃前嫌,合作共赢。

我相信,有石川好先生的参与与努力,不仅在卢沟桥的漫画展一定能再次取得圆满的成功,而且未来我们之间可能还会有更好的合作,共同为建立真正的中日友好事业贡献才智与力量。

9月18日上午9时,在中国人民抗日战争纪念馆多功能厅内,举办"日本百名漫画家笔下的'8·15'"的开幕式,吸引了来自中日两国多名记者现场报道。与南京办展一样,森田拳次、小山贤太郎、千叶彻弥、宇野螳螂、林静一、小野耕世、横山孝雄等日本最著名的漫画大师来到现场,不仅参加了开幕式,而且现场泼墨作画。与南京不一样的是,此次石川好先生特地邀请了日本前首相村山富市,专程从日本来到北京,参加该漫画展的开幕式。

石川好先生在开幕式致辞中说道："战后的日本漫画家享誉世界。代表着现代日本漫画艺术高峰的诸多漫画家们，他们在孩提时代亲身经历了日本战败的那一刻，他们把在 1945 年 8 月 15 日那个战败日子里的所见所闻和亲身经历，用漫画的形式表达出来，构成了这个展览。通过举办该展览，目的就是教育人们反对战争，珍爱和平生存的环境。"

在北京展出的漫画作品中有幅《在枣树上感知战败》，作者是横山孝雄。他竟然是"8 岁在中国北京迎来 8 月 15 日"。他回忆说：当时"还在暑假当中，在中国北京的日本学生却被召集到了学校，(听了)'重要广播'之后，是兄弟的和同一个方向的人被拢到一起集体离开了学校。……我们兄弟不理会母亲说的'危险别爬'的话，决心要看看那飞机的真面目，就爬上了院子里的枣树。所谓'捅了马蜂窝'这句话说得很贴切，从未见过的大群的美国舰载机在至今未曾有过空袭的北京上空狂飞乱舞'。在飘荡着甜酸气味的枣树上一边发着抖，这个时候才令我们第一次知道了日本的失败"。

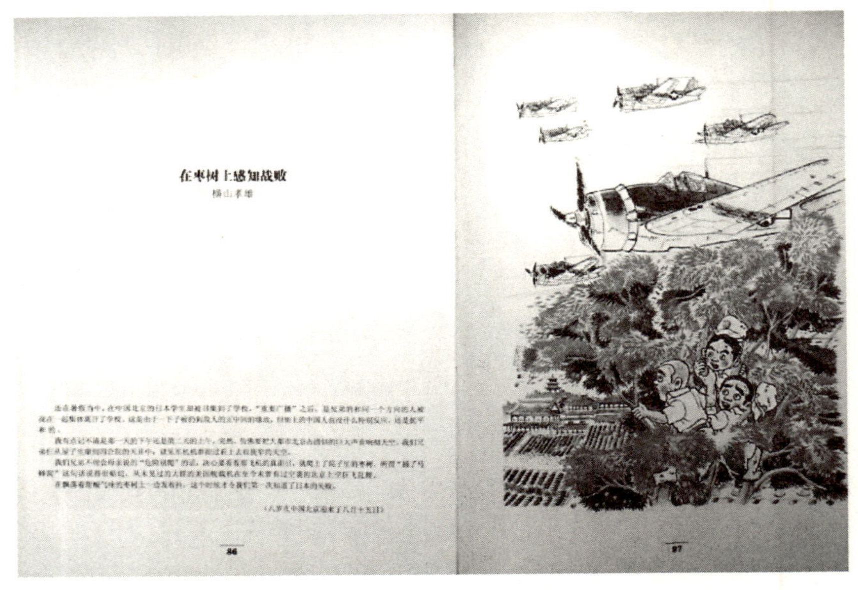
在枣树上感知战败

横山孝雄

86

日本漫画家横山孝雄参展的漫画作品——《在枣树上感知战败》

铃木大和是"7 岁在中国天津迎来 8 月 15 日"，他展出的画作名为《时间停止了》。他回忆说："那年我是中国天津三笠国民学校小学二年级学生，8

月 15 日是个好热好热的日子，时间在这一天停止了。通过收音机断断续续地听到了天皇的声音。蜡像般的大人们嘟囔着说：战败了……我无法知道愚蠢的战争之悲惨什么的，只是一个劲的为渐渐迫近的、莫名其妙的恐惧感吓得直打颤颤。”

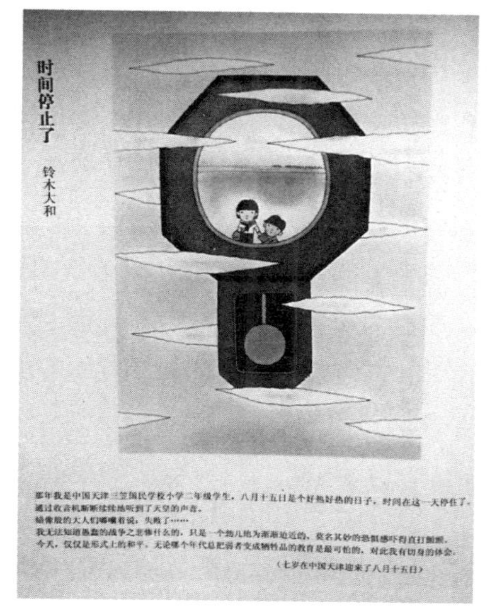

日本漫画家铃木大和参展的漫画作品——《时间停止了》

这个展览在北京也办得相当成功。因此，石川好先生再次向我提出新的想法，要去中国东北办一次展览。因为许多漫画家当年就是在那里迎来了日本战败投降的“8·15”，不少漫画作品表达的就是在中国东北听到日本战败投降消息的情景。

朋友之托，定当用心。我与沈阳九一八历史博物馆馆长井晓光电话联系，说了要去该馆举办日本漫画展的想法。井馆长要我陪同日本朋友去一趟沈阳，当面详谈。

后来，我与石川好先生以及北京的任景国一起，专门去了沈阳，与井馆长等九一八历史博物馆的同仁，很快达成合作办展的协议，并紧锣密鼓地进行展览的筹备工作。

2011 年 7 月 9 日上午 11 时，“日本百名漫画家笔下的‘8·15’”在九一八历史博物馆隆重举办了开幕式。从日本专程赶来参加的有森田拳次、小山贤太郎、宇野螳螂、林静一等 30 名漫画家，我也应邀赶到沈阳参加这次与日本漫画家朋友的聚会。沈阳社会各界人士共 300 人参加了该漫画展开幕式。

这是该日本展览继南京、北京之后，在中国的第三座城市举办。无论是在北京，还是在沈阳办展，侵华日军南京大屠杀遇难同胞纪念馆都是协办单位，我都充当了协调人和策展人。

九一八历史博物馆馆长井晓光在开幕式上首先发言："80 年前，日本发动了对中国的侵略，并在中国持续侵略和加害了 14 年，造成了中国军民大量的死亡和财产的损失。此次日本漫画展中，有 100 幅以上的作品反映了对日本战败的记忆，进行深刻的战争反省，以及对和平的诉求，这是值得肯定和赞同的，也是值得向观众推荐的。"

作为"日本我的 8・15 会"访华团团长的石川好先生，也在开幕式上发言。他说："许多著名漫画家幼时都曾随同双亲前往中国大陆，并且是在中国沈阳、长春、哈尔滨等地获悉日本战败的。他们的经历都会在漫画的作品中有表述。"

日本驻沈阳总领事馆总领事松本盛雄，用一口流利的汉语在开幕式上致辞。他说："此次来沈阳的漫画家们，都是日本最有名的大画家。他们以反战内容为题材绘制的作品很感人，相信一定是日中友好交流的好题材、好作品。"

当天晚上，日本驻沈阳总领事馆总领事松本盛雄邀请"日本我的 8・15 会"访华团全体成员，也邀请井晓光馆长和我陪同，参加在日本驻沈阳总领事馆内举办的晚宴，进行深入的交流。

这个展览中有不少作品就是回忆在中国东北迎来日本战败投降的场景，吸引起了东北观众的关注。如漫画家山口太一"9 岁在中国东北迎来了 8 月 15 日"，他展出的作品名字听起来有点毛骨悚然——《我们一块儿死吧》。他回忆道："那一天我是在中国一个叫普兰店的乡下小城迎来的(8・15)。从大连市乘火车往北走两个小时左右，那里就是普兰店。那时那里驻有三千多日本人，是个悠然自得的乡村城镇。……这天，我在同班好友青柳君家里玩耍，他母亲招呼我们说，'有重要的讲话，你们规规矩矩地坐下来听'，就让我们坐在了收音机前。……广播结束了，他母亲眼眶里满是泪水，哭着脸对我们用命令的口吻说：'大东亚战争结束了，是日本打败了。'山口君赶快回家吧！……父亲已经被一纸红书(征兵通知)驱赶到战地去了，他不在，家里有祖母、母亲、哥哥、我、弟弟和妹妹六个人。我想过不多久苏军就要打过来了，在那之前，去国民学校把军事教练用的枪借来，我们一块儿死吧！母亲是说要把我们每个人都杀死的。"

大漫画家千叶彻弥"6 岁在中国沈阳迎来了 8 月 15 日"，他的参展漫画作品名为《地狱之旅》。他回忆说:“记得当时我在父亲工作的地方——‘奉天’(中国沈阳)市内的印刷厂的场院内和小伙伴们正在玩泥巴。那天中午,好像传阅了紧急通知,只有日本人被召集到厂长或者员工宿舍负责人的住处,大人们是在那儿收听了‘玉音放送’才获悉日本战败的。我和其他孩子呆呆地看着大人们或痛哭或惊慌的样子,即便听到‘战败’啦、‘日本输了’什么的,6岁的我是没明白事情之重大的。……从那时起,我们开始了漫长的地狱之旅,直到花了一年左右的时间,好容易到达葫芦岛(中国辽宁)乘上归国航船为止。”

日本漫画家山口太一参展的漫画作品——《我们一块儿死吧》

日本著名漫画家千叶彻弥参展的漫画作品——《地狱之旅》

町田典子“8 岁在中国东北迎来了 8 月 15 日”，她的回忆是“马上就能回家啦”。她们一家人人是乘坐装有 3000 人的“兴安丸号”，从中国的葫芦岛驶离中国东北，她的父母领着她和 4 岁的弟弟、1 岁的妹妹返回到日本佐世保港的。

日本漫画家町田典子参展的漫画作品——《马上就能回家啦》

日本漫画家协会会长森田拳次先生说：“昭和二十年(1945)8 月 15 日，第二次世界大战以日本的失败而告结束。……战争结束时我是 6 岁，而如今已成为七十有二的‘老爷爷’了。在漫画家里，包括我在内，从东北回归的人很多，大家都各自在混乱中躲藏逃生。这个展览是生活在那个时代、切身感受到战争的我们这些人的昭和二十年(1945)8 月 15 日的记录。……战后出生的有些作者赞成我们的志趣，寄来各自的绘画作品，就构成了这样一个很有分量的展览。”

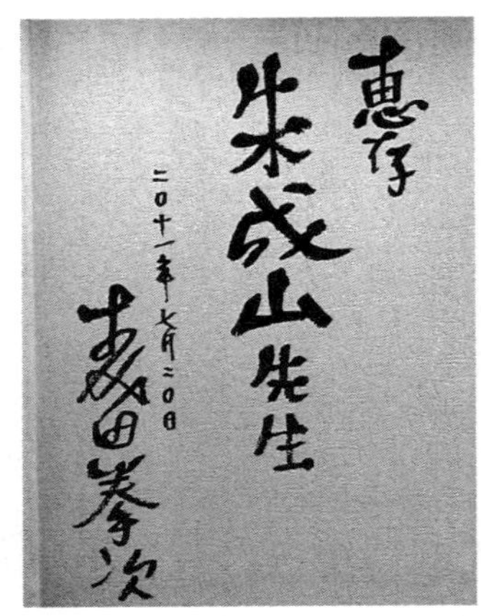

2011 年 7 月 20 日，日本漫画家协会森田拳次会长在沈阳，现场为作者和他本人画的漫画肖像(左图)，并亲笔签名题字(右图)

这次日本展览在沈阳共展出40天，至8月18日闭幕，取得了很好的反响。

在东北的门户沈阳成功举办了展览后，许多日本漫画家又提出能否在长春再举办一次展览。石川好先生向我直言不讳地提出，希望能够继续得到我的协调与支持。

我与日本伪皇宫博物馆的院长李立夫、副院长赵继敏和李薇是多年的老朋友了，相互之间有着非常好的信任关系。于是，我当即拨通了李院长的电话，转达了石川好等日本友人希望在长春办展的请求。李院长一口答应，希望我把在南京、在北京、在沈阳办展的资料，尽快提供给他们，以便好向上级打请示报告，并做好策展等筹备工作。

2012年7月19日，“日本百名漫画家笔下的‘8·15’”在长春的伪满皇宫博物院举办。侵华日军南京大屠杀遇难同胞纪念馆仍然作为该展览的办办单位，我应邀参加了展览开幕式，见证了该展览同样在长春受到欢迎和好评的情景。

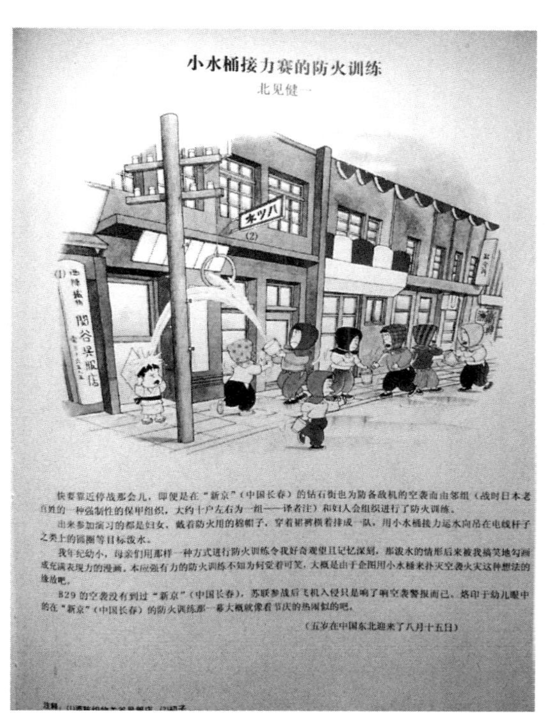

日本漫画家北见健一参展的漫画作品——《小水桶接力赛的防火训练》

此次从日本专程赶来参加该展览开幕式的漫画家有20多位，展出的漫画仍然是100多幅。其中有一些漫画就是漫画家本人当年在吉林的回忆。

漫画家北见健一“5岁在中国长春迎来了8月15日”，他的回忆和展出的作品是《小水桶接力赛的防火训练》。他对这幅漫画解释说：“快要靠近败战那会儿，即便是在‘新京’（中国长春)的钻石街，也为防备‘敌机’的空袭而由邻组(战时日本老百姓的一种强制性的保甲组织，大约 10 户左右为一组)和妇人会组织进行了防火训练。出来参加演习的都是妇女，戴着防火用的棉帽子，穿着裙裤横着排成一队，用小水桶接力运水向吊在电线杆上之类的圆圈等目标泼水。我年纪幼小，母亲们用那样一种方式进行防火训练，令我好奇且记忆深刻，那泼水的情形后来被我搞笑地勾画成充满表现力的漫画。”

日本著名漫画家男爵吉元“4 岁在中国吉林通化迎来了 8 月 15 日”。他参展的漫画作品名为《孩童时代》。他回忆说：“败战时我是 4 岁，所以当时的记忆一点儿都没有。父亲是商社职员，好像以‘奉天’(中国沈阳)为中心经常调动工作场所。听说 8 月 15 日时他在中国吉林省东南部的通化，其后因武器藏匿罪被当局逮捕。我的记忆里还记得母亲领着我到拘留所去给父亲送盒饭。……不久，父亲被证实无罪释放。在 1946 年秋天的时候，一家人犹如逃亡般的乘船回归故里。”

孩童时代
男爵吉元
152
153

日本著名漫画家男爵吉元参展的漫画作品——《孩童时代》

后来，石川好先生撰写了一本书，书名叫《漫画家们的“8·15”》，日本潮出版社于 2013 年 7 月 20 日正式出版(日文版)。书中详实地记载了在南京、

2013 年 7 月 20 日，日本潮出版社出版了石川好先生撰写的《漫画家们的“8・15”》(日文版)书籍封面

北京、沈阳、长春四地举办该展览的过程和感想。其中，用了较大的篇幅介绍了他与我的关系，以及漫画展在中国展览的反响。

2016 年 8 月，石川好先生的这本书，又由任景国翻译，在中国的东方出版社正式出版，书名改为《漫画家们的 8・15：在中国讲述日本人的战争经历》。这本书共有 5 章，第三章名为“通向展览会之路”，其中一节写到了“与朱成山馆长的相识”，虽然石川先生站在个人立场写的一些感受未必正确，譬如说“作为加害者的日本人怎么着都不愿意到南京纪念馆去”，但总体上来说，他还是实事求是的，态度也是积极的(事实上侵华日军南京大屠杀遇难同胞纪念馆从开馆的第一天开始，就有日本人去参观，我作为馆长出面接待的日本人就有成千上万之多)。为了便于读者把握和了解，我将这一段抄录如下：

与朱成山馆长的相识

2009 年 2 月，从(日本)外务省中国课发来一则意想不到的消息。此番以中国共产党对外联络部王家瑞部长为代表的总人数达 20 余名的(中国共产党)访日团一行，南京纪念馆的朱成山馆长也在其中。

我曾向外务省表示过无论如何也想见一见朱馆长的想法，但得到的却是“估计见了也没有用吧”这样不近人情的回复。因而不得已只得通过中国大使馆里的公使(王焱侠参赞)，拜托她来帮我安排与朱先生的会面。我并没有要老朋友帮我转达自己要说的具体内容，而只是说就想要见一面,即便只有一个小时也没关系。之所以如此,是因为无法想象不直接见面,而仅凭第三方的转述,对方能真正理解我的想法。

承蒙公使的帮忙,顺利达成了会面的约定。对于这千载难逢的机会,我不想请日本人做口译,而是选择继续麻烦那位公使朋友。之所以如此,是基于这样的判断:比起日本外交官,反而是中国外交官更能将我的情感毫不迟疑地,且不带客套地翻译出来。并且那位公使是一位女士。我凭借过往的人生经验知道:这时候如果有女士在场,谈话就不容易尴尬,而且会敞亮许多。

初次见面的朱先生带着些许紧张的表情,出现在约定好的酒店。在递给我的名片上,详列了他所属研究所或大学的头衔。多达十二个的头衔全部是与抗日战争有关的研究会或学术圈子,光凭这就能明白先生与南京大屠杀研究之间的关系有多么深厚。我在想,难道眼前的这位就是日本学者和外交官们口中"中国的鹰派人物""反日的强硬派大佬"么?

然而,我从他的一举一动或表情,丝毫都感受不到上述印象。

"非常感谢您能抽出时间,我有些话想当面跟馆长谈一谈。"在简单寒暄和自我介绍后,我直接切入正题。

"我对朱馆长在南京的活动不仅深表敬意,同时也给予高度评价。南京大屠杀在中日关系中仿佛是根拔也拔不掉的刺。在这敏感领域,您受到来自日本一方的强烈批判,但反过来又得到中国方面的强烈支持。

"因为战争已经过去超过七十年之久,所以真相已经很难弄明白。就我自己的所思所想而言,那是一场毫无道理的屠杀,这一点是不容置疑的。日本人民不应该将它忘却。

"但是,我有一点想要对朱馆长说的是,世界各地都有为了将战争的残酷告诉子孙后代而修建的纪念馆。比如遭受过原子弹攻击的广岛和长崎的纪念馆,波兰的奥斯维辛集中营纪念馆。在这些地方,不仅是受害者的家人,大多数国民甚至是过去站在加害者一方的人都会去参观和吊唁，一边低着头一边许下永不再战的誓言。

“但南京纪念馆面临的现实是，作为加害者的日本人几乎没有人愿意去。个中原因，我认为不能简单归结为日本人否定南京大屠杀，或者压根就不关心，更不是（日本民族）在吊唁受害者问题上的冷血。而是展览内容和纪念馆的整体印象，容易被日本人误会为反日的大本营。

“我常常在思考，能否将它打造成一个让作为加害方来访的日本人能和中国的老百姓共同吊唁死难者的纪念馆。为达此目的，朱馆长的协助肯定是必不可少的。我衷心希望能在纪念馆里展示（普通）日本人的战争经历。”

我在作了如上说明后，马上把随身带来的中、日文两个版本的《日本百名漫画家忆停战日》一书在桌上摊开。

朱先生看到我的动作，显示出一副松了口气的表情，接着开始翻开书的中文版。先生是研究战争史的，应当看过大量资料，因此我想他很快就能理解我书中的内容。

“我真不知道这样内容的书已经用中文在国内出版了。”朱先生说这话的时候，很明显惊讶于该书的出版机构——党中央的《人民日报》（出版社）。

“既然上边已经认可的话，那么有关展览会在南京的举办，应该没有什么问题。”

我借着《人民日报》这张“虎皮”，达成了自己的目的。看来我成功了。

接着朱先生又问道：“您打算怎么展示它呢？”

我就回答他说：“过些日子，我会带着 100 多张彩色复印画访问南京，详谈办展事宜，请在南京帮助我。”

在这本书中，石川先生还一一介绍了在北京、沈阳和长春等，举办这个漫画展的过程，其中多处提及与我的关系。由于受篇幅的影响，我不打算一一细述。

2016 年 8 月，东方出版社出版的日本石川好的《漫画家们的“8・15”：在中国讲述日本人的战争经历》中文版书籍封面

这个漫画展像是一座桥，一根纽带，将我与石川好两个曾经相互陌生的异国人连接在一起。特别是通过在南京、北京、沈阳、长春四地成功举办漫画展后，我们相互之间的感情与信任度增强了，成为一对好朋友。

因为这一缘故，从 2014 年 12 月 13 日在南京举办“南京大屠杀死难者国家公祭仪式”开始，石川好先生每年都来南京参加该项活动，我们之间见面的次数也上升到了 13 次，每次我们都相谈甚欢。

2015 年 12 月，我正式退休离开侵华日军南京大屠杀遇难同胞纪念馆工作岗位。从 2016 年初起，我在北京工作期间，也在任景国先生的陪同下，与石川好先生有过几次接触，每次都谈得很愉快。

最难忘的 2016 年 12 月 15 日中午，在东京新大谷饭店（与帝国饭店等是日本东京三大饭店之一），石川好设宴款待我与林伯耀、朱弘三人。

记得 2009 年 2 月，我作为中共代表团成员之一就下榻在这座饭店，当时与石川好先生第一次见面的地点也在这座饭店，商谈在南京举办“日本漫画家笔下的‘8・15’”漫画展之事，至今仍历历在目。

不知道是否石川好先生有意而为之，老朋友在此处相见，故地相逢，不由得勾起了对往事的联想。时间真快，但友情常在。

像石川好这样的日本政治评论家，就南京大屠杀等历史问题进行交流合作，并通过交流相互取得信任，建立起友好关系的，我还遇到了不少位。

他们用艺术的形式，努力为历史及和平鼓与呼。

在侵华日军南京大屠杀遇难同胞纪念馆里，收藏了两幅大型历史油画《南京破坏之迹》。画面表现的是南京大屠杀过后的1941年至1942年，南京城仍然可见到处是一片破壁残垣、街巷颓败的惨景。油画的作者是日本随军画家水原房次郎。

日本随军画家水原房次郎两幅遗作——大型历史油画《南京破坏之迹》

水原房次郎去世前，在其遗嘱中表示放弃数百万日元的拍卖款，将画捐给侵华日军南京大屠杀遇难同胞纪念馆，表达其赎罪的心情，将日军对南京人民的伤害告诉下一代。

1995 年 1 月 7 日，我亲手从其夫人手里接过了这两幅历史油画，后来将其展示在展厅内。

我也接待过从战争时期走过来的日本老艺术家。

记得那是在 1995 年 8 月 15 日晚 10 时，一位 75 岁的日本老人，缓慢地走进了侵华日军南京大屠杀遇难同胞纪念馆宽阔的广场上。她一身黑色衣衫，表情沉郁凝重。作为馆长的我，上前和其握手，被现场的 4 台摄像机一一拍摄记录下。

这位日本老人名叫李香兰。

李香兰是日本人，但她出生在中国的沈阳，原名山口淑子，李香兰是她的艺名。

1936 年，在北京翊教学校学习的李香兰，加入“满洲广播电台”，因演唱《夜来香》《何日君再来》和《支那之夜》等歌曲曾名噪一时。

1995 年 8 月 15 日，李香兰(右)在侵华日军南京大屠杀遇难同胞纪念馆内采访了幸存者夏淑琴(中)和唐顺山(左)

1937 年，李香兰进了“满洲电影公司”，主演了该公司第一部电影《蜜月快车》，并连续担任该公司 3 部电影的主演，成为闻名中日的歌星、影星。

日本投降后，李香兰和臭名昭著的川岛芳子一起，被中国列为两大文化女汉奸而逮捕关押。后来，她的一位俄国朋友帮她搞到一张她是日本人的出生证，她才没有像川岛芳子那样被惩处。

1946 年，李香兰从上海乘船回国，曾经连续三届共 18 年当选为日本国会议员，后改名为大鹰淑子。

李香兰此次是应邀参加南京、东京、汉城（首尔）三地举办的“永不忘却”电视直播晚会，作为南京场地的日方节目主持人的身份来到现场的。她首先在展厅里采访了南京大屠杀幸存者夏淑琴和唐顺山。

在刻有邓小平题写的侵华日军南京大屠杀遇难同胞纪念馆手书的石壁前，李香兰激动地说：

> 我现在在长江之畔的古城南京，南京和重庆、武汉一样，是中国的三大火炉，很炎热。

1995 年 8 月 15 日晚，李香兰在侵华日军南京大屠杀遇难同胞纪念馆内主持南京、东京、汉城（首尔）三地举办的“永不忘却”电视直播晚会

1937 年，我曾在中国的北京上学。57 年后，我到了中国的南京。

面对镜头和中、日、韩三国听众，李香兰的语气是沉重的。她注视着茫茫的夜空，逝去的历史急速地向她涌来。对在中国的经历，她曾经在她的著作《我的前半生》中说过，作为一个日本人，只有忏悔与赎罪。

向中国人民，向亚洲各国人民忏悔与赎罪！这是日本有良知之士的内心呐喊，其中也包括李香兰。这也是她被我们接受和作为友好人士的理由。

后来，李香兰带领其他日本国会议员再次来过南京，来过侵华日军南京大屠杀遇难同胞纪念馆。她对那些议员们说："我认识馆长朱成山。"在她眼里，我已经成为她的朋友。

我在 23 年馆长职业生涯中，不仅接待过战时的日本著名艺术家，也接待过一些现代日本名演员。

日本著名影星中野良子，曾经出演过《如花的情死》《追捕》《野性的证明》《遥远的跑道》等影片，特别是出演《追捕》这部影片女主角后，她成为中

日本著名影星中野良子(左)来侵华日军南京大屠杀遇难同胞纪念馆参观，作者向她做了认真讲解

国家喻户晓的明星演员。1994 年 9 月 20 日，她来到侵华日军南京大屠杀遇难同胞纪念馆参观，我为她做了详细的讲解。她不时地提一些问题，看来是之前认真做了功课的。她告诉我，这是她第二次来馆里参观。8 年前的 1986 年春天，她曾跟随日本植树访华团来凭吊过南京大屠杀遇难者。

1996 年 10 月 17 日，日本戏剧家真山美保率领日本新制作艺术团来南京公演。演出前，真山美保要求所有日本演员都要到侵华日军南京大屠杀遇难同胞纪念馆凭吊遇难者。她带领全体演员在遇难者遗骸前下跪，还在馆里栽种一棵象征和平长青的松树，并在石碑上刻下“绝不让日本军国主义复活”。

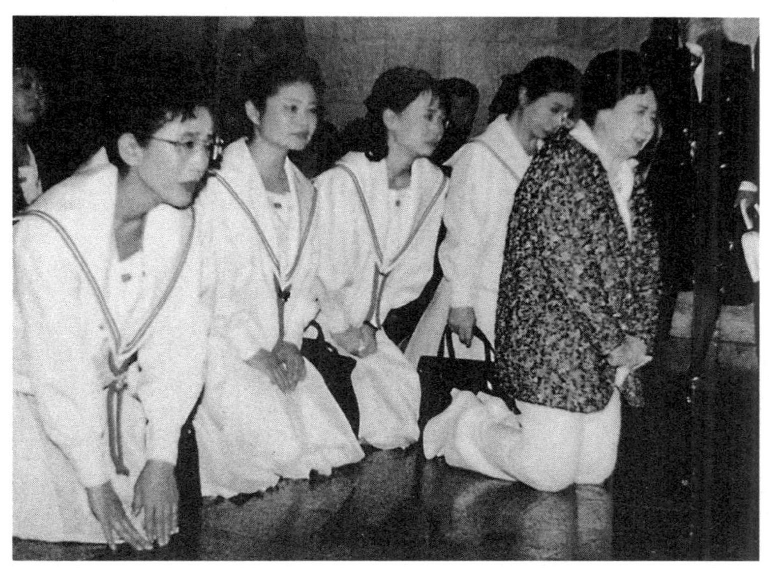

1996 年 10 月 17 日，日本戏剧家真山美保率领日本新制作艺术团全体演员在南京大屠杀遇难者遗骸前下跪谢罪

我接待的日本艺术人士中，最多的还是来自民间的各类艺术家。他们的作品所表达的主题都是相同的，那就是为了和平。

2005 年 12 月 31 日，我在侵华日军南京大屠杀遇难同胞纪念馆内，接待了来自日本爱知县儿童幸福与和平合唱团的 20 多人，该团团长是藤村记一郎先生。他向我介绍，该合唱团以《大象列车开来了》为主题，20 年来在日本各地巡回演出数十场，是一个享誉日本的民间和平团体。

1996 年 10 月 17 日，日本戏剧家真山美保率领日本新制作艺术团全体演员宣誓，“绝不让日本军国主义复活”

日本箕田源二郎绘画《大象列车开来了》书籍封面

这是一个真实的故事。日本某杂技团的 4 头大象被卖给了名古屋的东山动物园。这些大象在动物园里为孩子们表演各式各样的杂技，如用长鼻子敲鼓和吹喇叭，大家高兴极了。那一年(1937)日本发动了侵华战争，东京的上野动物园接到军方的命令，把大象、狮子等大动物都杀了。美军飞机轰炸名古屋动物园时，该动物园开始处理动物，老虎吃了拌有毒药的饭团死了，狮子和熊也被开枪打死了，动物园园长想办法把4头大象留了下来，但两头大象因又冷又饿死了，剩下的两头大象靠到很远的村子里找饲料喂养活了下来。

战后，东京的孩子们派代表来到名古屋，借大象到东京动物园去，但名古屋方面表示运输有困难。铁路上为此开了特别列车，日本全国的孩子们轮流乘坐火车来名古屋看大象。孩子们骑在大象的背上玩耍，到处充满着孩子们欢快的笑声和《大象之歌》歌声，洋溢着和平的景象。

2006年6月，日本大象列车开来了艺术团到南京举办公演，作为这个演出活动20周年的纪念。藤村记一郎先生执意要我为此次演出写一段话印在节目单上。他的诚恳感动了我，恭敬不如从命，我为其写下了题为“让20年的和平之歌经久不衰”的致辞，全文如下：

> 几年前，我曾在中国南京，有幸听到以藤村记一郎先生为首的日本友人，弹唱了一支美妙的歌——《大象列车开来了》，歌声像一首天籁之音，又像一个具有魔力的磁场，深深地吸引了我的心智，使我感到莫名的激动，更让我浮想联翩……
>
> 这首歌传播了一个美丽的故事。
>
> 歌声如泣如诉地告诉人们，在不堪回首的战争年代，恶魔之手曾无情地吞噬了许许多多的生命，就连名古屋动物园里的老虎、狮子、猴子等动物也未曾幸免，遭到了杀戮。动物何罪？生命何罪？
>
> 然而，即使在最黑暗的时候，由于爱心的存在，总会有人点燃希望之灯，生命之灯。一个普普通通的日本老人，以巨大的勇气和杰出的智慧，竟然奇迹般地藏匿了两头大象，让它们免遭杀害，使大象在逆境中得以生存。
>
> 战后，这两头大象受到了日本全国各地孩子们的欢迎和喜爱，为无数孩童们送去了欢乐和笑声。更为重要的是，歌声催使人们去思考：人类如何摆脱自相残杀的厄运？人类怎样与动物乃至大自然和谐共存？
>
> 这首歌有一个优美动听的旋律。歌曲的节拍欢快、轻松，十分好听。仿佛一群孩子在幸福地期待大象的到来，又好像许多顽童在为大象拍手称快。

歌声传递着孩子们的欢乐，歌声感动的却不仅仅是孩子。因为，爱美（美妙的歌声）之心人皆有之；因为，对生命的礼赞人皆有之；因为，对和平的向往人皆有之。

这首歌整整传唱了 20 年。20 年的光阴，假如是一棵刚生长的小苗，它应该长成了一棵参天大树；假如是一个呱呱坠地的新生儿，他应该长大成人。那么，对于一首传唱了 20 年的歌曲来说，又说明了什么呢？说明了歌唱生命的歌有着旺盛的生命力，说明了和平之歌一定会长久不衰！

祝大象列车开来了艺术团首次在南京公演暨 20 年公演纪念活动圆满成功！

这以后，我在名古屋多次见到藤村记一郎先生，最后一次是 2016 年 12 月 12 日在名古屋集会上。他告诉我，他一直在坚持自费无偿地演出。这种坚持为和平而歌的精神，每每令我感动。他是一位了不起的日本草根朋友。

在日本，紫金草的故事也很感人，它是我在担任侵华日军南京大屠杀遇难同胞纪念馆馆长 20 多年间，最具有历史与和平象征意义的故事。

关于紫金草的故事，我最早是从南京市对外友协孙曼处长的介绍中得知的。大约是在 1998 年秋天，孙曼带着从日本东京来的学校老师大门高子来馆里参观，告诉我大门老师创作了一首以南京的紫金草为内容的组曲，长达 40 分钟，名叫《紫金草合唱组曲》。许多日本民间人士，正是通过合唱紫金草歌曲来正确认识历史，致力于日中友好事业的。

孙曼女士说，紫金草是南京的花，南京是紫金草的故乡。我们南京人把它称为“二月兰”，是一种在每年二月里开着紫色小花的普普通通小草，但它的背后却隐藏着一个动人的故事。

60 多年前，原侵华日军卫生材料厂厂长兼军医山口诚太郎，从南京紫金山下把二月兰的花种带到了日本，山口记不住小草的名字，却记住了南京的紫金山，记住了在战火中顽强生长的紫金山下的小草，记住了或许就是南京大屠杀遇难者魂灵再现或寄托的紫色小花。

在侵华日军南京大屠杀遇难同胞纪念馆接待室里，《紫金草合唱组曲》词作家大门高子女士和作曲家大西进先生告诉我，在战后 60 多年的时间里，怀着对战争的反省和对和平的祈愿，山口先生全家4代人在日本精心培育紫金草，并年复一年地将紫金草的种子免费赠送给日本全国各地的学校、公园、社区，有时坐火车将草籽撒向窗外，播种在日本各地的土地上。特别是在1985年日本筑波世界科技博览会期间，他们向观众分发了100万袋的紫金草花种。

大门高子深受感动，以紫金草故事背景为主题，于1998年联袂创作了长达40分钟的合唱组曲《紫金草的故事》。他俩边说边用随身携带的半导体机放了一遍组曲，其歌词感人，曲调优美，给小草赋予并升华了一种和平精神。

2000年4月6日，在大门高子女士等日本友人的陪同下，我在东京北之丸公园的河边，亲眼看到了那一片片来自南京的紫金草花。那一株株幼小的紫金草实在是朴实无华，却昂扬向上地竞相开放着。那一串串紫色的小花，依靠着大众的力量，汇成了一片紫色的花海，共同在天地间支撑起一抹绚丽与灿烂。作为南京人，能够在日本东京的公园里看到来自家乡的紫金草盛开，心里有一种莫名的激动。我从未料到这平凡的小草小花，会有如此的魅力和撼人心魄的力量，感到它是世界上最美的花。

2001年4月，日本紫金草合唱团应南京市青年联合会的邀请，来到南京山西路青春剧场演出，我应邀为这次演出写一份祝贺词，题目是《光大"紫金草精神"》，被印在演出的节目单上，后来被全文发表在《青春》杂志2001第四期上。

在那篇文章中，我写道："世上有些物质原本是平凡而实在的，当被赋予了象征某种特别的精神后，就会迸发出一种令人难以相信的力量。紫金草作为一种平凡的小草，他们花开花落，一岁一枯荣，平凡得令我们南京人也着实没有注意到它的存在。而当它作为反省战争、呼唤和平的种子在异国他乡播撒和生长的时候，竟然得到了那么多热爱和平事业的日本友人的钟爱，仿佛和平鸽嘴里衔着的橄榄枝落地成活，生长成一片紫金草组成的和平祥云。真可谓粒粒之种，可以绿原。"

在那篇文章中，我还评价了日本友人光大紫金草精神的动机："日本友人曾告诉我，在日本，有把'人民'或'国民'叫做'草之根'的。透过紫金草的故事，人们可以看到在当今的日本，虽然存在着一股极力否认侵略史、美化战争、妄图复活军国主义的右翼势力，但同时也有一大批反省过去的历史，反对战争，以各种方式为谋求和平大业而奔走呼喊的民间正义人士。他们虽然身份卑微、力量较弱，犹如小小的紫金草一般，但为了和平事业而携起手，并长期坚持不懈地努力奋斗，其精神可嘉可敬，他们是日本走和平之路的脊梁。如此想来，与靖国神社和昭和纪念馆毗邻的北之丸公园边的那片紫金草，其实是一片与右翼势力相抗争的伟岸森林。紫金草，和平的花；紫金草精神，追求与赞美和平的精神。”

那次演出非常成功，以至于数次谢幕不能够成功，后来干脆台上的日本演员和台下的中国观众一起互动，一起流泪，一起高唱，其情其境十分感人。再后来，日本紫金草合唱团与南京理工大学合唱团结为友好团体，多次来南京演出，每次都受到了南京人民的欢迎，我也每次收到邀请参加，每每都会被感动。除南京演出外，日本紫金草合唱团还被邀请到清华大学、复旦大学演出，均受到大学生们的欢迎和好评。

2007 年 3 月 28 日，侵华日军南京大屠杀遇难同胞纪念馆举行了一个特别的仪式——“紫金草花园入锹仪式”。

应邀前来参加仪式的有，日本向南京捐赠紫金草和平花园建设之会会长山口裕先生、日本紫金草合唱团团长大门高子女士及 40 多位日本友人，参加纪念馆二期工程建设的南京市城建集团项目工程公司董事长陈永战及部分建设者们。

我在仪式上发表的致辞中提及：

> 今天，我们在侵华日军南京大屠杀遇难同胞纪念馆和平公园建设工地上，与日本友人共同举办紫金草花园入锹仪式，让蓝天白云和高照的艳阳为我们作证，让建设工地上轰鸣的机器喧嚣声为我们作证，让今天到会的 10 多家新闻单位的记者们为我们作证，中日两国人民将通过共同栽种被誉为和平之花紫金草的特殊活动，将这一具有特殊意义的和平之草，种植在侵华日军南京大屠杀遇难同胞纪念馆将于年内落成的和平公园里，以共同铭记历史，祈祷和平。
>
> 感谢日本紫金草合唱团 1200 多名团员，在日本各地争相传唱“紫金草——和平的歌”，激励人们反省组织、呼唤和平；感谢日本紫金草花园建设之会的全体会员，慷慨捐赠了 1000 万日元，用于在侵华日军南京大屠

杀遇难同胞纪念馆新建中的和平公园内，建一个紫金草花园，让紫金草回归故乡，让紫金草昭示中日两国人民共同反对战争、建设和平生存环境和世代友好的心声。

朋友们，我们有理由相信并共同期待，明年的春天，在日本繁衍并生长了60多年之久的紫金草小花，一定会在它的家乡南京的土地上，开得更加鲜艳！

2011年3月24日至27日，日本紫金草合唱团第7次南京公演，以歌声传递中日两国人民热爱和平的心声。我应邀为此次演出写了一段宣传的文字，题目是《让紫金草的歌声长盛不衰》，主要内容如下：

每当谈及紫金草的时候，脑海里就会突然冒出山口一家人关于紫金草的故事，紫金山脚下、古城墙边上生长的一种平凡小草，由于山口一家人持续不断地精心栽培和用心播撒，已经在日本的土地上一岁一枯荣地生活了70多年，在日本各地生根、开花、繁衍和普及，使“南京的草”成为日本的草，装扮着日本的大地，美丽着日本的春天，温暖着中日两国人民的心。

每当谈及紫金草的时候，耳畔仿佛立即会响起那熟悉的旋律——“花的季节哟，遍地慈爱的紫花；微风阵阵哟，花姿轻轻地招展；花的种子哟，来自大海的彼岸；带着期待哟，在这里生根开花。和平的花，紫金草；和平的花，紫金草。”

我曾经不止一次听到过日本朋友们用心演唱紫金草之歌，在东京，也在南京看到过他们动情的演出，那情景，令人不由得感动落泪。

有人说，和平的歌总是百听不厌。我说，紫金草的歌声越来越好听，特别是你用心与紫金草歌曲的优美旋律相碰撞的时候。

记得一位哲人说过：“艺术是具有穿透力的。”我觉得，紫金草合唱曲就具有穿透人们心灵的张力与魅力，往往会引发人们内心的美好祝愿和憧憬。

每当谈及紫金草的时候，我的眼前就浮现出大门高子、大西进、藤后博己、安藤由布树、铃木俊夫等一批热心于紫金草合唱团工作的日本友人。

我与他们曾经在南京、在北京、在东京、在名古屋、在广岛等许多中日两国的城市里见面畅谈，深深地为他们的信念和执着所感动。

作者（右二）、泰州市委外宣办主任王飞（左四）与大门高子（右一）等日本友人在泰州梅兰芳纪念馆门前合影

日本紫金草合唱团在泰州梅兰芳纪念馆内

日本紫金草合唱团在泰州演出现场

他们把紫金草作为和平的象征物，把传播紫金草精神当做一项毕生追求的和平事业，凭着一种高尚的情操和不懈的坚守，无怨无悔地奔走在中日两国各个城市之中，用紫金草的歌声撒播和平的种子，把紫金草演绎的和平精神不断地发扬光大。他们是和平的使者，是值得中国人民信赖的朋友。

我最后一次参与日本紫金草合唱团的活动，是在我退休离开侵华日军南京大屠杀遇难同胞纪念馆两年之后，记得那是 2016 年 8 月 15 日，我应中共泰州市委宣传部的邀请，在“泰州 116 期百姓大学堂”讲课中提到紫金草的故事，被这个美丽的故事打动的泰州人，一定委托我代为邀请日本紫金草合唱团来泰州演出。

2017 年 4 月 5 日上午 7 时 30 分，我与来自日本的紫金草合唱团全体成员约 80 人，乘坐两辆大巴车，从南京古南都饭店出发，途经扬州至泰州。细雨濛濛，油菜花盛开，有道是“烟雨三月下扬州”，古人说得精辟，说得有气韵，连车上的日本客人都纷纷夸赞“美美美！”。

日本演员们到达泰州后，立即参观了梅兰芳纪念馆。梅兰芳在日本享有盛名，可能正是由于中日两国文化的同根同源，日本人对唐诗宋词和京剧等中华文化的喜好，一点不比中国人差，有些方面的研究还很深入。我与大门高子、大西进等日本友人在梅兰芳纪念馆合影留念，大家的兴致很高。

饭后，紫金草合唱团全体演员们去南京师范大学泰州分校的大礼堂，与大学生们一起排练，一起演出，整台演出非常成功，获得了阵阵掌声。最后，中日两国演员们以及台下的观众们，一齐高唱“紫金草、和平的花”，那种场面令人终生难忘。

第九章　林伯耀及日本爱国华侨们

2018 年 2 月 3 日晚，“感动南京”2017 年度人物暨第 16 届南京好市民颁奖典礼，在位于龙蟠中路 338 号的南京电视台一楼演播厅举行。

镁光灯下，走出了一位白发苍苍年近八旬的老人，他是谁?

他的名字叫林伯耀。

林伯耀是旅日华侨中日交流促进会秘书长，一位出生在日本但至今不肯加入日本国籍的爱国老华侨。他刚从日本兵库县神户市赶来，专程参加这一典礼。

旅日华侨中日交流促进会秘书长林伯耀先生

林伯耀先生获得 2017“感动南京”年度人物奖。

颁奖典礼上，中共南京市委常委、宣传部长曹路宝等领导，亲切地与林伯耀先生等获奖者合影。

颁奖组委会给予林伯耀先生的颁奖词是：

> 永远不忘中国是您的根，倾尽家财，为伸张正义，奔波四方。您捐赠抗战文物史料，参与设立和平大钟，组织中日民间友好交流。爱国心，民族情，激起您满腔热血，伴随您一生追求。

这段颁奖词写得很准确，用在林伯耀先生身上很贴切。凭我对林伯耀先生 20 多年的了解，知道他是一位对中国抗战史研究有着特别贡献的老华侨。几十年来，他参加过中国赴日劳工问题的调查，协助花冈事件诉讼和东史郎诉讼，资助南京大屠杀幸存者赴日作证，以及南京大屠杀史料赴日展览，帮助收集有关南京大屠杀的资料与证物等。他对历史调查研究的执着精神，不仅在日本华侨界绝无仅有，就是连一些专门从事历史研究的人员也自叹莫如。他配得上这一荣誉和奖励。

林伯耀先生此次来南京，下榻在汉府饭店。作为多年的老朋友，我专门去看望了他。

我们在一起吃饭，一起聊天，一起回忆往事，总有说不完的话题。

我与林伯耀先生最早的相见相识，还是在 26 年前。

那时，我刚从中共南京市委宣传部调到侵华日军南京大屠杀遇难同胞纪念馆任职。

在我的记忆中，第一次与林伯耀先生相见，地点就在馆里，印象特别深刻。

就在那一次，林伯耀先生亲口告诉我，他曾经在上世纪 70 年代初，组织旅日华侨中日交流促进会的一批爱国华侨来南京，他们要向南京大屠杀遇难同胞敬献花圈。

南京市有关方面接待的人员却把他们带到雨花台烈士陵园。对这段历史有所研究的林伯耀先生提出，华侨们是要给南京大屠杀遇难同胞献花圈，以表示哀悼的。接待人员告诉他们，很遗憾，目前南京没有这样专门的场所。

为此，林伯耀先生除了向南京市人民政府正式提出建馆建议外，还专门跑到北京，找到中共中央统战部，呼吁一定要在南京建立悼念南京大屠杀遇难同胞的专门纪念场馆。

林伯耀先生讲的故事感染了我，打动了我。我想，一位身在日本的华侨，能够为南京大屠杀死难者上下呼吁，真的不简单！

后来，我从侵华日军南京大屠杀遇难同胞纪念馆筹建资料中得知，他是第一个提出在南京建立侵华日军南京大屠杀遇难同胞纪念馆的人，也是最早呼吁举行南京大屠杀悼念活动的人之一。

后来，我与林伯耀先生的接触多了起来。他每年多次来南京，有时到北京，有时到天津。我从1994年开始，一共去过日本16次，几乎每次都见到他。我俩在中国和日本见面应该超过60次，每次见面都谈得很愉快，每次交谈我都有收获。他是日本华侨中来侵华日军南京大屠杀遇难同胞纪念馆次数最多的人。

我俩成了“忘年交”。

在多次的交谈中，我逐渐了解了他的身世。

1939年1月2日，林伯耀出生于日本京都府北桑田郡宫岛村。他的祖籍在福建省福清市南门外的高山镇。他出生在日本发动全面侵华战争之后的岁月里，由于日本军需业猛增，农业生产力下降，粮食供应日趋紧张。

连年的战争，使他从小就泡在饥寒交迫的苦日子里。

对于那段艰难岁月，直到现在回忆起来，他记忆犹新。他说：“日本人看不起我们中国人，我年幼时经常受到日本人歧视。有一次，母亲带我到一个农民家去卖布。这户人家不但不买布，还大声喊：‘支那人，支那人，赶走他！’然后放狗咬我们娘俩。那是一条巨大的黑色的狗，张着大口叫个不停。”

林伯耀说，那些日本人的脸上对华人写满了不屑。他深沉地回忆道：“尽管那时候我还是个孩子，不知道‘支那人’是什么意思，但可以肯定，那不是好听的话。”

在京都上中学时，林伯耀从书中了解到赴日劳工的“花冈事件”“刘连仁事件”，得知中国人不愿屈服奋起抵抗的故事，这让他很感动。后来，他考入日本著名的京都大学，选择了工学部，一心想学习科学技术，希望将来有一天能有机会报效祖国。

在上大学期间，林伯耀是学生中思想非常活跃的人物。他在学校组织了一个中国研究会，主要研究方向是中国近现代史。通过学习与研究交流，他从远东国际军事法庭的审判资料中了解到了南京大屠杀惨案的真相，给他留下了终身难以忘记的印象。

1964 年，林伯耀大学毕业后，在一家日本企业做了 10 年高级工程师。在此期间，他经常参加华侨青年运动。他在日本国内组织其他华侨，共同收集南京大屠杀史料。他说："从那时起，我就暗暗地下定决心，揭露历史真相，为二战中受难的中国同胞伸张正义，是自己毕生追求的事业。"

此后，他独立开创事业，在日本神户经营着一家贸易公司。他的公司经营了几十年，但一直业绩平平。为此，他的许多亲友批评他"心不在焉"，即主要精力不在经营和贸易上，而是热衷于追求历史的事业。

1978 年，作为旅日华侨青年运动的负责人，林伯耀第一次来到南京。他们提出希望给 30 多万南京大屠杀遇难同胞献花，但当时，南京却没有一座场馆。那天晚上，在饭席间，他就建议南京市政府部门的有关领导，在南京建立一座属于南京大屠杀遇难同胞的纪念性场馆。

后来，林伯耀利用到北京开会的机会，向中共中央统战部的领导提出了在南京建馆的建议。

正在报告会上发言的林伯耀先生

1994 年 8 月，我陪同南京大屠杀幸存者夏淑琴第一次到日本，林伯耀专程从神户赶到东京与我见面。后来又陪同我到神奈川、大阪和神户多座城市作证言集会。使我们此次访日活动十分成功，打开了南京大屠杀专家学者和幸存者赴日作证言的大门。据不完全统计，此后应邀去日本作证言的南京大屠杀幸存者和专家学者一共有20多位，最多的一批有4位幸存者，先后在日本东京、大阪、京都、冈山、广岛、静冈、金泽、名古屋、福冈、熊本、长崎、鹿儿岛等地参加证言与和平集会100多场次。

1996年12月，我应邀到日本访问。在大阪，林伯耀、松冈环等一批日本友人与我磋商，日本的和平反战组织，在次年(1997)的南京大屠杀惨案发生60周年之际，如何联合开展活动。其间，我向林伯耀等人推荐和介绍了广岛的由木荣司、冈山的横见庆幸、熊本的樱井政美、长崎的高实康稔等日本其他城市民间组织负责及其开展活动的相关情况。

当时，日本各地纪念南京大屠杀死难者的活动，相互之间缺乏联系，各自为战。他们希望侵华日军南京大屠杀遇难同胞纪念馆作为桥梁，连接日本各地的民间组织，在大阪成立一个全国联络会，名字叫"日本纪念南京大屠杀遇难者全国联络会"，并推选神户的林伯耀、大阪的松冈环和广岛的由木荣司作为共同代表(共同负责人)，将东京、大阪、京都、冈山、广岛、静冈、金泽、名古屋、福冈、熊本、长崎等地的民间组织整合起来，围绕南京大屠杀的历史共同开展一些活动。大家一致表示，一定要把南京大屠杀历史真相告诉日本民众。

1997年是南京大屠杀惨案发生60周年。这一年，是我与林伯耀先生接触最多的一年，也是两人关系最热最铁的一年。通过密切的交流，相互间更增加了信任感。

从年初开始，在林伯耀、松冈环、由木荣司等负责人的组织下，在日本熊本、广岛、大阪、金泽、东京、名古屋6个城市开设了"南京大屠杀热线"，希望参与侵华战争的日本老兵打电话，把自己的亲身经历讲述出来。

林伯耀先生说："我们在报纸上刊登了热线电话，结果有一半以上电话是打来骂我们的。"有的日本右翼分子还直接打电话给他，呵斥他："林伯耀，你搞这么多事情，应该向日本人民谢罪！"他还收到过匿名信，称他为"中国派到日本的反日工作人员"，还有人在游行时直接挂牌子，指名道姓地骂林伯耀。

面对人身攻击，林伯耀等人并没有屈服，坚持开通"南京大屠杀热线"，收集到了一些当年曾参与南京大屠杀的日本老兵作证言的信息，为其后的深入调查采访打下了基础。

后来，日本友人松冈环根据这些线索，对其中的一些日本老兵做口述史调查，出版了《南京战・寻找被封闭的记忆》日文版和中文版，还将 250 多位日本老兵的证言音像资料，捐赠给侵华日军南京大屠杀遇难同胞纪念馆。

这一年的 8 月 13 日，首届南京大屠杀史国际学术研讨会在南京状元楼饭店召开，林伯耀先生应邀参加了这次研讨会。在会上，他作了题为“南京沦陷以后日寇南京特务机关的作用”的报告。在这篇论文中，他从“南京特务机关的成立和它的任务”“清除抗日分子及‘残败兵’维持治安”“处理尸体”“处理难民问题——取消‘安全区国际委员会’”“傀儡机构的建立及其实质”“从军部(队)占领转移到(日本)企业管理(国策)”等几个方面后，郑重地提出：日本人占领南京后，“怎样掠夺华中的资源，并稳定地供给日本；怎样确立在华中的经济由日本人独占的基础，成为南京沦陷后日本军部和国家首先考虑的问题。为了解决这一问题，南京特务机关充当了急先锋”。

这年的 8 月 15 日，林伯耀、松冈环等来自日本的华侨和日本友人，与我们一道在侵华日军南京大屠杀遇难同胞纪念馆内，共同举办了“留下历史的见证——中日两国万名学生寻访南京大屠杀幸存者夏令营”开营仪式。紧接着，来自日本的 26 名大学生和高中生，包括林伯耀先生的小女儿林淑英，与南京市 14700 多名青年学生一起，对当时南京市所属的 15 个区县 560 多万人口中的 60 岁以上的老人(南京大屠杀惨案发生时已经出生者)，像梳头一样普查了一遍，新发现南京大屠杀幸存者 1200 多人。

从 1998 年起，林伯耀先生就一直支持东史郎日记诉讼案，他与山内小夜子等人多次来南京收集有关证据。记得他曾经与山内一起，将中国 6 万多人支持东史郎日记诉讼案的信函、横幅等，装了几个大口袋，乘坐东航班机带至日本，送到日本最高法院法官手里。

2002 年 12 月 13 日，林伯耀先生再次来到南京，参加纪念南京大屠杀遇难同胞遇难 65 周年的系列活动。其中，参加了在水西门大街的万人和平大巡游活动。他右手捧着一只红蜡烛，左手和日本松冈环女士共同拉着一面印有“前事不忘，后事之师 ”的红色旗帜，上面签满了日本友人的名字，恭恭敬敬地行走在巡游队伍的前列，在夜晚中显得非常突出。林伯耀先生说，这次巡游把南京大屠杀这段历史传达给日本人民和世界人民，很有意义。

自从1994年12月13日南京举办悼念南京大屠杀遇难同胞祭祀和公祭活动以来，20多年间，几乎每年的这一天，林伯耀先生都要从日本赶来参加活动，从不缺席。

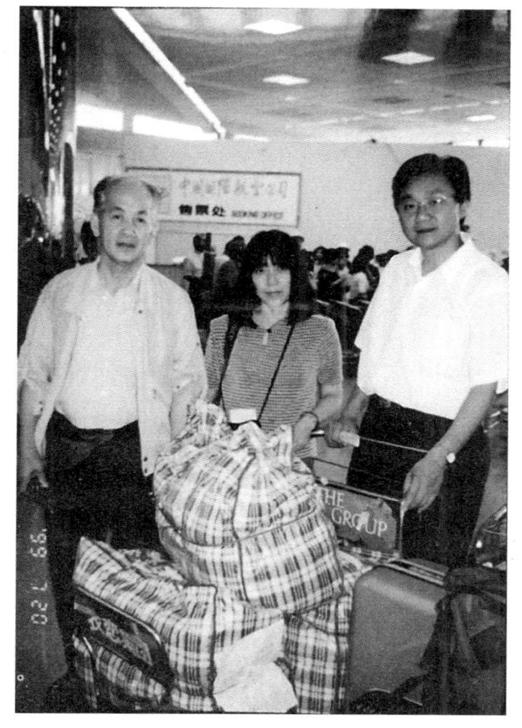

作者(右一)与林伯耀(左一)、山内小夜子在浦东机场托运中国6万多人支持东史郎日记诉讼案的信函、横幅等包裹

2003年12月12日，南京迄今最重、最大的一口铜钟——“和平大钟”，在侵华日军南京大屠杀遇难同胞纪念馆内正式落成，并在次日的悼念南京大屠杀30多万同胞遇难66周年仪式暨南京国际和平日集会上第一次被撞响。此后，它在每年的12·13纪念活动和南京大屠杀死难者国家公祭仪式上多次被撞响，成为宣誓和平的象征物。

这是一口具有历史意义而又面向未来的大钟，我作为这口大钟铸造的主要策划和设计人之一，至今难忘其铸造的背后，有着一连串曲折动人的故事，以及凝聚着林伯耀等海内外许多爱国人士的关心和智慧。

为南京大屠杀历史铸一口和平大钟，以告慰30多万遇难同胞，警示后人的工程，起步于1996年，其间整整耗时8年。

1996年12月，在筹备悼念“南京大屠杀30多万同胞遇难60周年合肥史料展”时，侵华日军南京大屠杀遇难同胞纪念馆与合肥某文化公司商定，由该公司捐资30万元，制作一口重达60吨的“警世钟”，悬挂在侵华日军南京大屠杀遇难同胞纪念馆内悼念广场上。从1997年初起，由南京金陵古青铜艺术研究所负责，正式制模，进入了紧锣密鼓的铸钟前期筹备之中。谁知天有不测风云，合肥某文化公司因领导人士变动，使铸造大钟一事搁浅。

苍天不负有心人。正当我们一筹莫展之时，旅日华侨中日友好促进会秘书长林伯耀先生来南京，听说此事后，认为此钟有着特殊的意义，并表示由他本人出资 30 万元，捐助我们完成警世钟的铸造。

我们派人专程去了北京，争取到了中国当代著名书法家、原中国佛教协会会长赵朴初先生亲笔题写的“警示钟”的墨宝。我们还请东南大学建筑研究所所长齐康教授设计，在馆内悼念广场上建造了一个造型独特的钟架。

正当我们热火朝天地铸造警世钟模具和钟胚时，为纪念香港回归，下关静海寺也在铸造一口警世钟。为了不使一个城市出现两口警世钟，经南京市有关领导的协调，我们这口大钟中止了铸造。

此后，侵华日军南京大屠杀遇难同胞纪念馆的悼念广场上，兀自矗立着一座没有钟的钟架，一晃就过了 8 年。

2002 年 12 月，南京成功举办悼念南京大屠杀 30 多万同胞遇难 65 周年暨南京国际和平集会，铸造一口和平大钟的事重又提上议事日程。全国政协常委、中央文史馆馆长、中国书法家协会名誉主席并已 90 多岁高龄的启功先生，虽然抱病在床，但听说南京要建造和平大钟，同意题写“和平大钟”四个大字。这四个字起到了画龙点睛的作用。

侵华日军南京大屠杀遇难同胞纪念馆内的这口大钟，似乎就是与一批旅日华侨们有缘。

1996 年铸钟遇到经费困难时，他们热情相助，慷慨捐赠。事隔 8 年，听说馆里又要铸钟后，爱国侨胞立即奔走相告，迅速成立了“旅日华侨捐助南京和平大钟委员会”，筹资帮助铸钟。

捐助南京和平大钟的热心人和促成者，就是日本华侨中日友好促进会秘书长林伯耀先生。他认为，在侵华日军南京大屠杀遇难同胞纪念馆内铸造一口和平大钟，警示人们不忘历史、开拓未来是极为有意义的事情。所以，他不厌其烦地穿梭于华侨界，促成一批华侨们共同捐资铸钟。

像林伯耀一样，为铸造南京和平大钟出力的老华侨们还有：林同春、李有焕、林有志、张仁猛、陈上梅、林康治、黄耀庭、刘友荣、王着炳、任政光、石雅之、林文明、刘义康等14人。他们分别侨居在日本东京、京都、福冈、神户、横滨、函馆、姬路等城市。他们的名字，被铭刻在和平大钟内壁上，以示永久的纪念和感谢。

铛！铛！铛！和平大钟以其特有的深沉、洪亮、绵长的声音，是对南京大屠杀中死难的30多万同胞的告慰，是对忘记南京大屠杀历史的人们的警醒，也是对妄图否定南京大屠杀历史的日本右翼势力的拷问和敲打。热爱和平的世界各国人们一定会引发共鸣。

和平大钟必将和南京大屠杀史实一样，留给历史，留给后人。

在国家公祭仪式上被敲响的和平大钟

2004年2月5日至11日，我应日本和平之船的邀请，赴日本东京参加和平研讨会。会后，我专程去名古屋和大阪征集有关南京大屠杀的史料。林伯耀先生抽出时间，陪同我在大阪国立图书馆、大阪档案馆翻阅并复印了1937年12月全套的《大阪日日新闻》《名古屋日日新闻》等历史资料，还陪同我在大阪许多书店购买有关南京大屠杀的资料书籍，然后帮助我打包，通过水路托运至南京，就像为自己家里做事一样认真负责。

林伯耀先生不仅帮助侵华日军南京大屠杀遇难同胞纪念馆征集资料，还帮助我们在日本做了许多实事。印象最为深刻的，就是那次我们为参加日本老兵东史郎的葬礼，他给予了全力的支持和配合。

2006 年 1 月 5 日，我和南京市对外友好协会副会长孙文学等一行 3 人乘坐国航 CA163 航班，到达大阪关西机场时已经是 20 时 30 分。办理入关等手续后，于 23 时 40 分，才到达下榻的神户旅馆。

为了能保证次日参加东史郎的葬礼，林伯耀先生原打算用一辆面包车，连夜将我们送到京都的丹后半岛。但京都连日下起了鹅毛大雪，漫山遍野白茫茫一片，夜晚行车，冰冻路滑，长途跋涉 4 个多小时，安全难以保证。于是，临时改变计划，乘坐火车前往，但需要转换两次火车。

稍事休息后，我们在林伯耀先生的陪同和带领下，于 6 日凌晨 1 时 30 分从神户出发，林伯耀的儿子林叔义开车送我们到京都火车站时，已经是凌晨 3 时。由于是半夜时分，又是冰天雪地，天气寒冷，偌大的火车站内，除了我们一行 4 个人外，就还有另外一个人在候车。

我们除了在飞机上吃了一点简餐外，10 多个小时没有进食，此时已饥肠辘辘，冻得浑身发抖。但望见陪同我们前行的林伯耀先生，心里充满了敬意和感激。这位头发花白的老华侨，也和我们一样站在瑟瑟寒风里。假如没有他的带领，我们真的不知道该怎么办。

6 日凌晨 3 时 47 分，我们乘坐了去丹后半岛的特急火车，途中经丰冈车站转车，终于在 7 时 23 分到达了丹后半岛，准时参加了东史郎的葬礼，代表南京人民为这位勇于反省历史错误、敢于与日本右翼势力做斗争的日本老人送行，表达一分哀思。

2006 年 12 月 12 日，林伯耀先生与往年一样，来南京参加一年一度的悼念南京大屠杀遇难同胞仪式暨国际和平集会。与往年不一样的是，此次他从大阪国际机场飞到南京禄口机场，随身带来了一挺日军三年式 6.5 毫米重机枪，准备捐赠给侵华日军南京大屠杀遇难同胞纪念馆。

当时，我正在馆里忙于筹备第二天的 12 · 13 大型集会活动，委派馆里其他人去禄口机场接林伯耀先生。当我在馆里接待室见到林先生时，发现他的西装肩部被撕裂开了一条大口子。一打听，原来是他肩扛重机枪零部件时被拉开的。

看到这一切，我被林老先生的所作所为所感动，赶快派人到南京新街口的商场为他重新买了一件西服，以便他次日出席在馆里举办的重要活动。

林伯耀先生捐赠的这挺重机枪，名叫三年式重机枪。何谓“三年式”？是日本以法国霍奇克斯M1914重机枪为蓝本研发的气冷式重机枪，得名于在日本大正三年（1914）开始装备部队，它是日军部队侵华初期用的主力重机枪。

2006年12月12日，林伯耀先生向侵华日军南京大屠杀遇难同胞纪念馆捐赠的日军第18师团使用过的三年式6.5毫米重机枪

林伯耀先生指着这挺重机枪告诉我，这是他委托朋友在英国购买的，是英军在二战后期缴获日军第18师团用过的重机枪。而第18师团当年隶属于日本华中方面军第10军，曾经参加过围攻南京城的作战。他说：“打开枪机，可以看到枪膛已经被磨得很光滑，说明它曾沾满了中国同胞的鲜血。”

在12月15日举办的捐赠仪式上，我代表侵华日军南京大屠杀遇难同胞纪念馆接受了林伯耀老先生的捐赠。此后，这挺重机枪就一直展示在史料陈列厅里，它寄托着一位在日本生活几十年的老华侨对历史关注与支持的情感。用林老的话说：“这是作为中国人的义务，也是责任。”

2009 年 2 月 19 日，我参加“中日执政党交流机制第四次会议”，作为中国共产党代表团成员之一从北京飞往东京。当天晚上，中国共产党代表团全体成员，应中国驻日本特命全权大使崔天凯的邀请，在中国驻日本大使馆参加欢迎酒会。回到下榻的新大谷饭店时，我一眼看见头发花白的老华侨林伯耀先生身背着一个双肩包，站在门厅里微笑着向我招着手。

看着他的一身装束，不用问，就知道他是刚刚从神户的家里乘坐新干线，专程来东京看望我的。这使我莫名感动，一时竟不知道用什么词汇表达致意，只能连声说“谢谢！谢谢！”

异国他乡遇知己，是一件令人愉快的事。他问我累不累，能否邀请我去新大谷饭店附近的一家小茶社坐坐，并告诉我白西绅一郎先生会在那里等我。那天晚上，我们 3 人一起围绕当时的中日关系谈了很久，谈到很晚，我受到了很大启发。

不仅在日本，在中国国内，林伯耀先生也曾多次邀请我参加赴日劳工的纪念性活动。

2015 年 9 月 1 日，在纪念中国人民抗日战争胜利 70 周年之际，林伯耀先生邀请我专程到天津烈士陵园，参加“花冈暴动纪念园”的开园仪式。

林伯耀先生告诉我，在日本花冈暴动的当地，由日本民间捐款建立的“花冈平和纪念馆”已在 2009 年落成，成为铭记历史、教育下一代和中日友好的桥梁。

“花冈暴动纪念园”为什么要建在天津烈士陵园呢？这里面有一个不断迁移的过程。

天津烈士陵园“在日殉难烈士·劳工纪念馆”始建于 1955 年 6 月，原来坐落在天津北辰区的北仓，1971 年迁至天津水上公园。1975 年 8 月，在水上公园天津烈士陵园内重建抗日殉难烈士纪念馆，建筑面积为 237 平方米。

1995 年 8 月 15 日，为纪念抗日战争胜利 50 周年，由旅日华侨集资，在天津市政府支持下兴建的“抗日战争时期在日殉难同胞名录（墙）”和“纪念抗日战争时期在日殉难的中国劳工展览”在此地落成并对外开放。抗日殉难烈士名录墙上，镌刻着在日本各地35个企业135个作业点殉难的6830名中国劳工名录，它是由旅日华侨中日交流促进会出资60万元建立的。

2005年是中国人民抗日战争胜利60周年，中共天津市委、市政府决定重建天津烈士陵园。新建的烈士陵园位于外环线铁东路交叉口，占地近100亩，建筑面积8000平方米。其中，新建“在日殉难烈士·劳工纪念馆”建筑面积1352平方米。

2006年8月18日，“在日殉难烈士·劳工纪念馆”在天津烈士陵园内落成，使那些丧生异国的英灵得到慰藉。花冈劳工在日死难者419名，其中409位死难者的骨灰保存在天津“在日殉难烈士·劳工纪念馆”内。“在日殉难烈士·劳工纪念馆”是首批国家级抗日纪念设施，是全国唯一存放在日殉难烈士、劳工骨灰的纪念馆。

记得当时，林伯耀先生也邀请我到天津，参加了该馆落成仪式，代表侵华日军南京大屠杀遇难同胞纪念馆在仪式上作了发言，并向花冈劳工死难者献了花圈。

为了牢记这段历史，祭奠英灵，教育下一代，更是为了以史为鉴，实现中日两国的友好和平，花冈和平友好基金管理委员会经多方协商，申请在“在日殉难烈士·劳工纪念馆”西侧再建立一座占地约2200平方米的“花冈暴动纪念园”。

该纪念园于2012年得到天津市政府同意立项，2013年7月17日得到外交部及中国红十字会总会同意建园的批复。之后，花冈和平友好基金管理委员会开始围绕筹建花冈劳工纪念园展开各项工作。

无论是建纪念馆，还是建纪念园，林伯耀先生都功不可没。为了维护花冈劳工历史真相，为死难者伸冤，他长期在中日两国间奔走呼号、鞠躬尽瘁。

日本侵华战争期间，为了维持侵略战争，弥补其国内劳动力的严重不足，日本东条英机内阁会议、日本次官会议分别于1942年11月27日和1944年2月28日作出了《关于向国内移进华人劳工事项的决定》和《关于促进华人劳工移进国内事项的决定》的执行细则。

据此，日本从中国强掳约4万人到日本，分散在135个作业点，强制做苦工，结果有6830人命丧他乡。

因不堪忍受日本政府和鹿岛组非人的待遇、残酷的奴役和虐待，在一个个难友死于非命的情况下，为了捍卫人的尊严，争取生存权利，劳工们于 1945 年 6 月 30 日发动了决死性的秋本县花冈町的“花冈暴动”，在 4 万被掳劳工中最具有代表性，震动了日本当局。它是抗战期间唯一发生在日本本土的中国人暴动。它所展示和表现出的中国人民为维护祖国尊严和捍卫民族气节而英勇斗争的伟大气概，为世界反法西斯战争史写下了光辉的一页。

日本军、警、民出动两万余人对我劳工残酷镇压，先后有 419 人惨死于“花冈暴动”之中。

1989 年 12 月 22 日，花冈幸存劳工聚会在北京，成立了“花冈受难者联谊会”，并以该会的名义致函加害企业日本鹿岛建设公司，1990 年 7 月 5 日发表了共同声明，提出了谢罪、赔偿和建立纪念馆等 3 项要求。

但鹿岛公司出尔反尔，协商毫无结果。中国受难者在忍无可忍的情况下，于 1995 年 6 月向东京地方法院提出赔偿诉讼。

该诉讼历时 2 年，历经 7 次开庭，1997 年 12 月 10 日，东京地方法院一审判决原告败诉。第三天，耿淳等 11 名中国原告再次向东京高等法院上诉，终于 2000 年 11 月 29 日，经 20 次法庭调解，东京高等法院宣布和解成立。由日本鹿岛建设公司赔偿中国受害劳工 5 亿日元，以示谢罪。

有关方面将 5 亿日元委托给中国红十字会，依照和解宗旨，设立花冈和平友好基金，用于对 986 名花冈受难劳工的赔偿、祭奠及后代的教育。

为了让更多的人了解中国劳工在二战期间受害的历史，林伯耀先生一直忙碌于在中日两国间举办中国赴日劳工血泪展。

2010 年 8 月至 9 月，由中国受害劳工联谊联合会、台湾高金素梅办公室、台湾人民文化协会、旅日华侨中日友好交流促进会、花冈和平友好基金管理委员会、侵华日军南京大屠杀遇难同胞纪念馆共同在南京举办展览。该展览名称定为“不能忘却的历史——纪念中国人民抗日战争暨世界反法西斯战争胜利 65 周年特别展”，展期 60 天。

8 月 15 日，在侵华日军南京大屠杀遇难同胞纪念馆内举办了该展览开幕式，曾在日本靖国神社门前带领台湾地区原住民作斗争的高金素梅女士、台湾人民文化协会理事长吕正惠先生、旅日华侨中日友好交流促进会秘书长林伯耀先生，以及来自山东、河北、河南、天津等地中国在日劳工的幸存者及其遗属们，冒着酷暑高温参加了这一仪式。

在展厅外的集会广场上，林伯耀先生委托河南劳工遗属弄来了6830双布鞋，献给在日死难中国劳工们，让他们的在天之灵能够穿上鞋子，实现人的尊严和体面。据说，林伯耀、高金素梅等人在日本东京曾经参与这些布鞋的摆放和展示，此次是在中国国内第一次摆放这些鞋子。

2010年8月15日，在侵华日军南京大屠杀遇难同胞纪念馆集会广场上展示着献给中国劳工遇难者的6830双布鞋

南京展的成功举办，使得林伯耀先生希望能够继续在中国其他城市展出。2017年3月20日，在北京，我与林伯耀、田中宏、老田裕美和花冈和解基金会的张恩龙，主要商谈拟在沈阳九一八历史博物馆举办花冈劳工展，并明确委托我与九一八历史博物馆联系，促成这个展览在沈阳展出。

同年9月10日，我专程陪同林伯耀、老田裕美和张恩龙去了沈阳，与原馆长井晓光和现任馆长范丽红见面，商定于2018年9月18日在沈阳九一八历史博物馆举办"不忘历史、为了和平——中国劳工血泪史特别展"，主办单位有沈阳九一八历史博物馆、中国人民抗日战争纪念馆、天津市在日殉难烈士·劳工纪念馆、花冈和平友好基金管理委员会（北京）等4家单位，协办单位有台湾人民文化协会、花冈受难者联谊会、旅日华侨中日交流促进会、日本花冈平和纪念会、日本强掳中国人思考会、日本关东大地震被屠杀中国人慰灵追悼执行委员会、温州史学会东瀛惨案研究会、日本强掳奴役中国人大阪·花冈国家赔偿诉讼团等 8 家中日两国民间团体。

其间，还将组织召开“中国劳工受害史与新时代史学价值研讨会”，在九一八纪念广场（九一八残历碑旁）摆放 6830 双布鞋（约 3 天），以此追悼被强掳和强制劳动而死亡者。

我应邀赴沈阳参加这个特殊意义的展览开幕式，还在学术研讨会上作了题为“‘数字劳工学’在新时代的运用及其史学方法研究”的发言，受到了林伯耀、田中宏等友人的好评。

2016 年 12 月，我应邀访问日本 11 座城市，林伯耀先生挤出宝贵的时间，先后到福冈、大阪、京都、神户、名古屋和东京等 6 座城市陪同我，参加 6 场我的讲演报告会，这是对我最大的支持。他是我此次访日期间陪同时间最长、去的城市最多、给我帮助最大的朋友。在我的记忆中，在福冈、名古屋和东京这几处，他特别给力。

12 月 4 日，我应邀在日本福冈县教育会馆举办演讲会。会前，林伯耀先生专程从神户赶到福冈来，并且邀请了佐贺县立小城市高等学校退休校长、现小城市乡土教土史研究会会长岩松要辅先生来与我见面。

岩松先生时年 76 岁，昭和十五年（1940）在台湾台中出生。岩松先生 1997 年去过南京，作为日本全国教育委员会访华团一员访问过侵华日军南京大屠杀遇难同胞纪念馆，我出面接待过他。当时，他还是一名高中老师。回到日本后，他向学生们讲授南京大屠杀的历史，并教育他们要为日中友好服务。

几年前，岩松先生在佐贺县唐津市的一个书店里，发现了南京卫戍司令长官唐生智作战命令等文献资料，觉得很珍贵，就买了下来，并且一直保存着。

现在，他觉得这些资料对于南京大屠杀和南京保卫战历史研究有价值和意义，应该还给中国，就通过日中协会理事长白西绅一郎先生，找到老华侨林伯耀，希望捐赠给侵华日军南京大屠杀遇难同胞纪念馆。林先生委托我接受下来，带回南京，交给侵华日军南京大屠杀遇难同胞纪念馆收藏。在福冈，我与林伯耀和岩松要辅先生办理了简单的“文献资料”交接仪式。

2016 年 12 月 4 日，在日本福冈，作者（左二）接受佐贺县立小城市高等学校退休校长岩松要辅（右二）捐赠南京卫戍司令长官唐生智作战命令等重要文献资料，老华侨林伯耀（左一）和福冈市日本中国友好协会会长中村元气（右一）在场见证

12 月 11 日，林伯耀的儿子林叔义开车到大阪，来接我去神户。

晚上 6 时 30 分，在日本神户青年中心会议厅，我应邀为来自兵库、三重、大阪等地的日本朋友作演讲，日本朋友们还唱起了《紫金草，和平的花》歌曲。会前，老华侨林美智（台湾人）还专门来看了我，以前记得她陪同我到神户的山上观光，她也多次去过侵华日军南京大屠杀遇难同胞纪念馆。

晚上，举行了神户欢迎酒会，来自福建福清的中国留学生林海滨博士夫妇热情地作了翻译。来自大阪的长滨彰则说，他的曾外公是三重县人，作为步兵 33 联队士兵，参加过南京大屠杀，虽然他生前没有说过残暴的事，但肯定是刻意隐瞒了真相。他愿意代其曾外公向中国人民谢罪。

老年妇女爱泽革说其父亲参加过侵华战争，她 6 岁时父亲去世，不知他当年干了些什么罪行。为此，她要对此进行深入研究，作为自己一生的课题。

来自京都的丹波小城智子说:“从 1997 年开始,我每年都要去南京学习历史。以前我是小学教师,不仅自己注意学习历史知识,还对年轻的老师传授历史真相。因为我的父亲曾 3 次参加过侵华战争,他对我讲了不少侵华战争的事实。我未来的生命和责任,就是要把历史的真相告诉更多的日本人。”

神户青年文化中心馆长飞田雄一说:“我已经 20 次去了中国,20 次都去了侵华日军南京大屠杀遇难同胞纪念馆。日本是加害国,却一直在指责中国,好像中国是加害国,对不起日本似的,这让人感到厌恶。”

飞田馆长也是我的老朋友,我俩相互见面的次数肯定超过 30 次。我还曾经下榻过神户青年文化中心,睡在提供给青年留学生临时居住的狭小空间和窄窄的小床,至今还难以忘记。

神户芦屋大学博士林海滨说:“日本的学生不学近代史,我为此问过老师,老师不吭声,我感到奇怪。”

日本大学生欑上说:“我老家住在广岛,当年那个社区有 1000 多人死亡,我们一直觉得自己是战争的受害者。但我现在觉得原爆与南京大屠杀有内在联系,没有南京大屠杀等日军的侵略罪行,也许就不会有广岛原爆的发生。”

次日上午,林伯耀、墨面等陪同我先参观神户中华同文学校。这是一座从小学到初中共 9 个年级的华人学校,是一座有特色的学校,至今已经有 117 年的历史,首任名誉校长为时任日本首相的犬养毅。学校培养了许多人,如林丽韫是该校第 4 届毕业生。

参观完神户同文学校,去神户福建同乡会,其对面是项羽庙。这是财神庙,不少华商在这里进香,希望保佑发财。

接着参观神户中华街,这是日本国内 3 条中华街中最大的一条,主要街道呈十字形。据说一段是按照大陆风格建造,另一段是按照台湾风格建造。

中午,神户华侨协会组织了几位老华侨,他们都是为侵华日军南京大屠杀遇难同胞纪念馆和平大钟捐款者。原来的领头人林同春先生 6 年前已经病故,他原来是同文学校理事会理事长。现在,他的弟弟林同福接任理事长。林敦义(43 届学生),刘友荣(9 届)、林文明(15 届)、石雅之(14 届)都没有来过南京,但他们捐赠的和平大钟每年都会在公祭仪式上被敲响。当年捐资建造和平大钟的 14 位日本华侨中,神户的华侨最多,有林同春、林伯耀、石雅之、黄耀庭、刘友荣和林文明共6位，除了已故的林同春和黄耀庭老先生外，其他4位都到场见面了。借此机会，我再次代表南京人民向他们表示衷心的感谢！

2016年12月12日，作者(左四)在神户中华街与林同福(左三)、林伯耀(左二)等华侨合影

当天下午，我在林伯耀先生的陪同下，来到了名古屋市。

晚上6时30分，我在名古屋女性会馆用时90分钟演讲南京大屠杀。此前在熊本、长崎、福冈、广岛、冈山、京都、大阪、神户8座城市演讲一帆风顺，但在名古屋遭遇到右翼势力的骚扰，他们开来3辆宣传车，场外来了9人，场内混进3人，并用大喇叭乱嚷乱叫，插着“南京大屠杀是中国人捏造的”彩旗。

在会场内也发生激烈争论，但他们完全是胡搅蛮缠，所提问题可笑之极，说什么南京人口当时还不到20万人，怎么可能有30多万人的屠杀?还说什么当时的南京比名古屋的面积还小，不到5平方公里，怎么会有那么大规模的屠杀?

这种场面我在访日时多次遇见，见怪不怪了。我与林伯耀先生同台与日本右翼势力作面对面斗争，已经不是第一次了。

记得那还是在 1996 年 12 月 14 日，我与南京大屠杀幸存者倪翠萍被邀请到大阪府枚方市去作证言。当时，林伯耀先生几乎全家出动，因为事先得知日本右翼势力扬言要以“武力相抗衡”。他让儿子林叔义给我们开车，到达枚方市后，安排我们在茶社喝茶，叫他的弟弟猪八戒（林伯辉）先到会场去侦查一下，看看右翼势力的人来了没有。

我们的茶刚刚泡好，猪八戒就跑回来了说：“会场现在还没有什么人，我们赶快进去吧！”

一行人扶着倪翠萍老人进了会场。为了确保我和倪老的安全，林伯耀作了精心和周全的安排。其中，让他的儿子林叔义做我的保镖，寸步不离。此时我才知道林叔义是二级拳击手，原来我还以为他是专门来为我们开车的司机呢。

那一次，在枚方市的会场上，我与日本右翼势力进行了激烈的争论，林伯耀也站起来发言支持我，此情景，至今我还记忆犹新。

1999 年 12 月 16 日，作者（右一）与陈娟研究员（前排左一）、涂寅生处长（后排左二）陪同南京大屠杀幸存者张秀英（前排左二）、郑桂英（前排右二）访问日本大阪时，与林伯耀（后排右三）、山内小夜子（后排右二）、黑田薰（后排左三）、墨面（后排左一）、松冈环（前排右一）合影

这一次，我当场对右翼势力的观点进行反驳，林伯耀和名古屋集会负责人平山良平，也接连站起身来用历史事实驳斥右翼势力。当时在场的日本人，对右翼分子的发言表示嘲笑，但右翼分子直到散场也没有离去。

小学教师、曾经参加中日韩教科书编撰的小野正美，是一位与我有过多次接触与交流的朋友。他主动贴到右翼分子的身边坐下，以便他有什么过激的行动时及时采取措施。

紧跟他身边的是一位美国人约瑟夫，是位在日本已经22年的美国人。他是在名古屋工业大学执教日本文学，一直从事着国际和平运动。

中国驻名古屋总领事馆的领事李颖和副领事柳嫣，一直参加讲演会。李颖领事还在会上发了言。看着在台上发言的中国领事、台下端坐的副领事，那时我顿悟到，当你身处海外、面对外国势力干扰时，更感到祖国对我支持的温暖和重要。有强大的祖国作后盾，我什么都不怕。

集会结束后，就在离警察的警车、右翼势力停放的宣传车不到50米的小

2016年12月12日晚，作者在名古屋市集会后，与日本朋友平山良平(后排左一)、小野正美(后排左二)、林伯耀(后排左三)、竹内宏一(后排右二)、约瑟夫(后排右一)等合影

饭店，警车的顶灯和右翼势力的车打的双跳灯还在一闪一闪地亮着。名古屋活动的负责人平山良平竟然组织人搞起了庆祝酒会，林伯耀和 20 多位自发留下来参加酒会的人士侃侃而谈，好像当晚什么事也没有发生过。

此次与右翼势力的激烈交锋，还发生在东京。

12 月 15 日上午，在林伯耀先生、田中宏教授、墨面、朱弘先生等人的陪同下，我去中国驻日本大使馆拜访公使薛剑先生和政治部二等书记官孙（盐城人），报告此次访日期间的情况。中午，在新大谷饭店（与帝国饭店等是日本东京三大饭店之一），老朋友石川好设宴款待我与林伯耀、朱弘先生。

与白天平静友好的氛围不同的是，晚上我准备与日本右翼势力交战一番。因为右翼势力提前在网络上扬言，要比名古屋闹得更厉害一些，特别是要在会场上让我难堪。

下午 5 时 30 分，我跟着林伯耀与朱弘先生走到东京韩国基督教会馆。朱弘告诉我，1919 年朝鲜“二八独立宣言”在此发表，导致朝鲜半岛的“三一独立运动”，这里是朝鲜、韩国人民心中的圣地。今天的会场设在顶层，也就是 9 楼。

6 时 30 分，集会正式开始。在我历时 75 分钟讲演后，原准备闹场的几名右翼分子，在会场强大的压力下竟然没有出声，没有实现他们会前在网络上的疯狂预告。东京会议的组织者福田昭典等人对此给予很高的评价，认为集会很成功，镇住了日本右翼势力的气焰。

晚上，东京的朋友们举行庆祝酒会，一下有 30 多人参加，把小酒屋撑得满满的，连过道里都站着端酒杯的人。日本友人都纷纷举杯相庆，为公理与正义的胜利而干杯！

2017 年 8 月 15 日，林伯耀先生再次来到南京参加和平集会。此次，他来到我供职的世界和平与人权基金理事会所在地南京市体育大厦，商讨能否继续在每年 12 月邀请南京有关人员赴日参加证言集会的事。考虑到南京大屠杀幸存者年逾古稀，身体条件不允许再被邀请去日本交流，林伯耀先生与我商量，能否派送南京大屠杀幸存者的第二代，即他们的子女赴日本讲述其父辈受害的经过？

我们首先选定已故南京大屠杀幸存者李秀英的女儿陆玲，以及南京大屠杀研究专家孟国祥，于 2017 年 12 月期间到日本作证言。结果到日本后反响较好，打开了每年向日本民间和平友好组织派遣南京大屠杀幸存者后代的大门。林伯耀先生与我们商定，2018 年 12 月，将派遣南京大屠杀幸存者常志强的女儿常小梅，以及南京大屠杀研究专家孙宅巍赴日本，向更多的日本人讲述南京大屠杀的历史，作和平友好的交流。

像林伯耀这样热爱祖国、热爱和平的日本华侨，我还遇到过许多位，他们每人都有一个个生动的故事，诠释着爱国从来都不是一句空话的道理。

这批热心的华侨们的领头人，是神户华侨总会名誉会长林同春先生。在日本，神户华侨总会的名声很响，在某种程度上代表了日本华侨的形象。

1995 年 12 月 13 日，作者与老华侨林同春（右一）、林伯耀（左二）参加悼念南京大屠杀遇难同胞仪式后，在集会广场上合影

1935 年，林同春不满 10 岁，便东渡日本。他到日本不久，日本侵华战争爆发。

林同春与许多侨居在日本的华侨一样，处在敌国人的位置上谋生存，经受了外人的侮辱与磨难。大概正是因为背井离乡、饱受歧视，他对祖国的感情特别深沉。

几十年来,林同春先后为中国留学生、华侨社会及祖国捐赠近 5 亿日元之多,几乎国内每一次大的自然灾害都有着他的慷慨解囊。

1985 年,林同春先生出资,策划并组织了“中日青年友好汽车驰走活动”,在中日友好史上留下了浓墨重彩的一笔。

1995 年,在纪念世界反法西斯战争胜利暨中国抗日战争胜利 50 周年之际,林同春和林伯耀等策划旅日华侨在北京卢沟桥中国人民抗日战争纪念馆内修建一座纪念碑。他说:“友好,并不是一味地俯就对方,特别是中日两国之间曾有过一段不堪回首的历史。所以,中日友好是要建立在正视历史的基础之上。”

基于这样的认识,这位旅居东瀛近 70 年的老华侨,曾经担任过日本神户华侨总会会长、神户中华总商会会长,获得过“国际功劳奖”,还担任了“旅日华侨捐助南京和平大钟委员会”的委员长,带头将第一笔铸钟款寄到了南京。

林同春在日本经营的主要是贸易和不动产,他的商社主要有中央实业株式会社、神户中国百货公司和主要经营纤维贸易的“林商店”,其年营业额是 30 亿日元左右。

就资产而言,林同春在日本排不上富豪榜。甚至于在日本华侨界来说,他也不是资产最多的,但在旅日华侨中,他绝对是一面旗帜,是公认的日本侨领。

我与林同春先生的第一次相见是在北京。当时,他正在中国人民抗日战争纪念馆参观。在该馆领导的介绍下,我俩相识了。在我的记忆中,他是一位身材高挑、为人谦和、办事效率很高的人。我们曾经在东京、大阪、神户、南京、上海等地多次见面,他给我留下的印象是美好的,是一位值得敬重的好人。

1997 年 4 月,中国华侨出版社出版过作家旻子著的《旅日华侨林同春传》,详细介绍了这位爱国华侨的人生经历。

神户还有一位华侨名叫墨面。他的名字和林伯耀弟弟的名字一样,有点奇怪。他原名叫徐桂国。而大多数人只知道林伯耀弟弟名叫猪八戒,而不太知道他的真实名字叫林伯辉。

他为何叫墨面？据说他取自鲁迅的诗《七绝·无题》："万家墨面没蒿莱，敢有歌吟动地哀，心事浩茫连广宇，于无声处听惊雷。"

墨面个头很高，大约有1.82米，皮肤有点黑，但为人很好，是市民和平活动的积极参与者和支持者。他曾经在我于1994年8月到日本首次访问时，作为我的翻译，陪同我在大阪、京都、神户等城市参加证言集会，给我留下了深刻的印象。

中国华侨出版社出版作家晏子著的《旅日华侨林同春传》

2000年，在大阪的街道上举行游行时，墨面威风凛凛地走在队伍的最前面。据说，他做好了准备，随时应对右翼势力可能的暴力侵犯。

2016年，我在访日期间，已经退休在家含饴弄孙的墨面，又再次出山，不辞辛苦地陪同我去京都、大阪、神户、名古屋、静冈、东京6座城市，保护我的安全，同时为我免费作了6场演讲会的翻译，弄得很累。真的很感激他的付出。

除了神户的华侨，其他日本城市的华侨也很给力，也有我的许多位老朋友。

2016年12月2日，在熊本国际友好会馆，80多岁的老华侨林同治带着孙子来听我讲演后，拿过话筒，谈了自己的感想："听了朱馆长讲了那么多南京大屠杀的事实，日本安倍政府里有人到现在还在怀疑南京大屠杀，真是不应该。"

我清楚地记得，我每次到熊本来作证言报告，林同治老先生总是来与我见面，听我的讲演，而且每次都要即兴讲话，支持我、鼓励我，是个值得敬重

2016 年 12 月 2 日，在熊本国际友好会馆集会会场上，老华侨林同治发表自己学习南京大屠杀历史后的感想

的老华侨。

日本的朋友告诉我，林同治先生曾经在熊本开了一个很大规模的超市，后来由于右翼势力的捣乱，被迫关闭了。

林同治先生也是捐资建造和平大钟的 14 位日本华侨之一。我已记不清有多少回、多少次，他带多少日本人到侵华日军南京大屠杀遇难同胞纪念馆参观访问。在彼此的接触与交往中，增进了情感和认同。

我经常在想，这些日本老华侨，虽然他们常年生活在日本，但都有一颗火热的爱国心。

第十章　村山富市及正视历史的日本政要们

在日本众多的前首相中，最能赢得中国人好感的是谁？

答案应该是十分明确的，那就是村山富市先生。

1995年8月15日，日本国内阁总理大臣村山富市先生，在纪念二战结束50周年时代表日本政府发表的谈话中，曾明确指出："在不远的过去一段时期，我国国策有错误，走了战争的道路，使国民陷入存亡的危机，殖民统治和侵略给许多国家，特别是亚洲各国人民带来了巨大的损害和痛苦。为了避免未来有错误，我就谦虚地对待毫无疑问的这一历史事实，谨此再次表示深刻的反省和由衷的歉意。同时谨向在这段历史中受到灾难的所有国内外人士表示沉痛的哀悼。"

这就是著名的"村山谈话"的主要内容，既承认了日本的对外侵略和殖民统治，又表示深刻反省和由衷的歉意。这种对待历史问题的态度，不仅超越了战后历届日本政府对历史的认知，也是此后日本历届政府对待历史问题所持的立场。

"村山谈话"不仅获得了中国、韩国等受害国政府的充分肯定，也得到了日本国内部分人士的好评，同时也赢得了中国人民的称赞。

这样一位备受中国人喜欢的日本政治家，我和他有过5次零距离接触交谈的机会，并且留下深刻的记忆。

日本前首相村山富市

村山富市先生 1924 年 3 月 3 日，出生在日本大分县大分市，是日本国第 81 任首相，现任日本日中友好协会名誉顾问。

在我的印象中，这位个头高挑、长着一对长寿眉的日本老人，非常慈祥，脸上始终挂着一种微笑。

虽然是个老牌政治家，却没有政治家通常所具有的威严和显赫，给人的印象是普普通通的平民印象。

村山富市，是我见过的数十位国内外政要中最难忘的人。

我清楚地记得，那还是在 1998 年 5 月 24 日，一个温暖如春的初夏时节。

村山富市前首相来了。他在江苏省对外友好协会领导的陪同下，来到侵华日军南京大屠杀遇难同胞纪念馆访问。

作为馆长的我，曾经荣幸地为村山前首相作了近一个小时的讲解服务。

我首先引导村山先生参观了侵华日军南京大屠杀遇难同胞纪念馆外景展区，向他逐一介绍了燕子矶、草鞋峡、煤炭港、中山码头等南京各处的侵华日军南京大屠杀遇难同胞纪念碑；详细讲解了当时刚刚发现并在继续发掘考证过程中的江东门万人坑遗址情况，列举了受害儿童、妇女和老人的骸骨；还向他说明了日本群马县 80 多岁的老人横山诚，执意要在侵华日军南京大屠杀遇难同胞纪念馆内以“日本一老人”的名义，立下一块“赎罪与慰灵碑”，以表达当年他在上海开“杉山书店”期间曾经亲眼看到日军对中国人民所施暴行的忏悔。他当时听得很认真，不停地点头，嘴里也不停地“哈伊！哈伊！”（是！是！）回应道。

其后，我在南京大屠杀史料陈列馆里，向村山前首相细说了南京大屠杀

1998年5月24日，作者在侵华日军南京大屠杀遇难同胞纪念馆内为日本前首相村山富市一行作讲解

的历史照片、文物、史料的来历，向他具体介绍侵华日军南京大屠杀的历史事实。他在参观过程中说："日军的残酷暴行令人惨不忍睹，必须严肃认识到，侵略给中国人民带来了难以忍受的痛苦。"

参观结束后，我邀请村山前首相为侵华日军南京大屠杀遇难同胞纪念馆题词。他欣然写下了8个大字："前事不忘，后事之师"。

村山先生是日本历任首相中第一位承认日本侵华战争并进行反省的政治家，也是访问侵华日军南京大屠杀遇难同胞纪念馆的第一位日本前首相。不仅在侵华日军南京大屠杀遇难同胞纪念馆馆史上留下一笔，也在中日两国友好发展史上留下积极而又重要的影响。

我与村山富市前首相再次相见相叙，是首次见面之后12年，即2010年9月，地点是在北京。幸运的是，这一回在3天时间里，我与他有过4次零距离的接触。

此次，村山富市先生能专程来到北京，是我的老朋友、日本著名社会活动家、政治评论家石川好先生的功劳。

事情的起因，是2010年8月6日，在卢沟桥畔的中国人民抗日战争纪念馆，我与该馆沈强馆长、日本的石川好先生等人，在一起商谈如何筹备“日本百名漫画家笔下的‘8·15’”展览时，我提出邀请村山先生出席开幕式。想不到石川好先生一口答应，届时如果村山先生时间有暇并身体允许的话，一定会来，并且自己揽下了负责落实邀请的具体事宜。

当时我还真有点半信半疑，想不到石川好先生真的实现了当初的诺言。

侵华日军南京大屠杀遇难同胞纪念馆作为该展览的协办单位，按照事先的约定，9 月 17 日，我带领部分员工从南京出发来到北京。石川好先生则陪同村山富市先生等日本友人从东京到北京，共同参加漫画展开幕式。

当天晚上 9—10 时，在村山先生下榻的位于长安街上的北京饭店，我拜访了这位日本前首相，并且与他进行了为时 1 小时的平和、亲切、愉快的交流。

首先，我向村山先生表达了对其应邀专程来京参加展览开幕式的感谢。其次，向他赠送了新近编撰出版的《侵华日军南京大屠杀遇难同胞纪念馆馆史》的书籍。在这本书上面，就刊载有村山先生于 1998 年 5 月来馆参观的照片及其题字。再次，我还当面口头邀请他在当年 12 月 13 日到南京，参加每年例行组织的悼念南京大屠杀遇难同胞暨南京国际和平集会。

村山先生连连点头，算是一一回应我的讲话，并且从自己怀里掏出小笔记本，用笔记了备忘录。

我们还一起讨论了村山先生白色的长寿眉。石川好先生笑着说，在日本的政坛上，有人因为村山先生有长眉毛，就称他为“老爹”。我说，在中国，一直把有长眉毛的老者作为长寿的象征。

村山先生告诉我们，在日本也有这种说法。但实际上有这种长眉毛的人，不一定能够长寿。他还请我们猜猜他的长眉毛迄今多少年了，我们有的猜 50 年，有的猜 30 年，最后他告诉我们已经 86 年，因为他一出生就是长眉毛。

我还邀请村山先生与大家合影留念。他愉快地接受，与我们一一合照留念。

那天晚上，气氛很融洽，话题也很轻松。我们就像和一位日本的平民老人在拉家常一样，因为他在我们面前丝毫也没有摆出日本前首相的架子。

9月18日上午9时，在中国人民抗日战争纪念馆的贵宾接待室里，我第三次与村山前首相握手。

沈强馆长告诉我，这是村山先生第四次来到中国人民抗日战争纪念馆，在日本所有在职和不在职的首相中是最多的，说明了他对这段历史的关注和重视。

为什么展览开幕式要选择在9月18日，其实就是为了纪念和不忘“九一八”的历史。

该展览的开幕式是在多功能厅举行的。很荣幸的是，我能与村山先生、石川好先生、沈强馆长等人一起走上舞台，共同为该展览开幕剪彩。

紧接着，沈强馆长和我陪同村山先生来到该馆游客服务中心看展览。他看得很认真，还不时弯下腰来，仔细地看展板上的漫画。

从日本专程来北京参加开幕式的漫画家，也在自己的漫画作品前低声地与村山先生交流着，告诉他创作该幅作品的动机和意境，以及画面上要表达的主题。

村山先生对我们说，这些漫画很好，多为漫画家对战争的痛苦回忆，表达了他们反对战争、渴望和平的心声。

中午，沈强馆长还和我一道，陪同村山先生及参加漫画展的日本友人，在宛平城内一家小四合院饭店用午餐。村山老先生始终平易近人，在他的身上，你绝对找不到大牌政治家的那种架势。

直到那天上午，我方才知道，那位跟他跑前跑后的年轻人，原来不是他的秘书或保镖，而是他的外孙，名叫中原康平。

一个前首相，竟然没有一个公职人员相陪服务，这不仅是一种个人的思想境界，也是一种制度的安排。

当天晚上，日本“我的8·15会”在丽晶大酒店举行答谢酒会，邀请我和沈强馆长、李宗远和罗存康副馆长，以及人民日报《讽刺与幽默》杂志社社长吴杰、中国漫画家协会会长徐鹏飞等应邀出席。我再一次见到了村山富市先生。

作为“日本百名漫画家笔下的‘8·15’”展览委员会名誉会长，村山先生在答谢讲话中说，对我们中方展览主办单位的努力表示感谢，同时对该展览给予了较高的评价。

晚会上，我带头献上一首歌曲《母亲》，获得了一阵热烈的掌声。我这块“砖”抛出后，引来了不少“好玉”，中日两国友好人士相继登台唱歌，以活跃气氛，增进友谊。而村山先生呢，始终给予鼓掌与鼓励，表现的是一种老者的宽厚与慈祥。

19 日中午，日本驻中国大使馆丹羽宇一郎大使宴请日本漫画家访中团，也同时邀请我和沈强馆长一并参加，想不到又给我提供了第五次零距离面见村山先生的机会。

这是我第一次到日本驻中国大使馆里面来，也是第一次面见丹羽大使，更是第一次在日本驻中国大使馆里吃饭。我特别欣赏村山先生在大使馆举行的酒会上的祝酒词。他说：“中日两国友好关系的发展十分重要，小泉担任日本首相的 5 年间，曾 5 次参拜靖国神社，导致日中关系的全面倒退，这个教训一定要记取。”言谈之中，透出了他对日中友好事业的执着与期盼。

这就是我在两年的 4 天时间里，5 次所见到的日本前首相村山富市先生，一位年逾八旬的老人，一位曾经叱咤日本政坛的风云人物，一位对日中友好事业寄予厚望的日本老政治家，在近距离给我留下的良好印象。

我接待过的第二位日本前首相是海部俊树。

我从外事部门的通报中得知，海部俊树 1931 年 1 月 2 日出生在日本爱知县一宫市。他步入日本政坛 30 多年，曾经连续 11 次当选为日本众议院议员，历任自民党青年局长、劳动省政务次官、众议院运营委员会委员长、国会对策委员会委员长、自民党副干事长、内阁官房副长官、文部大臣和自民党文教制度调查会会长等职。1989 年 8 月 9 日，他当选为日本第 76 任内阁总理大臣并连任第 77 任内阁总理大臣，到 1991 年 10 月结束首相生涯。他当政 812 天日本首相，成为日本在上世纪 90 年代当政时间最长的首相之一。

1982 年以后，海部俊树曾 3 次访问中国。第一次是 2000 年 8 月 19 日，当时他的身份还是日本前总理大臣。我在侵华日军南京大屠杀遇难同胞纪念馆接待了他，并为其作全程讲解。

2000年8月19日，作者在侵华日军南京大屠杀遇难同胞纪念馆内接待日本前总理大臣海部俊树并为其作全程讲解

2010年4月13日，海部俊树前首相应邀再次来到南京参加"首届中日赏樱大会"和"国际书法艺术展"。这次虽然没有来到侵华日军南京大屠杀遇难同胞纪念馆，但他在南京表示："日本历史上对南京人民犯下不可原谅的错误，作为一名政治家，要向南京人民表示深深的道歉。"

《环球时报》以"日本前首相海部俊树向南京人民深深道歉"为题，专门发了一条消息，报道了海部俊树前首相来南京的情况。

> 环球网4月15日消息，据台媒报道，正在南京市参加首届中日赏樱大会的日本前首相海部俊树13日表示，日本曾经对南京人民犯下不可原谅的错误，我"作为一名政治家，要向南京人民表示深深的道歉"。
>
> 海部俊树说，他到南京来，首先要向南京人民道歉。日中两国间过去有过一段不幸的历史，"我衷心祝愿大家向前看，以史为鉴，面向未来"。
>
> 赏樱大会地点在南京"和平友好樱花园"，位于江宁小牛山，于2008年10月开园，镌刻在碑石上的园名为海部俊树所书。海部俊树等人当

天还出席了展出 280 多幅中日书法名家作品的“国际书法艺术展”开幕式。

时隔 3 个多月后，8 月 18 日，日本前首相海部俊树再一次来到了南京。此次，海部俊树是应江苏省人民对外友好协会的邀请，来南京出席为纪念江苏省—爱知县缔结友好省县 20 周年而举办的“中部日本书道会代表作品展”开幕式。他提出一定要到侵华日军南京大屠杀遇难同胞纪念馆参观，并向遇难者表示悼念。

19 日上午 10 时许，日本前内阁总理大臣、众议院议员海部俊树来到了侵华日军南京大屠杀遇难同胞纪念馆。

那一天，照例还是由我为海部前首相作讲解服务。在镌刻有侵华日军南京大屠杀遇难同胞纪念馆馆名的石墙前，海部俊树向南京大屠杀遇难者敬献了花圈，并双手合十，向死难者默哀。

随后，我引导着海部俊树凭吊了“万人坑”遗址，参观了侵华日军南京大屠杀遇难同胞纪念馆陈列厅。最后，他在记事簿上写下留言：“二十一世纪是和平希求的世纪。”

参观结束后，海部前首相再次表示：“今天参观了侵华日军南京大屠杀遇难同胞纪念馆，使我受到了深刻的历史教育，感触很深。日中两国人民应联起手来，为亚洲的发展共同努力。”

实事求是地说，像村山富市、海部俊树这样的日本政治家，在日本是不多见的。他们对待历史的态度和认知，是深得中国人民好评的，也是发展中日友好事业的政治基础。

我接待的第三位日本前首相是鸠山由纪夫。关于他的接待，我记录得很详细，也写过一篇散文，题目是《我与鸠山前首相 140 分钟零距离对话》，发表在《国际先驱导报》和《扬子晚报》头版上。

2013 年 1 月 16 日晚 11 时，我已经在家中就寝进入梦乡之中。忽然，放在床头柜上的手机铃声大作。顺手摸过来接听，原来是江苏省外事办公室礼宾处处长周叶春打来的。他说：“朱馆长，打扰您休息了。日本前首相鸠山由纪夫夫妇一行今晚已经到达了南京，刚刚用完晚餐不久。现在我正式通知您，明天早晨9时20分钟，他们来贵馆参观访问，请您做好接待准备工作。”

周处长的一番话，立即把我从梦中惊醒。此前，虽然我已经从日本日中协会、中国外交学会、江苏省外办和南京市对外友协等多种渠道，特别是日本和中国几十家媒体的记者打来的电话中，得知鸠山要来本馆的消息，但全是“可能要来”的口径，并没有接到正式来馆的通知。现在，终于接到了“官方”的正式通知。

在电话中，我与周处长商讨了接待鸠山先生的一些细节。考虑到早晨来馆参观的观众人数较多，为了不致引起围观，影响群众的正常观展秩序，决定避开从场馆1号门主入口进入，改在从3号门贵宾接待室通道入馆。周处长还提出，考虑到届时中外记者很多，希望在植树和题词两个现场提前拉起警戒绳，以确保现场有良好的秩序。

放下周处长电话后，我的脑海里翻腾着如何接待鸠山一行的思绪。首先通过查阅资料得知，鸠山由纪夫1947年2月11日出生于东京。1996年曾经担任过日本民主党党首。2009年8月30日，鸠山带领民主党在众议院选举中获胜，终结了自民党长期的执政地位。2009年9月16日，鸠山当选为日本第93代、第60位首相。

虽然在我当馆长的20年职业生涯中，已经有过接待许多位中外领导人的职场经验，但我清楚地知道，凡事预则立、不预则废，对所有重要的接待任务，从来不敢有任何的马虎和应付，得周全地提前考虑和安排好任何细节。以至于在床上辗转反侧，至凌晨1时30分还睡意全无。我对自己说，这样不行，明晨还要和鸠山先生一行讲解与交流，要保持清醒的头脑和饱满的精神状态。于是，翻身下床，找了两片安眠药吃下，强迫自己休息。

次日早晨7时30分，我们提前一个小时到达馆里上班。在早晨接到我通知的公众服务处处长唐传贵、安全保障处处长何秀山、安保主任王建国以及保卫科的几个人也已经到馆，我对他们一一进行动员和具体安排，到现场进行布置。考虑到记者较多，我决定将题词的场地，由贵宾接待室改在7号门出口处附近的职工食堂，因为那里空间宽敞，光线明亮，我们调派人员将饭堂里的桌子板凳迅速挪空，放置好题词用的桌椅和笔墨纸张。

一切安排妥帖后，接待的时间也差不多到了。9 时 20 分，载着鸠山夫妇的车队准时驶进了侵华日军南京大屠杀遇难同胞纪念馆 3 号门院内。

车门打开后，鸠山夫妇先后从汽车中走出来与我握手。我上前一步说："欢迎您！我是朱成山，侵华日军南京大屠杀遇难同胞纪念馆馆长。"然后，引导着鸠山夫妇一行进入了贵宾接待室。

连同鸠山夫妇，在贵宾接待室里一一落座的中日双方陪同人员有：日本日中协会理事长白西绅一郎、日本京剧院院长吴汝俊和鸠山先生的秘书芳贺大辅、中国外交协会副会长黄星源、江苏省外事办公室主任费少云和副巡视员蔡锡生等，陪同者都是我熟悉多年的老朋友。

作者与鸠山前首相在侵华日军南京大屠杀遇难同胞纪念馆贵宾接待室里交谈

落座后，我首先向鸠山夫妇一行简要介绍了纪念馆情况，充当欢迎辞说："鸠山先生、夫人及各位来宾，请允许我代表侵华日军南京大屠杀遇难同胞纪念馆全体员工，欢迎你们在寒冷的冬天，来到本馆参观访问。本馆建成于 1985 年 8 月，至今已经开馆 27 年。馆址所在地是当年侵华日军集体屠杀和一万多名遇难者尸体丛葬地遗址，建馆的目的是前事不忘、后事之师，意即把南京大屠杀的历史作为教科书，对人们进行历史教育及和平警示作用。

2012年，包括接待日本人士在内的世界各国观众达650多万人次。在一定意义上说，本馆是一座历史博物馆，同时也是一座和平博物馆。”我指着坐在一旁的白西绅一郎说：“白西先生每年春天都要带领日本友好人士来本馆植树，他们自称为‘绿色赎罪’活动，已经连续坚持有26年，在南京成活的树木已经有6万多株。”接着，又指着吴汝俊先生说：“他是南京市对外文化交流使者、第二届南京文化名人，此前也多次来过纪念馆。”

鸠山先生接过话来说：“尊敬的朱成山馆长先生，感谢您在百忙之中抽出时间来接待我们。”他指着吴汝俊先生对我说：“吴先生是我的朋友，他告诉我，南京有一个侵华日军南京大屠杀遇难同胞纪念馆，您应该去那里看一看。今天，他陪同我和夫人、白西先生等一起，亲眼来看一看。刚才，我坐在车上，远远地看到了纪念馆内有一尊高大的汉白玉雕像，雕像上那个手托和平鸽的妇女形象很优美，让我感动。我姓鸠山，在日语中，‘鸠’这个字就是鸽子的意思，所以我对鸽子的形象特别有感觉。”

“我们一起去看看展览吧?”我提出建议后，得到大家的赞同。于是，起身离开贵宾接待室，在我的引导下，朝着展厅的方向走去。

在路经“历史证人的脚印”铜版路时，鸠山先生停下脚步问：“这是谁的脚印?”

我回答：“是南京大屠杀幸存者的脚印。”

鸠山又问：“他们现在都还健在吗?”

我回答：“其中的一部分近年来已经陆续去世，现在健在的不到200人。”

此时，白西先生走过来，示意鸠山先生面对镌刻有邓小平题写的“侵华日军南京大屠杀遇难同胞纪念馆”石墙前，向南京大屠杀遇难者致哀。鸠山先生点点头，向前走了几步，躬身向遇难者默哀数分钟。

进入展厅后，在门厅里，我首先向鸠山夫妇一行介绍了南京大屠杀发生的时间和30多万遇难者数字的出处，他们都表情严肃但很认真地听着。

在入口处有一座名叫“历史之门”的设计，我告诉鸠山先生，门上有一副铜手印，是根据南京大屠杀幸存者常志强的手复制的，这位历史老人现在还健在，只要触摸这副手印，这扇“历史之门”就会为我们打开。

鸠山先生伸开双手，触摸了证人的手印。瞬间，“门”被徐徐地打开了，

鸠山夫妇向向南京大屠杀遇难者致哀

大家鱼贯而入。

在情景中庭，有按1∶1复制的高大但倒塌破损的南京中山门城墙，以及正在放映的侵华日军当年侵占南京城墙的历史录像片。我指着说明牌上的一幅历史照片，对鸠山先生说："这里复原的景观，正是根据这张历史照片复制的。"

鸠山先生问："当年进攻中山门的是日军哪个部队？"我回答："日军第 16 师团，又叫中岛师团，因为 16 师团师团长名叫中岛今朝吾。"

鸠山先生又问："他们来自日本什么地方？"

我回答："日本京都。"

在序厅，我指着正前方那堵高大的墙体，上面用 3 台投影仪投射出翻滚的江水，不断浮现出许多张南京大屠杀遇难者的照片，特别是中间的那一个汉白玉花圈中间，每隔 12 秒，在悠远的钟声中，切换着一张张男女老少遇难者照片，我说："30 万不仅仅是一个沉重而冰冷的数字，而且是一条条鲜活的生命，他们有着清晰的面容。"

鸠山先生问："遇难者的男女比例是多少？"

我告诉他："当时的情况很复杂，整体的男女比例无法做调查认定，局部调查认定的档案资料是有的。"

作者正在向鸠山前首相讲解南京大屠杀的历史

在集体屠杀展室内，我对鸠山夫妇一行讲解道，日军为什么要在南京进行大规模屠杀？远东国际军事法庭的判决书中，专门引用了日本华中方面军司令官、南京大屠杀主犯松井石根当时下达的进攻南京的命令，要求日军部队“用武力迫使中国畏服”，这是日军制造南京大屠杀的主要原因。还有其他一些原因，如中岛师团长的日记中记载的“大体上不保留俘虏，全部处理之”，造成了杀俘扩大化，也是原因之一。我还指着展板上展出的当年日本多家报纸说，它们明确报道出在南京杀害 58000 人、36000 人、30000 人、17000 人等数字。

鸠山先生问：“是哪些报纸？”

我回答：“东京日日新闻、大阪每日新闻等报纸。”

在集体屠杀示意电子图板前，跳跃着 20 多处当年日军集体屠杀遗址所在地名的红色显示图，大部分集中在长江沿岸。我告诉鸠山先生：“当年日军集体屠杀的地点主要在长江边，其原因一是当时有许多南京市民和中国俘虏兵，他们想越过长江逃生，但没有渡江的船只，南京江面很宽，江水很急，只能在江边徘徊，被日军围住后，在燕子矶、草鞋峡等地集中大规模地屠杀，也有从安全区、市区搜捕的俘虏兵和平民百姓，押解到江边的煤炭港、中山码头等地进行屠杀的，遇难者的尸体被抛入了长江里。”

鸠山先生问：“当时江边是不是很荒凉？”

我说：“是的！很荒凉。”

他又问：“纪念馆的位置在哪里？”

我说：“在江东门，离长江不远，当年毗邻一条名叫江东河的小河，河边有几口小水塘，也很荒凉。”

在日本随军记者村濑守保拍摄的一张展现被抛入长江，又被江水冲回岸边的许多遇难者尸体照片前，以及展厅中陈列的遇难者遗骨前，还有被日军砍下的遇难者头颅等照片前，鸠山先生双手合十，不断地鞠躬致歉，这样的场面先后多达 10 多次。

在南京大屠杀幸存者夏淑琴一家受难的复原场景前，鸠山先生听我介绍了夏一家 9 口的遭遇。在 1937 年 12 月 13 日那天，他们躲在南京城南新路口 5 号自己的家中，祖父母、父母、2 个姐姐和 1 个妹妹共 7 口人遭日军杀害，2 个姐姐和母亲遭日军先轮奸后杀害，只剩下 7 岁的她和 4 岁的妹妹幸免于难，饿了吃一点锅巴，渴了从水缸里舀一点冷水喝。后来，被从安全区回来的一位邻居老奶奶发现，报告安全区国际委员会，德国人拉贝、美国人马吉等外籍人士，曾经来到她家察看受害现场，马吉还拍了照片。

日本亚细亚大学教授、日本“南京”学会会长东中野修道出版书籍，诬陷夏淑琴是假证人。夏先后在东京地方法院、东京高等法院、日本最高法院起诉东中野修道教授名誉伤害，三审都取得了胜诉，责令东中野修道向她进行了名誉赔偿。

鸠山先生认真地听我诉说夏家的故事，然后问："夏女士现在身体还好吗？"

我答道："她身体很好，上个月还应邀去了日本东京、大阪、冈山等7个城市作证言报告。"

鸠山先生点了点头。

在南京国际安全区展板前，我告诉鸠山夫妇等人，当时留在南京的一些外籍人士，出于国际人道主义精神，自发地组织了一个南京安全区国际委员会，设立了3.86平方公里的难民区，并成立了25个难民收容所，最多时收容了20多万多难民。

鸠山先生问："当时留在南京有多少外国人？南京市有多少人口？"

我明确地告诉他几个数字："当时留在南京的外国人一共有39人，他们来自美国、德国、英国、丹麦、俄国等不同国家，有教授、医生、传教士、商人、外交官等不同职业，但共同的行为是履行人道主义义务。1937年初，南京的人口是101.6万人。随着日军侵占上海，国民政府迁都重庆，一部分有条件逃难的南京市民纷纷逃离南京，但到南京的沦陷前夕，仍然有50多万市民滞留南京，加上从上海、四川等地调集来保卫南京的10多万中国守军，还有从上海、苏州、无锡、常州、镇江等地逃难来南京的难民，当时南京的人口有60多万人。"

在历史审判的展板前，我告诉鸠山等人，南京大屠杀主犯松井石根，作为甲级战犯受到审判，被远东国际军事法庭判处绞刑。在该法庭判决书中，判定在南京遭到日军屠杀的对象，是中国平民和俘虏，不包括两军交战中的死亡人数，认定南京大屠杀死亡人数为20万人以上。这一统计数字还不包括那些被焚烧的、被扔进长江的以及被日军以其他方式处理的尸体。同时，该判决书还认定南京城被烧毁的建筑达三分之一以上，在日军占领南京的最初一个月内，市内发生了两万多起强奸和轮奸的事件。当然，明确判定遇难者30多万数字的是南京军事法庭，该法庭认定集体屠杀有28案19万多人遇难，零散屠杀有858案15万多人遇难，最终认定遇难者总数达30万人以上。30 多万数字是历史的判决，法的认定。

从鸠山先生的表情中，我觉得他此前从来没有明确知道过 30 多万数字的来历，这与战后日本的历史教育、历史认知有关，也与日本对曾经侵略和加害的历史反省不彻底有关。

在展厅最后部分，我指着展板上有关日本政要来本馆参观的照片，对鸠山先生说，前几年来本馆参观访问的有日本前首相村山富市、海部俊树，也有时任日本自明党干事长野中广务，还有时任日本社会党委员长、后来担任过日本众议院议长的土井多贺子，他是来本馆参观的第三位日本前首相。

听我这一番介绍后，鸠山先生走近展板，一一看了这些他熟悉的日本同僚们当时在纪念馆的情形。

走出展厅，我引领着鸠山夫妇一行参观本馆外景展区。在遇难者名单墙前，他用手摸摸遇难者的名单后，再次双手合十，向遇难者鞠躬致哀。

在遇难者遗骨坑和“万人坑”遗址时，鸠山先生看到累累白骨，感到非常震惊。除了再次鞠躬致歉外，还问了句这遗骨是真的吗。

我知道，日本右翼学者田中正明曾经在日本国会议员演讲时，胡说过本馆展示的遇难者遗骨是假的，为此，许多日本政要都对这些遗骸的真实性表示怀疑。我肯定地告诉他，这些遗骸都是真的，遗骨坑中的遗骸在 1983 年发现时，日本朝日新闻的记者本多胜一、日本学者藤原彰、吉田裕、笠原十九司等曾经在现场拍摄了照片。“万人坑”发掘的遗骸，是葬在水塘里的，共有 7 层堆积，每一具遗骸都经过考古学、医学、法医学等多种学科的科学鉴定，被证明是南京大屠杀遇难者的遗骸，目前被原貌原样地陈列。

在和平大舞台上，鸠山先生仔细地看着台口写的两排对仗工整的大字：“不为复仇誓言铭记南京历史遗训，为了大爱志愿谋求世界和平永续”。他对我说：“这副对联太好了，使我很感动，希望大家一起为了世界和平出力。”我赞同地点点头，没有告诉他的是，这副对联正是出自我思考的结果。

在和平公园里，鸠山夫妇要与本馆和平女神塑像合影，邀请我与他们合影。这时，鸠山先生突然发现了在雕像上停歇着 10 多只白色的鸽子。

他高兴地对我说，有那么多的“鸠”飞到这里来了。

是的，鸽子是和平的象征物，在日语中被称为鸽子的“鸠”，今天“鸠山”

前首相为了和平来到这里后，受到了来馆参观的许多观众的鼓掌欢迎。

在和平公园的一角，高大的和平女神雕塑之下，有一棵树龄约20年的银杏树，我们请鸠山夫妇一行为它培土浇水，作为此次来馆参观访问的纪念树。这也是鸠山夫妇的心愿，用鸠山先生自己的话说，培植一棵和平的树。

鸠山前首相夫妇正在和平公园内为和平树浇水

在植树现场，还有许多棵由此前来馆的日本友人种植的纪念树，每棵树的旁边都立着一根高约1米的不锈钢柱，柱上面用中、英、日3种文字书写着何时何人种植的树。

鸠山夫妇一行人饶有兴趣地观看，我一一地为他们做介绍：这是日本社会党副委员长涩泽利久先生种植的；这是日本铭心会访华团种植的；这是日本鹿儿岛教职员工会种植的；这是白西先生所在的日本日中协会组织植树访华团1986年5月种植的，时间最早，已经在纪念馆成长了26年。

鸠山先生问白西理事长："你们今年春天还来这里植树吗？"

满头银丝的白西先生肯定地点点头说道："来！一直要种植到日本现任首相来该馆谢罪道歉为止。"

访问结束之前，我邀请鸠山先生为本馆题词。他拿起了毛笔，在事先为其准备好的宣纸上，写下了4个遒劲有力的大字："友爱和平"。

在落款时，我发现他将自己的名字鸠山由纪夫中的‘由’字，改成了‘友’字。当我问起是否有意而为之时，他点点头表示认可。

鸠山前首相题写的“和平友好”，落款特意写成“鸠山友纪夫”

到了鸠山夫妇一行离开侵华日军南京大屠杀遇难同胞纪念馆的时候了，他一一与我们握手告别，感谢我为他做的讲解。我也代表本馆，向他赠送了象征和平的紫金草女孩铜雕像模型，向他的夫人赠送了紫金花镇纸，还赠送了由本馆编辑出版的日语版的《南京大屠杀图集》《和平学概况》等资料书籍。鸠山夫妇高兴地接受了礼物，说：“等到银杏树开花时，我还会再来”。

当鸠山夫妇一行在汽车里与我们挥手告别时，我下意识地看了看手表，11 时 40 分。他们今天在本馆参观访问的时间整整 140 分钟。在不知不觉之中，我与鸠山先生近距离对话和交流的时间达到了 140 分钟，比原定的 80 分钟超出了 1 个小时。

我在担任侵华日军南京大屠杀遇难同胞纪念馆馆长的职业生涯中，有幸零距离地接待过村山富市、海部俊树、鸠山由纪夫 3 位日本前首相。遗憾的是，还没有接待过一位在任的日本首相。但野中广务先生，是我接待过在任的日本最高职务的政治家。

作者向鸠山前首相赠送有关南京大屠杀的史料书籍

野中广务是一位资深的日本政治家。1925 年 10 月 20 日出生于京都。他从铁道职员做起，长期担任京都府议员。1983 年初，他当选为日本国会议员。1998 年至 1999 年，他出任日本内阁官房长官。2000 年 4 月，他出任日本自民党干事长。

1998 年 5 月 9 日，日本内阁官房长官野中广务先生率当年参加过侵华战争的日本老兵访问南京，来到侵华日军南京大屠杀遇难同胞纪念馆参观，我为其全程讲解，向他详细地介绍了南京大屠杀的历史。

参观结束后，他对我说："纪念馆展示的材料很丰富，我们绝不能忘记这一历史教训，要以史为鉴，为日中两国子子孙孙的友好事业，为亚洲和世界和平事业作出应有的贡献。"

在侵华日军南京大屠杀遇难同胞纪念馆的馆史记录上，野中广务先生其实是来馆最早的一位日本国家领导人。他与来馆的第一位日本前首相村山富市虽然是同年同月来，但他比村山要早了 15 天，而且当时他是在职的日本国家领导人。

野中先生因为那一次带队来到南京，来到侵华日军南京大屠杀遇难同

1998 年 5 月 9 日，日本内阁官房长官野中广务先生（前排右三），来到侵华日军南京大屠杀遇难同胞纪念馆参观

胞纪念馆，回日本后还受到右派的凶狠攻击。但他不改初衷，始终坚持促进日本与中国的合作。得知中国在考虑发展高速铁路时，野中先生几次表示日本有新干线的成功经验，应借此与中国合作，深度发展日中关系。他提议，采用日本政府优惠贷款，甚至日本先在上海和昆山之间修建一段高铁，作为中国考察和试验之用。

多年来，野中广务先生一直在敦促日本社会反思对中国发动的侵略战争，并长期致力于解决日本遗弃在中国的化学武器等战略遗留问题。他认为，很多人并不了解战争对中国人造成的伤害，因此无法理解中国最近做出的反应。

2018 年 1 月 26 日下午，日本自民党前干事长、前内阁官房长官野中广务在京都市医院因病去世，享年 92 岁。国务院新闻办原主任、全国政协外事委员会原主任赵启正专门撰文悼念他，感谢他为中日友好所做的贡献，称他的逝世是“一盏和平之灯熄灭了”。

赵启正主任曾亲口告诉我，野中广务说过，1998 年 5 月那次他带队来南京时，“有日本老兵坐在南京的城墙上回忆过去，思考未来，对当年的所作所为表示真诚忏悔。其中，有人说，踏上城墙，突然有昏晕感，身体异常不适，这大概就是自己当年作孽的报应”。野中广务说，这些日本老兵都承认当年发生过南京大屠杀的事实，并对此追悔不已。

野中广务先生的去世，使中日关系少了一位友好的倡导者，合作的推动者，和平的践行者。

20 多年来，我不仅仅在侵华日军南京大屠杀遇难同胞纪念馆内接待过不少日本政治家，在日本也邂逅过不少政治家，与他们做过广泛的交流。

印象最深刻的是曾经去日本众议院议长官邸，拜会日本众议院议长土井多贺子。

土井多贺子于 1928 年 11 月出生在神户市。从 1969 年以来，土井一直当选日本国会议员。1986 年，她当选为日本社会党委员长（1986—1991），成为日本第一位女党魁。1993 年，她被推选为日本众议院第一位女议长。同时，她又是日本著名的宪法学家，多年来一直坚持“护宪”并主张日本走和平发展道路，是日中友好事业的开拓者之一。

1994 年 8 月 12 日下午 14 时 15 分，我在日本朋友高桥哲郎、田中宏、林伯耀等人陪同下，与南京大屠杀幸存者夏淑琴一道，来到了位于东京都千代田区南端的永田町。这里是日本国会议事堂、国立国会图书馆、总理大臣官邸（日本首相府）、众议院议长官邸、参议院议长官邸聚集的地方。

在众议院议长官邸，我们受到了日本国会众议院议长土井多贺子女士长达 45 分钟的亲切接见。

这位高挑的个头、身着一套白色西服的女政治家风度翩翩，干练中又露出几分慈祥、善良。她说：“日本必须对历史进行反省，把历史的事实告诉青年人，这是一项十分重要的工作。”

土井议长又说：“中国和日本两国人民应该加强心与心的交流。目前，这种交流还很不够，今后还要进一步加强。”

最后，土井议长还热情地送我们走出众议院议长官邸。在官邸的门口，她与我们合影留念。

1994 年 8 月 12 日下午，日本国会众议院议长土井多贺子女士（前排右三）在议长官邸的门口，与作者（前排左二）、幸存者夏淑琴（前排左三）及高桥哲郎（前排左一）、田中宏（后排左一）等人合影留念

1999 年 12 月 14 日，我再次在东京见到女政治家土井多贺子。

是日下午，我在日本老华侨林伯耀先生等人的陪同下，来到了日本众议院，见到了原日本社会党党首、日本众议院原院长、现日本众议院议员土井多贺子女士。

土井议员和我们一一握手后说："欢迎你们来到我这里。"

当介绍我是侵华日军南京大屠杀遇难同胞纪念馆馆长时，她说："1987 年 11 月我去参观过你们的馆。"当时，我还没有到任侵华日军南京大屠杀遇难同胞纪念馆，纪念馆也刚刚建成开放两年，她当时的身份应该是日本社会党执行委员长。由此来看，她应该是日本政党中到侵华日军南京大屠杀遇难同胞纪念馆职务最高、也是最早的领导人。

当我感谢土井委员长在 1994 年 8 月我访日时曾经在众议院议长官邸接见我们时，她连声说："我想起来了，我想起来了！"

当南京大屠杀幸存者张秀英老大娘简要地回忆自己当年遭受日军性暴力伤害时，土井议员上前握住老人家的手深表同情。

最后，土井议员攥起拳头对大家说："我们一起努力！"

土井多贺子长期坚持推动日中友好事业的深入发展，无论是作为执政党，还是作为在野党的领导人，她一直主张要认真地、彻底地反省日本军国主义在亚洲、在中国的侵略罪行，真正实现"以史为鉴，开创未来"的目标。

1987 年 11 月，日本社会党执行委员长的土井多贺子女士参观侵华日军南京大屠杀遇难同胞纪念馆，并向遇难者敬献花圈

2014 年 9 月 20 日，土井多贺子因肺炎在日本兵库县立医院去世，享年 85 岁。中国人民失去了一位好朋友，侵华日军南京大屠杀遇难同胞纪念馆也失去了一位长期给予关心与支持的日本友人。

在日本友人的带领下，我还多次去过日本参议院，拜访过许多位日本参议员。

1994 年 8 月 5 日，我第一次走进日本参议院大楼，拜会了参议员田英夫。进入挂着"参议员　田英夫"小牌子的参议员办公室，一眼就看见廖承志赠送的书法条幅，在面积不足 10 平方米的办公室内显得十分突出。

田英夫参议员对我说："日本国内有一些人不承认南京大屠杀史，给你们带来了麻烦。"

田英夫参议员还告诉我们，他从 1971 年起，开始研究南京大屠杀，并专门到南京进行实地调查采访，会见过 6 位南京大屠杀幸存者，并在日本的报纸上一一发表访谈录。

由此可见，田英夫参议员是最早研究和传播南京大屠杀史的日本政治

1994 年 8 月 5 日，作者（右）到日本国会拜访日本参议员田英夫（左）

家。他与日本朝日新闻记者本多胜一几乎同时期来南京调查采访南京大屠杀幸存者，比我们国内的史学研究者调查采访要早了许多年。

说话间，田英夫参议员叫来秘书，吩咐将 6 篇访谈录全部复印，赠送给侵华日军南京大屠杀遇难同胞纪念馆。

这一次，我们同时拜会了日本众议员田中秀政和锦织淳先生，与他们进行了广泛而深刻的交流。

1994 年 8 月 5 日，作者（左二）到日本国会拜访日本众议员田中秀政（右三）

1994 年 8 月 5 日，作者(右一)到日本国会拜访日本众议员锦织淳(左二)

1999 年 12 月 13 日，是南京大屠杀历史事件发生 62 周年纪念的日子。在东京，我在日本友人平坂春雄、福田昭典、山内小夜子等人的带领下，再次来到日本参议院，拜访了田英夫和田中秀政等国会议员，递交了“支援东史郎最高法院诉讼”的请愿书。

在日本，我曾经在不同的场合遇到过许多位日本国会议员，他们都对南京大屠杀历史表示明确支持的态度。

1995 年 9 月 27 日，在名古屋昭和区鹤舞街 3—8—10 号的爱知县勤劳会馆，举办了“南京大屠杀史料展”开幕式，日本众议院众议员、日本社会党爱知县本部执行委员长赤松徬隆先生说：“正视过去的那一段不幸的历史，才能建立和发展真正的日中友好。日中两国人民应该加强了解、交流和合作，创造更加美好的未来。”

前来参加展览开幕式的日本众议院众议员久野统一郎也对我说：“在战后 50 周年之际，在名古屋举办南京大屠杀展览，目的就是要让日本国民反省战争，珍惜和平，为不再重犯历史的错误而努力。”

爱知县选出的国会议员中，到侵华日军南京大屠杀遇难同胞纪念馆次数最多的，与南京以及与我关系最好的，莫过于近藤昭一了。他曾经在北京留过学，汉语流利，相互间交流没有障碍。他经常到南京来进行经济文化等方面友好交流活动，也多次带领日本人来侵华日军南京大屠杀遇难同胞纪念馆参观凭吊遇难者，在江苏省和南京市的口碑都挺好。

2016 年 12 月 6 日晚，在广岛县留学生会馆，我应邀给 70 多位广岛县各界人士作以“世界记忆与和平建构而持续努力”为主题的讲演，持续了两个多小时。日本国会众议员栗原君子特意赶来听讲，会后，她对我说：“你每次来广岛，我都尽可能地赶过来，以这种方式对你们表示支持。”

除了这些国会议员，我还接触到许多位日本的县、市议会的议员，他们也是日本的政治家。

在岛根县，有位大田市议会议员名叫下迫纪弘。他对我说：“我的父亲是位驾驶兵，他是在浙江金华地区被地雷炸死的。过去，我一直以为自己是受害者，听到中国人所受的战争苦难后，我觉得日本人是加害者，要向中国人民赔不是。”

在长崎县，有位长崎县议会议员坂本浩。2016 年 12 月 3 日，我在长崎县教育文化会馆做讲演，他全程听讲，并在现场交流中说：“像长崎原爆和南

2016 年 12 月 13 日，作者(左)在日本金泽市讲演会上与森一敏(右)议员合影

京大屠杀这样的历史惨案一定不能再发生，历史的教训一定不能忘记。日中友好永远是我们的责任。”

在石川县，有位金泽市议员名叫森一敏。他告诉过我说，他是第一位到过侵华日军南京大屠杀遇难同胞纪念馆的日本人。

1985 年 8 月 15 日，森一敏正好去南京旅游，听说南京新建立的侵华日军南京大屠杀遇难同胞纪念馆即将对外开放，就立即去参观。看了展览后，他受到了强烈的震撼。

后来，作为中学教师的森一敏多次带领学生来南京，在与我的一次座谈交流中，提到想竞选市议会议员一事，曾得到了我的鼓励。回国后他经过努力，终于竞选上了金泽市议会住会议员。2003 年 8 月 9 日，我应邀到金泽作证言演讲时，他戴着议员的徽标来看我，感谢我给予他的鞭策。

2016 年 12 月 13 日，我再次到金泽进行演讲集会时，他专门来看望我，告诉我他已经成为资深议会议员了，表示一定利用地方议员的身份，为日中友好事业做出新的贡献。

附录　我的日本朋友名录一览表

（以在本书中出现的前后排序）

编号	日本友人名	属地	日本友人职务	所在章节
001	福田　康夫	东京	日本前首相	序　章
002	明石　康	东京	联合国原副秘书长	序　章
003	横井　裕	东京	日本驻华大使	序　章
004	数土　文夫	东京	日本 JFE 控股株式会社特别顾问	序　章
005	白西　绅一郎	千叶	日中协会理事长	第一章
006	野田　毅	东京	日本日中协会会长、众议院议员	第一章
007	中曾根　弘文	东京	日本国会议员、日本外务大臣	第一章
008	竹下　亘	东京	日本国会议员、财务副大臣	第一章
009	小池　百合子	东京	日本国会议员、日本原防务大臣	第一章
010	冈崎　嘉平太	东京	日本经济团体联合会原会长	第一章
011	菊池　善隆	府中	南京大屠杀被害者献植访华团第一任团长	第一章
012	林　　佑一	川越	南京大屠杀被害者献植访华团第二任团长	第一章
013	冈崎　彬	东京	南京大屠杀被害者献植访华团第三任团长	第一章
014	菊池　健介	长野	南京大屠杀被害者献植访华团第五任团长	第一章
015	景山　贡明	冈山	冈山县日中友好协会会长	第一章
016	西村　昭次	富田林	南京大屠杀被害者献植访华团副团长	第一章
017	长谷川　太郎	横须贺	南京大屠杀被害者献植访华团成员	第一章

续表

编号	日本友人名	属地	日本友人职务	所在章节
018	大泽　爱子	横须贺	南京大屠杀被害者献植访华团成员	第一章
019	大泽　明文	横须贺	南京大屠杀被害者献植访华团成员	第一章
020	丸山　政十	多摩	南京大屠杀被害者献植访华团副团长	第一章
011	仓桥　凌子	琦玉	南京大屠杀被害者献植访华团成员	第一章
022	野田　契子	川崎	南京大屠杀被害者献植访华团成员	第一章
023	秋本　芳昭	东京	南京大屠杀被害者献植访华团事务局长	第一章
024	松冈　环	大阪	日本“铭心会”访华团团长	第二章
025	黑田　薰	枚方	日本枚方和平集会负责人	第二章
026	由木　荣司	广岛	广岛县日本中国友好协会事务局长	第二章
027	樱井　政美	熊本	熊本县日本中国友好协会事务局长	第二章
028	樱井　忍	熊本	樱井政美之女	第二章
029	宫内　阳子	神户	“神户—南京心连心会”访华团团长	第二章
030	横见　幸宪	冈山	冈山县日本中国友好协会事务局长	第二章
031	上杉　聪	东京	日本“铭心会”创办人	第二章
032	春山　美保子	町田	日本町田市小学教师	第二章
033	谷川　透	千叶	日本船桥市教师	第二章
034	松井　义子	大阪	日本大阪“铭心会”前任委员长	第二章
035	伊藤　敬一	东京	日本日中友好协会会长	第二章
036	铃木　政晴	东京	日本第一次和平之旅访华团团长	第二章
037	阿部　克幸	东京	日本东铁路工会规划局长	第二章
038	黑川　节男	名古屋	日本社会党爱知县本部原书记长	第二章
039	新川　末臧	名古屋	日本爱知县劳动组合会议议长	第二章
040	竹内　宏一	名古屋	日本全递信劳动组合爱知地区本部职员	第二章
041	长冈　进	名古屋	日本全递信劳动组合爱知地区本部职员	第二章
042	玉木　好	名古屋	日本名古屋市民协会会长	第二章
043	加藤　吉晴	名古屋	日本名古屋市民协会成员	第二章
044	叶山　裕子	名古屋	日本名古屋市民协会成员	第二章

续表

编号	日本友人名	属地	日本友人职务	所在章节
045	古川　泰龙	熊本	日本熊本县生命山寺住持	第二章
046	古川　龙树	熊本	日本熊本县生命山寺继任住持	第二章
047	则竹　秀男	京都	日本京都府妙心寺派灵云苑住持	第二章
048	大东　仁	名古屋	日本名古屋市真宗大谷派圆光寺住持	第二章
049	鹤田　恒郎	鹿儿岛	日本鹿儿岛教职员工会会长	第二章
050	山内　小夜子	京都	日本支援东史郎案审判实行委员会事务局长	第三章
051	东　史郎	京都	侵华日军第 16 师团 20 联队老兵	第三章
052	大江　健三郎	东京	诺贝尔文学奖获得者、日本著名文学家	第三章
053	山本　干夫	京都	日本部落解放同盟大阪浅香支部书记	第三章
054	菱木　政晴	京都	日本京都短期大学教授	第三章
055	东　隆史	京都	日本老兵东史郎儿子	第三章
056	东　久江	京都	日本老兵东史郎夫人	第三章
057	大岛　孝一	东京	日本“铭心会”实行委员长	第三章
058	后藤　守	熊本	日本侵华老兵	第三章
059	横山　诚	群马	日中友好慰灵塔实行委员会会长	第三章
060	高桥　哲郎	东京	日本中国归还者联合会事务局长	第三章
061	富永　正三	东京	日本中国归还者联合会会长	第三章
062	矢野　新二	东京	日中友好协会东京联合会副理事长	第三章
063	汤　浅谦	东京	日本中国归还者联合会常任理事	第三章
064	中村　五郎	名古屋	日本中国归还者联合会会长爱知县支部长	第三章
065	中北　龙太郎	大阪	日本东史郎诉讼案代理律师	第四章
066	丹羽　雅雄	大阪	日本东史郎诉讼案代理律师	第四章
067	空野　佳弘	大阪	日本东史郎诉讼案代理律师	第四章
068	芹泽　明男	东京	日本支援东史郎案审判实行委员会成员	第四章
069	渡边　春己	东京	日本李秀英诉讼案代理律师	第四章
070	山田　胜彦	东京	日本李秀英诉讼案代理律师	第四章
071	尾山　宏	东京	日本李秀英诉讼案代理律师	第四章

续表

编号	日本友人名	属地	日本友人职务	所在章节
072	小野　寺利孝	东京	日本李秀英诉讼案代理律师	第四章
073	神谷　威吉郎	东京	日本李秀英诉讼案代理律师	第四章
074	穗　积刚	东京	日本李秀英诉讼案代理律师	第四章
075	南　典男	东京	日本李秀英诉讼案代理律师	第四章
076	大江　京子	东京	日本李秀英诉讼案代理律师	第四章
077	吉原　雅子	东京	日本李秀英诉讼案秘书局翻译	第四章
078	田中　宏	东京	日本龙谷大学教授	第五章
079	保利　耕辅	东京	日本自民党政调会长	第五章
080	山口　那津男	东京	日本公民党政调会长	第五章
081	池田　慧理子	东京	日本女人们战争与和平资料馆馆长	第五章
082	老田　裕美	东京	日本中国在日劳工问题研究者	第五章
083	藤原　彰	东京	日本一桥大学教授	第五章
084	吉田　裕	东京	日本一桥大学教授	第五章
085	山本　义彦	静冈	日本静冈大学人文学部教授	第五章
086	森　正孝	静冈	日本静冈大学讲师、细菌战问题研究专家	第五章
087	吉见　义明	东京	日本中央大学教授、化学武器问题研究专家	第五章
088	藤川　伸治	广岛	日本广岛和平教育研究所教授	第五章
089	岩松　繁俊	长崎	日本长崎大学教授	第五章
090	山田　朗	东京	日本明治大学教授	第五章
091	高屋　定国	东京	日本佛教大学教授	第五章
092	佐治　孝典	神户	日本神户女学院教授	第五章
093	俵　义文	东京	日本儿童与教科书全国网络 21 世纪事务局长	第五章
094	荒井　信一	东京	日本东京大学教授	第五章
095	安斋　育郎	京都	日本立命馆大学教授、和平博物馆馆长	第五章
096	池尾　靖志	京都	日本立命馆大学助理教授	第五章
097	高实　康稔	长崎	日本长崎大学教授	第五章
098	本岛　忍	长崎	日本长崎市原市长	第五章

续表

编号	日本友人名	属地	日本友人职务	所在章节
099	崎山　升	长崎	日本长崎冈治正和平资料馆馆长	第五章
100	蓑田　冈治	长崎	日本亚细亚交流之友会副理事长	第五章
101	中村　住代	长崎	日本亚细亚交流之友会副理事长	第五章
102	井原　东洋一	长崎	日本长崎县被曝者笔记本之会会长	第五章
103	小松　昭夫	岛根	日本小松电机产业株式会社董事长	第六章
104	小松　志津子	岛根	日本小松电机产业株式会社董事兼财团理事	第六章
105	松尾　康二	东京	日本卡乐 B 公司副总裁	第六章
106	杉弘　行	东京	日本艾斯凯杰贸易公司董事长	第六章
107	严浩	东京	日本中华总商会会长、EPS 株式会社社长	第六章
108	今村　英明	东京	日本波士顿咨询集团原总裁	第六章
109	广冈　哲也	东京	日本 Hoosiers 总裁	第六章
110	野田　智义	东京	日本 ISL 企业研修公司理事长	第六章
111	大西　美佐子	东京	日本富士施乐公司青年骨干	第六章
112	大贺　和男	佐贺	日本每日新闻佐贺支局局长	第七章
113	西尾　达	福冈	日本九州·冲绳和平教育研究所事务局长	第七章
114	中村　元气	福冈	福冈市日本中国友好协会会长	第七章
115	西尾　武也	福冈	福冈市日中友好协会顾问	第七章
116	迎　久江	福冈	福冈市日中友好协会事务局长	第七章
117	小宫　锐子	东京	日本朝日电视台著名节目主持人	第七章
118	本多　胜一	东京	日本朝日新闻原记者、《星期五》杂志编辑	第七章
119	笠原　十九司	琦玉	日本都留文科大学教授	第七章
120	冢本　和人	上海	日本朝日新闻上海支局局长	第七章
121	西村　秀树	京都	日本某广播电视公司记者	第七章
122	花冈　洋二	名古屋	日本每日新闻名古屋支局记者	第七章
123	石川　好	东京	日本“我的‘8·15’漫画展”实行委员会委员长	第八章
124	森田　拳次	东京	日本漫画家协会会长	第八章
125	小山　贤太郎	东京	日本著名漫画家	第八章

续表

编号	日本友人名	属地	日本友人职务	所在章节
126	千叶　彻弥	东京	日本著名漫画家	第八章
127	宇野　螳螂	东京	日本著名漫画家	第八章
128	林　静一	东京	日本著名漫画家	第八章
129	男爵　吉元	东京	日本著名漫画家	第八章
130	伊藤　忠彦	东京	日本前国会议员	第八章
131	小野　耕世	东京	日本著名漫画家	第八章
132	横山　孝雄	东京	日本著名漫画家	第八章
133	松本　盛雄	东京	日本驻沈阳总领事馆总领事	第八章
134	大鹰　淑子	东京	日本前国会议员、著名歌星、影星(李香兰)	第八章
135	中野　良子	东京	日本著名影星	第八章
136	藤村　记一郎	爱知	日本爱知县儿童与幸福合唱团团长	第八章
137	大门　高子	东京	日本《紫金草合唱组曲》词作者、合唱团团长	第八章
138	大西　进	东京	日本《紫金草合唱组曲》作曲家	第八章
139	山口　裕	东京	日本向南京捐赠紫金草和平花园建设之会会长	第八章
140	藤后　博己	东京	日本紫金草合唱团团员、原八路军老战士	第八章
141	安藤　由布树	东京	日本紫金草合唱团团员	第八章
142	铃木　俊夫	东京	日本紫金草合唱团团员	第八章
143	林伯耀	神户	旅日华侨中日交流促进会秘书长	第九章
144	林同春	神户	神户华侨总会原会长	第九章
145	李有焕	兵库	姬路市华侨	第九章
146	林友志	福冈	福冈县华侨	第九章
147	张仁猛	东京	东京都华侨	第九章
148	陈上梅	北海道	涵馆市华侨	第九章
149	林康治	熊本	熊本市华侨	第九章
150	黄耀庭	神户	神户华侨总会名誉会长	第九章
151	刘友荣	神户	神户市华侨	第九章
152	王着炳	兵库	神户市华侨	第九章

续表

编号	日本友人名	属地	日本友人职务	所在章节
153	任政光	横滨	横兵市华侨	第九章
154	石雅之	神户	神户市华侨	第九章
155	林文明	神户	神户市华侨	第九章
156	刘义康	京都	京都府华侨	第九章
157	岩松　要辅	佐贺	日本佐贺县立小城市高等学校原校长	第九章
158	爱　泽革	神户	日本神户市民代表	第九章
159	长滨　彰则	大阪	日本大阪青年人	第九章
160	小城　智子	京都	日本京都府丹波市原小学教师	第九章
161	飞田　雄一	神户	日本神户青年文化中心馆长	第九章
162	林同福	神户	日本神户同文学校理事会理事长	第九章
163	林敦义	神户	日本神户华侨	第九章
164	林叔义	神户	日本神户华侨、林伯耀之子	第九章
165	林伯辉	神户	日本神户华侨、林伯耀弟弟	第九章
166	平山　良平	名古屋	日本名古屋市民集会负责人	第九章
167	小野　正美	名古屋	日本名古屋某小学教师	第九章
168	约瑟夫	名古屋	日本名古屋大学美籍日本文学教授	第九章
169	徐桂国	神户	日本神户华侨、翻译	第九章
170	村山　富市	大分	日本前首相	第十章
171	丹羽　宇一郎	北京	日本驻中国大使	第十章
172	海部　俊树	爱知	日本前首相	第十章
173	鸠山　由纪夫	东京	日本前首相	第十章
174	吴汝俊	东京	日本京剧院院长	第十章
175	芳贺　大辅	东京	日本前首相鸠山由纪夫秘书	第十章
176	野中　广务	东京	日本内阁官房长官	第十章
177	土井　多贺子	东京	日本众议院院长	第十章
178	田　英夫	东京	日本参议院参议员	第十章
179	田中　秀征	东京	日本众议院众议员	第十章

续表

编号	日本友人名	属地	日本友人职务	所在章节
180	锦织　淳	东京	日本众议院众议员	第十章
181	平坂　春雄	东京	日本劳动组合委员长	第十章
182	福田　昭典	东京	日本东京市民集会负责人	第十章
183	赤松　徬隆	爱知	日本众议院众议员、社会党爱知县执行委员长	第十章
184	久野　统一郎	爱知	日本众议院众议员	第十章
185	近藤　昭一	爱知	日本众议院众议员	第十章
186	栗原　君子	广岛	日本众议院众议员	第十章
187	下迫　纪弘	岛根	日本岛根县大田市议会议员	第十章
188	坂本　浩	长崎	日本长崎县议会议员	第十章
189	森　一敏	石川	日本石川县金泽市议会议员	第十章

注:本表中列举的日本友人职务系文中时任的职务之一

后 记

这本书是我退休后最想撰写和出版的两本书之一。

这两本书一是《我当馆长 20 年》，另一本就是这部书，即《我的 100 位日本朋友》。

为什么先要写这本书，而且打算在今年出版面世呢？

因为今年是“中日和平友好条约”缔结 40 周年，在这样一个值得纪念的年份里，由我这位曾经担任侵华日军南京大屠杀遇难同胞纪念馆馆长一职的人，写出自己亲历的 100 多位日本友人的真实故事，无疑是具有一定价值和意义的。

由于时间跨度太长（有 20 多年），经历的人和事太多，加上今年特别忙碌，这本书写得很急促，也很辛苦。

弥补时间长、经历多和遗忘的有效办法，就是在我已经撰写和出版的几本书籍中去寻找线索。如两本散文集，即《文化无域——朱成山散文集》《写在路上——朱成山散文续集》；还有两本文集，即《为 300000 冤魂呐喊——朱成山研究南京大屠杀史文集》《为和平讴歌——朱成山研究和平学文集》；另有两本纪实文学书籍，即《我与东史郎交往 13 年》《第 21 次是国家公祭》。此外，还有我担任主编出版的侵华日军南京大屠杀遇难同胞纪念馆的一些书籍，如《侵华日军南京大屠杀遇难同胞纪念馆馆史》《侵华日军南京大屠杀幸存者证言集》《侵华日军南京大屠杀外籍人士证言集》《侵华日军南京大屠杀遇难同胞纪念馆故事》《侵华日军南京大屠杀江东门“万人坑”遗址的发掘与考证》《鼎力铸史——侵华日军南京大屠杀遇难同胞纪念馆陈列设计艺术》等等。此外，我还摘取了侵华日军南京大屠杀遇难同胞纪念馆网站中的部分资料。这些记载在书籍和网站中的人和事，像散落在时间长河里的一粒粒果实，又像被记忆的线条串连的一颗颗珠子，曾经真实地存在着，它们应该属于我生命旅途中的一部分。

今年特别忙碌，多少有点出乎意料。本来，我已经是退休之人，应该是比较闲暇的。但自从去年担任常州大学近现代史与红色文化研究院院长后，各种各样的活动，各行各业的邀请，名目繁多的会议，忙得团团转。这本书主要是利用两个假期完成写作的：一是春节期间，写成了第一至第五章；二是暑假期间，完成了第六至第十章。真算抓住了假期相对空闲的时间，了却自己的一桩心愿。

今年的忙碌还因为突然冒出了几本书，超出了原计划。年初，只准备年内新写和出版两本书：一是本书；二是《从城祭到国祭》。后一本书主要是改写，并且有江苏省文化厅李慧女士帮助修改完成，感到压力不大。但没有想到的是，突然新增了两本书，一本是《激战倒春寒——反对日本名古屋市长河村隆之否定南京大屠杀斗争纪实》，这是我于 2012 年时写成的书稿，今年 2 月份突然接到外交部和国家新闻出版署双双通过了审查的书面通知，需要再修改一番后出版；另一本是中央广播电视公司突然通知我，去年 12 月我在央视 10 套栏目《百家讲坛》播出的《南京 1937》节目，该公司免费帮助出版书籍和光盘，因其文字数量不足，需要我补充调整。真是计划不如变化，一年内出两本书变成了 4 本书，不仅是忙忙碌碌，而且心理压力也是挺大的。

这本书的逻辑结构是每一章重点写一位日本朋友，采取的是详写和细琢，将我与这位日本朋友多年来的林林总总、方方面面、大大小小的经历，事无巨细地介绍开来。与此同时，还带出一批同类型的日本朋友，采取的是不同的写作手法，也就是粗放性的写法，有的甚至是一笔带过。

这样一来，我就在这本书里用了 20.8 万字和 195 张图片，介绍了 10 种类型的 189 位日本朋友。他们中间，有日中友好组织的负责人，也有民间组织的领导者；有勇于反省历史的日本老兵，也有敢于维护历史真相的日本律师;有富有历史责任感的日本学者,也有对华友好的日本企业家;有勇于报道历史真相的日本记者,也有热爱和平的日本艺术家;有爱国的日本华侨,也有重视和平友好的日本政要。

我写这100多位日本朋友的故事都是非虚构的,是纪实的,也是我真实的经历。粗略地计算下来,在我担任侵华日军南京大屠杀遇难同胞纪念馆馆长长达23年的时间里,与我在中国、日本见面相处超过10次以上的日本朋友竟然有60多位,20次以上有40多位,其中见面交往次数最多的林伯耀、松冈环,达60多次。正是通过一次次的见面,一回回的交流,一桩桩的事情,一个个的经历,我与这些原来素不相识的日本人成为朋友,成为知己,成为合作共赢者。

透过我与100多位日本朋友交往的故事,读者可以看出当下的一些日本友人,对待南京大屠杀的历史和中日友好关系的态度,还有对持久和平的共同期待和向往。他们是有良知的日本人,是中日友好的基础,也是与日本右翼势力较量的正义力量。

这本书得到了江苏省作家协会的青睐和厚爱,十分荣幸地被列为江苏省第五批重大题材文学作品创作工程项目。能够圆满顺利地出版这本书,还要感谢江苏人民出版社徐海社长的远见卓识和倾力关照,汪意云编审的热心编辑和校对。在此,对所有关心和支持本书出版的单位和个人,一并表示衷心的感谢!

由于时间紧促,水平有限,本书中有不足之处,恳请各位方家不吝赐教。

朱成山

2018年8月31日